Die schönsten Weihnachtsgeschichten

Die schönsten Weihnachtsgeschichten

Herausgegeben von Peter Härtling

Illustrationen von Philip Waechter

Vorwort

Liebe Leserinnen und Leser,
liebe Vorleserinnen und Vorleser,
seit Wochen weihnachtet es bei mir sehr und es ist noch lange nicht Weihnachten. Ich lese Geschichten und Gedichte, die in diesem dicken Buch stehen sollen, grüble, denke nach, spreche laut vor mich hin und baue Büchertürme auf dem Tisch in meinem Arbeitszimmer.
Vor mehr als zweitausend Jahren wurde das Jesuskind geboren. Es bekam sogar Geschenke von Königen, die einem Stern folgten: Weihrauch, Gold und Myrrhe.
Längst sind die Geschenke handfester und sie werden von den Schenkenden und Beschenkten verglichen. Wer schenkt teurer? Wer wird toller beschenkt? Die Freude lässt nach, sobald alle unterm Weihnachtsbaum in den Haufen von Geschenkpapier unterzugehen drohen. Das war mal wieder ein Fest!!
Bleibt man jedoch bei der Sache und bei der ersten Geschichte, dann wird an Weihnachten die Geburt eines Flüchtlingskindes gefeiert. Es hat ziemlich arme Eltern und kommt nicht zu Hause auf die Welt, sondern in einer elenden Unterkunft. Sprachlos beschützen es Ochs und Esel, die bis heute Dichter und Maler anregen und beschäftigen (in diesem Buch gibt es wunderbare Beispiele dafür). So erfahren wir es von dem Evangelisten Lukas. Matthäus erzählt die Geschichte weiter: Josef und Maria müssen mit dem Kind Jesus tatsächlich flüchten. Dem regierenden König Herodes wird von Schwätzern, die sich in die Politik mischen, zugetragen, ein Kind sei geboren, das ihn später an Macht bei weitem übertreffen werde. Ein Kind namens Jesus. Weil er ein schrecklicher Herrscher ist, hat er einen schrecklichen Einfall: Da das Kind in Bethlehem zur Welt gekommen ist, wird er alle Kinder dieser Stadt von seinen Soldaten umbringen lassen. Maria, Josef und das Kind fliehen nach Ägypten. Wahrscheinlich bringt uns Matthäus dazu, diese Familie immer unter den Flüchtlingen zu sehen. Was vor zweitausend Jahren begann, endet bis heute nicht.

Selbstverständlich hat sich das Geburtstagsfest des Jesuskindes im Lauf der Jahrhunderte gewandelt. Viele Menschen vergessen, weshalb überhaupt gefeiert wird. Die Engel, von denen Lukas erzählt, sind zum Schmuck für Fenster und Weihnachtsbäume geworden und an die Stelle der schenkenden Könige aus dem Morgenland treten Nikolaus, Knecht Ruprecht und der Weihnachtsmann. Nikolaus gab es tatsächlich. Er wurde in einem kleinen Ort in der Türkei geboren, ein Christ. Er ging in seiner Jugend ins Kloster, war danach Abt und bald Bischof. Er tat Wunder und half den Armen. Darum wurde er heiliggesprochen. Später entdeckten ihn die Seeleute als ihren Heiligen und die Kinder als ihren Wohltäter. Es gibt ihn als Pai Natal in Portugal, als Saint Nicolas in Frankreich und als Noel Baba in der Türkei. Als Santa Claus ist er nach Amerika ausgewandert, um dort werbetüchtig ins Weihnachtsgeschäft einzugreifen. Knecht Ruprecht darf den Nikolaus begleiten. Er hat die Rute und kann mit ihr drohen und, wenn's schlimm kommt, zuhauen. Der Weihnachtsmann fiel den Feiernden viel später ein, Jahrhunderte nach der Geburt des Jesuskindes und nachdem Nikolaus gelebt hatte. Der Weihnachtsmann ist so neu wie der Adventskranz und der Weihnachtsbaum. Er hat sich die Bischofsmütze vom Nikolaus und die Rute von Knecht Ruprecht angeeignet und ist, was ich fürchterlich finde, zum Spott- und Schimpfwort geworden: »Du Weihnachtsmann!« wird der geschimpft, der ein wenig lahm ist, der nichts begreift.
Feste haben ihre Geschichte, sie haben es aber auch in sich. »Frohes Fest« wird gewünscht. Und »Stille Nacht« wird gesungen! Mitten in einem Rummel, in dem Nikolaus Hören und Sehen vergehen würde. Das alles kommt in den Geschichten vor, die ich hier zusammengetragen habe. In manchen wird aber auch an das Flüchtlingskind gedacht. An den Frieden, den es braucht. Es ist, wie gesagt, eine Geschichte ohne Ende:
Denn jedes Mal, wenn ein Kind geboren wird, beginnt die Welt zu leuchten.

Peter Härtling

Kapitel 1

DIE ALLERERSTE GESCHICHTE

Die Weihnachtsgeschichte

erzählt vom Evangelisten Lukas

In jenen Tagen erließ Kaiser Augustus den Befehl, alle Bewohner des Reiches in Steuerlisten einzutragen. Dies geschah zum ersten Mal; damals war Quirinius Statthalter von Syrien. Da ging jeder in seine Stadt, um sich eintragen zu lassen. So zog auch Josef von der Stadt Nazareth in Galiläa hinauf nach Judäa in die Stadt Davids, die Bethlehem heißt; denn er war aus dem Haus und Geschlecht Davids. Er wollte sich eintragen lassen mit Maria, seiner Verlobten, die ein Kind erwartete. Als sie dort waren, kam für Maria die Zeit ihrer Niederkunft, und sie gebar ihren Sohn, den Erstgeborenen. Sie wickelte ihn in Windeln und legte ihn in eine Krippe, weil in der Herberge kein Platz für sie war.

In jener Gegend lagerten Hirten auf freiem Feld und hielten Nachtwache bei ihrer Herde. Da trat der Engel des Herrn zu ihnen, und der Glanz des Herrn umstrahlte sie. Sie fürchteten sich sehr, der Engel aber sagte ihnen: Fürchtet euch nicht, denn ich verkünde euch eine große Freude, die dem ganzen Volk zuteil werden soll: Heute ist euch in der Stadt Davids der Retter geboren; er ist der Messias, der Herr. Und das soll euch als Zeichen dienen: Ihr werdet ein Kind finden, das, in Windeln gewickelt, in einer Krippe liegt. Und plötzlich war bei dem Engel ein großes himmlisches Heer, das Gott lobte und sprach: Verherrlicht ist Gott in der Höhe, und auf Erden ist Frieden bei den Menschen seiner Gnade.

Als die Engel sie verlassen hatten und in den Himmel zurückgekehrt waren, sagten die Hirten zueinander: Kommt, wir gehen nach Bethlehem, um das Ereignis zu sehen, das uns der Herr verkünden ließ. So eilten sie hin und fanden Maria und Josef und das Kind, das in der Krippe lag. Als sie es sahen, erzählten sie, was ihnen über dieses Kind gesagt worden war. Und alle, die es hörten, staunten über die Worte der Hirten. Maria aber bewahrte alles, was geschehen war, in ihrem Herzen und dachte darüber nach. Die

Hirten kehrten zurück, rühmten Gott und priesen ihn für das, was sie gehört und gesehen hatten, denn alles war so gewesen, wie es ihnen gesagt worden war.

Kapitel 2

VOR DEM FEST

Hans Christian Andersen

Der Tannenbaum

Draußen im Wald stand ein niedlicher Tannenbaum. Er hatte einen guten Platz; Sonne konnte er bekommen, Luft war genug da, und ringsumher wuchsen viele größere Kameraden, Tannen und Fichten. Der kleine Tannenbaum wünschte aber so sehnlich, größer zu werden! Er dachte nicht an die warme Sonne und an die frische Luft, er kümmerte sich nicht um die Bauernkinder, die dort umhergingen und plauderten, wenn sie in den Wald gekommen waren, um Erdbeeren und Himbeeren zu sammeln. Oft kamen sie mit einem ganzen Topf voll oder hatten Erdbeeren auf einen Strohhalm gereiht; dann setzten sie sich neben den kleinen Tannenbaum und sagten: »Nein, wie niedlich klein der ist!« Das mochte der Baum gar nicht hören.

Im folgenden Jahr war er um einen langen Trieb größer, und das Jahr darauf um noch einen, denn an den Tannenbäumen kann man immer an der Zahl der Triebe, die sie haben, sehen, wie viele Jahre sie gewachsen sind.

»Oh, wäre ich doch so ein großer Baum wie die andern!«, seufzte das kleine Bäumchen; »dann könnte ich meine Zweige so weit ausbreiten und mit der Krone in die weite Welt hinausblicken! Die Vögel würden dann Nester in meinen Zweigen bauen, und wenn der Wind wehte, könnte ich so vornehm nicken wie die andern dort!«

Er hatte gar keine Freude am Sonnenschein, an den Vögeln und an den roten Wolken, die morgens und abends über ihn hinsegelten. War es dann Winter, und der Schnee lag glitzernd weiß ringsumher, so kam häufig ein Hase angesprungen und setzte geradewegs über das Bäumchen weg – oh, das war so ärgerlich! – Aber zwei Winter vergingen, und im dritten war der Baum so groß, dass der Hase um ihn herumlaufen musste. Oh, wachsen, wachsen, groß und alt werden, das ist doch das einzig Schöne in dieser Welt, dachte der Baum.

Im Herbst kamen immer Holzhauer und fällten einige der größten Bäume, das geschah jedes Jahr, und der junge Tannenbaum, der nun ganz gut gewachsen war, bebte dabei; denn die großen, prächtigen Bäume fielen mit Knacken und Krachen zur Erde, die Zweige wurden ihnen abgehauen, die Bäume sahen ganz nackt, lang und schmal aus; sie waren fast nicht mehr zu erkennen. Aber dann wurden sie auf Wagen gelegt, und Pferde zogen sie aus dem Wald hinaus. Wo sollten sie hin? Was stand ihnen bevor? Im Frühjahr, als die Schwalben und Störche kamen, fragte der Baum sie: »Wisst ihr nicht, wohin sie gebracht wurden? Seid ihr ihnen nicht begegnet?«

Die Schwalben wussten nichts, aber der Storch sah nachdenklich aus, nickte mit dem Kopf und sagte: »Ja, ich glaube wohl! Mir begegneten viele neue Schiffe, als ich aus Ägypten geflogen kam; auf den Schiffen waren prächtige Mastbäume; ich wage zu behaupten, dass sie es waren; sie rochen nach Tanne; ich kann vielmals grüßen, die tragen den Kopf hoch, sehr hoch!«

»Oh, wäre ich doch auch groß genug, um über das Meer fahren zu können! Wie ist das eigentlich, dieses Meer, und wie sieht es aus?«

»Ja, das zu erklären ist zu weitläufig«, sagte der Storch, und damit ging er fort.

»Freu dich deiner Jugend!«, sagten die Sonnenstrahlen, »freu dich deines frischen Wachstums, des jungen Lebens, das in dir ist!«

Und der Wind küsste den Baum, und der Tau weinte Tränen über ihn; aber das verstand der Tannenbaum nicht.

Als es auf die Weihnachtszeit zuging, wurden ganz junge Bäume gefällt, Bäume, die oft nicht einmal so groß oder im gleichen Alter mit diesem Tannenbaum waren, der weder Rast noch Ruh, sondern immer davon wollte. Diese jungen Bäume, und es waren gerade die allerschönsten, behielten immer ihre Zweige; sie wurden auf Wagen gelegt, und Pferde zogen sie aus dem Wald hinaus.

»Wohin sollen die?«, fragte der Tannenbaum. »Sie sind nicht größer als ich, da war sogar einer, der war viel kleiner! Warum behielten sie alle ihre Zweige? Wo fahren sie hin?«

»Das wissen wir! Das wissen wir!«, zwitscherten die Sperlinge.

»Unten in der Stadt haben wir durch die Fensterscheiben gesehen! Wir wissen, wohin sie fahren! Oh, sie gelangen zur größten Pracht und Herrlichkeit, die man sich denken kann! Wir haben in die Fenster geguckt und gesehen, dass sie mitten in der warmen Stube aufgepflanzt und mit den schönsten Sachen, vergoldeten Äpfeln, Honigkuchen, Spielzeug und vielen hundert Lichtern geschmückt werden.«

»Und dann –?«, fragte der Tannenbaum und bebte in allen Zweigen. »Und dann? Was geschieht dann?«

»Ja, mehr haben wir nicht gesehen! Das war unvergleichlich.«

»Ob ich wohl auch bestimmt bin, diesen strahlenden Weg zu gehen?«, jubelte der Tannenbaum.

»Das ist noch besser, als über das Meer zu ziehen! Wie ich an der Sehnsucht leide! Wäre es doch Weihnachten! Nun bin ich groß und ausgewachsen wie die andern, die im vorigen Jahr fortgebracht wurden! Oh, wäre ich erst auf dem Wagen! Wäre ich doch in der warmen Stube mit all der Pracht und Herrlichkeit! Und dann –? Ja, dann kommt etwas noch Besseres, noch Schöneres, warum würden sie mich sonst so schmücken! Es muss etwas noch Größeres, etwas noch Herrlicheres kommen –! Aber was? Oh, ich leide! ich sehne mich! ich weiß selbst nicht, wie mir ist!«

»Freu dich unser!«, sagten die Luft und das Sonnenlicht; »freu dich deiner frischen Jugend im Freien!«

Aber er freute sich durchaus nicht und wuchs und wuchs; Winter und Sommer stand er grün, dunkelgrün stand er da; die Leute, die ihn sahen, sagten: »Das ist ein schöner Baum!« Und zur Weihnachtszeit wurde er von allen zuerst gefällt. Die Axt hieb tief durch sein Mark, der Baum fiel mit einem Seufzer zu Boden; er fühlte einen Schmerz, eine Ohnmacht; er konnte gar nicht an irgendein Glück denken, er war betrübt, von der Heimat scheiden zu müssen, von dem Fleck, auf dem er emporgeschossen war; er wusste ja, dass er die lieben alten Kameraden, die kleinen Büsche und Blumen ringsumher, nie mehr sehen würde, ja vielleicht nicht einmal die Vögel. Die Abreise war durchaus nicht angenehm.

Der Baum kam erst wieder zu sich, als er, im Hof mit anderen Bäumen abgeladen, einen Mann sagen hörte: »Der ist prächtig! Wir brauchen nur diesen!«

Nun kamen zwei Diener in vollem Staat und trugen den Tannenbaum in einen großen schönen Saal. Ringsherum an den Wänden hingen Bilder, und neben dem großen Kachelofen standen hohe chinesische Vasen mit Löwen auf den Deckeln; da gab es Schaukelstühle, seidene Sofas, große Tische voller Bilderbücher und Spielzeug für hundert mal hundert Taler – wenigstens sagten das die Kinder. Und der Tannenbaum wurde in ein großes, mit Sand gefülltes Fass gestellt; aber niemand konnte sehen, dass es ein Fass war, denn es wurde rundherum mit grünem Stoff behängt und stand auf einem großen bunten Teppich! Oh: wie der Baum bebte! Was wird nun wohl geschehen? Die Diener und die Fräulein schmückten ihn; an einen Zweig hängten sie kleine Netze, ausgeschnitten aus farbigem Papier; jedes Netz war mit Zuckerwerk gefüllt; vergoldete Äpfel und Walnüsse hingen herab, als wären sie festgewachsen, und über hundert rote, blaue und weiße Lichterchen wurden in den Zweigen festgesteckt. Puppen, die so lebendig

wie Menschen aussahen – der Baum hatte früher nie solche gesehen –, schwebten im Grünen, und hoch oben auf die Spitze wurde ein großer Stern von Flittergold gesetzt; das war prächtig, ganz unvergleichlich prächtig.

»Heut Abend«, sagten alle, »heut Abend wird er strahlen!«

›Oh!‹, dachte der Baum, ›wäre es doch Abend! Würden nur die Lichter bald angezündet! Und was dann wohl geschieht? Ob da wohl Bäume aus dem Wald kommen und mich sehen? Ob die Sperlinge an die Fensterscheiben fliegen? Ob ich hier festwachse und Winter und Sommer geschmückt stehen werde?‹

Ja, er wusste gut Bescheid! Aber er hatte ordentlich Borkenschmerzen vor lauter Sehnsucht, und Borkenschmerzen sind für einen Baum ebenso schlimm wie Kopfschmerzen für uns andere.

Nun wurden die Lichter angezündet. Welcher Glanz! Welche Pracht! Der Baum bebte dabei in allen Zweigen, sodass eins der Lichter das Grün anbrannte; es sengte ordentlich.

»Gott bewahre uns!«, schrien die Fräulein und löschten es hastig aus.

Nun durfte der Baum nicht einmal beben. Oh, das war ein Schreck! Er hatte Angst, etwas von seinem Schmuck zu verlieren; er war ganz betäubt von all dem Glanz. Und nun gingen beide Flügeltüren auf und eine Menge Kinder stürzten herein, als wollten sie den ganzen Baum umwerfen; die älteren Leute kamen bedächtig nach. Die Kleinen standen ganz stumm – aber nur einen Augenblick, dann jubelten sie wieder, dass es nur so schallte; sie tanzten um den Baum herum, und ein Geschenk nach dem andern wurde abgepflückt.

›Was machen sie?‹, dachte der Baum. ›Was soll geschehen?‹ Und die Lichter brannten bis dicht auf die Zweige herunter, und wie sie niederbrannten, löschte man sie aus, und dann bekamen die Kinder die Erlaubnis, den Baum zu plündern. Oh, sie stürzten sich auf ihn, dass es in allen Zweigen knackte; wäre er nicht mit der Spitze und dem Goldstern an der Decke festgebunden gewesen, so wäre er umgestürzt.

Die Kinder tanzten mit ihrem prächtigen Spielzeug herum, niemand sah nach dem Baum, nur das alte Kindermädchen blickte zwischen die Zweige, aber nur, um zu sehen, ob nicht noch eine Feige oder ein Apfel vergessen worden war.

»Eine Geschichte! Eine Geschichte!«, riefen die Kinder und zogen einen kleinen dicken Mann zu dem Baum hin; und er setzte sich gerade unter ihn, »denn da sind wir im Grünen«, sagte er, »und der Baum kann mit besonderem Nutzen zuhören! Aber ich erzähle nur eine Geschichte. Wollt ihr die von Ivede-Avede oder die von Klumpe-Dumpe hören, der die Treppen herunterfiel und doch zu Ehren kam und die Prinzessin erhielt?«

»Ivede-Avede!«, schrien einige, »Klumpe-Dumpe!«, schrien andere, das war ein Rufen und Schreien! Nur der Tannenbaum schwieg ganz still und dachte: ›Soll ich gar nicht mit, gar nichts dabei tun?‹ Er war ja dabei gewesen, hatte getan, was er sollte.

Und der Mann erzählte von »Klumpe-Dumpe, der die Treppen herunterfiel und doch zu Ehren kam und die Prinzessin erhielt«. Und die Kinder klatschten in die Hände und riefen: »Erzähle! Erzähle!« Sie wollten auch die Geschichte von Ivede-Avede hören, aber sie bekamen nur die von Klumpe-Dumpe. Der Tannenbaum stand ganz stumm und gedankenvoll; nie hatten die Vögel im Wald so etwas erzählt. ›Klumpe-Dumpe fiel die Treppen herunter und bekam doch die Prinzessin! Ja, ja, so geht es in der Welt zu!‹, dachte der Tannenbaum und glaubte, dass es wahr sei, weil es ein so netter Mann erzählte. ›Ja, ja! Wer kann es wissen! Vielleicht falle ich auch die Treppe hinunter und bekomme eine Prinzessin.‹ Und er freute sich darauf, den nächsten Tag wieder mit Lichtern und Spielzeug, Gold und Früchten angeputzt zu werden.

›Morgen werde ich nicht zittern!‹, dachte er. ›Ich will mich recht an all meiner Herrlichkeit freuen. Morgen werde ich die Geschichte von Klumpe-Dumpe hören und vielleicht auch die von Ivede-Avede.‹ Und der Baum stand still und gedankenvoll die ganze Nacht.

Am Morgen kamen der Diener und das Mädchen herein.
›Nun beginnt das Schmücken aufs Neue!‹, dachte der Baum. Aber sie schleppten ihn zur Stube hinaus, die Treppe hinauf auf den Boden, und hier, in einem dunklen Winkel, wo kein Tageslicht schien, stellten sie ihn hin. ›Was soll das bedeuten?‹, dachte der Baum. ›Was soll ich hier wohl tun? Was bekomme ich hier wohl zu hören?‹ Und er lehnte sich an die Mauer und dachte und dachte. Und er hatte Zeit genug, denn es vergingen Tage und Nächte, niemand kam herauf; und als endlich jemand kam, so geschah es nur, um einige große Kästen in den Winkel zu stellen. Nun stand der Baum ganz versteckt; man musste glauben, dass er völlig vergessen war.

›Nun ist es Winter draußen!‹, dachte der Baum. ›Die Erde ist hart und mit Schnee bedeckt, die Menschen können mich nicht pflanzen; deshalb soll ich wohl bis zum Frühjahr hier im Schutz stehen! Wie wohlbedacht das ist! Wie gut doch die Menschen sind! – Wäre es hier nur nicht so dunkel und schrecklich einsam! Nicht einmal ein kleiner Hase! Es war doch so niedlich da draußen im Wald, wenn Schnee lag und der Hase vorbeisprang; ja, selbst als er über mich hinwegsprang; aber damals konnte ich es nicht leiden. Hier oben ist es doch schrecklich einsam!‹

»Piep, piep!«, sagte da eine kleine Maus und huschte hervor; und dann kam noch eine kleine. Sie beschnupperten den Tannenbaum, und dann schlüpften sie zwischen seine Zweige.

»Es ist eine gräuliche Kälte!«, sagten die kleinen Mäuse. »Sonst ist es hier gut sein! Nicht wahr, du alter Tannenbaum?«

»Ich bin gar nicht alt!«, sagte der Tannenbaum; »es gibt viele, die weit älter sind als ich!«

»Wo kommst du her?«, fragten die Mäuse, »und was weißt du?« Sie waren so gewaltig neugierig. »Erzähl uns doch von dem schönsten Ort auf Erden! Bist du dort gewesen? Bist du in der Speisekammer gewesen, wo Käse auf den Brettern liegen und Schinken unter der Decke hängen, wo man auf Talglicht tanzt, mager hineingeht und fett herauskommt?«

»Das kenne ich nicht«, sagte der Baum. »Aber den Wald kenne

ich, wo die Sonne scheint und wo die Vögel singen!« Und dann erzählte er alles aus seiner Jugend, und die kleinen Mäuse hatten so etwas noch nie gehört, und sie horchten auf und sagten: »Nein, wie viel du gesehen hast! Wie glücklich du gewesen bist!«

»Ich?«, sagte der Tannenbaum und dachte über das nach, was er selbst erzählte. »Ja, es waren im Grunde ganz fröhliche Zeiten!« Aber dann erzählte er vom Weihnachtsabend, wo er mit Kuchen und Lichtern geschmückt war.

»Oh!«, sagten die kleinen Mäuse, »wie glücklich du gewesen bist, du alter Tannenbaum!«

»Ich bin gar nicht alt!«, sagte der Baum. »Erst diesen Winter bin ich aus dem Wald gekommen! Ich bin in meinem allerbesten Alter. Ich bin nur so schnell gewachsen.«

»Wie schön du erzählst!«, sagten die kleinen Mäuse. Und in der nächsten Nacht kamen sie mit vier andern kleinen Mäusen, die sollten den Baum auch erzählen hören, und je mehr er erzählte, desto deutlicher erinnerte er sich selbst an alles und dachte: ›Es waren doch ganz fröhliche Zeiten! Aber sie können wiederkommen, noch einmal wiederkommen. Klumpe-Dumpe fiel die Treppen herunter und erhielt doch die Prinzessin; vielleicht kann ich auch eine Prinzessin bekommen!‹ Und dann dachte der Tannenbaum an eine kleine niedliche Birke, die draußen im Walde wuchs; das war für den Tannenbaum eine wirklich schöne Prinzessin.

»Wer ist Klumpe-Dumpe?«, fragten die kleinen Mäuse.

Und dann erzählte der Tannenbaum das ganze Märchen; er konnte sich jedes einzelnen Wortes entsinnen; und die kleinen Mäuse wären vor lauter Freude fast bis in die Spitze des Baumes gesprungen. In der folgenden Nacht kamen noch viel mehr Mäuse, und am Sonntag sogar zwei Ratten; aber die sagten, die Geschichte sei nicht hübsch, und das betrübte die kleinen Mäuse, denn nun hielten sie auch weniger davon.

»Kennen Sie nur die eine Geschichte?«, fragten die Ratten.

»Nur die eine!«, sagte der Baum; »die hörte ich an meinem glücklichsten Abend, aber damals dachte ich nicht daran, wie glücklich ich war.«

»Das ist eine höchst jämmerliche Geschichte! Kennen Sie keine mit Speck und Talglicht? Keine Speisekammergeschichte?«

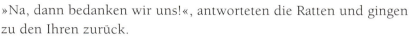

»Nein!«, sagte der Baum.

»Na, dann bedanken wir uns!«, antworteten die Ratten und gingen zu den Ihren zurück.

Die kleinen Mäuse blieben zuletzt auch weg, und da seufzte der Baum: »Es war doch ganz hübsch, als sie um mich herumsaßen, die flinken kleinen Mäuse, und zuhörten, wie ich erzählte! Nun ist auch das vorbei! Aber ich werde daran denken und mich freuen, wenn ich wieder hervorgeholt werde!«

Aber wann geschah das? – Ja, es war eines Morgens, da kamen Leute und rumorten auf dem Boden; die Kästen wurden weggesetzt, der Baum wurde hervorgezogen; sie warfen ihn freilich ziemlich hart auf den Fußboden, aber ein Diener schleppte ihn sogleich zur Treppe hin, wo das Tageslicht schien.

›Nun beginnt das Leben wieder!‹, dachte der Baum; er fühlte die frische Luft, den ersten Sonnenstrahl und nun war er draußen im Hof. Alles ging so geschwind; der Baum vergaß völlig, sich selbst zu betrachten; da war so vieles ringsumher zu sehen. Der Hof stieß an einen Garten, und alles blühte darin; die Rosen hingen so frisch und duftend über das kleine Gitter, die Lindenbäume blühten, und die Schwalben flogen umher und sagten: »Quirre-virre-vit, mein Mann ist kommen!« Aber es war nicht der Tannenbaum, den sie meinten.

»Nun werde ich leben!«, jubelte er und breitete seine Zweige weit aus; aber ach, die waren alle vertrocknet und gelb; und er lag da im Winkel zwischen Unkraut und Nesseln. Der Stern von Goldpapier saß noch oben in der Spitze und glänzte im hellen Sonnenschein. Im Hof spielten ein paar der munteren Kinder, die zur Weihnachtszeit den Baum umtanzt und sich so über ihn gefreut hatten. Eins der kleinsten lief hin und riss den Goldstern ab.

»Sieh, was da noch an dem hässlichen alten Tannenbaum sitzt!«, sagte es und trat auf die Zweige, sodass sie unter seinen Stiefeln knackten.

Und der Baum sah all die Blumenpracht und Frische im Garten, er sah sich selbst und wünschte, dass er in seinem dunklen Winkel auf dem Boden geblieben wäre; er gedachte seiner frischen Jugend im Wald, des lustigen Weihnachtsabends und der kleinen Mäuse, die so munter die Geschichte von Klumpe-Dumpe angehört hatten.
»Vorbei! Vorbei!«, sagte der arme Baum. »Hätte ich mich doch gefreut, als ich es noch konnte! Vorbei! Vorbei!«
Und der Knecht kam und hieb den Baum in kleine Stücke; ein ganzes Bündel lag da; hell flackerte es auf unter dem großen Braukessel; und er seufzte so tief, und jeder Seufzer war wie ein kleiner Schuss; darum liefen die Kinder, die dort spielten, herbei und setzten sich vor das Feuer, blickten hinein und riefen: »Piff! Paff!« Aber bei jedem Knall, der ein tiefer Seufzer war, dachte der Baum an einen Sommertag im Wald oder an eine Winternacht da draußen, wenn die Sterne funkelten; er dachte an den Weihnachtsabend und an Klumpe-Dumpe, das einzige Märchen, das er gehört hatte und zu erzählen wusste, und dann war der Baum verbrannt.
Die Knaben spielten im Hof, und der kleinste hatte den Goldstern auf der Brust, den der Baum an seinem glücklichsten Abend getragen hatte; nun war er vorbei, und mit dem Baum war es vorbei und mit der Geschichte auch: vorbei, vorbei und so geht es mit allen Geschichten!

Ludvik Askenazy

Der Schlittschuhkarpfen

Karpfen sind leidenschaftliche Schlittschuhläufer. Nur weiß das niemand, weil noch nie jemand einen Karpfen Schlittschuhlaufen sah.
Einmal vergaß ein kleines Mädchen seine Schlittschuhe. Und der alte Schuppinski war ganz begeistert.
»Endlich passende Schlittschuhe«, sagte er sich.
»Bald ist Vollmondnacht. Da probier ich ein paar Kreisel. Das liebe ich.«
Karpfen laufen gerne Schlittschuh bei Musik. Und weil er sonst niemanden kannte, fragte er eine Lachmöwe: »Könntest du Musik zum Schlittschuhlaufen machen?«
»Aber klar«, sagte die Lachmöwe und kicherte schelmisch.
Natürlich kann keine Lachmöwe Musik zum Schlittschuhlaufen machen. Na ja.
In der nächsten Woche war Vollmond. Der Karpfen sprang aus dem Eisloch. Es war die einzige Stelle, wo er herauskonnte, denn der übrige See war vereist. Er zog sich die Schlittschuhe an und sagte zu der Lachmöwe: »Spiel die Mondscheinsonate.« Das war zu viel verlangt von einer Lachmöwe. Aber Karpfen wissen nicht so gut Bescheid, was oben vor sich geht.
»Die Mondscheinsonate kann ich nicht«, sagte die Lachmöwe, »aber was ich kann, ist schöne Lachmusik.«
»Ich will aber etwas Feierliches«, sagte der Karpfen. »Ich will, dass mein Schlittschuhtanz unvergesslich bleibt.«
Dann tanzte er, und die Lachmöwe lachte vornehm.
»Du machst eine fantastische Mondmusik«, sagte der Karpfen.
»Man möchte sich nur noch kreisen und schwingen und drehen und wiegen.« Es war so schön, dass der Mond neidisch wurde und zu ihnen herunterkugelte. Da verging der Möwe das Lachen, weil sie den Mond noch nie unten gesehen hatte. Der Karpfen fragte: »Was ist denn mit deiner Mondmusik?« Da begann der Mond sich

wie eine Schallplatte zu drehen, und der alte Karpfen Schuppinski hörte auf einmal die echte Mondscheinsonate.
Er lief ganz außer sich über das Eis.
Das Mädchen, das seine Schlittschuhe vergessen hatte, stand am Ufer und schaute zu.
»Ich lass ihm meine Schlittschuhe«, sagte es. »So kleine und silberne bekommt er nie wieder.«
Es war unmöglich, dem Karpfen die Schlittschuhe wegzunehmen. Weil er doch ein so begeisterter Schlittschuhläufer war.
Sogar die Lachmöwe wackelte nur noch mit dem Kopf, was bei einer Lachmöwe die größte Verwunderung ausdrückt.

Peter Bichsel

Im Winter muss mit Bananenbäumen etwas geschehen

Großväter haben, oder hatten, eine Neigung zur Geographie. Sie hatten alte Atlanten und zeigten ihren Enkeln Grönland, Afrika und Australien. Sie kannten den Pazifik und den Atlantik und den Indischen Ozean, und sie kannten den Unterschied zwischen afrikanischen und indischen Elefanten.
(Ich hatte erst kürzlich am Biertisch wieder einen Streit darüber, welche die größeren seien und welche die längeren Ohren hätten. Ich habe tapfer die Meinung meines Großvaters vertreten und kam damit in die Minderheit, aber ich bin überzeugt, dass mein Großvater recht hatte: Die indischen, das sind die großen mit den kleinen Ohren.)
Von einem andern Großvater habe ich gehört, der schnitzte in einer Fabrik in Kleinlützel ein Leben lang Edelweiße und Alpenrosen auf Tabakpfeifen und Spazierstöcke, mehrere in einer Minute für einen lächerlichen Lohn, und darunter schnitzte er die Namen von Dörfern, schöne Namen. Zermatt, St. Moritz, Andermatt, Adelboden, Murren. Und er schnitzte diese Namen liebevoll – sehr schnell, aber liebevoll –, und er dachte sich dabei etwas. Es ist ihm nicht aufgefallen, dass er noch nie da war, und er starb, ohne auch nur einen dieser Orte gesehen zu haben. Es ist unwahrscheinlich, dass er den Wunsch hatte, diese Orte zu sehen – es ist wahrscheinlich, dass er den Wunsch hatte, aber es ist unwahrscheinlich, dass er ihm bekannt war. Sicher hatte auch er eine Landkarte, und er hat sich die Orte auf der Landkarte gesucht, und als auf dem Kalender das Matterhorn kam, da brachte er es nicht übers Herz, das Blatt nach einem Monat abzureißen, und seither hing an der Wand der September 1924, und er wurde nach und nach blass und brüchig und gelb, vielleicht sehr wahrscheinlich nicht, man stellt sich die Einfachen immer zu sentimental vor. Aber eine Landkarte hatte er. Mein Großvater hatte in seinem Garten in Zofingen einen Bananenbaum. Ich weiß nicht, ob man Bananenpalme sagt, er sagte jeden-

falls Bananenbaum. Ab und zu trug er ganz kleine, embryonale Bananen. Essen konnte man sie nicht. Ich versuche mir inzwischen vorzustellen, was mit diesem Baum im Winter geschah. Eigenartig, jede Möglichkeit wird sofort zum Bild und zur realen Vorstellung: Der Bananenbaum im Winter im Garten, in Zeitungen eingehüllt und in einem Torfmullberg – oder das Loch im Garten im Winter, wo der Baum ausgegraben wurde und der »Baum« im Keller mit Stroh eingewickelt oder so – ich weiß es nicht. Ich werde zwar weiterhin am Biertisch von Elefantenunterschieden sprechen – wenn es sein muss oder wenn das Gespräch die Gelegenheit ergibt –, aber ich werde mich nicht auf die Äste hinauslassen und behaupten, mein Großvater in Zofingen habe einen Bananenbaum im Garten gehabt – ich kann es mir nicht leisten, weil ich nicht weiß, was mit ihm denn eigentlich im Winter geschah, und eines ist klar: im Winter muss mit Bananenbäumen etwas geschehen.

Ich hatte das mit Großvaters Bananenbaum völlig vergessen. Kürzlich war ich zum ersten Mal in den Tropen. Und was mich überraschte, war, dass mich alles erinnerte. Ich kannte das bereits alles aus meinen Vorstellungen.

Die Bananenbäume sind wirklich so wie der Bananenbaum meines Großvaters, dasselbe Grün. Und ich hatte eigentlich meinen Großvater vergessen – hier in den Tropen erinnerte ich mich wieder an ihn. Ich wäre gern zurückgekommen und hätte meinem Großvater gern mitgeteilt, dass sie wirklich so sind, die richtigen Bananenbäume, dass sie genauso sind wie seiner. In diesem Sinne habe ich ihn wieder einmal mehr vermisst.

Es ist etwas schwierig, wenn man weit weg ist. Man hat dann Zeitunterschiede und ein anderes Klima, und der Mond hängt etwas anders am Himmel, und man versucht sich mit Wörtern wie Äquator oder Rossbreiten zu beeindrucken. Es ist unvorstellbar, dass mein Großvater diese Gegend je erreicht hätte, aber er legte Wert darauf, mir von diesen Gegenden zu erzählen.

Er hatte ein Buch mit dem Titel »Vögel der Welt« und ein Buch mit dem Titel »Säugetiere der Welt« mit Farbtafeln, auf denen das transparente Metzgerpapier festklebte und so einen schönen Ton von sich gab, wenn man es abzog. Ameisenbären und Beuteltiere, Okapis und Nashörner waren ihm und mir nicht fremd, und er formte aus Ton Elefanten und Giraffen und bemalte sie mit Goldbronze.

Etwas anderes ist mir noch eingefallen in den Tropen, nämlich dass ich einmal Missionar werden wollte, ich erinnerte mich an die Sonntagsschule und an die Lichtbildervorträge von Missionaren im Keller unserer Kirche und an einen freundlichen Mann, der uns »Weißt du wie viel Sternlein stehen« in irgendeiner Eingeborenensprache vorsang.

Ich habe daran gedacht, als ich mit denen, die man als Eingeborene bezeichnet, sprach, und ich konnte mir nicht vorstellen, was geschehen wäre, wenn man mich hierhergeschickt hätte.

Hierhergeschickt übrigens mit dem Geld meines Großvaters. Er war ein sehr frommer Mann, und er muss sehr viel Geld für die Mission gespendet haben, und seine Frau hat für den Missionsbasar gestrickt und gehäkelt, ein Leben lang. Meine Großmutter war keine lebensfrohe Frau. Sie war sehr prüd. Irgendwie muss sie aber dauernd Lendenschurze vor ihren Augen gesehen haben. Ich kann mir das kaum vorstellen. Der Bananenbaum vor Großvaters Haus muss auch – irgendwie – mit Mission zu tun gehabt haben.

Ich habe mich vorsichtig erkundigt nach christlicher Mission bei Hindus und Buddhisten, und ich habe vorsichtige Antworten bekommen, höfliche Antworten, keine Ablehnung. Einer wusste, dass sie von ihnen die Schrift haben. So alles nur schlecht haben sie nicht gemacht.

Ich hätte ihm lange erzählen müssen, nach meiner Rückkehr. Er hätte – da bin ich sicher – seinen Atlas geholt und die Tierbücher, und ich bin fast sicher, dass er mich nicht gefragt hätte nach der Mission.

Mein Großvater war ein interessierter Mann, und er war bescheiden und fromm. Ich kann mir ihn nicht vorstellen als Tourist, unvorstellbar, dass er gereist wäre – kein Matterhorn, kein Niagarafall, keine Akropolis.

Erdnüsschen und Orangen hatte er nicht nur gern. Er hat sie verehrt. All das mit Afrika und Südsee und so gehörte irgendwie mehr zu seiner Welt als zu meiner. Irgendwie hat er sich von Mission mehr versprochen als von Christentum, und von Geographie und Zoologie mehr als von Politik.

Die Tropen haben mich an meine Kindheit erinnert, nicht etwa an Bubenträume, vielmehr an die Träume meines Großvaters. Sie sind so etwas wie eine alte Welt, wie eine Welt, die man vor vierzig Jahren beschrieben bekam.

Wenn Touristen davon sprechen, dass dies mit Bali bald vorbei sein werde, dann trauern sie eigentlich nichts anderem als der Welt ihrer Großväter nach. Die Entwicklungsländer haben darunter zu leiden, dass mein Großvater in seinem Garten einen Bananenbaum hatte und dass er Erdnüsschen verehrte, und vielleicht, ich weiß nicht –

Nichts gegen meinen Großvater, ich mag ihn.

Peter Hacks

Der Winter

Im Winter geht die Sonn
Erst mittags auf die Straße
Und friert in höchstem Maße
Und macht sich schnell davon.

Ein Rabe stelzt im Schnee
Mit graugeschneitem Rücken,
In seinen Fußabdrücken
Sieht man jeden Zeh.

Der Winter ist voll Grimm.
Doch wenn die Mutter Geld hat
Und viel Briketts bestellt hat,
Dann ist er nicht so schlimm.

Walter Kempowski

Schlittschuhlaufen

Die Wiesentümpel waren zugefroren, das sprach sich schnell herum. Sigmund nahm die Schlittschuh über die Schulter, seine Mutter setzte ihm die Mütze zurecht, dann lief er hinaus zu den Dallwitzhofer Wiesen, wo schon reger Betrieb war.
Sigmund hätte gern auf die Mütze verzichtet, er wollte immer schon Ohrenschützer haben, wie ihn Skiläufer trugen, aber die Mutter wusste nicht, was er damit meinte: Ohrenschützer.
Die Schlittschuh saßen nicht richtig, die Halter fassten nicht, sie waren ausgeleiert. Und dann: im Mantel Schlittschuh laufen? Die andern trugen Überfallhosen und Trainingsjacken und Handschuhe aus Segeltuch!

Sigmund suchte sich einen stillen Winkel und fuhr dort seine Kreise. Das Eis war schwarz, man sah Luftblasen und zur Seite gebogene Gräser. Sigmund setzte weiße Spuren über das dunkle Eis: Am Rande des Tümpels staken Besen im Eis, damit man nicht darüber hinausläuft und einsinkt. Das hatte die Stadtverwaltung besorgt. Von seinem stillen Winkel aus sah Sigmund die Eislaufkönner »rückwärts übersetzen«, größere Jungen, die weite Bogen beschrieben und nach Mädchen Ausschau hielten, rückwärts übersetzten und dann auch vorwärts. Einer dieser Eislaufkönner knallte auf Sigmund drauf, dass ihm die Luft wegblieb. Er hob ihn in die Höhe und stellte ihn wieder aufs Eis, klopfte ihm den Eisstaub ab und hielt ihn einen Augenblick. »Geht's?«, fragte er. Es tat ihm leid, dass er den kleinen Jungen umgestoßen hatte. – Aber dann musste er weiterlaufen, rückwärts und vorwärts übersetzen, und bald wurde es ja auch schon dunkel.

Friedrich Güll

Vom Büblein auf dem Eis

Gefroren hat es heuer
Noch gar kein festes Eis.
Das Büblein steht am Weiher
Und spricht so zu sich leis:
Ich will es einmal wagen,
Das Eis, es muss doch tragen,
Wer weiß?

Das Büblein stampft und hacket
Mit seinem Stiefelein.
Das Eis auf einmal knacket,
Und Krach! Schon brichts hinein!
Das Büblein platscht und krabbelt
Als wie ein Krebs und zappelt
Mit Schrein.

O helft, ich muss versinken
In lauter Eis und Schnee!
O helft, ich muss ertrinken
Im tiefen, tiefen See!
Wär nicht ein Mann gekommen,
Der sich ein Herz genommen,
O weh!

Der packt es bei dem Schopfe
Und zieht es dann heraus,
Vom Fuß bis zu dem Kopfe
Wie eine Wassermaus.
Das Büblein hat getropfet,
Der Vater hat's geklopfet
Zu Haus.

Christoph Meckel

Schneetiere

Ich hörte, dass Schneetiere, ausgehungert, in die Wohnungen der Menschen vordringen, über kilometerbreite Meerstraßen auf schneearme Inseln kommen, die ihnen ergiebiges Weideland versprechen. Ich hörte von Armut und Unwirtlichkeit ihrer Wohnplätze und dass es schwirig sei, sie zu Gesicht zu bekommen, unmöglich, sie zu erlegen. Man sagte mir: Über der Schneegrenze, wenn überhaupt, wirst du sie finden, schnelle weiße Schatten vor dem Schnee, Lebewesen wie Schneeflocken, spurlos.
Ich mietete eine Hütte im Gebirge, ließ Nahrungsmittel kommen, Holz für die Schneezeit, tausend Schuss Munition und zwei gute Gewehre. Meine Absicht war, die Schneetiere zu beobachten, doch behauptete ich, meine Absicht sei die Jagd. Es leuchtet immer ein, wenn einer mit dem Gewehr über der Schulter an Gebirgshöfen vorbeikommt und behauptet, er sei auf der Jagd nach Schneetieren. Man wird ihm zwar sagen, davon verstünde er nichts und sei hier fremd (das Schneehuhn zum Beispiel sei kein Schneetier), aber man wird ihn in Ruhe lassen.
Ein paar Wochen lang war ich im Gebirge unterwegs, suchte liegenden und fallenden Schnee, verhängten und offenen Himmel nach Schneetieren ab, hoffte, dass sich ein Schneetier durch Bewegung verrate, bekam aber keins zu Gesicht. Ich ging geräuschlos durch tiefen und flachen Schnee, hielt Ausschau von Felsen und Halden, saß horchend in Mulden und ließ mich verschneien. Ich stieß das Gewehr ins Unterholz, verbreitete Lärm mit Schüssen und Rufen, ohne Ergebnis. Ich dachte: Sie sind scheu, sie sind vielleicht neugierig. Man muss wissen, wie sie reagieren, man muss zunächst ein Schneetier gesehen haben (kein Mensch schien jemals ein

Schneetier gesehen zu haben), um sich ihm gegenüber richtig zu verhalten. Man muss erreichen, dass sie aus ihren Verstecken kommen, absichtlich oder zufällig. Man muss erreichen, dass die weiße Grenze von ihnen durchbrochen wird, Geräuschlosigkeit, Schneetarnung, denn sie sind nicht unsichtbar.

Wo immer sich ein Tier durch Bewegung verriet, aus dem Gestrüpp flog oder aufgeschreckt über eine Halde lief – es handelte sich in keinem Fall um ein Schneetier. Ich erlegte Hasen und Füchse, Krähen und Murmeltiere, die Jagd ernährte mich, brachte aber kein Schneetier zum Vorschein.

Wie leben sie denn, überlegte ich. Wo würde ich mich an ihrer Stelle verbergen.

Im dichten Schnee, in der Wurzelhöhle des Baums, in der Mulde unter dem Fels würde ich mich versteckt haben und durch wachsende Schichten Schnee einen Rest von Licht im Auge behalten. Ich würde vorbeigehen lassen, was geht, Schuh oder Pfote, vorbeifliegen lassen, was fliegt, Schrot oder Vogel. Ich würde sein und bleiben unter dem Schnee. In der Gewissheit, unauffindbar zu sein, wäre ich zufrieden im Schnee, der mir den Namen gab.

Meine Gedanken brachten mich nicht weiter. Lawinen, Schneefall und Schneeschmelze halfen nicht. Ich entdeckte kein Schneetier. Nach ein paar Wochen gab ich die Suche auf und fing etwas anderes an.

Ich verbrachte die Tage in meiner Hütte vorm Feuer und versuchte mir vorzustellen, wie sie aussehen und was sie tun (außer im Schnee zu sein und dort zu bleiben), wovon sie sich ernähren und wie sie sich zueinander verhalten. Waren sie Vierbeiner oder Vögel? Alles schien möglich und weniges treffend, nichts war gewiss.

Ich kam zu dem Ergebnis, dass es ihren Namen, nicht aber sie selber gab. Es gab keine Schneetiere, jedenfalls keine, die ein Jäger als Beute vorweisen konnte. Doch gab es Schneetiere insofern, als ihr Name vorhanden war, Vorstellungen erweckte und Jäger und Forscher ins Gebirge zog. War nicht die Tatsache, dass ich mich ein paar Wochen lang mit Schneetieren, nichts als Schneetieren beschäftigt hatte, ein Beweis für ihr Vorhandensein! Wo immer

Schnee fiel, wurden Schneetiere lebendig. Man sprach ihren Namen aus und versuchte sich vorzustellen, wer sie waren und wo sie lebten. Und wer wusste denn, ob nicht in schneelosen Ländern gerade Schneetiere glaubhafter waren als Gürteltiere und Feuerfliegen.
Ich verstand, dass das Unsichtbare ein Reichtum ist, der nicht zerstört, nur vermehrt werden kann.
Ich verließ die Hütte und kehrte heim. Auf die Frage, wo ich gewesen sei, antwortete ich mit Berichten vom Schneetier. Ich trug dazu bei, wie viele vor mir, dass von Schneetieren die Rede war. Und ich werde dafür sorgen, dass, solange ich lebe, das Schneetier lebendig bleibt. Was immer ausstirbt, dem Vergessen anheimfällt – das Schneetier nicht. Wir sind viele.

Gianni Rodari

Das Schloss aus Eis

In Bologna wurde einmal ein Schloss gebaut, das ganz aus Speiseeis war, das stand mitten auf dem »Großen Platz«, und die Kinder kamen von nah und fern, um ein bisschen daran zu lecken.
Das Dach war aus Schlagsahne, der Rauch, der aus den Schornsteinen stieg, aus gesponnenem Zucker und die Schornsteine selbst aus kandierten Früchten. Alles andere aber war aus Eis. Die Türen, die Mauern und die Möbel. Ein kleiner Junge hatte ein Tischchen in Angriff genommen und leckte seine vier Beine ab, eines nach dem anderen, bis der Tisch zu guter Letzt auf ihn fiel, mit allen Tellern, und die Teller waren aus feinstem Schokoladeneis. Plötzlich entdeckte ein Wächter, dass ein Fenster zu schmelzen anfing. Das Fensterglas war aus Erdbeereis, das floss nun in lauter rosafarbenen Bächlein.
»Schnell«, rief der Wächter, »noch schneller!«
Und alle machten sich darüber her und leckten und leckten, damit auch nicht ein einziger Tropfen dieses Meisterwerkes verlorenging.
»Für mich einen Lehnstuhl, einen Lehnstuhl für mich, bitte!«, bat ein altes Frauchen, das zu schwach war, sich durch die Leute zu drängen. »Bitte, einen Lehnstuhl für eine arme Alte! Wer bringt ihn mir? Einen mit Armlehnen, wenn es möglich ist!«
Ein gutmütiger Feuerwehrmann rannte und brachte ihr einen Lehnstuhl, ganz aus Creme und Pistazieneis, und die Alte begann nun selig gerade bei den Armlehnen das Eis in sich hineinzuschlürfen. Das war ein großer Tag in Bologna, und auf Befehl der Ärzte hatte auch niemand Bauchweh von dem vielen Eis.

Noch heutigentags, wenn Kinder ihre Eltern plagen und immer noch ein Eis und noch ein Eis wollen, seufzen die Eltern: Ja, ja, für dich sollten wir ein ganzes Eisschloss haben, wie das von Bologna.

Brüder Grimm

Der goldene Schlüssel

Zur Winterszeit, als einmal ein tiefer Schnee lag, musste ein armer Junge hinausgehen und Holz auf einem Schlitten holen. Wie er es nun zusammengesucht und aufgeladen hatte, wollte er, weil er so erfroren war, noch nicht nach Hause gehen, sondern erst Feuer anmachen und sich ein bisschen wärmen. Da scharrte er den Schnee weg, und wie er so den Erdboden aufräumte, fand er einen kleinen goldenen Schlüssel. Nun glaubte er, wo der Schlüssel wäre, müsste auch das Schloss dazu sein, grub in der Erde und fand ein eisernes Kästchen. Wenn der Schlüssel nur passt! dachte er, es sind gewiss kostbare Sachen in dem Kästchen. Er suchte; aber es war kein Schlüsselloch da. Endlich entdeckte er eins; aber so klein, dass man es kaum sehen konnte. Er probierte, und der Schlüssel passte glücklich. Da drehte er einmal herum, und nun müssen wir warten, bis er vollends aufgeschlossen und den Deckel aufgemacht hat; dann werden wir erfahren, was für wunderbare Sachen in dem Kästchen lagen.

Hans Christian Andersen

Das kleine Mädchen mit den Schwefelhölzern

Es war entsetzlich kalt; es schneite und war beinahe schon ganz dunkel und Abend, der letzte Abend des Jahres.
In dieser Kälte und Finsternis ging auf der Straße ein kleines, armes Mädchen, mit bloßem Kopfe und nackten Füßen. Als sie das Haus verließ, hatte sie freilich Pantoffeln angehabt: aber was half das? Es waren sehr große Pantoffeln gewesen, die ihre Mutter bisher benutzt hatte, so groß waren sie. Die Kleine aber verlor dieselben, als sie über die Straße weghuschte, weil zwei Wagen schrecklich schnell vorüberrollten. Der eine Pantoffel war nicht wiederzufinden, den andern hatte ein Junge erwischt und lief damit fort; er meinte, er könne ihn recht gut als Wiege benutzen, wenn er selbst erst Kinder hätte.
Da ging nun das kleine Mädchen mit den kleinen, nackten Füßen, die ganz rot und blau vor Kälte waren. In einer alten Schürze trug sie eine Menge Schwefelhölzer und ein Bund davon in der Hand. Niemand hatte den ganzen langen Tag ihr etwas abgekauft, niemand ihr einen Pfennig geschenkt.
Zitternd vor Kälte und Hunger schlich sie einher, ein Bild des Jammers, die arme Kleine!
Die Schneeflocken bedeckten ihr langes, blondes Haar, welches in schönen Locken um den Hals fiel; aber daran dachte sie nun freilich nicht.
Aus allen Fenstern glänzten die Lichter, und es roch ganz herrlich nach Gänsebraten: es war ja Silvesterabend. Ja, daran dachte sie!
In einem Winkel, von zwei Häusern gebildet, von denen das eine etwas mehr vorsprang als das andere, setzte sie sich hin und kauerte sich zusammen. Die kleinen Füße hatte sie an sich gezogen; aber es fror sie noch mehr, und nach Hause zu gehen wagte sie nicht: sie hatte ja keine Schwefelhölzchen verkauft und brachte keinen Pfennig Geld.
Von ihrem Vater würde sie gewiss Schläge bekommen, und zu

Hause war es auch kalt; über sich hatten sie nur das Dach, durch welches der Wind pfiff, wenn auch die größten Spalten mit Stroh und Lumpen zugestopft waren.

Ihre kleinen Hände waren beinahe vor Kälte erstarrt.

Ach! Ein Schwefelhölzchen konnte ihr gar wohltun, wenn sie nur ein einziges aus dem Bunde herausziehen, es an die Wand streichen und sich die Finger erwärmen dürfte.

Sie zog eins heraus. Rrscht! Wie sprühte, wie brannte es! Es war eine warme, helle Flamme, wie ein Lichtchen, als sie die Hände darüberhielt; es war ein wunderbares Lichtchen! Es schien wirklich dem kleinen Mädchen, als säße sie vor einem großen, eisernen Ofen mit polierten Messingfüßen und einem messingenen Aufsatze. Das Feuer brannte so gesegnet, es wärmte so schön; die Kleine streckte schon die Füße aus, um auch diese zu wärmen; – doch – da erlosch das Flämmchen, der Ofen verschwand, sie hatte nur noch die kleinen Überreste des abgebrannten Schwefelhölzchens in der Hand.

Ein zweites wurde an der Wand abgestrichen; es leuchtete, und wo der Schein auf die Mauer fiel, wurde diese durchsichtig wie ein Schleier: sie konnte in das Zimmer hineinsehen.

Auf dem Tische war ein schneeweißes Tischtuch ausgebreitet, darauf stand glänzendes Porzellangeschirr, und herrlich dampfte die gebratene Gans, mit Äpfeln und getrockneten Pflaumen gefüllt. Und was noch prächtiger anzusehen war: die Gans hüpfte von der Schüssel herunter und wackelte auf dem Fußboden, Messer und Gabel in der Brust, bis zu dem armen Mädchen hin.

Da erlosch das Schwefelhölzchen, und es blieb nur die dicke feuchtkalte Mauer zurück.

Sie zündete noch ein Hölzchen an. Da saß sie nun unter dem herrlichsten Christbaume; er war noch größer und geputzter als der, den sie durch die Glastüre bei dem reichen Kaufmanne gesehen hatte. Tausende von Lichterchen brannten auf den grünen Zweigen, und bunte Bilder, wie sie an Schaufenstern zu sehen waren, blickten auf sie herab. Die Kleine streckte ihre Hände danach aus: da erlosch das Schwefelhölzchen.

Die Weihnachtslichter stiegen höher und höher; sie sah sie jetzt als Sterne am Himmel; einer davon fiel herunter und bildete einen langen Feuerstreifen.

»Jetzt stirbt jemand!«, dachte das kleine Mädchen, denn ihre alte Großmutter, die Einzige, die sie lieb gehabt hatte und die jetzt gestorben war, hatte ihr erzählt, dass, wenn ein Stern herunterfällt, eine Seele zu Gott emporsteigt.

Sie strich wieder ein Hölzchen an der Mauer ab, es wurde wieder hell, und in dem Glanze stand die alte Großmutter so klar und schimmernd, so mild und liebevoll.

»Großmutter!«, rief die Kleine. »Oh! nimm mich mit! Ich weiß, du entfernst dich, wenn das Schwefelhölzchen erlischt; du verschwindest wie der warme Ofen, wie der herrliche Gänsebraten und der große, prächtige Weihnachtsbaum!«

Und sie strich schnell das ganze Bund Schwefelhölzchen, denn sie wollte die Großmutter recht fest halten. Und die Schwefelhölzchen leuchteten mit einem solchen Glanze, dass es heller wurde als mitten am Tage; die Großmutter war nie früher so schön, so groß gewesen; sie nahm das kleine Mädchen auf ihre Arme, und beide flogen in Glanz und Freude so hoch, so hoch; und dort war weder Kälte noch Hunger, noch Angst – sie waren bei Gott.

Aber im Winkel an die Mauer gelehnt, saß in der kalten Morgenstunde das arme Mädchen mit roten Backen und mit lächelndem Munde – erfroren an des alten Jahres letztem Abend.

Die Neujahrssonne ging auf über der kleinen Leiche.

Starr saß das Kind dort mit den Schwefelhölzchen, von denen ein Bund abgebrannt war.

»Sie hat sich erwärmen wollen!«, sagte man.

Niemand ahnte, was sie Schönes gesehen hatte, in welchem Glanze sie mit der Großmutter zur Neujahrsfreude eingegangen war.

Anton Tschechow

Wanka

Wanka Shukow, ein neunjähriger Junge, den man vor drei Monaten zu dem Schuster Aljachin in die Lehre gegeben hatte, legte sich in der Weihnachtsnacht nicht schlafen. Er wartete ab, bis die Meisterleute mit den Gesellen zur Frühmesse gegangen waren, und holte dann aus dem Schrank des Meisters ein Fläschchen mit Tinte und einen Federhalter mit einer verrosteten Feder. Dann breitete er ein zerknittertes Blatt Papier vor sich aus und begann zu schreiben. Bevor er den ersten Buchstaben malte, schaute er sich mehrmals ängstlich nach der Tür und dem Fenster um, schielte nach dem dunklen Heiligenbild, zu dessen beiden Seiten sich Regale mit Schuhleisten hinzogen, und seufzte tief. Das Papier lag auf der Bank, er selbst kniete davor.
»Lieber Großvater Konstantin Makarytsch!«, schrieb er. »Ich schreibe Dir einen Brief. Ich gratuliere Euch zu Weihnachten und wünsche Dir vom lieben Gott alles Gute. Ich habe ja keinen Vater und keine Mutter mehr, nur Du allein bist mir geblieben.«
Wanka ließ den Blick zu dem dunklen Fenster schweifen, in dem sich der Schein der Kerze spiegelte, und stellte sich lebhaft seinen Großvater Konstantin Makarytsch vor, der bei den Herrschaften Shiwarew als Nachtwächter in Diensten steht.
Er ist ein kleiner, hagerer, aber ungewöhnlich beweglicher Greis von fünfundsechzig Jahren, hat ein ewig lachendes Gesicht und die Augen eines Trinkers. Tagsüber schläft er in der Gesindeküche oder schäkert mit den Köchinnen herum, nachts aber geht er in einen weiten Bauernpelz gehüllt um den Gutshof herum und schlägt an sein Klopfholz. Hinter ihm trotten mit gesenktem Kopf die alte Hündin Kaschtanka und der junge Rüde Wjun, der ein ganz schwarzes Fell hat und dessen Körper so lang wie der eines Wiesels ist. Dieser Wjun benimmt sich ungewöhnlich respektvoll

und freundlich, und er schaut die eigenen Leute ebenso lieb an wie die Fremden, aber er genießt keinen guten Ruf. Hinter seiner Ergebenheit und Demut verbirgt sich eine ausgesprochen jesuitische Tücke. Niemand vermag sich besser anzuschleichen und einen am Bein zu packen, in den Erdkeller einzudringen oder einem Bauern ein Huhn zu stibitzen als er. Man hat ihm schon mehrmals fast die Hinterbeine entzweigeschlagen, zweimal hat man ihn aufgehängt, jede Woche halb tot geprügelt, aber immer wieder ist er auf die Beine gekommen.

Jetzt steht der Großvater wohl am Tor, blinzelt zu den grellroten Fenstern der Dorfkirche hinüber und schwatzt mit dem Hofgesinde, wobei er in seinen Filzstiefeln von einem Bein aufs andere tritt. Sein Klopfholz hat er an den Gürtel gebunden. Er klatscht in die Hände, kichert greisenhaft und zwickt bald das Stubenmädchen, bald die Köchin.

»Wollen wir nicht ein bisschen Tabak schnupfen?«, sagt er und hält den Frauen seine Tabaksdose hin.

Die Frauen nehmen eine Prise und niesen. Der Großvater gerät in unbeschreibliches Entzücken, schüttelt sich vor Lachen und schreit: »Reiß ab, sonst friert's an!«

Man lässt auch die Hunde Tabak schnuppern. Kaschtanka niest, verzieht die Schnauze und geht beleidigt weg. Wjun jedoch niest aus Ehrerbietung nicht und wedelt mit dem Schwanz. Das Wetter ist prächtig, die Luft still, durchsichtig und frisch. Die Nacht scheint dunkel, aber man sieht das ganze Dorf mit seinen weißen Dächern und den Rauchfahnen, die aus den Schornsteinen emporsteigen, die vom Reif versilberten Bäume, die Schneewehen. Der ganze Himmel ist besät mit fröhlich blinkenden Sternen, und die Milchstraße zeichnet sich so deutlich ab, als habe man sie vor dem Fest gewaschen und mit Schnee abgerieben.

Wanja seufzte auf, tauchte die Feder ein und schrieb weiter:

»Gestern hab ich Prügel bekommen. Der Meister hat mich an den Haaren auf den Hof gezerrt und mich mit dem Spannriemen verprügelt, weil ich nämlich sein Kind in der Wiege schaukeln sollte und dabei eingeschlafen bin. Und vorige Woche befahl mir die

Frau, einen Hering zu putzen, da habe ich am Schwanzende angefangen, da hat sie den Hering genommen und ihn mir in den Mund gestopft. Die Gesellen necken mich immer, sie schicken mich in die Kneipe nach Wodka und verlangen von mir, dass ich der Meisterin Gurken stehle, und der Meister schlägt mit allem zu, was ihm gerade in die Hände kommt. Das Essen ist auch nichts. Morgens gibt es Brot, zu Mittag Grütze und zum Abend ebenfalls Brot, und was Tee ist oder Kohlsuppe, die essen die Meistersleute selber. Schlafen muss ich auf dem Flur, und wenn das Kind weint, kann ich gar nicht schlafen, da muss ich die Wiege schaukeln. Lieber Großvater, sei um Gottes willen so gut und hol mich wieder nach Hause ins Dorf, hier kann ich es nicht aushalten ... Ich bitte Dich auf den Knien, ewig will ich für Dich zu Gott beten, hol mich fort von hier, sonst sterbe ich ...«

Wanka verzog den Mund, rieb sich mit seiner schwarzen Faust die Augen und schluchzte.

»Ich will für Dich Tabak reiben«, fuhr er fort, »ich will zu Gott beten, und wenn was ist, dann kannst Du mich windelweich schlagen. Und wenn Du denkst, ich habe keine Stelle, dann will ich um Christi willen den Verwalter bitten, dass ich ihm die Stiefel putzen darf, oder ich will für Fedka als Hirtenjunge gehen. Lieber Großvater, hier kann ich es nicht aushalten, es ist einfach mein Tod. Ich würde ja zu Fuß ins Dorf laufen, aber ich habe keine Schuhe, und ich fürchte mich vor dem Frost.

Aber wenn ich groß bin, dann will ich Dich dafür ernähren und keiner darf Dich beleidigen, und wenn Du stirbst, will ich für Dein Seelenheil beten, genauso wie für mein Mütterchen Pelageja.

Moskau ist eine große Stadt. Die Häuser sind alle herrschaftlich und Pferde sind viele da, aber Schafe gibt es keine, und die Hunde sind nicht böse. Mit dem Stern gehen die Kinder hier nicht, und keinen lässt man im Kinderchor singen, und einmal sah ich in einem Laden im Fenster Haken für alle Arten Fische, gleich mit der Angelschnur, sehr nützlich, und ein solcher Haken hält einen Wels von einem Pud aus. Dann hab ich Läden gesehen, wo es allerlei Flinten gibt, wie die Herren welche haben, so für hundert

Rubel das Stück ... Und in den Fleischerläden sind Birkhühner und Haselhühner und Hasen, aber wo sie geschossen werden, davon erzählen die Verkäufer nichts.

Lieber Großvater, wenn die Herrschaften einen Tannenbaum mit Naschwerk haben, dann nimm für mich eine vergoldete Nuss und leg sie in den grünen Kasten. Bitte das Fräulein Olga Ignatjewna und sag, es ist für Wanka.«

Wanka seufzte krampfhaft und starrte wieder zum Fenster. Ihm fiel ein, dass der Großvater ihn immer mitgenommen hatte, wenn er nach einem Tannenbaum für die Herrschaften in den Wald gegangen war. Das war eine lustige Zeit! Der Großvater ächzte, der Frost ächzte, und wenn Wanka das so sah, ächzte er auch. Bevor der Großvater die Tanne umlegte, rauchte er ein Pfeifchen, schnupfte ausgiebig Tabak, und er lachte den verfrorenen Wanka aus ... Die jungen reifbedeckten Tannen standen regungslos und warteten darauf, welche von ihnen sterben musste. Ehe man sich's versah, sauste ein Hase wie ein Pfeil durch die Schneewehen ... Der Großvater konnte nicht anders, er musste schreien: »Halt ihn, halt ihn fest! Ach, dieser kurzschwänzige Teufel!«

Der Großvater schleppte die geschlagene Tanne in das herrschaftliche Haus, wo man sich daranmachte, sie zu schmücken ... Am meisten hatte das Fräulein Olga Ignatjewna zu tun, Wankas Liebling. Als Wankas Mutter Pelageja noch lebte und bei den Herrschaften Stubenmädchen war, da fütterte Olga Ignatjewna Wanka mit Kandiszucker, und aus Langeweile brachte sie ihm Lesen und Schreiben bei, lehrte ihn bis hundert zählen und sogar Quadrille tanzen. Als aber Pelageja starb, wurde die Waise Wanka zum Großvater in die Gesindeküche abgeschoben und aus der Küche dann zum Schuster Aljachin nach Moskau ...

»Komm, lieber Großvater«, schrieb Wanka weiter, »ich bitte Dich um Christi willen, nimm mich fort von hier. Hab Mitleid mit mir unglücklichem Waisenkind, sonst haut man mich bloß immer, und ich möchte gern richtig essen, und ich habe solche Sehnsucht, dass man es gar nicht sagen kann, und ich weine immerzu. Neulich hat mich der Meister mit dem Schuhleisten auf den Kopf geschlagen, sodass ich hingefallen bin und nur mit Mühe wieder zu mir gekommen bin. Mein Leben ist hin, ich lebe schlimmer als jeder Hund ... Und grüße Aljona und den einäugigen Jegorka und den Kutscher, und gib niemandem meine Harmonika. Immer Dein Enkel Iwan Shukow, komm doch, lieber Großvater.«

Wanka faltete das beschriebene Blatt viermal und steckte es in den Umschlag, den er am Vortag für eine Kopeke gekauft hatte ... Er überlegte einen Augenblick, tauchte die Feder ein und schrieb als Adresse: »An den Großvater im Dorf.«

Darauf kratzte er sich, dachte nach und fügte hinzu: »Konstantin Makarytsch.« Zufrieden, dass man ihn beim Schreiben nicht gestört hatte, setzte er seine Mütze auf, und ohne sein Pelzmäntelchen überzuwerfen rannte er, nur im Hemd, auf die Straße ...

Die Verkäufer aus dem Fleischerladen, die er am Vortag danach fragte, hatten ihm gesagt, dass man Briefe in Briefkästen steckt, von wo aus sie in Posttroikas mit betrunkenen Kutschern und klingenden Glöckchen über die ganze Erde verteilt würden. Wanka rannte bis zum ersten Briefkasten und steckte den kostbaren Brief durch den Schlitz.

Von süßen Hoffnungen gewiegt, schlief er eine Stunde später bereits fest ... Er träumte von einem Ofen, darauf saß der Großvater, baumelte mit den nackten Beinen und las den Köchinnen den Brief vor. Vor dem Ofen lief Wjun auf und ab und wedelte mit dem Schwanz.

Franz Hohler

Der Schrank

Eine Frau stand einmal mitten im Wohnzimmer und schaute ihren Schrank an. Lange überlegte sie sich, was sie eigentlich tun wollte. Sie trug einen Stapel schwerer Bettlaken auf ihren Händen, und jetzt kam ihr wieder in den Sinn, dass sie diese Bettlaken an einen neuen Ort legen wollte. Dieser neue Ort war das unterste Fach des Wohnzimmerschrankes. Sie hatte es schon lange nicht mehr geöffnet und wusste nicht genau, was eigentlich darin versorgt war, Dinge jedenfalls, die sie nur selten brauchte.
Sie kauerte sich also mit ihren Bettlaken nieder, öffnete die Schranktür und schrie laut auf. Ein dunkler kleiner Schatten flitzte heraus, sie ließ die Leintücher sofort los, merkte, dass sie auf diesen Schatten fielen und stemmte beide Hände auf das Bündel, kniete auch darauf und drückte so lange mit ihrem ganzen Gewicht, bis sich unter den Tüchern nichts mehr regte.
Dann hob sie das Bündel vorsichtig auf. Darunter lag eine zerquetschte Ratte. Die Frau holte einen Plastiksack und eine Zeitung, fasste die Ratte mit der Zeitung an, warf sie voller Ekel in den Plastiksack und schmiss dann alles in den Abfalleimer. Als sie aufatmend in die Stube zurückging, hörte sie im Schrankfach ein Rascheln und ein Piepsen. Erst nach einer Weile wagte sie hineinzublicken, und da sah sie in der Kartonschachtel mit dem Christbaumschmuck ein Nest mit einem halben Dutzend kleiner Ratten, die hilflos in der Schachtel herumkrabbelten.
Die Frau setzte sich auf die Bettlaken und schaute lange in den Schrank.
Dann ging sie in die Küche, füllte ein kleines Schälchen mit Milch und stellte es zu den jungen Ratten in die Schachtel mit dem Christbaumschmuck.

Hans Fallada

Der gestohlene Weihnachtsbaum

Ein wesentlicher Unterschied zwischen Kindern und Erwachsenen ist der, dass die Großen ungefähr wissen, was sie vom Leben zu erwarten haben, die Kinder aber erhoffen noch das Unmögliche. Und manchmal behalten sie damit sogar recht.
Seit Mitte Dezember der erste Schnee gefallen war, dachte Herr Rogge wieder an den Weihnachtsbaum und die alljährlich wiederkehrenden endlosen Schwierigkeiten, bis er ihn haben würde. Die Kinder aber nahmen allmorgendlich ihre kleinen Schlitten und zogen in den Wald, den Weihnachtsmann zu treffen. Natürlich war es einfach lächerlich, dass es in diesem Lande mit Wald über Wald keine Weihnachtsbäume geben sollte. Überall standen sie, sie wuchsen einem gewissermaßen in Haus, Hof und Garten, aber sie gehörten nicht Herrn Rogge, sondern der Forstverwaltung. Der alte Förster Kniebusch aber, mit dem Herr Rogge sich übrigens verzankt hatte, verkaufte schon längst keine Baumscheine mehr.
»Wozu denn?«, fragte er. »Es kauft ja doch keiner einen. Und wenn sie sich ihren Baum lieber ›so‹ besorgen, habe ich doch den Spaß, sie zu erwischen, und ein Taler Strafe für einen Baum, den ich ihnen aus den Händen und mir ins Haus trage, freut mich mehr als sechs Fünfziger für sechs Baumscheine.«
So würde also Herr Rogge sich entweder den Baum »so« besorgen müssen – was er nicht tat, denn erstens stahl er nicht, und zweitens gönnte er Kniebusch nicht die Freude –, oder er würde achtzehn Kilometer in die Kreisstadt auf den Weihnachtsmarkt fahren müssen, zur Besorgung eines Baumes, der ihm vor der Nase wuchs – und das tat er erst recht nicht, und den Spaß gönnte er Kniebuschen erst recht nicht. Blieb also nur die unmögliche Hoffnung auf den Weihnachtsmann und seine Wunder, die die Kinder hatten.
Gleich hinter dem Dorf ging es bergab, einen Hohlweg hinunter, in den Wald hinein. Manchmal kamen die Kinder hier nicht weiter, über dem schönen sausenden Gleiten vergaßen sie den Weih-

nachtsmann und liefen immer wieder bergan. Heute aber sprach Thomas zum Schwesterchen: »Nein, es sind nur noch drei Tage bis Weihnachten, und du weißt, Vater hat noch keinen Baum. Wir wollen sehen, dass wir den Weihnachtsmann treffen.«

So ließen sie das Schlitteln und traten in den Wald. Was der Thomas aber nicht einmal dem Schwesterchen erzählte, war, dass er Vaters Taschenmesser in der Joppe hatte. Mit sieben Jahren werden die Kinder schon groß und fangen an, nach Art der Großen ihren Hoffnungen eine handfeste Unterlage zu verschaffen. –

Der alte Kakeldütt war das, was man früher ein »Subjekt« nannte, wahrscheinlich, weil er so oft das Objekt behördlicher Fürsorge war. Aus dem mickrigen Leib wuchs ihm ein dürrer, faltiger, langer Hals, auf dem ein vertrocknetes Häuptlein wie ein Vogelkopf nickte. Wenn der Herr Landjäger sagte: »Na, Kakeldütt, denn komm mal wieder mit! Du wirst ja wohl auch allmählich alt, dass du vor den sehenden Augen von Frau Pastern ihre beste Leghenne unter deine Jacke steckst«, dann krächzte Kakeldütt schauerlich und klagte beweglich: »Ein armer Mensch soll es wohl nie zu was bringen, was? Die Pastern hat 'ne Pieke auf mich, wie? Und Sie haben auch 'ne Pieke auf mich, Herr Landjäger, wie? Natürlich in allen Ehren und ohne Beamtenbeleidigung, was?« Und bei jedem Wie und Was ruckte er heftig mit dem Häuptlein, als sei er ein alter Vogel und wolle hacken. Aber er wollte nicht hacken, er ging ganz folgsam und auch gar nicht unzufrieden mit.

Wir aber als Erzähler denken, wir haben unsere Truppen nun gut in Stellung gebracht und die Schlacht gehörig vorbereitet: Hier den alten Förster Kniebusch, der gern Tannenbaumdiebe fängt. Dort den Vater Rogge, in Verlegenheit um einen Baum. Ziemlich versteckt das anrüchige Subjekt Kakeldütt mit großer Findigkeit für fragwürdigen Broterwerb, und als leichte Truppen, die das Gefecht eröffnen, Thomas mit dem Schwesterchen, ziemlich gläubig noch, aber immerhin mit einem nicht einwandfrei erworbenen Messer in der Tasche. Im Hintergrund aber die irdische Gerechtigkeit in Gestalt des Landjägers und die himmlische, vertreten durch den Weihnachtsmann.

Alle an ihren Plätzen? Also los!

Das Erste, was man durch den dick mit Schnee gepolsterten, stillen Wald hört, ist: ritze-ratze, ritze-ratze ... Kakeldütt, erfahrener auf dunklen Pfaden als der siebenjährige Thomas, weiß, dass ein Tannenbaum sich schlecht mit einem Messer, gut mit einer Säge von den angestammten Wurzeln lösen lässt.

Herr Rogge, in Zwiespalt mit sich, greift nach Pelzkappe und Handstock: Hat man keinen Tannenbaum, kann man sich doch welche im Walde beschauen. Kniebusch stopft seine Pfeife mit Förstertabak, ruft den Plischi und geht gegen Jagen elf zu, wo die Forstarbeiter Buchen schlagen. Die Kinder haben unter einem Ginsterbusch im Schnee ein Hasenlager gefunden, hinten ist es zart gelblich gefärbt.

»Osterhas Piesch gemacht!«, jauchzt Schwesterchen.

Die alte gichtige Brommen aber hat schon zwanzig Pfennig für den Kakeldütt, der ihr weißwohlwas besorgen soll, bereitgelegt. Ritze-ratze ... Ritze-ratze ...

Förster Kniebusch – die akustischen Verhältnisse in einem Walde sind unübersichtlich –, Förster Kniebusch ruft leise den Hund und windet. »I du schwarzes Hasenklein! War das nun drüben oder hinten –? Warte, warte ...«

Ritze-ratze ...

Thomas und das Schwesterchen horchen auch. Schnarcht der Weihnachtsmann wie Vater –? Hat er Zeit, jetzt zu schnarchen –?! Friert er nicht –? Erfriert er gar – und ade der bunte Tisch unter der lichterleuchtenden Tanne?!

Ritze-ratze ...

Herr Rogge hat die Fußspuren seiner Kinder gefunden und vergnügt sich damit, ihre Spuren im Schnee nachzutreten, mal Schwesterchens, mal Brüderchens. Auch er findet das Hasenlager, auch er spitzt die Ohren. Thomas wird doch keine Dummheiten machen? denkt er. Ich hätte doch in die Stadt fahren sollen.

»Ach nee, ach nee«, stöhnt ganz verdattert Kakeldütt, wackelt mit dem Vogelkopf und starrt auf die Kinder. »Wer seid denn ihr? Ihr seid wohl Rogges –?«

»Das ist der Weihnachtsbaum«, sagt Thomas ernst und betrachtet die kleine Tanne, die mit ihren dunklen Nadeln still im Schnee liegt.

»Weihnachtsbaum – Weihnachtsmann«, brabbelt Schwesterchen und sieht den ollen Kakeldütt zweifelnd an. Ist das ein echter Weihnachtsmann? Enttäuschung, Enttäuschung – ins Leben wachsen heißt ärmer werden an Träumen.

»Ich hab 'nen Baumschein vom Förster, du Roggejunge«, verteidigt sich Kakeldütt ganz unnötig.

»Hilfst du mir auch bei unserer Tanne?«, fragt Thomas und greift in die Joppentasche. »Ich hab ein Messer.«

In Kakeldütts Hirn erglimmen Lichter. Rogges haben Geld. Sie zahlen nicht nur zwanzig, sie zahlen fünfzig Pfennig für einen Weihnachtsbaum. Sie zahlen eine Mark, wenn Kakeldütt den Mund hält. »Natürlich, Söhning«, krächzt er und greift wieder zur Säge. »Nehmen wir gleich den –?«

Herr Rogge auf der einen, Förster Kniebusch auf der andern Seite den Tannen enttauchend, sehen nur noch Thomas und Schwesterchen. Keinen Kakeldütt.

»Thomas!«, ruft Herr Rogge drohend.

»Rogge!«, ruft Kniebusch triumphierend.

»Nanu!«, wundert sich Thomas und starrt auf die Äste, die sich noch leise vom weggeschlichenen Kakeldütt bewegen.

Der Sachverhalt aber ist klar: ein abgeschnittener Baum, ein Junge mit einem Messer in der Hand …

»Ich freue mich, Rogge«, sagt Kniebusch und freut sich ganz unverhohlen. »Stille biste, Plischi!«, kommandiert er dem Hund, der in die Schonung zieht und jault.

»Du glaubst doch nicht etwa, Kniebusch?«, ruft Rogge empört.

»Thomas, was hast du getan?! Was machst du mit dem Messer?«

»Deinem Messer, Rogge«, grinst Kniebusch.

»Hier war 'n Mann«, sagt Thomas unerschüttert. »Wo ist der Mann hin?«

»Weihnachtsmann«, kräht Schwesterchen.

Kinder zu erziehen ist nicht leicht – Kinder vorm Antlitz triumphierender Feinde zu erziehen ist ausgesprochen schwer. »Komm einmal her, Thomas«, sagt Herr Rogge mit aller verhassten väterlichen Autorität. »Was machst du mit meinem Messer? Woher hast du mein Messer?« Er gerät unter dem Blick des andern in Hitze. »Wie kommt die Tanne hierher? Wer hat dir gesagt, du sollst eine Tanne abschneiden?«

»Hier war 'n Mann«, sagt Thomas trotzig im Bewusstsein guten Gewissens. »Vater, wo ist der Mann hin?«

»Weihnachtsmann weg!«, kräht Schwesterchen.

»Sollst du lügen, Tom?«, fragt Herr Rogge zornig. »Ekelhaft ist so was! Komm, sage ich dir ...« Und mit aller väterlichen Konsequenz eilt er mit erhobener Hand auf den Sohn zu. Ausgerechnet angesichts von Kniebusch als Waldfrevler erwischt! Nichts mehr scheint eine väterliche Tracht Prügel abwenden zu können.

»Halt mal, Rogge!«, sagt Förster Kniebusch mit erhobener Stimme und zeigt mit dem Finger auf den frischen Baumstumpf. »Das ist gesägt und nicht geschnitten.«

Rogge starrt. »Wo hast du die Säge, Junge?«

»Hier war 'n Mann«, beharrt Thomas.

»Und recht hat der Junge, und du hast unrecht. Rogge«, freut sich der Kniebusch. »Da die Spuren – das sind nicht deine und nicht meine. – Und du hast überhaupt meistens und immer unrecht, Rogge. Damals, als wir uns verzürnt haben, hattest du auch unrecht. Fische können nicht hören! Du bist rechthaberisch, Rogge, und was war hier für ein Mann, Junge?«

»Ein Mann.«

»Und wenn ich dieses Mal unrecht hab, aber ich hab's nicht, denn wozu hat er das Messer? – Damals hatte ich doch recht. Und Fische können sehr wohl hören ...«

»Unsinn – in den Kuscheln muss er noch stecken, Rogge! Los, Plischi, such, du guter Hund! Los, Rogge, den Kerl zu fassen soll mir zehn Weihnachtsbäume wert sein. Los, Junge, fass deine Schwester an, wenn du ihn siehst, schreist du!«

Und los geht die Jagd, immer durch die Tannen, wo sie am dicksten stehen.

»Weihnachtsmann!«, ruft Schwesterchen. Die Tannennadeln stechen, und der Schnee stäubt von den Zweigen in den Nacken.
»Also lassen wir es«, sagt nach einer Viertelstunde Förster Kniebusch missmutig. »Weg ist er. Wie in den Boden versunken. – Du kannst doch die Tanne brauchen, fünfzig Pfennig zahlst du, und so hat das Forstamt wenigstens was von dem Gejachter.«
Aber wo ist die Tanne? Dies ist der Platz, denn hier steht der Stumpf – aber wo ist die Tanne?
»I du schwarzes Hasenklein!«, sagt Förster Kniebusch verblüfft. »Der ist uns aber über, Rogge! Holt sich noch den Baum, während wir hier auf ihn jagen. Na, warte, Freundchen, wenn ich dir mal wieder begegne! Denn die Katze lässt das Mausen nicht, und einmal treffe ich sie alle … Gib mir das Messer, Junge, damit ihr wenigstens nicht leer nach Hause geht. Ist der dir recht, Rogge? Schneidet sich elend schlecht mit 'nem Messer, das nächste Mal bringst du besser 'ne Säge mit, Junge, weißt du, einen Fuchsschwanz …«

»Kniebusch –!«, schreit Herr Rogge förmlich. Aber auf diesen Streit der beiden brauchen wir uns nicht auch noch einzulassen, er ist schon alt und wird aller Wahrscheinlichkeit nach noch sehr viel älter werden.
Jedenfalls fasste Thomas auf dem Heimwege seine Meinung dahin zusammen: »Ich glaube, es war doch der Weihnachtsmann, Vater. Sonst hätt er doch nicht so verschwinden können, Vater! Wo der Hund mit war.«
»Möglich, möglich, Tom«, bestätigte Herr Rogge.
»Aber, Vater, klauen denn die Weihnachtsmänner Weihnachtsbäume?«
»Ach, Tom –!«, stöhnte Herr Rogge aus tiefstem Herzensgrunde – und war sich gar nicht im klaren darüber, wie er diesen Wirrwarr in seines Sohnes Herzen entwirren sollte. Aber schließlich war in drei Tagen Weihnachten. Und vor einem strahlenden Tannenbaum und einem bunten Bescherungstisch werden alle Zweifel stumm und alle Kinderherzen gläubig.

James Krüss

Tannengeflüster

Wenn die ersten Fröste knistern,
In dem Wald bei Bayrisch-Moos,
Geht ein Wispern und ein Flüstern
In den Tannenbäumen los,
Ein Gekicher und Gesumm
Ringsherum.

Eine Tanne lernt Gedichte,
Eine Lärche hört ihr zu.
Eine dicke, alte Fichte
Sagt verdrießlich: »Gebt doch Ruh!
Kerzenlicht und Weihnachtszeit
Sind noch weit!«

Vierundzwanzig lange Tage
Wird gekräuselt und gestutzt
Und das Wäldchen ohne Frage
Wunderhübsch herausgeputzt.
Wer noch fragt: »Wieso? Warum?!«
Der ist dumm.

Was das Flüstern hier bedeutet,
Weiß man selbst im Spatzennest:
Jeder Tannenbaum bereitet
Sich nun vor aufs Weihnachtsfest,
Denn ein Weihnachtsbaum zu sein:
Das ist fein!

Hans Fallada

Lüttenweihnachten

»Tüchtig neblig heute«, sagte am 20. Dezember der Bauer Gierke ziellos über den Frühstückstisch hin. Es war eigentlich eine ziemlich sinnlose Bemerkung, jeder wusste auch so, dass Nebel war, denn der Leuchtturm von Arkona heulte schon die ganze Nacht mit seinem Nebelhorn wie ein Gespenst, das das Ängsten kriegt. Wenn der Vater die Bemerkung trotzdem machte, so konnte sie nur eines bedeuten. »Neblig –?«, fragte gedehnt sein dreizehnjähriger Sohn Friedrich.
»Verlauf dich bloß nicht auf deinem Schulwege«, sagte Gierke und lachte.
Und nun wusste Friedrich genug, und auf seinem Zimmer steckte er schnell die Schulbücher aus dem Ranzen in die Kommode, lief in den Stellmacherschuppen und »borgte« sich eine kleine Axt und eine Handsäge. Dabei überlegte er: Den Franz von Gäbels nehm ich nicht mit, der kriegt Angst vor dem Rotvoß. Aber Schöns Alwert und die Frieda Benthin. Also los!
Wenn es für die Menschen Weihnachten gibt, so muss es das Fest auch für die Tiere geben. Wenn für uns ein Baum brennt, warum nicht auch für Pferde und Kühe, die doch das ganze Jahr unsere Gefährten sind? In Baumgarten jedenfalls feiern die Kinder vor dem Weihnachtsfest Lüttenweihnachten für die Tiere, und dass es ein verbotenes Fest ist, von dem der Lehrer Beckmann nichts wissen darf, erhöht seinen Reiz. Nun hat der Lehrer Beckmann nicht nur körperlich einen Buckel, sondern er kann auch sehr bösartig werden, wenn seine Schüler etwas tun, was sie nicht sollen. Darum ist Vaters Wink mit dem nebligen Tag eine Sicherheit, dass das Schulschwänzen heute jedenfalls von ihm nicht allzu tragisch genommen wird.
Schule aber muss geschwänzt werden, denn wo bekommt man einen Weihnachtsbaum her? Den muss man aus dem Staatsforst an der See oben stehlen, das gehört zu Lüttenweihnachten. Und weil

man beim Stehlen erwischt werden kann und weil der Förster Rotvoß ein schlimmer Mann ist, darum muss der Tag neblig sein, sonst ist es zu gefährlich. Wie Rotvoß wirklich heißt, das wissen die Kinder nicht, aber er ist der Förster und hat einen fuchsroten Vollbart, darum heißt er Rotvoß.

Von ihm reden sie, als sie alle drei etwas aufgeregt über die Feldraine der See entgegenlaufen. Schöns Alwert weiß von einem Knecht, den hat Rotvoß an einen Baum gebunden und so lange mit der gestohlenen Fichte geschlagen, bis keine Nadeln mehr daran saßen. Und Frieda weiß bestimmt, dass er zwei Mädchen einen ganzen Tag lang im Holzschauer eingesperrt hat, erst als Heiligenabend vorbei war, ließ er sie wieder laufen.

Sicher ist, sie gehen zu einem großen Abenteuer, und dass der Nebel so dick ist, dass man keine drei Meter weit sehen kann, macht alles noch viel geheimnisvoller. Zuerst ist es ja sehr einfach: Die Raine auf der Baumgartener Feldmark kennen sie: Das ist Rothspracks Winterweizen, und dies ist die Lehmkuhle, aus der Müller Timm sein Vieh sommers tränkt.

Aber sie laufen weiter, immer weiter, sieben Kilometer sind es gut bis an die See, und nun fragt es sich, ob sie sich auch nicht verlaufen im Nebel. Da ist nun dieser Leuchtturm von Arkona, er heult mit seiner Sirene, dass es ein Grausen ist, aber es ist so seltsam, genau kriegt man nicht weg, von wo er heult. Manchmal bleiben sie stehen und lauschen. Sie beraten lange, und als sie weitergehen, fassen sie sich an den Händen, die Frieda in der Mitte. Das Land ist so seltsam still, wenn sie dicht an einer Weide vorbeikommen, verliert sie sich nach oben ganz in Rauch. Es tropft sachte von ihren Ästen, tausend Tropfen sitzen überall, nein, die See kann man noch nicht hören. Vielleicht ist sie ganz glatt, man weiß es nicht, heute ist Windstille.

Plötzlich bellt ein Hund in der Nähe, sie stehen still, und als sie dann zehn Schritte weitergehen, stoßen sie an eine Scheunenwand. Wo sie hingeraten sind, machen sie aus, als sie um eine Ecke spähen. Das ist Nagels Hof, sie erkennen ihn an den bunten Glaskugeln im Garten.

Sie sind zu weit rechts, sie laufen direkt auf den Leuchtturm zu, und dahin dürfen sie nicht, da ist kein Wald, da ist nur die steile, kahle Kreideküste. Sie stehen noch eine Weile vor dem Haus, auf dem Hof klappert einer mit Eimern, und ein Knecht pfeift im Stall: Es ist so heimlich! Kein Mensch kann sie sehen, das große Haus vor ihnen ist ja nur wie ein Schattenriss.

Sie laufen weiter, immer nach links, denn nun müssen sie auch vermeiden, zum alten Schulhaus zu kommen – das wäre so schlimm! Das alte Schulhaus ist gar kein Schulhaus mehr, was soll hier in der Gegend ein Schulhaus, wo keine Menschen leben – nur die paar weit verstreuten Höfe ... Das Schulhaus besteht nur aus runtergebrannten Grundmauern, längst verwachsen, verfallen, aber im Sommer blüht hier herrlicher Flieder. Nur, dass ihn keiner pflückt. Denn dies ist ein böser Platz, der letzte Schullehrer hat das Haus abgebrannt und sich aufgehängt. Friedrich Gierke will es nicht wahrhaben, sein Vater hat gesagt, das ist Quatsch, ein Altenteilhaus ist es mal gewesen. Und es ist gar nicht abgebrannt, sondern es hat leer gestanden, bis es verfiel. Darüber geraten die Kinder in großen Streit.

Ja, und das Nächste, dem sie nun begegnen, ist grade dies alte Haus. Mitten in ihrer Streiterei laufen sie grade darauf zu! Ein Wunder ist es in diesem Nebel. Die Jungens können's nicht lassen, drinnen ein bisschen zu stöbern, sie suchen etwas Verbranntes. Frieda steht abseits auf dem Feldrain und lockt mit ihrer hellen Stimme. Ganz nah, wie schräg über ihnen, heult der Turm, es ist schlimm anzuhören. Es setzt so langsam ein und schwillt und schwillt, und man denkt, der Ton kann gar nicht mehr voller werden, aber er nimmt immer mehr zu, bis das Herz sich ängstigt und der Atem nicht mehr will –: »Man darf nicht so hinhören ...«

Jetzt sind es höchstens noch zwanzig Minuten bis zum Wald. Alwert weiß sogar, was sie hier finden: erst einen Streifen hoher Kiefern, dann Fichten, große und kleine, eine Wildnis, grade, was sie brauchen, und dann kommen die Dünen, und dann die See.

Ja, nun beraten sie, während sie über einen Sturzacker wandern: erst der Baum oder erst die See? Klüger ist es, erst an die See, denn wenn sie mit dem Baum länger umherlaufen, kann sie Rotvoß doch erwischen, trotz des Nebels. Sind sie ohne Baum, kann er ihnen nichts sagen, obwohl er zu fragen fertigbringt, was Friedrich in seinem Ranzen hat. Also erst See, dann Baum.

Plötzlich sind sie im Wald. Erst dachten sie, es sei nur ein Grasstreifen hinter dem Sturzacker, und dann waren sie schon zwischen den Bäumen, und die standen enger und enger. Richtung? Ja, nun hört man doch das Meer, es donnert nicht grade, aber gestern ist Wind gewesen, es wird eine starke Dünung sein, auf die sie zulaufen.

Und nun seht, das ist nun doch der richtige Baum, den sie brauchen, eine Fichte, eben gewachsen, unten breit, ein Ast wie der andere, jedes Ende gesund – und oben so schlank, eine Spitze so hell, in diesem Jahre getrieben. Kein Gedanke, diesen Baum stehen zu lassen, so einen finden sie nie wieder. Ach, sie sägen ihn ruchlos ab, sie bekommen ein schönes Lüttenweihnachten, das herrlichste im Dorf, und Posten stellen sie auch nicht aus. Warum soll Rotvoß grade hierher kommen? Der Waldstreifen ist über zwanzig Kilometer lang. Sie binden die Äste schön an den Stamm, und dann essen sie ihr Brot, und dann laden sie den Baum auf, und dann laufen sie weiter zum Meer.

Zum Meer muss man doch, wenn man ein Küstenmensch ist, selbst mit solchem Baum. Anderes Meer haben sie näher am Hof, aber das sind nur Bodden und Wieks. Dies hier ist richtiges Außenmeer, hier kommen die Wellen von weit, weit her, von Finnland oder von Schweden oder auch von Dänemark. Richtige Wellen ...
Also, sie laufen aus dem Wald über die Dünen.
Und nun stehen sie still.
Nein, das ist nicht mehr die Brandung allein, das ist ein seltsamer Laut, ein wehklagendes Schreien, ein endloses Flehen, tausendstimmig. Was ist es? Sie stehen und lauschen.
»Jung, Manning, das sind Gespenster!«
»Das sind die Ertrunkenen, die man nicht begraben hat.«
»Kommt, schnell nach Haus!«
Und darüber heult die Nebelsirene.
Seht, es sind kleine Menschentiere, Bauernkinder, voll von Spuk und Aberglauben, zu Haus wird noch besprochen, da wird gehext und blau gefärbt. Aber sie sind kleine Menschen, sie laden ihren Baum wieder auf und waten doch durch den Dünensand dem klagenden Geschrei entgegen, bis sie auf der letzten Höhe stehen, und –

Und was sie sehen, ist ein Stück Strand, ein Stück Meer. Hier über dem Wasser steht es ein wenig, der Nebel zieht in Fetzen, schließt sich, öffnet den Ausblick. Und sie sehen die Wellen, grüngrau, wie sie umstürzen, weiß schäumend draußen auf der äußersten Sandbank, näher tobend, brausend. Und sie sehen den Strand, mit Blöcken besät, und dazwischen lebt es, dazwischen schreit es, dazwischen watschelt es in Scharen ...

»Die Wildgänse!«, sagen die Kinder. »Die Wildgänse –!«

Sie haben nur davon gehört, sie haben es noch nie gesehen, aber nun sehen sie es. Das sind die Gänsescharen, die zum offenen Wasser ziehen, die hier an der Küste Station machen, eine Nacht oder drei, um dann weiterzuziehen, nach Polen oder wer weiß wohin, Vater weiß es auch nicht. Da sind sie, die großen wilden Vögel, und sie schreien, und das Meer ist da und der Wind und der Nebel, und der Leuchtturm von Arkona heult, und die Kinder stehen da mit ihrem gemausten Tannenbaum und starren und lauschen und trinken es in sich ein –

Und plötzlich sehen sie noch etwas, und magisch verführt gehen sie dem Wunder näher. Abseits, zwischen den hohen Steinblöcken, da steht ein Baum, eine Fichte wie die ihre, nur viel, viel höher, und sie ist besteckt mit Lichtern, und die Lichter flackern im leichten Windzug ...

»Lüttenweihnachten«, flüstern die Kinder. »Lüttenweihnachten für die Wildgänse ...«

Immer näher kommen sie, leise gehen sie, auf den Zehen – oh, dieses Wunder! –, und um den Felsblock biegen sie. Da ist der Baum vor ihnen in all seiner Pracht, und neben ihm steht ein Mann, die Büchse über der Schulter, ein roter Vollbart ...

»Ihr Schweinekerls!«, sagt der Förster, als er die drei mit der Fichte sieht.

Und dann schweigt er. Und auch die Kinder sagen nichts. Sie stehen und starren. Es sind kleine Bauerngesichter, sommersprossig, selbst jetzt im Winter, mit derben Nasen und einem festen Kinn, es sind Augen, die was in sich reinsehen. Immerhin, denkt der Förster, haben sie mich auch erwischt beim Lüttenweihnachten. Und der Pastor sagt, es sind Heidentücken. Aber was soll man denn machen, wenn die Gänse so schreien und der Nebel so dick ist und die Welt so eng und so weit und Weihnachten vor der Tür ... Was soll man da machen ...?

Man soll einen Vertrag machen auf ewiges Stillschweigen, und die Kinder wissen ja nun, dass der gefürchtete Rotvoß nicht so schlimm ist, wie sich die Leute erzählen.

Ja, da stehen sie nun: ein Mann, zwei Jungen, ein Mädel. Die Kerzen flackern am Baum, und ab und zu geht auch eine aus. Die Gänse schreien, und das Meer braust und rauscht. Die Sirene heult. Da stehen sie, es ist eine Art Versöhnungsfest, sogar auf die Tiere erstreckt, es ist Lüttenweihnachten. Man kann es feiern, wo man will, am Strande auch, und die Kinder werden es nachher in ihres Vaters Stall noch einmal feiern.

Und schließlich kann man hingehen und danach handeln. Die Kinder sind imstande und bringen es fertig, die Tiere nicht unnötig zu quälen und ein bisschen nett zu ihnen zu sein. Zuzutrauen ist ihnen das.

Das ganze aber heißt Lüttenweihnachten und ist ein verbotenes Fest, der Lehrer Beckmann wird es ihnen morgen schon zeigen!

Erwin Moser

Die Weihnachtsmäuse

Im Haus der Familie Horvath gab es einen kleinen Raum, den alle Familienmitglieder »Speisekammer« nannten. Aber eigentlich war er mehr ein Abstellraum, ein Besenkammerl. Früher, zu Großvaters Zeiten, als es noch keine Kühlschränke gab, war er eine richtige Speisekammer gewesen. Nun waren die Regale der Speisekammer mit leeren Flaschen, alten Schuhen, vergilbten Zeitungen, leeren Kartons und anderem Krimskrams gefüllt. Nur in einem Fach stand noch eine lange Reihe von Marmeladegläsern.
Im Dezember, als die Tage und Nächte immer kälter geworden waren, hatten sich zwei Hausmäuse vom Dachboden in dieser Speisekammer einquartiert. Die Kälte hatte sie heruntergetrieben. Irgendwie hatten sie einen Weg in die Speisekammer gefunden. Wie – das wussten nur die Mäuse selber. Für Menschen wird es ewig unverständlich bleiben, wie Mäuse in geschlossene Räume eindringen können. Das ist das große Geheimnis des Mäusevolkes! In der Speisekammer war es viel angenehmer als auf dem zugigen Dachboden, denn sie lag direkt neben dem geheizten Wohnzimmer. Die beiden Mäuse bauten sich ein weiches, bequemes Nest in dem Karton mit Weihnachtsschmuck, und es gefiel ihnen recht gut in ihrer neuen Umgebung. Der Speisezettel ließ zwar zu wünschen übrig – die Mäuse konnten nur Marmelade essen –, aber sie hatten es warm, und das war ihnen für den Augenblick das Wichtigste. Doch dann trat ein Ereignis ein, das den beiden Hausmäusen wie ein Wunder vorkam! Einige Tage vor Weihnachten buk Mutter Horvath große Mengen von Weihnachtsbäckerei. Drei volle Teller mit den verschiedensten Köstlichkeiten stellte sie in das Regal in der Speisekammer. Als sie die Tür hinter sich geschlossen hatte, kamen die Mäuse aus ihrem Versteck hervor und begannen nach Herzenslust, die frischen Bäckereien zu benagen. Und wie hungrig sie waren! Sie konnten beinahe nicht mehr aufhören zu essen. Während die Mäuse bei ihrem Mahl saßen, öffnete sich plötzlich

ganz, ganz leise die Speisekammertür. Elisabeth, die neunjährige Tochter der Horvaths, schlich herein. Sie wollte nämlich an den Bäckereien naschen und war deswegen so leise, weil es ihr die Mutter verboten hatte. Natürlich – Weihnachtsbäckerei ist für Weihnachten und für die Feiertage danach bestimmt!

Die beiden Hausmäuse bemerkten Elisabeth nicht sofort, und so konnte sie das Mädchen einige Augenblicke lang beobachten. Dann allerdings spürten die Mäuse die Anwesenheit des Menschen und huschten gedankenschnell in ihr Versteck. Elisabeth war entzückt von dieser seltenen Beobachtung. »Ihr braucht keine Angst zu haben, Mäuse!«, flüsterte sie. »Ich tue euch nichts. Ich werde auch nicht verraten, dass ihr genascht habt!« Elisabeth guckte vorsichtig hinter die Kartons, aber von den Mäusen war nichts mehr zu sehen. Nicht einmal eine Schwanzspitze. Da hörte sie die Mutter ihren Namen rufen, und Elisabeth verließ rasch die Speisekammer.

In den darauffolgenden Tagen besuchte Elisabeth mindestens zehnmal die Speisekammer. Sie tat es heimlich, wenn Mutter gerade in der Küche beschäftigt war. Die Mäuse sah das Mädchen nicht mehr, aber es bemerkte mit Wohlwollen, dass weitere Bäckereien benagt worden waren. »Ich werde euch ein bisschen Wurst und Käse bringen«, sagte Elisabeth einmal. »Von den vielen Süßigkeiten verderbt ihr euch sonst den Magen.«

Und dann war der 24. Dezember da! Am Nachmittag besuchte Elisabeth ihre Freundin, die drei Häuser weiter wohnte, während ihre Eltern den Weihnachtsbaum schmückten.

Als Elisabeth gegen Einbruch der Dunkelheit nach Hause kam, stand bereits der Christbaum in all seiner Pracht auf dem Tisch im Wohnzimmer.

»Stell dir vor, Lisi«, sagte die Mutter, »in der Speisekammer sind Mäuse! Sie haben unsere gute Weihnachtsbäckerei angefressen. Ich musste viel davon wegwerfen. Vater hat bereits einige Mausefallen aufgestellt.«

»Nein!«, rief Elisabeth heftig. »Das dürft ihr nicht tun! Das ist gemein von euch!«

Mutter machte ein bestürztes Gesicht.

»Aber Lisi!«, rief sie.

Elisabeth lief in die Speisekammer und stieß mit einem Besenstiel die Mausefallen aus dem Regal. Sie hatte Tränen in den Augen und war sehr wütend.

Vater kam in das Zimmer. »Was ist denn hier los?«, fragte er, als er seine zornige Tochter sah.

»Ich weiß nicht«, sagte die Mutter ein bisschen hilflos. »Ich verstehe das nicht.«

Elisabeth gab den Mausefallen Tritte. Nun heulte sie drauflos. Vater begann schön langsam zu begreifen. »Aber Lisi«, sagte er, »es ist doch nichts Ungewöhnliches, dass man Mäusefallen aufstellt, wenn Mäuse im Haus sind. Mäuse sind üble Schädlinge!«

»Diese nicht!«, heulte Elisabeth. »Sie haben bloß Hunger ... und ... und sie sind genauso von Gott erschaffen ... alle Tiere sind das ... und heute ist doch Weihnachten ...«

Mutter und Vater sahen sich betroffen an.

»Beruhige dich, mein Sonnenscheinchen«, sagte Vater milde und drückte Elisabeth an sich. »Du hast ja recht ... Weißt du was? Gleich morgen früh werden wir die Mäuse gemeinsam suchen. Wir geben sie in eine Schachtel und tragen sie in die Scheune. Dort haben sie es viel schöner als in der muffigen Speisekammer. Im Stroh ist es warm, und dort finden sie auch viele Getreidekörner, sodass sie nicht hungern müssen. Einverstanden?«

Elisabeth schluchzte, aber schließlich nickte sie. Mutter drehte seufzend die Augen zum Himmel. Aber sie lächelte dabei.

Der Abend war gerettet, und es wurde noch ein schönes Weihnachtsfest. Unter den vielen Geschenken, die Elisabeth bekam, befanden sich auch eine kleine Puppenküche und ein Puppenschlafzimmer. Elisabeth war glücklich.

Als die Familie Horvath schlafen gegangen war und im Haus alles still war, kamen die zwei Mäuse aus der Speisekammer in das Wohnzimmer geschlichen. Die Horvaths hatten nämlich vergessen, die Speisekammertür zu schließen.

Die Hausmäuse schnupperten. Zweierlei rochen sie: würzigen Tannennadelduft vom Christbaum und, etwas feiner, die Weih-

nachtsbäckerei, die auf dem Tisch unter dem Baum stand. Beide
Düfte gefielen ihnen außerordentlich, und sie kletterten auf den
Tisch und aßen sich noch einmal satt. Dann huschten sie durch das
Wohnzimmer, berochen dies und jenes und schlüpften schließlich
in Elisabeths Zimmer. Dort fanden die Mäuse in einer dunklen
Ecke das Puppenschlafzimmer. Und weil sich das kleine Puppen-
bettchen so einladend weich anfühlte, krochen sie hinein und
waren kurz darauf ebenfalls eingeschlummert ...

Joachim Ringelnatz

Kindergebetchen

Lieber Gott mit Christussohn,
Ach schenk mir doch ein Grammophon.
Ich bin ein ungezognes Kind,
Weil meine Eltern Säufer sind.
Verzeih mir, dass ich gähne.
Beschütze mich in aller Not,
Mach meine Eltern noch nicht tot
Und schenk der Oma Zähne.

Friedrich Wolf

Die Weihnachtsgans Auguste

Der Opernsänger Luitpold Löwenhaupt hatte bereits im November vorsorglich eine fünf Kilo schwere Gans gekauft – eine Weihnachtsgans. Dieser respektable Vogel sollte den Festtisch verschönen. Gewiss, es waren schwere Zeiten. »Aber etwas muss man doch fürs Herze tun!«
Bei diesem Satz, den Löwenhaupt mit seiner tiefen Bassstimme mehrmals vor sich hin sprach, sodass es wie ein Donnerrollen sich anhörte, mit diesem Satz meinte der Sänger im Grunde etwas anderes. Während er mit seinen kräftigen Händen die Gans an sich drückte, verspürte er zugleich den Geruch von Rotkraut und Äpfeln in der Nase. Und immer wieder murmelte sein schwerer Bass den Satz durch den nebligen Novembertag: »Aber etwas muss man doch fürs Herze tun.«
Ein Hausvater, der eigenmächtig etwas für den Haushalt eingekauft hat, verliert, sobald er seiner Wohnung sich nähert, mehr und mehr den Mut. Er ist zu Haus schutzlos den Vorwürfen und dem Hohn seiner Hausgenossen preisgegeben, da er bestimmt unrichtig und zu teuer eingekauft hat. Doch in diesem Falle erntete Vater Löwenhaupt überraschend hohes Lob. Mutter Löwenhaupt fand die Gans fett, gewichtig und preiswert. Das Hausmädchen Theres lobte das schöne weiße Gefieder; sie stellte jedoch die Frage, wo das Tier bis Weihnachten sich aufhalten solle?
Die zwölfjährige Elli, die zehnjährige Gerda und das kleine Peterle – Löwenhaupts Kinder – sahen aber hier überhaupt kein Problem, da es ja noch das Bad und das Kinderzimmer gäbe und das Gänschen unbedingt Wasser brauche, sich zu reinigen. Die Eltern entschieden jedoch, dass die neue Hausgenossin im Allgemeinen in einer Kiste in dem kleinen warmen Kartoffelkeller ihr Quartier beziehen solle und dass die Kinder sie bei Tag eine Stunde lang draußen im Garten hüten dürften.
So war das Glück allgemein.

Anfangs befolgten die Kinder genau diese Anordnung der Eltern. Eines Abends aber begann das siebenjährige Peterle in seinem Bettchen zu klagen, dass »Gustje« – man hatte die Gans aus einem nicht erfindbaren Grunde Auguste genannt – bestimmt unten im Keller friere. Seine Schwester Elli, der man im Schlafzimmer die Aufsicht über die beiden jüngeren Geschwister übertragen hatte, suchte das Brüderchen zu beruhigen, dass Auguste ja ein dickes Daunengefieder habe, das sie aufplustern könne wie eine Decke.
»Warum plustert sie es auf?«, fragte das Peterle.
»Ich sagte doch, dass es dann wie eine Decke ist.«
»Warum braucht Gustje denn eine Decke?«
»Mein Gott, weil sie dann nicht friert, du Dummerjan!«
»Also ist es doch kalt im Keller!«, sagte jetzt Gerda.
»Es ist kalt im Keller!«, echote Peterle und begann gleich zu heulen. »Gustje friert! Ich will nicht, dass Gustje friert. Ich hole Gustje herauf zu mir!«
Damit war er schon aus dem Bett und tapste zur Tür. Die große Schwester Elli fing ihn ab und suchte ihn wieder ins Bett zu tragen. Aber die jüngere Gerda kam Peterle zu Hilfe. Peterle heulte: »Ich will zu Gustje!« Elli schimpfte. Gerda entriss ihr den kleinen Bruder. Mitten in dem Tumult erschien die Mutter. Peterle wurde im Elternzimmer in das Bett der Mutter gelegt und den Schwestern sofortige Ruhe anbefohlen.
Diese Nacht ging ohne weiteren Zwischenfall vorüber.
Doch am übernächsten Tage hatten sich Gerda und Peter, der wieder im Kinderzimmer schlief, verständigt. Abwechselnd blieb immer einer der beiden wach und weckte den andern. Als nun die ältere Schwester Elli schlief und im Haus alles stille schien, schlichen die zwei auf den nackten Zehenspitzen in den Keller, holten die Gans Auguste aus ihrer Kiste, in der sie auf Lappen und Sägespänen lag, und trugen sie leise hinauf in ihr Zimmer. Bisher war Auguste recht verschlafen gewesen und hatte bloß etwas geschnattert wie: »Lat mi in Ruh, lat mi in Ruh!«
Aber plötzlich fing sie laut an zu schreien: »Ick will in min Truh, ick will in min Truh!«

Schon gingen überall die Türen auf.

Die Mutter kam hervorgestürzt. Theres, das Hausmädchen, rannte von ihrer Kammer her die Stiegen hinunter. Auch die zwölfjährige Elli war aufgewacht, aus ihrem Bett gesprungen und schaute durch den Türspalt. Die kleine Gerda aber hatte in ihrem Schreck die Gans losgelassen, und jetzt flatterte und schnatterte Auguste im Treppenhaus umher. Ein Glück, dass der Vater noch nicht zu Hause war! Bei der nun einsetzenden Jagd durch das Treppenhaus und die Korridore verlor Auguste, bis man sie eingefangen hatte, eine Anzahl Federn. Die atemlose Theres schlug sie in eine Decke, woraus sie nunmehr ununterbrochen schimpfte:

»Lat mi in Ruh, lat mi in Ruh!

Ick will in min Truh!«

Und da begann auch noch das Peterle zu heulen: »Ich will Gustje haben! Gustje soll mit mir schlafen!«

Die Mutter, die ihn ins Bett legte, suchte ihm zu erklären, dass die Gans jetzt wieder in ihre Kiste in den Keller müsse.

»Warum muss sie denn in den Keller?«, fragte Peterle.

»Weil eine Gans nicht im Bett schlafen kann.«

»Warum kann denn Gustje nicht im Bett schlafen?«

»Im Bett schlafen nur Menschen; und jetzt sei still und mach die Augen zu!«

Die Mutter war schon an der Tür, da heulte Peterle wieder los:

»Warum schlafen nur Menschen im Bett? Gustje friert unten; Gustje soll oben schlafen.«

Als die Mutter sah, wie aufgeregt Peterle war und dass man ihn nicht beruhigen konnte, erlaubte sie, dass man die Kiste aus dem Keller heraufholte und neben Peterles Bett stellte. Und siehe da, während Auguste droben in der Kiste noch vor sich hin schnatterte:

»Lat man gut sin, lat man gut sin,

Hauptsach, dat ick in min Truh bin!«,

schliefen auch das Peterle und seine Geschwister ein.

Natürlich konnte man jetzt Auguste nicht wieder in den Keller bringen, zumal die Nächte immer kälter wurden, weil es schon mächtig auf Weihnachten ging. Auch benahm sich die Gans außerordentlich manierlich. Bei Tag ging sie mit Peterle spazieren und hielt sich getreulich an seiner Seite wie ein guter Kamerad, wobei sie ihren Kopf stolz hoch trug und ihren kleinen Freund mit ihrem Geplapper aufs Beste unterhielt. Sie erzählte dem Peterle, wie man die verschiedenen schmackhaften oder bitteren Gräser und Kräuter unterscheiden könne, wie ihre Geschwister – die Wildgänse – im Herbst nach Süden in wärmere Länder zögen und wie umgekehrt die Schneegänse sich am wohlsten in Eisgegenden fühlten. So viel konnte Auguste dem Peterle erzählen; und auf all sein »Warum« und »Weshalb« antwortete sie gern und geduldig. Auch die anderen Kinder gewöhnten sich immer mehr an Auguste. Peterle aber liebte seine Gustje so, dass beide schier unzertrennlich wurden. So kam es, dass eines Abends, als Peterle vom Bett aus noch ein paar Fragen an Gustje richtete, diese zu ihrem Freund einfach ins Bett schlüpfte, um sich leiser und ungestörter mit ihm unterhalten zu können. Elli und Gerda gönnten dem Brüderchen die Freude.

Am frühen Morgen aber, als die Kinder noch schliefen, hopste Auguste wieder in ihre Kiste am Boden, steckte ihren Kopf unter die weißen Flügel und tat, als sei nichts geschehen.

Doch das Weihnachtsfest rückte näher und näher. Eines Mittags meinte der Sänger Löwenhaupt plötzlich zu seiner Frau, dass es nun mit Auguste »so weit wäre«. Mutter Löwenhaupt machte ihrem Mann erschrocken ein Zeichen, in Gegenwart der Kinder zu schweigen. Nach Tisch, als der Sänger Luitpold Löwenhaupt mit seiner Frau allein war, fragte er sie, was das seltsame Gebaren zu bedeuten habe? Und nun erzählte Mutter Löwenhaupt, wie sehr sich die Kinder – vor allem Peterle – an Auguste, die Gans, gewöhnt hätten und dass es ganz unmöglich sei ...

»Was ist unmöglich?«, fragte Vater Löwenhaupt.

Die Mutter schwieg und sah ihn nur an.

»Ach so!«, grollte Vater Löwenhaupt. »Ihr glaubt, ich habe die Gans als Spielzeug für die Kinder gekauft? Ein nettes Spielzeug! Und ich? Was wird aus mir?!«

»Aber Luitpold, verstehe doch!«, suchte die Mutter ihn zu beschwichtigen.

»Natürlich, ich verstehe ja schon!«, zürnte der Vater. »Ich muss wie stets hintenanstehn!« Und als habe diese furchtbare Feststellung seine sämtlichen Energien entfesselt, donnerte er jetzt los: »Die Gans kommt auf den Weihnachtstisch mit Rotkraut und gedünsteten Äpfeln! Dazu wurde sie gekauft! Und basta!«
Eine Tür knallte zu.
Die Mutter wusste, dass in diesem Stadium mit einem Mann und dazu noch einem Opernsänger nichts anzufangen war. Sie setzte sich in ihr Zimmer über eine Näharbeit und vergoss ein paar Tränen. Dann beriet sie mit ihrer Hausgehilfin Theres, was zu tun sei, da bis Weihnachten nur noch eine Woche war. Sollte man eine andere, schon gerupfte und ausgenommene Gans kaufen? Doch dazu reichte das Haushaltungsgeld nicht. Aber was würde man, wenn die Gans Auguste nicht mehr da wäre, den Kindern sagen? Durfte man sie überhaupt belügen? Und wer im Hause würde es fertigbringen, Auguste ins Jenseits zu senden?
»Soll der Herr es selbst tun!«, schlug Theres vor.
Die Mutter fand diesen Rat nicht schlecht, zumal ihr Mann zu der Gans nur geringe persönliche Beziehungen hatte.
Als nun der Sänger Luitpold Löwenhaupt abends aus der Oper heimkam, wo er eine Heldenpartie gesungen hatte, und die Mutter ihm jenen Vorschlag machte, erwiderte er: »Oh, ihr Weibervolk! Wo ist der Vogel?«
Theres sollte leise die Gans herunterholen. Natürlich wachte Auguste auf und schrie sofort aus vollem Hals:
»Ick will min Ruh, min Ruh!
Lat mi in min Truh!«
Peterle und die Schwestern erwachten, es gab einen Höllenspektakel. Die Mutter weinte, Theres ließ die Gans flattern; diese segelte hinunter in den Hausflur. Vater Löwenhaupt, der jetzt zeigen wollte, was ein echter Mann und Hausherr ist, rannte hinter Auguste her, trieb sie in die Ecke, griff mutig zu und holte aus der Küche einen Gegenstand. Während die Mutter die Kinder oben im Schlafzimmer hielt, ging der Vater mit der Gans in die entfernteste, dunkelste Gartenecke, um sein Werk zu vollbringen. Die Gans Auguste

aber schrie Zeter und Mordio, indessen die Mutter und Theres lauschten, wann sie endgültig verstummen werde. Aber Auguste verstummte nicht, sondern schimpfte auch im Garten immerzu. Schließlich trat doch Stille ein. Der Mutter liefen die Tränen über die Wangen, und auch Peterle jammerte: »Wo ist meine Gustje? Wo ist Gustje?«

Jetzt knarrte drunten die Haustür. Die Mutter eilte hinunter. Vater Löwenhaupt stand mit schweißbedecktem Gesicht und wirrem Haar da ... doch ohne Auguste.

»Wo ist sie?«, fragte die Mutter.

Draußen im Garten hörte man jetzt wieder ein schnatterndes Schimpfen:

»Ick will min Ruh, ick will min Ruh!

Lat mi in min Truh!«

»Ich habe es nicht vermocht. Oh, dieser Schwanengesang!«, erklärte Vater Löwenhaupt.

Man brachte also die unbeschädigte Auguste wieder hinauf zum Peterle, das ganz glücklich seine »Gustje« zu sich nahm und, sie streichelnd, einschlief.

Inzwischen brütete Vater Löwenhaupt, wie er dennoch seinen Willen durchsetzen könne, wenn auch auf möglichst schmerzlose Art. Er dachte und dachte nach, während er sich in bläulich graue Wolken dichten Zigarrenrauches hüllte. Plötzlich kam ihm die Erleuchtung. Am nächsten Tag mischte er der Gans Auguste in ihren Kartoffelbrei zehn aufgelöste Tabletten Veronal, eine Dosis, die ausreicht, einen erwachsenen Menschen in einen tödlichen Schlaf zu versetzen. Damit musste sich auch die Mutter einverstanden erklären.

Tatsächlich begann am folgenden Nachmittag die Gans Auguste nach ihrer Mahlzeit seltsam umherzutorkeln, wie eine Traumtänzerin von einem Bein auf das andere zu treten, mit den Flügeln dazu zu fächeln und schließlich nach einigen langsamen Kreiselbewegungen sich mitten auf dem Küchenboden hinzulegen und zu schlafen. Vergebens versuchten die Kinder sie zu wecken.

Auguste bewegte etwas die Flügel und rührte sich nicht mehr.

»Was tut Gustje?«, fragte das Peterle.

»Sie hält ihren Winterschlaf«, erklärte ihm Vater Löwenhaupt und wollte sich aus dem Staube machen. Aber Peterle hielt den Vater fest. »Weshalb hält Gustje jetzt den Winterschlaf?«

»Sie muss sich ausruhen für den Frühling.« Doch Vater Löwenhaupt war es nicht wohl bei dem Examen. Er konnte seinem Söhnchen Peterle nicht in die Augen sehen. Auch die Mutter und das Hausmädchen Theres gingen den Kindern so viel wie möglich aus dem Wege. Peterle trug seine bewegungslose Freundin Gustje zu sich hinauf in die kleine Kiste. Als die Kinder nun schliefen, holte Theres die Gans hinunter und begann sie – da Vater Löwenhaupt versicherte, die zehn Veronaltabletten würden einen Schwergewichtsboxer unweigerlich ins Jenseits befördert haben –, Theres begann, wobei ihr die Tränen über die Wangen rollten, die Gans zu rupfen und sie dann in die Speisekammer zu legen. Als Vater Löwenhaupt seiner Frau »Gute Nacht« sagen wollte, stellte sie sich schlafend und antwortete nicht. Bei Nacht wachte er auf, weil er neben sich ein leises Schluchzen vernahm. Auch Theres schlief nicht; sie überlegte, was man den Kindern sagen werde. Zudem wusste sie nicht, hatte sie im Traum Auguste schnattern gehört:

»Lat mi in Ruh, lat mi in Ruh!

Ick will in min Truh!«

So kam der Morgen. Theres war als Erste in der Küche. Draußen fiel in dicken Flocken der Schnee.

Was war das? Träumte sie noch?

Aus der Speisekammer drang ein deutliches Geschnatter. Unmöglich! Wie Theres die Tür zur Kammer öffnete, tapste ihr schnatternd und schimpfend die gerupfte Auguste entgegen. Theres stieß einen Schrei aus; ihr zitterten die Knie. Auguste aber schimpfte:

»Ick frier, als ob ick keen Federn nich hätt'

Man trag mich gleich wieder in Peterles Bett!«

Jetzt waren auch die Mutter und Vater Löwenhaupt erschienen. Der Vater bedeckte mit seinen Händen die Augen, als stünde da ein Gespenst.

Die Mutter aber sagte zu ihm: »Was nun?«

»Einen Kognak! Einen starken Kaffee!«, stöhnte der Vater und sank auf einen Stuhl.

»Jetzt werde ich die Sache in die Hand nehmen!«, erklärte die Mutter energisch. Sie ordnete an, dass Theres den Wäschekorb bringe und eine Wolldecke. Dann umhüllte sie die nackte, frierende Gans mit der Decke, legte sie in den Korb und tat noch zwei Krüge mit heißem Wasser an beide Seiten.

Vater Löwenhaupt, der inzwischen zwei Kognaks hinuntergekippt hatte, erhob sich leise vom Stuhl, um aus der Küche zu verschwinden. Doch die Mutter hielt ihn fest; sie befahl: »Gehe sofort in die Breite Straße und kaufe fünfhundert Gramm gute weiße Wolle!«

»Wieso Wolle?«

»Geh und frage nicht!«

Vater Löwenhaupt war noch so erschüttert, dass er nicht widersprach, seinen Hut und Überzieher nahm und eiligst das Haus verließ.

Schon nach einer Stunde saßen die Mutter und Theres im Wohnzimmer und begannen für Auguste aus weißer Wolle einen Pullover zu stricken. Am Nachmittag nach Schulschluss halfen ihnen die Töchter Elli und Gerda. Peterle aber durfte seine Gustje auf dem Schoß halten und ihr immer den neu entstehenden Pullover, in den für die Flügel, den Hals, die Beine und den kleinen Sterz Öffnungen bleiben mussten, anprobieren helfen. Bereits am Abend war das Kunstwerk beendet.

Schnatternd und schimpfend, aber doch nicht mehr frierend stolzierte nun Auguste in ihrem wunderschönen weißen Wollkleid durchs Zimmer. Peterle sprang um sie herum und freute sich, dass Gustjes Winterschlaf so schnell zu Ende war, dass er wieder mit ihr spielen und sich unterhalten konnte.

Auguste aber schimpfte:

»Winterschlaf ist schnacke-schnick;

Hätt ick min Federn bloß zurück!«

Als Vater Löwenhaupt zum Abendessen kam und Auguste in ihrem schicken Pullover mit Rollkragen um den langen Gänsehals dahertapsen sah, meinte er: »Sie ist schöner als je! So ein Exemplar gibt es auf der ganzen Welt nicht mehr!«

Die Mutter aber erwiderte hierauf nichts, sondern sah ihn bloß an. Natürlich musste man für Auguste noch einen zweiten Pullover stricken, diesmal einen graublauen, zum Wechseln, wenn der weiße gewaschen wurde. Natürlich nahm Auguste als wesentliches Mitglied der Familie groß am Weihnachtsfest teil. Natürlich war Auguste auch das am meisten bewunderte Lebewesen des ganzen Stadtteils, wenn Peterle mit der Weihnachtsgans in ihrem schmucken Sweater spazieren ging.

Und als der Frühling kam, war der Auguste bereits wieder ein warmer Federflaum gewachsen. So konnte man den Pullover mit den anderen Wintersachen einmotten. Gustje aber durfte jetzt sogar beim Mittagstisch auf dem Schoß von Peterle sitzen, wo sie ihr kleiner Freund mit Kartoffelstückchen fütterte.

Sie war der Liebling der ganzen Familie. Und Vater Löwenhaupt bemerkte immer wieder stolz: »Na, wer hat euch denn Auguste mitgebracht? Wer?«

Die Mutter sah ihn an und lächelte. Peterle jedoch echote: »Ja, wer hat Gustje uns mitgebracht«; und dabei sprang er gerührt auf und umarmte den Vater. Dann hob er seine Gustje empor und ließ sie dem Vater »einen Kuss« geben, was bedeutete, dass Auguste den Vater Löwenhaupt schnatternd mit ihrem Schnabel an der Nase zwickte.

Spätabends im Bett aber fragt Peterle seine Gustje, indem er sie fest an sich drückt: »Warum hast du denn vor Weihnachten den Winterschlaf gehalten?«

Und Gustje antwortet schläfrig: »Weil man mir die Federn rupfen wollte.«

»Und warum wollte man dir die Federn rupfen?«
»Weil man mir dann einen Pullover stricken konnte«, gähnt Gustje, halb schon im Schlaf.
»Und warum wollte man dir denn einen Pullover ...« Aber da geht es auch bei Peterle nicht mehr weiter. Mit seiner Gustje im Arm ist er glücklich eingeschlafen.

Leo Tolstoi

Allen das Gleiche
Eine Erzählung für Kinder

In einer Reisekutsche, die von einem Gut zu einem andern unterwegs war, fuhren ein Mädchen und ein Junge. Das Mädchen zählte fünf, der Junge sechs Jahre. Es waren keine Geschwister, sondern Vetter und Kusine: ihre Mütter waren Schwestern. Die Mütter waren noch zu Besuch geblieben und hatten die Kinder mit der Kinderfrau nach Hause vorausgeschickt. Als die Kutsche durch ein Dorf kam, brach eins der Räder, und der Kutscher erklärte, man könne so nicht weiterfahren; er müsse erst das Rad reparieren, was nicht lange dauern würde.
»Das passt ganz gut«, sagte die Kinderfrau. »Nachdem wir so lange gefahren sind, haben meine Kleinen sicherlich Hunger, ich werde ihnen Milch zu trinken und etwas Brot zu essen geben. Nur gut, dass man uns beides mitgegeben hat.«
Es war Herbst und kaltes, regnerisches Wetter. Die Kinderfrau kehrte mit ihren Schutzbefohlenen in dem erstbesten Bauernhäuschen ein. Es war ein armseliges Häuschen ohne Schornstein. Wenn diese schornsteinlosen Häuser im Winter geheizt werden, lässt man die Haustür so lange offenstehen, bis das Feuer ganz durchgebrannt ist, damit der Rauch die Möglichkeit hat, durch die Tür abzuziehen. Das Häuschen war alt und innen ganz verräuchert; im Fußboden klafften breite Spalten. In einer Ecke hing ein kleines Heiligenbild, darunter standen ein Tisch und Bänke, und die Wand gegenüber nahm ein großer Ofen ein.
Das erste, was die Kinder beim Betreten der Stube sahen, waren zwei Altersgefährten – ein barfüßiges, nur mit einem schmutzigen Hemdchen bekleidetes Mädchen und ein dickbäuchiger, fast nackter Junge. Ein drittes Kind, ein einjähriges Mädelchen, lag auf der Ofenbank und schrie aus vollem Halse. Die Bäuerin versuchte es zu beruhigen, ließ jedoch davon ab, als die Kinderfrau mit den herrschaftlichen Kindern eintrat, und schickte sich an, für sie in

der vorderen Ecke die Bänke und den Tisch frei zu machen. Als die Kinderfrau aus dem Wagen eine Reisetasche mit glänzendem Verschluss hereinbrachte, bewunderten die Bauernkinder den Verschluss und wiesen einander darauf hin. Die Kinderfrau entnahm der Reisetasche eine Thermosflasche mit warmer Milch sowie Brot und eine saubere Serviette, die sie auf dem Tisch ausbreitete.

»So, nun kommt, Kinderchen, ihr habt sicherlich schon großen Hunger.«

Doch die Kinder kamen nicht. Sonja, das Mädchen, starrte unverwandt die halbnackten Bauernkinder an, mal das eine, mal das andere. Sie hatte noch nie so schmutzige Hemden und so dürftig bekleidete Kinder gesehen und war höchst verwundert. Petja, der abwechselnd Sonja und die Bauernkinder ansah, wusste nicht recht, ob er lachen oder staunen sollte. Besondere Aufmerksamkeit schenkte Sonja dem kleinen Mädelchen, das auf der Ofenbank lag und immer noch verzweifelt schrie.

»Warum schreit sie?«, fragte Sonja.

»Sie ist hungrig«, antwortete die Mutter.

»Dann geben Sie ihr doch was.«

»Ich würde ihr schon was geben, aber ich habe nichts.«

»Na, nun kommt endlich«, sagte die Kinderfrau, nachdem sie das Brot in Scheiben geschnitten und auf dem Tisch bereitgelegt hatte.

»Kommt schon, kommt schon!«, wiederholte sie mit Nachdruck.

Die Kinder gehorchten und gingen zum Tisch. Die Kinderfrau füllte für sie zwei kleine Gläser mit Milch und legte jedem eine Scheibe Brot dazu. Sonja ließ jedoch das Brot unberührt und schob auch das Glas zurück. Und als Petja das sah, tat er dasselbe.

»Ist das wahr, was sie sagt?«, fragte Sonja und deutete auf die Bäuerin.

»Was sagt sie denn?«, fragte die Kinderfrau.

»Dass sie hier keine Milch haben«, antwortete Sonja.

»Was weiß ich, ob das stimmt, das geht uns nichts an. Esst jetzt und trinkt.«

»Ich will nicht«, erklärte Sonja.

»Ich auch nicht«, pflichtete Petja ihr bei.

»Gib ihr die Milch«, sagte Sonja, die keinen Blick von dem kleinen Mädelchen wandte.

»Na, hört schon auf, dummes Zeug zu reden«, sagte die Kinderfrau. »Trinkt die Milch, sonst wird sie kalt.«

»Nein, nein, ich will nicht essen und nicht trinken!«, schrie Sonja plötzlich ganz laut. »Und auch zu Hause werde ich es nicht tun, wenn du ihr nichts gibst.«

»Esst und trinkt zuerst ihr, und wenn etwas übrigbleibt, werde ich es der Frau geben.«

»Nein, ich tue es nicht, bevor du nicht ihr was gibst.«

»Und ich tue es auch nicht«, erklärte Petja. »Ganz bestimmt nicht.«

»Da habt ihr euch solche Dummheiten in den Kopf gesetzt und redet nun albernes Zeug«, sagte die Kinderfrau. »Es geht doch nicht, dass alle gleich viel besitzen. Jeder hat das, was ihm Gott zugeteilt hat. Euch, eurem Herrn Papa hat Gott alles reichlich zugeteilt.«

»Und warum hat er diesen Leuten hier nichts zugeteilt?«, fragte Sonja.

»Darüber dürfen wir nicht urteilen, wenn es Gott so gefällt«, sagte die Kinderfrau, die nun etwas Milch in eine Tasse goss und sie der Bäuerin reichte, damit sie dem kleinen Mädelchen zu trinken gebe. Das Mädelchen trank und wurde ruhig, aber die Kinder gaben sich immer noch nicht zufrieden, und Sonja weigerte sich nach wie vor, zu essen und zu trinken.

»Du sagst, wenn es Gott so gefällt«, wiederholte sie. »Aber warum gefällt es ihm so? Er ist ein böser, ein garstiger Gott, ich werde nie mehr zu ihm beten.«

»Wie kannst du nur so sprechen«, sagte die Kinderfrau kopfschüttelnd. »Ich werde es dem Herrn Papa erzählen, wie sündhaft du sprichst.«

»Erzähle es ihm, wenn du willst. Ich habe jetzt schon alles beschlossen, habe beschlossen, dass es so nicht recht ist.«

»Was ist nicht recht?«, fragte die Kinderfrau.

»Es ist nicht recht, dass manche Menschen viel haben und andere gar nichts.«

»Aber vielleicht hat Gott das absichtlich so gemacht?«, meinte Petja.

»Nein, er ist ein böser, böser Gott. Ich will nicht trinken und nicht essen. Ein böser Gott ist er. Ich liebe ihn nicht.«

Da hustete plötzlich jemand auf dem Ofen, und eine heisere Stimme ertönte von dort.

»Ach, Kinderchen, Kinderchen, ihr seid lieb und gut, aber was ihr da redet, ist unrecht«, sagte jemand und hustete wieder.

Die Kinder blickten überrascht zum Ofen und gewahrten einen alten Mann mit grauem Haar und runzligem Gesicht, der sich mühsam über den Ofenrand beugte.

»Gott ist nicht böse, Kinderchen, Gott ist gütig«, fuhr der Alte fort. »Er liebt alle Menschen. Und wenn es so gekommen ist, dass die einen Weizengebäck essen und die andern nicht einmal Brot haben, dann ist das nicht Gottes Werk, das haben die Menschen so gemacht. Und das kommt, weil sie Gott vergessen haben.« Er hustete wieder. »Sie denken nicht an Gott, deshalb tun sie das. Sie denken nicht daran, dass die einen in Wohlstand leben und die andern Not leiden. Würden die Menschen gottgefällig leben, hätte jeder alles, was er braucht.«

»Aber wie soll man das denn machen, dass jeder alles hat, was er braucht?«, fragte Sonja.

»Wie man das machen soll?«, wiederholte der Alte schmatzend. »Man soll tun, was Gott gebietet. Und Gott gebietet, dass man alles mit seinem Nächsten teilt.«

»Wie? Was sagst du?«, fragte Petja.

»Gott gebietet, dass man alles mit seinem Nächsten teilt«, sagte der Alte noch einmal.

»Er gebietet, dass man alles mit seinem Nächsten teilt«, wiederholte Petja. »Wenn ich später erwachsen bin, werde ich das auch tun.«

»Auch ich werde es tun«, bekräftigte Sonja.

»Ich habe zuerst gesagt, dass ich das tun werde«, sagte Petja. »Ich werde es so machen, dass es überhaupt keine Armen mehr gibt.«

»Nun hört schon auf, dummes Zeug zu schwatzen«, sagte die Kinderfrau. »Trinkt den Rest der Milch aus!«

»Nein, das wollen wir nicht, das wollen wir nicht!«, riefen die Kinder wie aus einem Mund. »Und wenn wir erst erwachsen sind, machen wir es bestimmt so.«

»Nun, das ist brav von euch, Kinderchen«, sagte der Alte lächelnd, wobei er die beiden einzigen in seinem Mund noch vorhandenen Zähne entblößte. »Ich selbst werde es nicht mehr erleben, wie ihr das macht. Es ist ein gutes Werk, was ihr euch vorgenommen habt, helfe euch Gott dabei.«

»Man kann mit uns machen, was man will, wir tun es bestimmt«, erklärte Sonja.

»Ja, das werden wir«, bestätigte Petja.

»Nun, das ist schön«, sagte der Alte lachend und bekam dabei wieder einen Hustenanfall. »Ich werde dann im Jenseits meine Freude an euch haben«, fügte er hinzu, nachdem sich der Hustenanfall gelegt hatte. »Seht nur zu, dass ihr es nicht vergesst!«

»Nein, wir werden es nicht vergessen«, erklärten die Kinder.

»Gut. Dann ist die Sache sicher.«

Der Kutscher erschien und teilte mit, das Rad sei wieder in Ordnung. Die Kinder fuhren ab.

Und was weiter geschehen wird, werden wir alle sehen.

Janosch

Geschenk für den Vogel

Nach dem Herbst kam der Winter ins Land. Der Schnee deckte alles zu. Das Holz lag unter dem Dach, und dann – es war ungefähr zu Weihnachten – ging der alte Popov auf den Vogelmarkt. Er hat einen Vogel gekauft. Einen grauen. Einen Hänfling.
Markt war im Dorf. Der alte Popov zog seine Pelzjacke an, denn es war kalt. Setzte seine Pelzmütze auf und machte sich auf den Weg. Über die Felder, durch den Schnee, in das Dorf und auf den Markt. In jedem Jahr zu dieser Zeit, ungefähr zu Weihnachten, stand auf dem Markt immer an der gleichen Stelle ein Vogelhändler. Er hatte fast hundert Käfige aufgestellt. In manchen nur einen Vogel, in manchen mehrere. Und sie flatterten und wollten sich befreien, keiner sang. Es war so kalt.
Der alte Popov stand lange vor den Käfigen. Er guckte jedem Vogel ins Gesicht, denn an den Augen konnte er erkennen, welchen Vogel er kaufen würde.
»Was ist mit dem da?«, fragte er den Vogelhändler. »Mit dem da?«, fragte der Vogelhändler zurück. Denn da saß so ein kleiner, grauer, kümmerlicher Vogel auf dem Boden in einem kleinen Käfig. Er schaute vor sich hin und bewegte sich nicht. Wie tot.
»Hänfling«, sagte der Vogelhändler. »Singt nicht, piepst nicht, rührt sich nicht vom Fleck, kriegen Sie für eins fünfzig mit Käfig. Der Käfig ist noch stabil wie neu. Für den Vogel keine Garantie.«
»Käfig hab ich selber«, sagte der alte Popov, denn Käfige konnte er machen. »Was kostet er ohne?«
»Neunzig«, sagte der Vogelmann.
Das passte genau, denn neunzig hatte Popov. Er hatte einen kleinen Käfig aus Holz unter der Jacke.
»Nehme ich«, sagte er, und der Vogelmann nahm den Hänfling heraus und steckte ihn in den Holzkäfig.
»Aber ohne Garantie. Das sag ich noch mal.« Der alte Popov steckte den Käfig wieder unter die Jacke, damit der Vogel nicht fror, und

ging nach Hause. Unterwegs blieb er von Zeit zu Zeit stehen und pustete warme Luft in den Käfig. Nahm ein paar Sonnenblumenkerne aus der Hosentasche, biss sie auf und legte sie dem Vogel vor den Schnabel. Aber er fraß nicht.
Zu Hause stellte er den Käfig auf den Tisch. In der Stube war es warm. Er gab dem Vogel Wasser, und bald trank er etwas. Aß etwas. Dann wurde es Abend, und die beiden saßen neben dem warmen Ofen. Der Vogel hatte sich wieder aufgewärmt und sang sogar etwas, aber er wollte hinaus. Ein Vogel ist zum Fliegen da. Und als die Nacht kam, nahm der alte Popov den Käfig, trug ihn vor die Tür, machte ihn auf und schenkte dem Vogel seinen Wald zurück. Der Vogel flog nicht hinaus in den Wald. Er flog nur aus dem Käfig und schlief unter dem Dach noch bis zum nächsten Tag. In dieser Nacht träumte der alte Popov vom Himmel und dass der Vogel ein Stern war.

Kapitel 3

WEIHNACHTSMÄNNER UND WEIHNACHTSENGEL

Theodor Storm

Knecht Ruprecht

Von drauß' vom Walde komm ich her;
Ich muss euch sagen, es weihnachtet sehr!
Allüberall auf den Tannenspitzen
Sah ich goldene Lichtlein sitzen;
Und droben aus dem Himmelstor
Sah mit großen Augen das Christkind hervor;
Und wie ich so strolcht' durch den finstern Tann,
Da rief's mich mit heller Stimme an:
»Knecht Ruprecht«, rief es, »alter Gesell,
Hebe die Beine und spute dich schnell!
Die Kerzen fangen zu brennen an,
Das Himmelstor ist aufgetan,
Alt' und Junge sollen nun
Von der Jagd des Lebens einmal ruhn;
Und morgen flieg ich hinab zur Erden;
Denn es soll wieder Weihnachten werden!«
Ich sprach: »O lieber Herre Christ,
Meine Reise fast zu Ende ist;
Ich soll nur noch in diese Stadt,
Wo's eitel gute Kinder hat.«
»Hast denn das Säcklein auch bei dir?«
Ich sprach: »Das Säcklein, das ist hier;
Denn Äpfel, Nuss und Mandelkern,
Fressen fromme Kinder gern.«
»Hast denn die Rute auch bei dir?«
Ich sprach: »Die Rute, die ist hier;
Doch für die Kinder nur, die schlechten,
Die trifft sie auf den Teil, den rechten.«
Christkindlein sprach: »So ist es recht;
So geh mit Gott, mein treuer Knecht!«

Von drauß' vom Walde komm ich her;
Ich muss euch sagen, es weihnachtet sehr!
Nun sprecht, wie ich's hierinnen find!
Sind's gute Kind, sind's böse Kind?

J. R. R. Tolkien

Ein Brief vom Weihnachtsmann

Hier sind viele aufregende Dinge passiert, von denen ihr sicher etwas erfahren möchtet. Angefangen hat alles mit den komischen unterirdischen Geräuschen, die im Sommer einsetzten und die immer schlimmer geworden sind. Ich hatte schon Angst, es würde zu einem Erdbeben kommen. Der Nordpolarbär sagt, er habe von Anfang an einen Verdacht gehabt. Ich wünschte nur, er hätte mir was davon gesagt; aber es kann sowieso nicht ganz stimmen, denn als es anfing, schlief er fest, und erst so um Michaels Geburtstag (22. Oktober) herum ist er aufgewacht. Nun, eines Tages, es muss gegen Ende November gewesen sein, hat er sich zu einem Spaziergang aufgemacht und ist nicht mehr zurückgekommen! Vor ungefähr vierzehn Tagen begann ich mir dann ernstlich Sorgen zu machen; denn letzten Endes ist der gute alte Kerl wirklich eine große Hilfe, trotz aller Missgeschicke, und es ist ja auch sehr lustig mit ihm. Eines Abends, es war Freitag, der 9. Dezember, bumste und schnüffelte etwas vorn an der Haustür. Ich dachte, er sei wieder da und habe (wie schon so oft) seinen Schlüssel verloren, aber als ich die Tür aufmachte, stand draußen ein anderer, schon sehr alter Bär, er war dick und fett und irgendwie ganz krumm. Tatsächlich war es ein Höhlenbär, der älteste von den wenigen, die es noch gibt, und ich hatte ihn schon jahrhundertelang nicht mehr gesehen. »Willst du deinen Nordpolarbären wiederhaben?«, fragte er. »Wenn ja, dann komm ihn mal lieber holen.«

Es stellte sich heraus, dass Polarbär sich in den Höhlen unweit der Ruine meines alten Hauses (die wohl dem Höhlenbären gehören) verirrt hatte. Wie er sagt, hatte er an einem Hügel ein Loch entdeckt und war, weil es schneite, hineingegangen. Er rutschte einen langen Abhang hinunter, und eine Menge Felsbrocken fielen hinter ihm her, und dann merkte er, dass er nicht mehr zurück und hinausklettern konnte. Aber fast im selben Augenblick witterte er KOBOLDgeruch, da wurde er neugierig und wollte die Sache näher erforschen. Nicht sehr schlau von ihm, denn Kobolde können zwar ihm selbst bekanntlich nichts anhaben, aber ihre Höhlen sind doch sehr gefährlich. Natürlich hatte er sich bald total verlaufen, und die Kobolde löschten all ihre Lichter aus und machten Geräusche und täuschten Echos vor, damit er sich nur ja verirrte.

Kobolde sind für uns so ungefähr das, was für euch Ratten sind, nur schlimmer, weil sie sehr klug sind, und auch wieder nicht so schlimm, weil es in dieser Gegend nur sehr wenige gibt. Wir dachten schon, es gäbe hier überhaupt keine mehr. Vor langer Zeit haben sie uns einmal schlimm zu schaffen gemacht, das war, glaube ich, so um 1453 herum, aber die Zwerge, die ihre ärgsten Feinde sind, haben uns damals geholfen, sie zu vertreiben. Wie auch immer, jetzt war der arme alte Polarbär mitten in sie hineingeraten, verirrt im Finstern und mutterseelenallein, bis er auf Höhlenbär traf, der ja dort wohnt. Höhlenbär kann recht gut im Dunkeln sehen, und er schlug vor, Polarbär zu seinem privaten Höhlen-Hinterausgang zu führen. Also gingen die beiden zusammen los, aber die Kobolde, wütend und aufgeregt, wie sie waren (Polarbär hatte nämlich ein paar von ihnen, die im Dunkeln an ihn herankamen und ihn knufften, zu Boden gehauen und allen einige grobe Frechheiten ins Gesicht gesagt), brachten ihn vom Weg ab, indem sie Höhlenbärs Stimme nachahmten, die sie natürlich ganz genau kannten. Dadurch geriet Polarbär in ein stockfinsteres Höhlengebiet, wo vielerlei Gänge in verschiedene Richtungen führten, und er verlor Höhlenbär, und Höhlenbär verlor ihn.

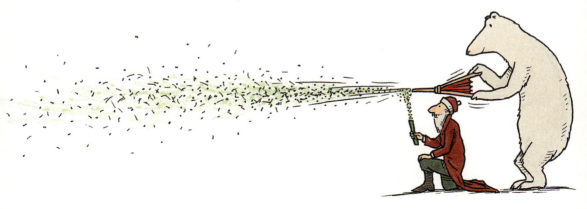

»Was wir brauchen, ist Licht«, sagte Höhlenbär zu mir. Also holte ich einige meiner Spezial-Wunderfackeln, die ich manchmal in meinen allertiefsten Kellern benutze, und wir gingen gleich, noch am Abend, hin. Die Höhlen sind eine Pracht. Ich wusste immer, dass es sie gibt, aber nicht, wie viele; und ich hatte keine Ahnung, wie groß sie sind. Die Kobolde verkrochen sich natürlich in die tiefsten Löcher und Winkel, und bald hatten wir Polarbär gefunden. Er war vor Hunger ganz lang und dünn geworden, denn er trieb sich ja schon fast vierzehn Tage da unten herum. Er sagte: »Bald hätte ich mich durch einen Koboldschlitz zwängen können.« Polarbär selbst staunte nicht schlecht, als ich Licht machte; denn das Besondere an diesen Höhlen ist, dass ihre Wände über und über mit Zeichnungen bedeckt sind: sie sind entweder in den Stein geritzt oder mit Rot und Braun und Schwarz aufgemalt. Einige davon sind sehr gut (hauptsächlich die Tierbilder), manche sind eigenartig und manche ganz einfach schlecht, und dazwischen findet man seltsame Zeichen, Symbole und Kritzeleien, von denen einige irgendwie teuflisch aussehen und meiner Meinung nach bestimmt etwas mit Schwarzer Magie zu tun haben. Höhlenbär sagt, diese Höhlen gehörten ihm und hätten ihm, oder seiner Familie, schon seit den Tagen seines Ur-Ur-Ur-Ur-Ur-Ur-Ur-Ur(mal zehn)-Großvaters gehört, und die Bären hätten als Allererste den Einfall gehabt, die Wände zu verzieren, und hätten schon immer an glatten Stellen Bilder in den Stein gekratzt, was auch dazu diente, die Krallen zu schärfen. Dann kam der MENSCH daher – stellt euch das einmal vor! Höhlenbär sagt, zu einer gewissen, weit zurückliegenden Zeit, als der Nordpol noch anderswo war, habe es sehr viele Menschen gegeben. Das muss lange vor meiner Zeit gewesen sein, denn ich habe Großvater Jul davon nie auch nur etwas erwähnen hören, sodass ich nicht weiß, ob Höhlenbär nicht vielleicht Unsinn redet. Viele der Bilder sollen von diesen Höhlenmenschen gemacht worden sein, und zwar die schönsten, besonders die großen (fast lebensgroßen) Darstellungen von Tieren; einige gibt es mittlerweile schon gar nicht mehr: Drachen zum Beispiel und viele Mammuts. Von den Menschen stammen auch einige der

schwarzen Zeichen und Bildsymbole, aber die Kobolde haben überall dazwischengekritzelt. Sie können nicht gut zeichnen, und ohnehin mögen sie verquere und garstige Formen am liebsten. (...)
Aber damit, dass ich Polarbär gerettet hatte, waren unsere Abenteuer noch nicht zu Ende. Anfang vergangener Woche gingen wir in die Kellerräume hinunter, um die Sachen für England nach oben zu bringen.
»Hier hat doch jemand was umgeräumt«, sagte ich zu Polarbär.
»Paksu und Valkotukka wahrscheinlich«, meinte er. Aber die waren es nicht gewesen. Denn letzten Samstag gingen wir wieder hinunter, und da sahen wir, dass aus dem Hauptkeller so gut wie alles verschwunden war! Stellt euch vor, wie mir zumute war! Kaum irgendwas zum Verschicken, und nicht mehr genug Zeit, um neue Sachen anzufertigen oder herbeizuschaffen.
Polarbär sagte: »Es riecht stark nach Kobold.« Schließlich fanden wir im Westkeller hinter einigen Packkisten ein großes Loch (aber nicht groß genug für uns), das in einen Tunnel hineinführte. Wie ihr euch denken könnt, machten wir uns sofort auf die Suche nach Höhlenbär und gingen also wieder in die Höhlen. Und bald wurde uns klar, was es mit den sonderbaren Geräuschen auf sich gehabt hatte. Offensichtlich hatten die Kobolde schon vor langer Zeit von ihren Verstecken bis zu meiner alten Wohnung (die nicht weit vom Rande ihrer Berge lag) einen unterirdischen Gang gegraben und eine ganze Menge Sachen gestohlen. Wir fanden einige Dinge, die über hundert Jahre alt waren, und sogar ein paar Päckchen, die waren noch an eure Urgroßeltern adressiert! Aber die Kobolde sind schlau gewesen und haben Maß gehalten, deshalb hatte ich nie etwas bemerkt. Und seit meinem Umzug müssen sie immerfort gegraben haben, die ganze Strecke bis zu meinem Felsen haben sie sich mit Gerums und Gebums (so leise, wie es irgend ging) vorangewühlt. Schließlich haben sie dann meine neuen Keller erreicht, und der Anblick all der Spielsachen auf einmal ist wohl zu viel für sie gewesen: Jetzt nahmen sie alles mit, was sie nur greifen konnten. Bestimmt hatten sie auch immer noch eine Wut auf den Polarbären. Und sie dachten ja auch, wir könnten sie nicht kriegen.

Aber ich habe dann meinen grünen Patent-Leuchtrauch in den Tunnel geleitet, und Polarbär, mit unserem riesigen Küchenblasebalg, hat gepustet und gepustet. Die Kobolde haben bloß noch gebrüllt und sind am anderen Ende (bei der Höhle) hinausgefahren. Aber dort waren schon Rote Zwerge. Die hatte ich eigens kommen lassen – in Norwegen gibt es ja noch ein paar von den ganz alten Zwergenfamilien. Sie haben Hunderte von Kobolden gefangen und viel mehr noch hinausgejagt in den Schnee (den die Kerle nicht ausstehen können). Sie mussten uns zeigen, wo sie unsere Sachen versteckt hatten, oder vielmehr, sie mussten sie alle zurückbringen, und schon am Montag hatten wir praktisch alles wieder. Die Zwerge schlagen sich immer noch mit den Kobolden herum, behaupten aber, bis Neujahr werde kein Einziger mehr zu finden sein. Ich bin nicht so sicher – in einem Jahrhundert oder so tauchen sie bestimmt wieder auf.

Kurt Tucholsky

Himmlische Nothilfe

»Wat denn? Wat denn? Zwei Weihnachtsmänner?«

»Machen Sie hier nich sonen Krach, Siiie! Is hier vier Tage im Hümmel, als Hilfsengel und riskiert hier schon ne Lippe.«

»Verzeihen Sie, Herr Oberengel. Aber man wird doch noch fragen dürfen?«

»Dann fragen Sie leise. Sie sehen doch, dass die beiden Herren zu tun haben. Sie packen.«

»Ja, das sehe ich. Aber wenn Herr Oberengel gütigst verzeihen wollen: Wieso zwei? Wir hatten auf Schule jelernt: Et gibt einen Weihnachtsmann und fertig.«

»Einen Weihnachtsmann und fertig ...! Einen Weihnachtsmann und fertig ...! Diese Berliner! So ist das hier nicht! Das sind ambivalente Weihnachtsmänner!«

»Büttaschön?«

»Ambi... ach so. Fremdwörter verstehen Sie nicht. Ich wer Sie mal für vierzehn Tage rüber in den Soziologenhimmel versetzen halt, oder noch besser, zu den Kunsthistorikern ... da wern Sie schon ... Ja, dies sind also ... diese Weihnachtsmänner, das hat der liebe Gott in diesem Jahr frisch eingerichtet. Sie ergänzen sich, sie heben sich gegenseitig auf ...«

»Wat hehm die sich jejenseitig auf? Die Pakete?«

»Wissen Sie ... da sagen die Leute immer, ihr Berliner wärt so furchtbar schlau – aber Ihre Frau Mama ist zwecks Ihrer Geburt mit Ihnen wohl in die Vororte gefahren ...! Die Weihnachtsmänner sind doppelseitig – das wird er wieder nicht richtig verstehn –, die Weihnachtsmänner sind polare Gegensätze.«

»Aha. Wejen die Kälte.«

»Himmel ... wo ist denn der Fluch-Napf ...! Also, ich werde Ihnen das erklären! Jetzt passen Sie gut auf:
Die Leute beten doch allerhand und wünschen sich zu Weihnachten so allerhand. Daraufhin hat der liebe Gott mit uns Engeln sowie

auch mit den zuständigen Heiligen beraten: Wenn man das den Leuten alles erfüllt, dann gibt es ein Malheur. Immer. Denn was wünschen sie sich? Sie wünschen sich grade in der letzten Zeit so verd... so vorwiegend radikale Sachen. Einer will das Hakenkreuz. Einer will Diktatur. Einer will Diktatur mitm kleinen Schuss; einer will Demokratie mit Schlafsofa; eine will einen Hausfreund; eine will eine häusliche Freundin ... ein Reich will noch mehr Grenzen; ein Land will überhaupt keine Grenzen mehr; ein Kontinent will alle Kriegsschulden bezahlen, einer will ...«
»Ich weiß schon. Ich jehöre zu den andern.«
»Unterbrechen Sie nicht. Kurz und gut: Das kann man so nicht erfüllen. Erfüllt man aber nicht ...«
»Ich weiß schon. Dann besetzen sie die Ruhr.«
»Sie sollen mich nicht immer unterbrechen! Erfüllen wir nicht, also: Erfüllt der liebe Gott nicht, dann sind die Leute auch nicht zufrieden und kündigen das Abonnement. Was tun?«
»Eine Konferenz einberufen. Ein Exposé schreiben. Mal telefonieren. Den Sozius ...«
»Wir sind hier nicht in Berlin, Herr! Wir sind im Himmel. Und eben wegen dieser dargestellten Umstände haben wir jetzt zwei Weihnachtsmänner!«
»Und ... was machen die?«
»Weihnachtsmann A erfüllt den Wunsch. Weihnachtsmann B bringt das Gegenteil. Zum Exempel: Onkel Baldrian wünscht sich zu Weihnachten gute Gesundheit. Wird geliefert. Damit die Ärzte aber nicht verhungern, passen wir gut auf: Professor Dr. Speculus will auch leben. Also kriegt er seinen Wunsch erfüllt, und der reiche Onkel Baldrian ist jetzt mächtig gesund, hat eine eingebildete Krankheit und zahlt den Professor. Oder:

Die Nazis wünschen sich einen großen Führer. Kriegen sie: ein Hitlerbild. Der Gegenteil-Weihnachtsmann bringt dann das Gegenteil: Hitler selber.

Herr Merkantini möchte sich reich verheiraten. Bewilligt. Damit aber die Gefühle nicht rosten, bringt ihm der andere Weihnachtsmann eine prima Freundin. Oder: Weihnachtsmann A bringt dem deutschen Volke den gesunden Menschenverstand, Weihnachtsmann B die Presse. Weihnachtsmann A gab Italien die schöne Natur, Weihnachtsmann B: Mussolini. Ein Dichter wünscht sich gute Kritiker, kriegt er. Dafür kauft kein Aas sein Buch mehr. Die deutsche Regierung wünscht Sparmaßnahmen, schicken wir. Der andere Weihnachtsmann bringt dann einen kleinen Panzerkreuzer mit.

Sehn Sie, auf diese Weise kriegt jeder sein Teil. Haben Sie das nun verstanden?«

»Allemal. Da möchte ich denn auch einen kleinen Wunsch äußern. Ich möchte gern im Himmel bleiben und alle Nachmittage von 4 bis 6 in der Hölle Bridge spielen.«

»Tragen Sie sich in das Wunschbuch der Herren ein. Aber stören Sie sie nicht beim Packen, die Sache eilt.«

»Und ... verzeihen Sie ... wie machen Sie das mit der Börse –?«

»So viel Weihnachtsmänner gibt es nicht, Herr – so viel Weihnachtsmänner gibt's gar nicht –!«

Paul Maar

Der doppelte Weihnachtsmann

Ich muss ungefähr sechs Jahre alt gewesen sein, als ich anfing, nicht mehr so recht an den Weihnachtsmann zu glauben.
»Gibt es den Weihnachtsmann eigentlich wirklich?«, fragte ich Mama, als wir am Nachmittag gemütlich zusammensaßen und Weihnachtsschmuck bastelten.
»Du hast ihn doch oft gesehen«, sagte Mama. »Erinnerst du dich nicht an letztes Weihnachten, wie er hereinkam hier ins Zimmer, mit seinem langen Mantel und seinem weißen Bart? Wir haben doch zusammen Weihnachtslieder gesungen.«
»Jaja«, sagte ich. »Aber wie viel Weihnachtsmänner gibt es eigentlich?«
»Wie viele? Natürlich nur einen. Den Weihnachtsmann!«, sagte sie.
»Und der kommt auch zum Klaus?«, fragte ich weiter.
Klaus war mein Freund. Er wohnte ein paar Häuser weiter.
»Ja, natürlich«, sagte Mama.
»Und zur Elke nach Paderborn auch?« Elke war vor zwei Monaten mit ihren Eltern nach Paderborn gezogen.
»Ja, zu Elke auch«, sagte Mama.
»Und zu den Kindern in München und in Hamburg?«, fragte ich.
»Zu denen kommt er auch!«
»Wie kann er denn am gleichen Abend in München und in Hamburg und in Paderborn sein?«, fragte ich.
»Wie er das kann, weiß ich auch nicht«, sagte Mama. »Er kann es halt. Dafür ist er eben der Weihnachtsmann. Als Weihnachtsmann kann er vielleicht an zwei Orten gleichzeitig sein.«
Damit waren meine Zweifel aber noch lange nicht verschwunden. Ich hatte sogar einen bestimmten Verdacht.
»Wieso ist Papa eigentlich nie dabei, wenn der Weihnachtsmann kommt?«, fragte ich.
Mama tat erstaunt. »Ist er denn nie dabei?«, fragte sie.
»Nein«, antwortete ich. »Jedes Mal sagt er am Weihnachtsabend,

er müsse noch was erledigen, und dann geht er weg. Und gleich darauf kommt dann der Weihnachtsmann. Und wenn der Weihnachtsmann mit dir und mir Lieder gesungen hat und wieder weggegangen ist, dann kommt Papa zurück und fragt uns, wie es denn gewesen sei mit dem Weihnachtsmann!«

»So ein Zufall!«, sagte Mama. »Ich werde Papa sagen, dass er diesmal dableiben soll, wenn der Weihnachtsmann kommt.«

Als Papa am Abend nach Hause gekommen war, hörte ich die beiden in der Küche halblaut miteinander reden. Ich ging leise zur offenen Küchentür, um zuzuhören.

»Du kannst es jedenfalls nicht mehr machen«, sagte Mama gerade zu Papa. »Er hat etwas gemerkt.«

»Aber wer denn dann?«, fragte Papa.

»Vielleicht Robert?«, sagte Mama. »Wir haben Robert doch sowieso zu Weihnachten eingeladen. Da kann er ja ...« In diesem Augenblick sah sie mich in der Tür stehen, brach mitten im Satz ab und sagte zu mir: »Du musst jetzt mal in dein Zimmer gehen. Wir wollen gerade etwas Wichtiges besprechen. Etwas, das nur die Erwachsenen angeht.«

Damit schob sie mich in mein Zimmer, und ich konnte jetzt nicht erfahren, was die beiden wohl besprechen wollten.

Drei Tage später war Weihnachtsabend. Wir saßen im Esszimmer und warteten auf den Weihnachtsmann. Und auf Onkel Robert. Onkel Robert war der Bruder von Papa. Er wollte dieses Weihnachten mit uns feiern.

»Wo Robert nur bleibt?«, sagte Papa und schaute auf die Uhr. »Er wollte doch schon längst da sein.«

»Es schneit. Vielleicht kommt er mit dem Auto nicht durch«, sagte Mama.

»Hoffentlich hast du nicht recht«, meinte Papa und schaute wieder auf die Uhr.

Wir warteten eine Viertelstunde, eine halbe Stunde, und ich fragte alle fünf Minuten, wann denn der Weihnachtsmann käme. Aber er kam nicht. Und Onkel Robert auch nicht.

Papa wurde immer ungeduldiger. Plötzlich sprang er auf, ging aus dem Zimmer und rief uns im Hinausgehen zu: »Ich muss noch 'ne Kleinigkeit erledigen. Es dauert nicht lange, ich bin gleich wieder da!« Ich fand es sehr schade, dass Papa gerade jetzt wegmusste. Ich hatte Sorge, der Weihnachtsmann könnte vielleicht wieder gerade dann kommen, wenn Papa weg wäre. Und wirklich: Papa war kaum fünf Minuten aus dem Zimmer, da klopfte es an die Tür, und der Weihnachtsmann kam herein.

Es war wie jedes Jahr: Erst fragte er mich, ob ich auch immer schön brav gewesen wäre. Dann sangen wir zusammen »Stille Nacht«, und dann gingen alle hinüber ins Weihnachtszimmer.

Nach einer Weile sagte Mama: »So, lieber Weihnachtsmann, jetzt hast du dir einen ordentlichen Schluck verdient, jetzt darfst du in die Küche gehen und was trinken!« Und der Weihnachtsmann ging in die Küche.

Kaum war der Weihnachtsmann hinter der Küchentür verschwunden, da hörten Mama und ich vom Flur her laute Schritte und Gepolter.

»Um Gottes willen!«, rief Mama, irgendwie erschrocken.

»Nein, Robert ...«

Da ging die Tür auf. Aber es war nicht Robert, der hereinkam, sondern der Weihnachtsmann. Weiß der Himmel, wie er es geschafft hatte, von der Küche aus in den Flur zu kommen! Vielleicht war er aus dem Küchenfenster gestiegen und zum Flurfenster wieder herein.

Er kam direkt auf mich zu. Ich war so damit beschäftigt, meine Geschenke auszupacken, dass ich ihn gar nicht weiter beachtete. Schließlich hatten wir uns ja eben lange unterhalten und zusammen ein Lied gesungen!

»Na, willst du denn gar nicht aufstehen?«, fragte der Weihnachtsmann mit tiefer Stimme und baute sich vor mir auf. Erstaunt stellte ich mich vor ihn hin.

»Nun, bist du denn auch immer brav gewesen?«, fragte er und schaute mich streng an.
»Das hab ich dir gerade doch schon gesagt«, sagte ich erstaunt.
»Wann gerade?«, fragte der Weihnachtsmann.
»Na eben«, sagte ich. »Bevor wir zusammen gesungen haben.«
»Wann sollen wir gesungen haben?«, fragte der Weihnachtsmann ganz ratlos.
Ich wusste nicht, ob er wirklich so vergesslich war oder ob er vielleicht einen Spaß machen wollte. Ich sagte mal überhaupt nichts.
»Was haben wir denn angeblich gesungen?«, fragte der Weihnachtsmann weiter.
»Na, ›Stille Nacht, hei…‹« So weit war ich gerade gekommen, da schaute ich zufällig zur Küchentür hinüber. Und da sah ich etwas so Verwunderliches, dass ich aufhörte zu reden und mit offenem Mund staunte. Mama hatte doch recht gehabt! Der Weihnachtsmann konnte wirklich an mehreren Orten gleichzeitig sein. Denn der Weihnachtsmann stand nicht nur vor mir, mit seinem langen Mantel und seinem weißen Bart, er stand auch gleichzeitig in der Küchentür, hatte ein Glas Wein in der Hand und schaute verblüfft zu uns ins Zimmer.
Als der Weihnachtsmann sich sah (oder muss man sagen: Als die Weihnachtsmänner einander sahen?), machten beide kehrt, gingen hastig aus dem Zimmer und klappten die Tür hinter sich zu.
Nach einer Weile kam Papa zurück. Und mit ihm Onkel Robert, der inzwischen auch eingetroffen war.
»Stellt euch vor, ich habe den Weihnachtsmann doppelt gesehen!«, erzählte ich ihnen gleich aufgeregt.
Aber sie gingen gar nicht darauf ein, sondern meinten nur, es sei höchste Zeit, dass wir nach all diesen Aufregungen mit dem Weihnachtsabendessen begännen.
Was sie allerdings mit »Aufregungen« meinten, ist mir nie ganz klar geworden. Denn schließlich waren Papa und Onkel Robert ja gar nicht dabei gewesen, als ich diese aufregende Weihnachtsmannverdoppelung erlebte!

Hermann Löns

Der allererste Weihnachtsbaum

Der Weihnachtsmann ging durch den Wald. Er war ärgerlich. Sein weißer Spitz, der sonst immer lustig bellend vor ihm herlief, merkte das und schlich hinter seinem Herrn mit eingezogener Rute her. Er hatte nämlich nicht mehr die rechte Freude an seiner Tätigkeit. Es war alle Jahre dasselbe. Es war kein Schwung in der Sache. Spielzeug und Esswaren, das war auf die Dauer nichts. Die Kinder freuten sich wohl darüber, aber quieken sollten sie und jubeln und singen, so wollte er es, das taten sie aber nur selten.

Den ganzen Dezembermonat hatte der Weihnachtsmann schon darüber nachgegrübelt, was er wohl Neues erfinden könne, um einmal wieder eine rechte Weihnachtsfreude in die Kinderwelt zu bringen, eine Weihnachtsfreude, an der auch die Großen teilnehmen würden. Kostbarkeiten durften es aber auch nicht sein, denn er hatte soundsoviel auszugeben und mehr nicht.

So stapfte er denn auch durch den verschneiten Wald, bis er auf dem Kreuzweg war. Dort wollte er das Christkindchen treffen. Mit dem beriet er sich nämlich immer über die Verteilung der Gaben.

Schon von weitem sah er, dass das Christkindchen da war, denn ein heller Schein war dort. Das Christkindchen hatte ein langes, weißes Pelzkleidchen an und lachte über das ganze Gesicht. Denn um es herum lagen große Bündel Kleeheu und Bohnenstiegen und Espen- und Weidenzweige, und daran taten sich die hungrigen Hirsche und Rehe und Hasen gütlich. Sogar für die Sauen gab es etwas: Kastanien, Eicheln und Rüben.

Der Weihnachtsmann nahm seinen Wolkenschieber ab und bot dem Christkindchen die Tageszeit. »Na, Alterchen, wie geht's?«, fragte das Christkind. »Hast wohl schlechte Laune?« Damit hakte es den Alten unter und ging mit ihm. Hinter ihnen trabte der kleine Spitz, aber er sah gar nicht mehr betrübt aus und hielt seinen Schwanz kühn in die Luft.

»Ja«, sagte der Weihnachtsmann, »die ganze Sache macht mir so recht keinen Spaß mehr. Liegt es am Alter oder an sonst was, ich weiß nicht. Das mit den Pfefferkuchen und den Äpfeln und Nüssen, das ist nichts mehr. Das essen sie auf, und dann ist das Beste vorbei. Man müsste etwas Neues erfinden, etwas, das nicht zum Essen und nicht zum Spielen ist, aber wobei Alt und Jung singt und lacht und fröhlich wird.«

Das Christkindchen nickte und machte ein nachdenkliches Gesicht; dann sagte es: »Da hast du recht, Alter, mir ist das auch schon aufgefallen. Ich habe daran auch schon gedacht, aber das ist nicht so leicht.«

»Das ist es ja gerade«, knurrte der Weihnachtsmann, »ich bin zu alt und zu dumm dazu. Ich habe schon richtiges Kopfweh vom vielen Nachdenken, und es fällt mir doch nichts Vernünftiges ein. Wenn es so weitergeht, schläft allmählich die ganze Sache ein, und es wird ein Fest wie alle anderen, von dem die Menschen dann weiter nichts haben als Faulenzen, Essen und Trinken.«

Nachdenklich gingen beide durch den weißen Winterwald, der Weihnachtsmann mit brummigem, das Christkindchen mit nachdenklichem Gesicht. Es war so still im Wald, kein Zweig rührte sich, nur wenn die Eule sich auf einen Ast setzte, fiel ein Stück Schneebehang mit halblautem Ton herab.

So kamen die beiden, den Spitz hinter sich, aus dem hohen Holz auf einen alten Kahlschlag, auf dem große und kleine Tannen standen. Das sah wunderschön aus. Der Mond schien hell und klar, alle Sterne leuchteten, der Schnee sah aus wie Silber, und die Tannen standen darin, schwarz und weiß, dass es eine Pracht war.

Eine fünf Fuß hohe Tanne, die allein im Vordergrund stand, sah besonders reizend aus. Sie war regelmäßig gewachsen, hatte auf jedem Zweig einen Schneestreifen, an den Zweigspitzen kleine Eiszapfen und glitzerte und flimmerte nur so im Mondenschein.

Das Christkindchen ließ den Arm des Weihnachtsmannes los, stieß den Alten an, zeigte auf die Tanne und sagte: »Ist das nicht wunderhübsch?«

»Ja«, sagte der Alte, »aber was hilft mir das?«

»Gib ein paar Äpfel her«, sagte das Christkindchen, »ich habe da einen Gedanken.«

Der Weihnachtsmann machte ein dummes Gesicht, denn er konnte sich nicht recht vorstellen, dass das Christkind bei der Kälte Appetit auf die eiskalten Äpfel hatte. Er hatte zwar noch einen guten, alten Schnaps, aber den mochte er dem Christkindchen nicht anbieten.

Er machte sein Tragband ab, stellte seine riesige Kiepe in den Schnee, kramte darin herum und langte ein paar recht schöne Äpfel heraus. Dann faßte er in die Tasche, holte sein Messer heraus, wetzte es an einem Buchenstamm und reichte es dem Christkindchen.

»Sieh, wie schlau du bist«, sagte das Christkindchen. »Nun schneid mal etwas Bindfaden in zwei fingerlange Stücke, und mach mir kleine Pflöckchen.«

Dem Alten kam das alles etwas ulkig vor, aber er sagte nichts und tat, was das Christkind ihm sagte. Als er die Bindfäden und die Pflöckchen fertig hatte, nahm das Christkind einen Apfel und steckte ein Pflöckchen hinein, band den Faden daran und hängte den an einen Ast.

»So«, sagte es dann, »nun müssen auch an die anderen welche, und dabei kannst du helfen, aber vorsichtig, dass kein Schnee abfällt!«

Der Alte half, obgleich er nicht wusste, warum. Aber es machte ihm sichtlich Spaß, und als die ganze kleine Tanne voll von rotbäckigen Äpfeln hing, da trat er fünf Schritte zurück, lachte und sagte: »Kiek, wie niedlich das aussieht! Aber was hat das alles für'n Zweck?«

»Braucht denn alles gleich einen Zweck zu haben?«, lachte das Christkind. »Pass auf, das wird noch schöner. Nun gib mal die Nüsse her!«

Der Alte krabbelte aus seiner Kiepe Walnüsse heraus und gab sie dem Christkindchen. Das steckte in jedes ein Hölzchen, machte einen Faden daran, rieb immer eine Nuss an der goldenen Oberseite seiner Flügel, dann war die Nuss golden, und die nächste an der silbernen Unterseite seiner Flügel, dann hatte es eine silberne Nuss, und hängte sie zwischen die Äpfel.

»Was sagst du nun, Alterchen?«, fragte es dann. »Ist das nicht allerliebst?«

»Ja«, sagte der, »aber ich weiß immer noch nicht ...«

»Kommt schon!«, lachte das Christkindchen. »Hast du Lichter?«

»Lichter nicht«, meinte der Weihnachtsmann, »aber 'nen Wachsstock!«

»Das ist fein«, sagte das Christkind, nahm den Wachsstock, zerschnitt ihn und drehte erst ein Stück um den Mitteltrieb des Bäumchens und die anderen Stücke um die Zweigenden, bog sie hübsch gerade und sagte dann: »Feuerzeug hast du doch?«

»Gewiss«, sagte der Alte, holte Stein, Stahl und Schwammdose heraus, pinkte Feuer aus dem Stein, ließ den Zunder in der Schwammdose zum Glimmen kommen und steckte ein paar Schwefelspäne an. Die gab er dem Christkindchen. Das nahm den hellbrennenden Schwefelspan und steckte damit erst das oberste Licht an, dann das nächste davon rechts, dann das gegenüberliegende. Und rund um den Baum gehend, brachte es so ein Licht nach dem andern zum Brennen.

Da stand nun das Bäumchen im Schnee; aus seinem halbverschneiten, dunklen Gezweig sahen die roten Backen der Äpfel, die Gold- und Silbernüsse blitzten und funkelten, und die Wachskerzen brannten feierlich. Das Christkindchen lachte über das ganze rosige Gesicht und patschte in die Hände, der alte Weihnachtsmann sah gar nicht mehr so brummig aus, und der kleine, weiße Spitz sprang hin und her und bellte.

Als die Lichter ein wenig heruntergebrannt waren, wehte das Christkindchen mit seinen goldsilbernen Flügeln, da gingen die Lichter aus. Es sagte dem Weihnachtsmann, er solle das Bäumchen vorsichtig absägen. Das tat er, und dann gingen beide den Berg hinab und nahmen das Bäumchen mit.

Als sie in den Ort kamen, schlief schon alles. Beim kleinsten Haus machten die beiden halt. Das Christkind machte leise die Tür auf und trat ein; der Weihnachtsmann ging hinterher. In der Stube stand ein dreibeiniger Schemel mit einer durchlochten Platte. Den stellten sie auf den Tisch und steckten den Baum hinein. Der Weihnachtsmann legte noch allerhand schöne Dinge, Spielzeug, Kuchen, Äpfel und Nüsse unter den Baum, dann verließen die beiden das Haus so leise, wie sie es betreten hatten.

Als der Mann, dem das Häuschen gehörte, am andern Morgen erwachte und den bunten Baum sah, da staunte er und wusste nicht, was er dazu sagen sollte. Als er aber an dem Türpfosten, den des Christkinds Flügel gestreift hatte, Gold und Silberflimmer hängen sah, da wusste er Bescheid. Er steckte die Lichter an dem Bäumchen an und weckte Frau und Kinder. Das war eine Freude in dem kleinen Hause wie an keinem Weihnachtstag. Keines der Kinder sah nach dem Spielzeug, nach dem Kuchen und den Äpfeln, sie sahen alle nur nach dem Lichterbaum. Sie fassten sich an den Händen, tanzten um den Baum und sangen alle Weihnachtslieder, die sie wussten, und selbst das Kleinste, das noch auf dem Arm getragen wurde, krähte, was es krähen konnte.

Als es helllichter Tag geworden war, da kamen die Freunde und Verwandten des Bergmanns, sahen sich das Bäumchen an, freuten sich darüber und gingen gleich in den Wald, um sich für ihre Kinder auch ein Weihnachtsbäumchen zu holen. Die anderen Leute, die das sahen, machten es nach, jeder holte sich einen Tannenbaum und putzte ihn an, der eine so, der andere so, aber Lichter, Äpfel und Nüsse hängten sie alle daran.

Als es dann Abend wurde, brannte im ganzen Dorf Haus bei Haus ein Weihnachtsbaum, überall hörte man Weihnachtslieder und das Jubeln und Lachen der Kinder. Von da aus ist der Weihnachtsbaum über ganz Deutschland gewandert und von da über die ganze Erde. Weil aber der erste Weihnachtsbaum am Morgen brannte, so wird in manchen Gegenden den Kindern morgens beschert.

Siegfried Lenz

Risiko für Weihnachtsmänner

Sie hatten schnellen Nebenverdienst versprochen, und ich ging hin in ihr Büro und stellte mich vor. Das Büro war in einer Kneipe, hinter einer beschlagenen Glasvitrine, in der kalte Frikadellen lagen, Heringsfilets mit grau angelaufenen Zwiebelringen, Drops und sanft leuchtende Gurken in Gläsern. Hier stand der Tisch, an dem Mulka saß, neben ihm eine magere, rauchende Sekretärin: alles war notdürftig eingerichtet in der Ecke, dem schnellen Nebenverdienst angemessen. Mulka hatte einen großen Stadtplan vor sich ausgebreitet, einen breiten Zimmermannsbleistift in der Hand, und ich sah, wie er Kreise in die Stadt hineinmalte, energische Rechtecke, die er nach hastiger Überlegung durchkreuzte: großzügige Generalstabsarbeit.

Mulkas Büro, das in einer Annonce schnellen Nebenverdienst versprochen hatte, vermittelte Weihnachtsmänner; überall in der Stadt, wo der Freudenbringer, der himmlische Onkel im roten Mantel fehlte, dirigierte er einen hin. Er lieferte den flockigen Bart, die rotgefrorene, mild grinsende Maske; Mantel stellte er, Stiefel und einen Kleinbus, mit dem die himmlischen Onkel in die Häuser gefahren wurden, in die »Einsatzgebiete«, wie Mulka sagte: die Freude war straff organisiert.

Die magere Sekretärin blickte mich an, blickte auf meine künstliche Nase, die sie mir nach der Verwundung angenäht hatten, und dann tippte sie meinen Namen, meine Adresse, während sie von einer kalten Frikadelle abbiß und nach jedem Bissen einen Zug von der Zigarette nahm. Müde schob sie den Zettel mit meinen Personalien Mulka hinüber, der brütend über dem Stadtplan saß, seiner »Einsatzkarte«, der breite Zimmermannsbleistift hob sich, kreiste über dem Plan und stieß plötzlich nieder: »Hier«, sagte Mulka, »hier kommst du zum Einsatz, im Hochfeld. Ein gutes Viertel, sehr gut sogar. Du meldest dich bei Köhnke.«

»Und die Sachen?« sagte ich.

»Uniform wirst du im Bus empfangen«, sagte er. »Im Bus kannst du dich auch fertig machen. Und benimm dich wie ein Weihnachtsmann!«

Ich versprach es. Ich bekam einen Vorschuß, bestellte ein Bier und trank und wartete, bis Mulka mich aufrief; der Chauffeur nahm mich mit hinaus. Wir gingen durch den kalten Regen zum Kleinbus, kletterten in den Laderaum, wo bereits vier frierende Weihnachtsmänner saßen, und ich nahm die Sachen in Empfang, den Mantel, den flockigen Bart, die rotweiße Uniform der Freude. Das Zeug war noch nicht ausgekühlt, wohltuend war die Körperwärme älterer Weihnachtsmänner, meiner Vorgänger, zu spüren, die ihren Freudendienst schon hinter sich hatten; es fiel mir nicht schwer, die Sachen anzuziehen. Alles paßte, die Stiefel paßten, die Mütze, nur die Maske nicht: zu scharf drückten die Pappkanten gegen meine künstliche Nase; schließlich nahmen wir eine offene Maske, die meine Nase verbarg.

Der Chauffeur half mir bei allem, begutachtete mich, taxierte den Grad der Freude, der von mir ausging, und bevor er nach vorn ging ins Führerhaus, steckte er mir eine brennende Zigarette in den Mund: In wilder Fahrt brachte er mich raus nach Hochfeld, zum sehr guten Einsatzort. Unter einer Laterne stoppte der Kleinbus, die Tür wurde geöffnet, und der Chauffeur winkte mich heraus.
»Hier ist es«, sagte er, »Nummer vierzehn, bei Köhnke. Mach sie froh. Und wenn du fertig bist damit, warte hier an der Straße; ich bring' nur die anderen Weihnachtsmänner weg, dann pick' ich dich auf.«
»Gut«, sagte ich, »in einer halben Stunde etwa.«
Er schlug mir aufmunternd auf die Schulter, ich zog die Maske zurecht, strich den roten Mantel glatt und ging durch einen Vorgarten auf das stille Haus zu, in dem schneller Nebenverdienst auf mich wartete. ›Köhnke‹, dachte ich, ›ja, er hieß Köhnke, damals in Demjansk.‹
Zögernd drückte ich die Klingel, lauschte; ein kleiner Schritt erklang, eine fröhliche Verwarnung, dann wurde die Tür geöffnet, und eine schmale Frau mit Haarknoten und weißgemusterter Schürze stand vor mir. Ein glückliches Erschrecken lag für eine Sekunde auf ihrem Gesicht, knappes Leuchten, doch es verschwand sofort: Ungeduldig zerrte sie mich am Ärmel herein und deutete auf einen Sack, der in einer schrägen Kammer unter der Treppe stand.
»Rasch«, sagte sie, »ich darf nicht lange draußen sein. Sie müssen gleich hinter mir kommen. Die Pakete sind alle beschriftet, und Sie werden doch wohl hoffentlich lesen können.«
»Sicher«, sagte ich, »zu Not.«
»Und lassen Sie sich Zeit beim Verteilen der Sachen. Drohen Sie auch zwischendurch mal.«
»Wem«, fragte ich, »wem soll ich drohen?«
»Meinem Mann natürlich, wem sonst!«
»Wird ausgeführt«, sagte ich.
Ich schwang den Sack auf die Schulter, stapfte fest, mit schwerem, freudebringendem Schritt die Treppe hinauf – der Schritt war im

Preis inbegriffen. Vor der Tür, hinter der die Frau verschwunden war, hielt ich an, räusperte mich, stieß dunklen Waldeslaut aus, Laut der Verheißung, und nach heftigem Klopfen und nach ungestümem »Herein!«, das die Frau mir aus dem Zimmer zurief, trat ich ein.

Es waren keine Kinder da; der Baum brannte, zischend versprühten zwei Wunderkerzen, und vor dem Baum, unter den feuerspritzenden Kerzen, stand ein schwerer Mann im schwarzen Anzug, stand ruhig da mit ineinandergelegten Händen und blickte mich erleichtert und erwartungsvoll an: Es war Köhnke, mein Oberst in Demjansk.

Ich stellte den Sack auf den Boden, zögerte, sah mich ratlos um zu der schmalen Frau, und als sie näher kam, flüsterte ich: »Die Kinder? Wo sind die Kinder?«

»Wir haben keine Kinder«, flüsterte sie leise und unwillig: »Fangen Sie doch an.«

Immer noch zaudernd, öffnete ich den Sack, ratlos von ihr zu ihm blickend: Die Frau nickte, er schaute mich lächelnd an, lächelnd und sonderbar erleichtert. Langsam tasteten meine Finger in den Sack, bis sie die Schnur eines Pakets erwischten; das Paket war für ihn. »Ludwig!« las ich laut. »Hier!« rief er glücklich, und er trug das Paket auf beiden Händen zu einem Tisch und packte einen Pyjama aus. Und nun zog ich nacheinander Pakete heraus, rief laut ihre Namen, rief einmal »Ludwig!« und einmal »Hannah!«, und sie nahmen glücklich die Geschenke in Empfang und packten sie aus. Heimlich gab mir die Frau ein Zeichen, ihm mit der Rute zu drohen; ich schwankte, die Frau wiederholte ihr Zeichen. Doch jetzt, als ich ansetzen wollte zur Drohung, jetzt drehte sich der Oberst zu mir um; respektvoll, mit vorgestreckten Händen kam er auf mich zu, mit zitternden Lippen. Wieder winkte mir die Frau, ihm zu drohen – wieder konnte ich es nicht.

»Es ist Ihnen gelungen«, sagte der Oberst plötzlich. »Sie haben sich durchgeschlagen. Ich hatte Angst, daß Sie es nicht schaffen würden.«

»Ich habe Ihr Haus gleich gefunden«, sagte ich.

»Sie haben eine gute Nase, mein Sohn.«

»Das ist ein Weihnachtsgeschenk, Herr Oberst. Damals bekam ich die Nase zu Weihnachten.«

»Ich freue mich, daß Sie uns erreicht haben.«

»Es war leicht, Herr Oberst; es ging sehr schnell.«

»Ich habe jedes Mal Angst, daß Sie es nicht schaffen würden. Jedes Mal –«

»Dazu besteht kein Grund«, sagte ich, »Weihnachtsmänner kommen immer ans Ziel.«

»Ja«, sagte er, »im allgemeinen kommen sie wohl ans Ziel. Aber jedes Mal habe ich diese Angst, seit Demjansk damals.«

»Seit Demjansk«, sagte ich.

»Damals warteten wir im Gefechtsstand auf ihn. Sie hatten schon vom Stab telefoniert, daß er unterwegs war zu uns, doch es dauerte und dauerte. Es dauerte so lange, bis wir unruhig wurden und ich einen Mann losschickte, um den Weihnachtsmann zu uns zu bringen.«

»Der Mann kam nicht zurück«, sagte ich.

»Nein«, sagte er. »Auch der Mann blieb weg, obwohl sie nur Störfeuer schossen, sehr vereinzelt.«

»Wunderkerzen schossen sie, Herr Oberst.«

»Mein Sohn«, sagte er milde, »ach, mein Sohn. Wir gingen raus und suchten sie im Schnee vor dem Wald. Und zuerst fanden wir den Mann. Er lebte noch.«

»Er lebt immer noch, Herr Oberst.«

»Und im Schnee vor dem Wald lag der Weihnachtsmann, lag da mit einem Postsack und der Rute und rührte sich nicht.«

»Ein toter Weihnachtsmann, Herr Oberst.«

»Er hatte noch seinen Bart um, er trug noch den roten Mantel und die gefütterten Stiefel. Er lag auf dem Gesicht. Nie, nie habe ich etwas gesehn, das so traurig war wie der tote Weihnachtsmann.«

»Es besteht immer ein Risiko«, sagte ich, »auch für den, der Freude verteilt, auch für Weihnachtsmänner besteht ein Risiko.«

»Mein Sohn«, sagte er, »für Weihnachtsmänner sollte es kein Risiko geben, nicht für sie. Weihnachtsmänner sollten außer Gefahr stehen.«

»Eine Gefahr läuft man immer«, sagte ich.

»Ja«, sagte er, »ich weiß es. Und darum denke ich immer, seit Demjansk damals, als ich den toten Weihnachtsmann vor dem Wald liegen sah – immer denke ich, daß er nicht durchkommen könnte zu mir. Es ist eine große Angst jedes Mal, denn vieles habe ich gesehn, aber nichts war so schlimm wie der tote Weihnachtsmann.«

Der Oberst senkte den Kopf, angestrengt machte seine Frau mir Zeichen, ihm mit der Rute zu drohen: Ich konnte es nicht. Ich konnte es nicht, obwohl ich fürchten mußte, daß sie sich bei Mulka über mich beschweren und daß Mulka mir etwas von meinem Verdienst abziehen könnte. Die muntere Ermahnung mit der Rute gelang mir nicht.

Leise ging ich zur Tür; den schlaffen Sack hinter mir herziehend; vorsichtig öffnete ich die Tür, als mich ein Blick des Obersten traf, ein glücklicher, besorgter Blick. »Vorsicht«, flüsterte er, »Vorsicht«, und ich nickte und trat hinaus. Ich wußte, daß seine Warnung aufrichtig war. Unten wartete der Kleinbus auf mich; sechs frierende Weihnachtsmänner saßen im Laderaum, schweigend, frierend, erschöpft vom Dienst an der Freude; während der Fahrt zum Hauptquartier sprach keiner ein Wort. Ich zog das Zeug aus und meldete mich bei Mulka hinter der beschlagenen Glasvitrine, er blickte nicht auf. Sein Bleistift kreiste über dem Stadtplan, wurde langsamer im Kreisen, schoß herab: »Hier«, sagte er, »hier ist ein neuer Einsatz für dich. Du kannst die Uniform gleich wieder anziehen.«

»Danke«, sagte ich, »vielen Dank.«

»Willst du nicht mehr? Willst du keine Freude mehr bringen?«

»Wem?« fragte ich. »Ich weiß nicht, zu wem ich jetzt komme. Zuerst muß ich einen Schnaps trinken. Das Risiko – das Risiko ist zu groß.«

Erwin Strittmatter

Der Weihnachtsmann in der Lumpenkiste

In meiner Heimat gingen am Andreastage, dem 30. November, die Ruprechte, das waren die Burschen des Dorfes, in Verkleidungen, wie sie die Bodenkammern und die Truhen der Altenteiler, der Großeltern, hergaben.

Die rüden Burschen hatten bei diesen Dorfrundgängen nicht den Ehrgeiz, friedfertige Weihnachtsmänner zu sein. Sie drangen in die Häuser wie eine Räuberhorde, schlugen mit Birkenruten um sich, warfen Äpfel und Nüsse, auch Backobst, in die Stuben und brummten wie alte Bären: »Können die Kinder beten?«

Die Kinder beteten, sie beteten vor Furcht kunterbunt: »Müde bin ich, geh zur Ruh ... Komm, Herr Jesu, sei unser Gast ... Der Mai ist gekommen ...« Lange Zeit glaubte ich, dass das Eigenschaftswort »ruppig« von Ruprecht abgeleitet wäre.

Wenn die Ruprechthorde die kleine Dorfschneiderstube meiner Mutter verließ, roch es in ihr noch lange nach verstockten Kleidungsstücken, nach Mottenpulver und reifen Äpfeln. Meine kleine Schwester und ich waren vor Furcht unter den großen Schneidertisch gekrochen. Die Tischplatte schien uns ein besserer Schutz als unsere Gebetchen zu sein, und wir wagten lange nicht hervorzukommen, noch weniger das Dörrobst und die Nüsse anzurühren.

Die Verängstigung konnte wohl auch unsere Mutter nicht mehr mit ansehen, denn sie bestellte im nächsten Jahr die Ruprechte ab. Oh, was hatten wir für eine mächtige Mutter! Sie konnte die Ruprechte abbestellen und dafür das Christkind einladen.

Jahrsdrauf erschien bei uns also das Christkind, um die Ruppigkeit der Ruprechte auszutilgen.

Das Christkind trug ein weißes Tüllkleid und ging in Ermangelung von heiligweißen Strümpfen – es war im Ersten Weltkrieg – barfuß in weißen Brautschuhen. Sein Gesicht war von einem großen Strohhut überschattet, dessen breite Krempe mit Wachswatte-Kirschen garniert war. Vom Rande der Krempe fiel dem Christkind ein

weißer Tüllschleier übers Gesicht. Das holde Himmelskind sprach mit piepsiger Stimme und streichelte uns sogar mit seinen Brauthandschuhhänden.
Als wir unsere Gebete abgerasselt hatten, wurden wir mit gelben Äpfeln beschenkt. Sie glichen den Goldparmänen, die wir als Wintervorrat auf dem Boden in einer Strohschütte liegen hatten. Das sollten nun Himmelsäpfel sein? Wir bedankten uns trotzdem artig mit Diener und Knicks, und das Christkind stakte gravitätisch auf seinen nackten Heiligenbeinen in Brautstöckelschuhen davon. Meine Mutter war zufrieden.
»Habt ihr gesehn, wie's Christkind aussah?«
»Ja«, sagte ich, »wie Buliks Alma, wenn sie hinter einer Gardine hervorlugt.«
Buliks Alma war die etwa vierzehnjährige Tochter aus dem Nachbarhause. An diesem Abend sprachen wir nicht mehr über das Christkind.
Vielleicht kam die Mutter wirklich nicht ohne den Weihnachtsmann aus, wenn sie sich tagsüber die nötige Ruhe in der Schneiderstube erhalten wollte. Jedenfalls erzählte sie uns nach dem missglückten Christkindbesuch, der Weihnachtsmann habe nunmehr seine Werkstatt über dem Bodenzimmer unter dem Dach eingerichtet. Das war eine dunkle, geheimnisvolle Ecke des Häuschens, in der wir noch nie gewesen waren. Eine Treppe führte nicht unter das Dach. Eine Leiter war nicht vorhanden. Die Mutter wusste geheimnisvoll zu berichten, wie sehr der Weihnachtsmann dort oben nachts, wenn wir schliefen, arbeitete, sodass uns das Umhertollen und Plappern vergingen, weil sich der Weihnachtsmann bei Tage ausruhen und schlafen musste.
Eines Abends vor dem Schlafengehn hörten wir den Weihnachtsmann auch wirklich in seiner Werkstatt scharwerken, und die Mutter war sicher dankbar gegen den Wind, der ihr beim Märchenmachen half.
»Soll der Weihnachtsmann Tag für Tag schlafen und Nacht für Nacht arbeiten, ohne zu essen?«
Diese Frage stellte ich hartnäckig.

»Wenn ihr artig seid, isst er vielleicht einen Teller Mittagessen von euch«, entschied die Mutter.

Also erhielt der Weihnachtsmann am nächsten Tage einen Teller Mittagessen. Mutter riet uns, den Teller an der Tür des Bodenstübchens abzustellen. Ich gab meinen Patenlöffel dazu. Sollte der Weihnachtsmann mit den Fingern essen? Bald hörten wir unten in der Schneiderstube, wie der Löffel im Teller klirrte. Oh, was hätten wir dafür gegeben, den Weihnachtsmann essen sehen zu dürfen! Allein, die gute Mutter warnte uns, den alten wunderlichen Mann zu vergrämen, und wir gehorchten.

Von nun an wurde der Weihnachtsmann täglich von uns beköstigt. Wir wunderten uns, dass Teller und Löffel, wenn wir sie am späten Nachmittag vom Boden holten, blink und blank waren, als wären sie durch den Abwasch gegangen. Der Weihnachtsmann war demnach ein reinlicher Gesell, und wir bemühten uns, ihm nachzueifern. Wir schabten und kratzten nach den Mahlzeiten unsere Teller aus, und dennoch waren sie nicht so sauber wie der Teller des heiligen Mannes auf dem Dachboden. Nach dem Mittagessen hatte ich als Ältester, um meine Mutter in der nähfädelreichen Vorweihnachtszeit zu entlasten, das wenige Geschirr zu spülen, und meine Schwester trocknete es ab. Da der Weihnachtsmann sein Essgeschirr in blitzblankem Zustande zurücklieferte, versuchte ich, ihm auch das Abwaschen unseres Mittagsgeschirrs zu übertragen. Es glückte.

Ich ließ den Weihnachtsmann für mich abwaschen, und meine Schwester war nicht böse, wenn sie die zerbrechlichen Teller nicht abzutrocknen brauchte.

War's Forscherdrang, der mich zwackte, war's, um mich bei dem Alten auf dem Dachboden beliebt zu machen, ich begann ihm außerdem auf eigene Faust meine Aufwartungen zu machen. Bald wusste ich, was ein Weihnachtsmann gern aß: Von einem Rest Frühstücksbrot, den ich ihm hinaufgetragen hatte, aß er nur die Margarine herunter. Der Großvater schenkte mir ein Zuckerstück, eine rare Sache in jener Zeit. Ich brachte das Naschwerk dem Weihnachtsmann. Er verschmähte es. Oder mochte er es nur nicht, weil ich es schon angeknabbert hatte? Auch einen Apfel ließ er liegen, aber eine Maus aß er. Dabei hatte ich ihm die tote Maus nur in der Hoffnung hingelegt, er würde sie wieder lebendig machen; hatte er nicht im Vorjahr einen neuen Schweif an mein altes Holzpferd wachsen lassen?

So, so, der Weihnachtsmann aß also Mäuse! Vielleicht würde er sich auch über Heringsköpfe freuen. Ich legte drei Heringsköpfe vor die Tür der Bodenstube, und da mein Großvater zu Besuch war, hatte ich sogar den Mut, mich hinter der Lumpenkiste zu verstecken, um den Weihnachtsmann bei seiner Heringskopfmahlzeit zu belauschen. Mein Herz pochte in den Ohren. Lange brauchte ich nicht zu warten, denn aus der Lumpenkiste sprang – murr, marau – unsere schwarzbunte Katze. Ich schwieg über meine Entdeckung und ließ fortan meine Schwester den Teller Mittagessen allein auf den Boden bringen.

Bis zum Frühling bewahrte ich mein Geheimnis, aber als in der Lumpenkiste im Mai, da vor der Haustür der Birnbaum blühte, vier Kätzchen umherkrabbelten, teilte ich meiner Mutter dieses häusliche Ereignis so mit: »Mutter, Mutter, der Weihnachtsmann hat Junge!«

Walter Benjamin

Ein Weihnachtsengel

Mit den Tannenbäumen begann es. Eines Morgens, als wir zur Schule gingen, hafteten an den Straßenecken die grünen Siegel, die die Stadt wie ein großes Weihnachtspaket an hundert Ecken und Kanten zu sichern schienen. Dann barst sie eines schönen Tages und Spielzeug, Nüsse, Stroh und Baumschmuck quollen aus ihrem Innern: der Weihnachtsmarkt. Mit ihnen quoll noch etwas anderes hervor: die Armut. Wie Äpfel und Nüsse mit ein wenig Schaumgold neben dem Marzipan sich auf dem Weihnachtsteller zeigen durften, so auch die armen Leute mit Lametta und bunten Kerzen in den bessern Vierteln. Die Reichen schickten ihre Kinder vor, um jenen der Armen wollene Schäfchen abzukaufen oder Almosen auszuteilen, die sie selbst vor Scham nicht über ihre Hände brachten. Inzwischen stand bereits auf der Veranda der Baum, den meine Mutter insgeheim gekauft und über die Hintertreppe in die Wohnung hatte bringen lassen. Und wunderbarer als alles, was das Kerzenlicht ihm gab, war, wie das nahe Fest sich mit jedem Tage dichter in seine Zweige verspann. In den Höfen begannen die Leierkasten die letzte Frist mit Chorälen zu dehnen. Endlich war sie dennoch verstrichen und einer jener Tage wieder da, an deren frühesten ich mich hier erinnere.

In meinem Zimmer wartete ich, bis es sechs werden wollte. Kein Fest des späteren Lebens kennt diese Stunde, die wie ein Pfeil im Herzen des Tages zittert. Es war schon dunkel, trotzdem entzündete ich nicht die Lampe, um den Blick nicht von den Fenstern überm Hof zu wenden, hinter denen nun die ersten Kerzen zu sehen waren. Es war von allen Augenblicken, die das Dasein des Weihnachtsbaumes hat, der bänglichste, in dem er Nadeln und Geäst dem Dunkel opfert, um nichts zu sein als ein unnahbares, doch nahes Sternbild im trüben Fenster einer Hinterwohnung. Und wie ein solches Sternbild hin und wieder eins der verlassnen Fenster begnadete, indessen viele weiter dunkel blieben und ande-

re, noch trauriger, im Gaslicht der frühen Abende verkümmerten,
schien mir, dass diese weihnachtlichen Fenster die Einsamkeit, das
Alter und das Darben – all das, wovon die armen Leute schwiegen – in sich fassten. Dann fiel mir wieder die Bescherung ein,
die meine Eltern eben rüsteten. Kaum aber hatte ich so schweren
Herzens wie nur die Nähe eines sichern Glücks es macht, mich
von dem Fenster abgewandt, so spürte ich eine fremde Gegenwart
im Raum. Es war nichts als ein Wind, sodass die Worte, die sich
auf meinen Lippen bildeten, wie Falten waren, die ein träges Segel
plötzlich vor einer frischen Brise wirft: »Alle Jahre wieder /
kommt das Christuskind / auf die Erde nieder / wo wir Menschen sind«
– mit diesen Worten hatte sich der Engel, der in ihnen begonnen
hatte, sich zu bilden, auch verflüchtigt. Nicht mehr lange blieb
ich im leeren Zimmer. Man rief mich in das gegenüberliegende, in
dem der Baum nun in die Glorie eingegangen war, welche ihn mir
entfremdete, bis er, des Untersatzes beraubt, im Schnee verschüttet
oder im Regen glänzend, das Fest da endete, wo es ein Leierkasten
begonnen hatte.

Gerhard Polt und Hans Christian Müller

Nikolausi

SOHN Nikolausi ...
VATER Hehehe, der Kleine, hehe, nein, das ist nicht Nikolausi, das ist Osterhasi, hehehe hehe.
SOHN Nikolausi ...
VATER Hehehe, nein, das ist nicht Nikolausi, weißt du, jetzt ist ja Frühling. Es ist ja jetzt nicht mehr Winter, hehehehe.
SOHN Nikolausi ...
VATER He, nein, he, das ist Osterhasi, weißt du, Osterhasi mit den Öhrli, hehehe, der bringt Gaggi für das Bubele, hehehehe, jaja.
SOHN Nikolausi ...
VATER He, nein, also nein, nein, weißt du, das handelt sich hier nicht um, äh, um, um Nikolausi, das ist Osterhasi, net, das ist ein Osterhasi, kein Nikolausi, gell?
SOHN Nikolausi ...
VATER Ja also, nein, jetz hör doch mal zu, net, wenn ichs dir scho sag, das ist, es handelt sich hier nicht um ein Nikolausi, sondern um ein Osterhasi net. Jetzt sieh das doch mal endlich ein.
SOHN Nikolausi ...
VATER Ja also, ja Rotzbub frecher, ja wie soll ichs dir denn noch erklären, also so was nein, gleich schmier ich dir eine, net.
SOHN Nikolausi ...
VATER Ja Herrschaftszeitenmalefitz, jetzt widerspricht er ständig, net. Jetzt jetzt hör doch amal zu, wenn ich schon sag, äh äh Nik... äh O... ähäh, das ist Osterhasi, net ...
SOHN Nikolausi ...
VATER Na, das ist kein Nikolausi, net, jetzt, also, wenn einer mal sich in einen Gedanken förmlich hineinverrennt, dann ist er ja wie vernagelt, net.
SOHN Nikolausi ...
VATER *schreit* Ja, also so, ja also du Rotzbub, net, das ist ein Osterhasi, das ist kein Nikolausi, Osterhasi, verstanden, O-ster-ha-si!!!
Sohn Nikolausi ...

Martin Baltscheit

Der Weihnachtsmann

Nach so einem Bad geht es einem gleich besser. Eine halbe Stunde lang Schaum bis unter die Nasenspitze. Schaum ist wie warmer Schnee! Und ich war ein Schneekind! Ein phantasiebegabtes Schneekind hatten sie mich genannt. Besser war, ich erzählte meinen Eltern nichts mehr. Besser war, ich sah gar nicht mehr hin, wenn ein Hund kam oder ein Igel oder ein Rabe, ich würde einfach so tun, als ob ich sie nicht sehe. Besser ich blieb in meinem Zimmer, las ein Buch und feierte Weihnachten wie jedes andere brave Mädchen auch. Noch eine Minute mit dem Föhn die Haare getrocknet, dann im Bademantel durch den Flur und ins Bett. Es war noch früh, vielleicht schlief ich noch mal ein.
Aber dann kam neuer Kummer, ganz ohne Anmeldung. Im Schlafzimmer meiner Eltern, im Zimmer neben meinem, saß der Weihnachtsmann.
Das glaubt ihr nicht? Ich auch nicht, aber er saß da, atmete, streichelte seinen Bart und war so wirklich wie meine nackten Füße auf dem Holzboden. »Okay, mach die Augen zu«, sagte ich zu mir selbst und machte die Augen zu. So wollte ich an der Tür vorbeigehen, in mein Zimmer, in mein Bett, Kummerausweichkommando.
»Ho, ho, ho, kleines Mädchen. Machst du die Augen zu, damit du mich nicht sehen musst? Hey, Anna, ich rede mit dir.«
Er kannte meinen Namen, dieser Weihnachtsmann kannte meinen Namen, es nützte überhaupt nichts, die Augen zu verschließen.
»Du kennst meinen Namen?«, flüsterte ich.
»Aber natürlich kenne ich deinen Namen, ich kenne die Namen aller Kinder auf dieser Welt, denn ich bin der Weihnachtsmann.«
Ich öffnete die Augen und sah den Weihnachtsmann auf dem Bett meiner Eltern sitzen. Er war groß und alt und ganz echt. Ich sagte: »Aber es gibt keinen Weihnachtsmann.«
Der Weihnachtsmann lachte. »So? Und, wie sehe ich denn aus?«
»Wie ein Weihnachtsmann?«

Er lachte noch mehr.
»Richtig! Und mein Bart? Sieht er echt aus?«
»Absolut.«
»Willst du mal dran ziehen?«
Gott, was hatte dieser Mensch für eine tiefe Stimme! Ich wollte weg, ins Bett, zu Mama auf den Schoß, zu Ruth, überall hin, nur nicht hierbleiben und dem roten Riesenwicht da an den Barthaaren zuppeln.
»Nein!«, sagte ich tonlos, aber der Weihnachtsmann grinste und fragte freundlich: »Warum denn nicht, mein Kind?«
»Weil meine Mama immer sagt, ich soll fremden Männern nicht an den Bärten ziehen.«
Jetzt lachte der Weihnachtsmann doppelt so laut und hielt sich total albern den Bauch dabei.
»So, so, sagt deine Mama das. Und dein Papa? Sagt der auch so schlaue Sachen? Ich muss es wissen, wegen der Geschenke! Ist er schlau und auf Zack, hab ich was für ihn im Sack. Ist er dumm, der Gute, spürt er gleich die Rute.«
Was für ein Dummkopf, dachte ich noch, wollte der etwa meinem Vater was tun?

»Mein Vater würde sich nie von dir verhauen lassen.«
Ich fand mich sehr mutig.
»Hoho! Warum denn nicht?«
»Weil er groß und stark ist und ...«
Er stand auf. »Ungefähr so groß wie ich?«
»Größer!«, rief ich.
»Aber er trägt keinen Bart, oder?«
Der Weihnachtsmann kam auf mich zu.
»Auf keinen Fall, aber er ist stärker als du!«
Ich schrie fast und war entschlossen, jetzt gleich meinen Vater zu rufen, wenn dieser rote Mützenkerl hier noch einen Schritt näher kam! Aber er kam nicht näher, sondern setzte sich wieder und räusperte sich vertrauensvoll. »Anna, ich verrate dir ein Geheimnis. Sieh her, ich trage eigentlich auch keinen Bart! Schau, ich kann ihn abnehmen.«
Der Weihnachtsmann nahm seinen Bart ab. Es war ganz einfach. Angefasst und runter damit!
»Papa!!!«
Es war der Weihnachtswitz des Jahrtausends. Ich habe noch nie so gelacht! Das heißt, ich habe natürlich nicht gelacht, sondern geweint, vor Schreck und Wut und überhaupt. Paul hat zehn Minuten lang geschrien, so habe ich die Tür geknallt. Tür zu und aufs Bett und geheult. »Vom Himmel hoch, da komm ich her, und lasst mich doch alle in Ruhe!«
Der Weihnachtsmann war mein Vater, und den Igel im Keller hat wahrscheinlich meine Mutter gespielt. Ich wusste bald selbst nicht mehr, was ich glauben sollte. »Anna?! Anna?«
Mein Vater sprach leise durch die Tür.
Ich schrie laut zurück: »Ich kann nicht.«
»Warum nicht?«
Er klang dumpf und klein.
Ich sagte: »Ich schreib dem Weihnachtsmann gerade eine Liste von den Gemeinheiten meines Vaters, das kann dauern!«
Danach war es still. Ich glaube, meine Mutter stand auch vor der Tür und hat ihn bestimmt in die Seite gestoßen.

»Anna? Besteht eine Möglichkeit, wie ich es wiedergutmachen kann?«

Er war lieb wie nie. Und eigentlich fand ich ihn sehr süß, trotzdem war ich wütend.

»Auf keinen Fall!«, rief ich und habe meinen Kopf ins Kissen geworfen. Rein ins Kissen und die Arme darunter und mich festgehalten. Draußen haben sie miteinander getuschelt, Paul war auch dabei. Aber mir war das egal, ich wollte in Ruhe heulen.

Zuerst habe ich es gar nicht bemerkt. Da lag etwas auf meinem Laken, unter dem Kissen. Fast hätte ich es zerknüllt. Ich hob den Kopf und schob das Kissen weg. Da war etwas aus Papier, das waren Eintrittskarten! Eintrittskarten für zwei feine Sitzplätze im Winterzirkus am 24. Dezember um 22 Uhr. Es waren echte Zirkuskarten. Richtige echte Winterzirkuskarten. Freier Eintritt Winterzirkus Logenplatz. Aber wieso zwei, musste ich Paul mitnehmen? Und durfte ich so spät überhaupt noch raus? Plötzlich war ich ganz ruhig, nein, ich war ernst, ernst und zuversichtlich. Der Winterzirkus, ich würde ihn sehen! Schnell steckte ich die Karten weg, wischte mir die Tränen ab, öffnete die Tür und versöhnte mich mit dem Weihnachtsmann, vielleicht waren die Karten ja von ihm.

Rotraut Susanne Berner

Weihnachten von A bis Z

... ach, am Abend Äpfel braten,
backen, basteln, Christbaumschmuck!
Durch die Dämmrung eilen Engel,
Esel, Eisbärn, einsam frierend.

Fette Gänse gackern herdwärts,
heimlich im Innern ist jedermann jung,
jauchzet, jubelt, jongliert Kometen,
knistert, knetet, knabbert Konfekt.

Kinder lassen Lichter leuchten,
lauschen Liedern, lesen lange;
mollige Mädchen mahlen Mandeln,
mischen Mehl mit Marzipan.
Mit Naschwerk nahet nächstens Niklas,
netten Nachbarn, Neffen, Nichten,
Nüsse, Nougat offerierend.
Onkel, Omas, packen Päckchen,

pralle Postgebäude platzen,
Paten plündern Portemonnaies,
pfänden Perlen, Pelz, Paläste –
Quanti-, Quali-, Raritäten!

Rastlos rennen Rauschgoldengel,
Schneemann, Söhne, Schwiegermütter,
Tanten, Tannen und Verwandte,
Väter, Vettern, Weihnachtsmänner.

Wünsche werden wieder wahr,
weiße Weihnacht, X-mas, yeah!
Zwischen zerdrückten Zuckerplätzchen
zuletzt Zweifel, Zahnweh – ach …

Kapitel 4

AUF DEM WEG NACH BETHLEHEM

Siegfried von Vegesack

Maria auf der Flucht

Trab, kleiner Esel, trabe,
trab nach Aegyptenland!
Der Josef führt am Stabe
uns durch den Wüstensand.

Was blieb von aller Habe?
Ein dürftiges Gewand –
und Er, der kleine Knabe,
in meiner müden Hand.

O, lass Ihn nicht verderben
durch böser Henker Macht!
Viel Kinder müssen sterben
für Ihn in dieser Nacht.

Sie geben hin ihr Leben –
die Kinder für das Kind.
Er wird es wiedergeben,
wenn wir am Ziele sind.

Der Wege gibt es viele,
und Orte, fern und nah –
ich aber seh' am Ziele
das Kreuz auf Golgatha ...

Noch schlummert Er, der Knabe,
noch hält Ihn meine Hand.
Trab, kleiner Esel, trabe,
trab nach Aegyptenland!

Franz Hohler

Weihnachten wie es wirklich war

War es so?
Maria kam gelaufen
Josef kam geritten
Das Jesuskindlein war glücklich
Der Ochse erglänzte
Der Esel jubelte
Der Stern schnaufte
Die himmlischen Heerscharen lagen in der Krippe
Die Hirten wackelten mit den Ohren
Die Heiligen Drei Könige beteten
Alle standen daneben

Oder so?
Maria lag in der Krippe
Josef erglänzte
Der Ochse war glücklich
Der Esel stand daneben
Der Stern jubelte
Die himmlischen Heerscharen kamen geritten
Die Hirten schnauften
Die Heiligen Drei Könige wackelten mit den Ohren
Alle beteten

Oder so?
Maria schnaufte
Josef betete
Das Jesuskindlein stand daneben
Der Ochse kam gelaufen
Der Esel kam geritten
Der Stern lag in der Krippe
Die himmlischen Heerscharen wackelten mit den Ohren

Die Hirten erglänzten
Die Heiligen Drei Könige waren glücklich
Alle jubelten

Oder so?
Maria jubelte
Josef war glücklich
Das Jesuskindlein wackelte mit den Ohren
Der Ochse lag in der Krippe
Der Esel erglänzte
Der Stern betete
Die himmlischen Heerscharen standen daneben
Die Hirten kamen geritten
Die Heiligen Drei Könige kamen gelaufen
Alle schnauften

Oder etwa so?
Maria betete
Josef stand daneben
Das Jesuskindlein lag in der Krippe
Der Ochse schnaufte
Der Esel wackelte mit den Ohren
Der Stern erglänzte
Die himmlischen Heerscharen jubelten
Die Hirten kamen gelaufen
Die Heiligen Drei Könige kamen geritten
Alle waren glücklich

Ja, so.

Franz Hohler

Was nicht in der Bibel steht

ist die Geschichte von den drei Prinzen aus dem Abendlande. An sie erging nämlich die gleiche Weissagung wie an die Heiligen Drei Könige aus dem Morgenlande, wenn auch etwas zeitiger, denn die Reise war entsprechend länger.

Sie machten sich also bereits ein Jahr vor dem angekündigten Erscheinen des Weihnachtskometen auf den Weg nach Bethlehem, zu Pferd alle drei, jeder mit einem Schildknappen auf einem zweiten Pferd sowie einem weiteren Pferd, das mit den Vorräten für die lange Reise und mit den Gaben für das heilige Kind beladen war. Nach vielerlei Mühsal und Entbehrungen – sie ritten durch menschenleere, ausgedörrte Täler ohne irgendeine Quelle, sie mussten Furten und Isthmen auf wackligen Flößen überqueren, sie hatten mit Wegelagerern, fremden Sprachen und verwanzten Herbergslagern zu kämpfen – kamen sie in Jerusalem an und hatten noch fast einen Monat Zeit bis zum großen Ereignis. Ihren Wirt bezahlten sie schlecht, weil das Geld knapp geworden war, und als sie diesen fragten, wo es nach Bethlehem gehe, wies er sie zum Osttor hinaus und sagte, dieser Ort sei mindestens drei Wochen von Jerusalem entfernt.

Die drei Prinzen erschraken und machten sich sofort auf die Weiterreise, die sie von einer Wüstenoase zur nächsten brachte. Einmal trafen sie drei Könige an, die sich auf dem entgegengesetzten Weg befanden, und verbrachten einen angenehmen Abend mit ihnen. Auch sie waren offenbar unterwegs zu einem neu zu gebärenden Kind, von denen es in dieser Gegend nur so zu wimmeln schien. Sie empfahlen den Prinzen aus dem Abendlande, in ihren Schlössern Einkehr zu halten, falls sie ihr Weg dort vorbeiführen würde. Nach ein paar Tagen erblickten die Prinzen in der Abenddämmerung einen großen Stern, der auf ein Schloss wies. Sie wurden sehr aufgeregt, denn nun mussten sie sich der Bestimmung ihrer Reise nähern. Sie waren deshalb etwas überrascht, als sie im Schloss kein Neugeborenes antrafen, das in einer Krippe lag, wie es ihnen prophezeit worden war, sondern drei prachtvoll gekleidete junge Frauen. Es waren die Gemahlinnen der Heiligen Drei Könige, die sich hier versammelt hatten, um etwas Geselligkeit zu haben, während ihre Männer auf diese unverständliche Reise gingen, auf die sie sogar noch Schmuck als Geschenk für ein neugeborenes Kind mitgeschleppt hatten, Schmuck, der ihnen auch wohl angestanden hätte. Um auf ihre festliche Stimmung aufmerksam zu machen, hatten sie vom Hofmeister einen leuchtenden Stern über dem Schloss befestigen lassen, und sie waren außerordentlich erfreut, als sie von den drei interessanten Prinzen aus dem Abendlande Besuch bekamen.

Auch diese hatten gar nichts dagegen, in dampfenden Bädern gewaschen und gesalbt zu werden und sich dann mit ihren Gastgeberinnen an eine üppig gedeckte Tafel zu setzen. Danach verbrachten sie einige Nächte voll glühender Leidenschaft mit den drei wunderschönen Königinnen, die sie in alle Geheimnisse orientalischer Liebeskunst einweihten, und als sich die drei Prinzen wieder auf den Heimweg machten, um einer eventuellen Rückkehr der königlichen Ehemänner zuvorzukommen, waren sie höchst befriedigt über das Ergebnis ihrer Reise.

Wären sie in Jerusalem nicht vom habgierigen Wirt fehlgeleitet worden, wären sie wohl gemeinsam mit den Heiligen Drei Königen aus dem Morgenland in Bethlehem erschienen, hätten auch Erwähnung in der Bibel gefunden und wären heute ebenso Bestandteil jedes Krippenspiels wie Maria und Joseph, die Hirten und Ochs und Eselein.

Heinrich Heine

Die Heiligen Drei Könige

Die Heiligen Drei Könige aus dem Morgenland,
sie fragten in jedem Städtchen: »Wo geht der Weg nach Bethlehem,
ihr lieben Buben und Mädchen?«

Die Jungen und die Alten, sie wussten es nicht,
die Könige zogen weiter;
sie folgten einem goldenen Stern,
er leuchtete lieblich und heiter.

Der Stern blieb stehen über Josephs Haus,
da sind sie hineingegangen;
das Öchslein brüllte, das Kindlein schrie,
die Heiligen Drei Könige sangen.

Otfried Preußler

Die Krone des Mohrenkönigs

Damals, in jenen Tagen und Nächten, als die Dreikönige aus dem Morgenland unterwegs waren, um nach dem Jesusknaben zu suchen und ihm mit Myrrhen, Weihrauch und Gold ihre Huldigung darzubringen, sind sie, so ist uns als Kindern erzählt worden, auch in die Gegend gekommen, wo ich in früheren Jahren zu Hause gewesen bin: also ins Böhmische, über die schlesische Grenze herein, durch die großen, verschneiten Wälder. Das mag man, vergegenwärtigt man sich die Landkarte, einigermaßen befremdlich, ja abwegig finden; indessen bleibt zu erinnern, dass die Dreikönige, wie geschrieben steht, nicht der Landkarte und dem Kompass gefolgt sind auf ihrer Reise, sondern dem Stern von Bethlehem, und dem wird man es schwerlich verübeln können, wenn er sie seine eigenen Wege geführt hat.
Jedenfalls kamen sie eines frostklaren Wintermorgens über die Hänge des Buchbergs gewandert und waren da: nur sie drei allein, wie man uns berichtet hat, ohne Tross und Dienerschaft, ohne Reitpferde und Kamele (die hatten sie wohl zurücklassen müssen, der Kälte wegen, und weil sie im tiefen Schnee kaum weitergekommen wären, die armen Tiere). Sie selbst aber, die Dreikönige aus dem Morgenland, seien ganz und gar unköniglich gewandet gewesen; in dicken, wattierten Kutschermänteln kamen sie angestapft, Pelzmützen auf dem Kopf, und jeder mit einem Reisebündel versehen, worin er nebst einiger Wäsche zum Wechseln und den Geschenken, die für den Jesusknaben bestimmt waren, seine goldene Krone mitführte: weil man ja, wenn man von weitem schon an der Krone als König kenntlich ist, bei den Leuten bloß Neugier erregt und Aufsehen, und das war nicht gerade nach ihrem Geschmack.
»Kalt ist es!«, sagte der Mohrenkönig und rieb sich mit beiden Händen die Ohren. »Die Sterne am Himmel sind längst verblasst – wir sollten uns, finde ich, für den Tag eine Bleibe suchen.«
»Recht hast du, Bruder Balthasar«, pflichtete König Kaspar ihm bei,

sich die Eiszapfen aus dem weißen Bart schüttelnd. »Seht ihr das Dorf dort? Versuchen wir's gleich an der ersten Haustür, und klopfen wir an!«

König Melchior als der Jüngste und Kräftigste watete seinen Gefährten voran durch den knietiefen Schnee auf das Haus zu, das ihnen am nächsten war.

Dieses Haus aber, wie es der Zufall wollte, gehörte dem Birnbaum-Plischke; und Birnbaum-Plischke, das darf nicht verschwiegen werden, stand bei den Leuten im Dorf nicht gerade im besten Ruf, weil er habgierig war und ein großer Geizkragen – und aufs Geld aus, herrje, dass er seine eigene Großmutter, wenn sie noch lebte, für ein paar Kreuzer an die Zigeuner verkauft hätte, wie man so sagt. Nun klopfte es also an seiner Haustür, und draußen standen die Könige aus dem Morgenland, aber in Kutschermänteln, mit Pelzmützen auf dem Kopf, und baten den Birnbaum-Plischke um Herberge bis zum Abend.

Zuerst hat der Plischke sie kurzerhand wegschicken wollen, weil nämlich: mit Bettelleuten mochte er nichts zu tun haben, knurrte er. Aber da hat ihm der König Melchior einen Silbertaler unter die Nase gehalten, um ihm zu zeigen, dass sie die Herberge nicht umsonst begehrten – und Plischke den Taler sehen, die Augen aufreißen und die Haustür dazu: das war alles eins.

»Belieben die Herren nur einzutreten!«, hat er gesagt und dabei nach dem Taler gegrapscht, und dann hat er gekatzbuckelt, dass er sich bald das Kreuz verrenkt hätte. »Wenn die Herren so gut sind und möchten mit meiner bescheidenen Stube vorliebnehmen, soll's ihnen an nichts fehlen!« Seit er den Taler bekommen hatte, war Birnbaum-Plischke wie ausgewechselt. Vielleicht, hat er sich gesagt, sind die Fremden reisende Kaufherren oder verkleidete polnische Edelleute, die mitsamt ihrem Leibmohren unerkannt über die Grenze wollten; jedenfalls sind sie was Besseres, weil sie Geld haben, und zwar viel, wie es scheint: denn wer zahlt schon für ein paar Stunden am warmen Ofen mit einem vollen Taler? Da kann, wenn du Glück hast, Plischke, und es den Herren recht machst, leicht noch ein zweiter herausspringen. Solches bedenkend, führt

Birnbaum-Plischke die Könige in die gute Stube und hilft ihnen aus den Mänteln; dann ruft er sein Weib, die Rosina, herzu und sagt ihr, sie soll eine Biersuppe für die Herren kochen, aber geschwind, geschwind, und dass sie ihm ja nicht an Zucker und Zimt spart, die Nelken auch nicht vergisst und zum Schluss ein paar Löffel Branntwein darantut!

Die Plischken erkennt ihren Alten kaum wieder. Was ist denn in den gefahren? Er aber scheucht sie zur Tür hinaus, in die Küche, und poltert, dass sie sich sputen soll, denn die Herren sind hungrig und durchgefroren und brauchen was Heißes zum Aufwärmen, und da ist eine Biersuppe akkurat richtig für sie, die wird ihnen guttun. Er selbst eilt hernach in den Holzschuppen, schleppt einen Korb voll Buchenscheitern herbei, und dann schürt er im Kachelofen ein mächtiges Feuer an, dass es nur so prasselt.

Den Königen ist es nicht entgangen, wie gründlich sich Birnbaum-Plischkes Verhalten geändert hat, und es ist ihnen nicht ganz wohl dabei, denn sie können den Blick nicht vergessen, mit dem er sich auf den Taler gestürzt hat.

»Kann sein«, sagt der König Melchior, während Plischke noch einmal um Holz hinausläuft, »kann sein, dass es besser ist, wenn wir ein Häusel weitergehen: Der Mann da gefällt mir nicht.«

König Kaspar ist einer Meinung mit ihm. Doch der Mohrenkönig erwidert: »Bedenkt, liebe Brüder, dass wir in Gottes Hand stehen! Wenn es sein Wille ist, dass wir das Kindlein finden, um dessentwillen wir seinem Stern hinterdreinwandern Nacht für Nacht: dann wird er auch dafür sorgen, dass uns unterwegs kein Leid geschieht – weder hier, unterm Dach dieses Menschen, der voller Geldgier und Falsch ist, noch anderswo.« Das sehen die Könige Kaspar und Melchior ein, und sie schämen sich ihres Kleinmuts und sagen zum König Balthasar: »Recht hast du, Bruder Mohrenkönig! Wir wollen uns Gott befehlen und bis zum Abend hierbleiben, wo wir nun einmal sind.«

Bald danach tischte Plischkens Rosina ihnen die Biersuppe auf, und das heiße Gebräu, das nach Zimt und nach Nelken duftete, und ein wenig nach Branntwein obendrein, tat den Königen wohl, auf die kalte Nacht hin; so wohl, dass der Mohrenkönig die alte Plischken um das Rezept bat und es sich aufschrieb und ihr dafür einen Taler verehrte, obgleich, wie er meinte, ein solches Rezept nicht mit Geld zu bezahlen sei.

Was aber eine richtige Biersuppe ist, noch dazu, wenn die Köchin nicht mit dem Branntwein gespart hat: die macht, wie man weiß, nicht nur warm, die macht auch schläfrig. Den Königen aus dem Morgenland kam das gerade recht, sie hätten sich ohnehin ein paar Stunden aufs Ohr gelegt, wie sie das allerorten zu tun pflegten, wo sie Tagrast hielten.

Sie waren dabei, was ihr Lager anging, nicht wählerisch. Schon wollten sie auf dem hölzernen Fußboden ihre Mäntel ausbreiten, um sich daraufzulegen, in Hemd und Hosen, das Reisebündel unter dem Kopf und die Jacke, so weit sie reichte, als Zudecke über den Leib – da kommt Birnbaum-Plischke hinzu, schlägt die Hände über dem Kopf zusammen und sagt, dass er das nicht zulässt, dass sich die Herren Reisenden auf den Fußboden legen. Das könnten sie ihm nicht antun, da müsst' er sich ja sein Lebtag in Grund und Boden schämen: kurzum, er besteht darauf, dass die drei ihm hinauffolgen in die Schlafkammer, wo die Rosina inzwischen schon alles frisch bezogen hat, und dass sie in ihren eigenen, Plischkens, Betten schlafen, denn anders macht er's auf keinen Fall, und das dürften sie ihm nicht abschlagen. Damit eilt er auch schon hinaus und zieht die Tür hinter sich zu. Die Könige Kaspar und Melchior haben sich staunend angeblickt und den Kopf geschüttelt; aber der Mohrenkönig, der Balthasar, hat ganz einfach sein Reisebündel neben die Tür geworfen und angefangen, sich auszuziehen.

»Wie lang ist es her«, rief er lachend, »dass wir in keinen richtigen Betten geschlafen haben? Kommt, worauf wartet ihr, da ist Platz genug für uns!« Die Könige Kaspar und Melchior mussten ihm recht geben, und nachdem sie den Birnbaum-Plischke noch einmal herbeigerufen und ihm den Auftrag gegeben hatten, er möge sie gegen Abend wecken, sie müssten bei Einbruch der Dunkelheit weiterziehen, legten auch sie ihre Bündel und Kleider ab; und es zeigte sich nun, dass der Mohrenkönig sich nicht verschätzt hatte: Plischkens

Ehebett war so breit und geräumig, dass sie zu dritt darin unterkamen, ohne sich gegenseitig im Weg zu sein. Das frische Leinen duftete nach dem Quendelkraut, das die Rosina als gute Hausfrau in ihrer Wäschetruhe nicht missen mochte, das Lager war weich und warm, und die Biersuppe tat ein übriges nach der langen Nacht: den Königen aus dem Morgenland fielen die Augen zu, und es dauerte kaum ein paar Atemzüge, da schliefen sie tief und fest, und der Mohrenkönig fing voller Inbrunst zu schnarchen an, als gelte es, einen ganzen Palmenhain kurz und klein zu sägen.

So schliefen sie also und schliefen und merkten nicht, wie sich Birnbaum-Plischke auf leisen Sohlen hereinschlich und sich an ihren Bündeln zu schaffen machte, atemlos und mit flinken Fingern. Denn Plischke ist nicht von gestern; er ahnt, dass die fremden Herren in seiner Kammer von reicher Herkunft sind, und nun will er es ganz genau wissen, was es mit ihren Bündeln auf sich hat. Er durchwühlt sie und findet die Königskronen!

Da ist es um ihn geschehen. Ohne sich lang zu besinnen, nimmt er die größte und kostbarste der drei goldenen Kronen an sich (dass es die Krone des Mohrenkönigs ist, kann er natürlich nicht wissen, woher denn auch), und nachdem er die Bündel wieder verschnürt hat, eilt er mit seiner Beute hinab in den Ziegenstall, wo er sie unters Stroh schiebt und einen leeren Melkeimer drüberstülpt. Hoffentlich, denkt er, merken die Fremden nichts davon, wenn sie aufwachen und sich anziehen – hoffentlich ...

Aber die Könige aus dem Morgenland schöpfen keinen Verdacht, wie Plischke sie wecken kommt. Außerdem sind sie in Eile, sie essen nur rasch noch ein paar Löffel Hafergrütze, dann ziehen sie ihre Mäntel an, schlagen die Kragen hoch, geben Plischkens zum Abschied zwei Taler, bedanken sich für das gute Quartier und das Essen und ziehen ahnungslos ihres Weges.

Die Sterne funkeln über den Wäldern, der Schnee knirscht bei jedem Schritt, und Birnbaum-Plischke steht unter der Tür seines Hauses und blickt den Dreikönigen nach, bis sie endlich zum Dorf hinaus und verschwunden sind.

Nun hält es ihn nicht mehr länger, er rennt in den Ziegenstall, stößt den Melkeimer mit dem Fuß weg und zieht unterm Stroh die goldene, mit Juwelen besetzte Krone hervor. Er läuft damit in die Küche, wo die Rosina gerade dabei ist, die Teller und Löffel zu spülen; und wie sie die Krone in seinen Pratzen funkeln und blitzen sieht, da erschrickt sie und wendet sich von ihm ab. »Plischke!«, ruft sie. »Was soll das, um Himmels willen, was hast du da?« Plischke erklärt ihr des Langen und Breiten, woher er die Krone hat; und er will sie, so sagt er ihr, einem Goldschmied verkaufen, drüben in Bunzlau oder herüben in Reichenberg – je nachdem, wo ihm mehr geboten wird. Sie aber, die Rosina, will das nicht hören, sie fällt ihm ins Wort und beginnt zu keifen. »Plischke!«, zetert sie. »Bist du um allen Verstand gekommen? Die Fremden werden dich an den Galgen bringen, wenn sie herauskriegen, was du getan hast!«

»Nu, nu«, beschwichtigt sie Plischke, »die haben ja keinen Beweis gegen mich, die können die Krone ja sonstwo verloren haben – da mach dir nur keine Sorgen, Alte, das hab ich mir alles genau zurechtgelegt.«

Und dann sticht ihn der Hafer, da nimmt er die Krone des Mohrenkönigs in beide Hände und setzt sie sich auf den Schädel, zum Spaß nur, aus schierem Übermut – und, o Wunder, sie passt ihm wie angegossen, als sei sie für ihn geschmiedet. »Sieh her!«, ruft er der Rosina zu und tanzt damit in der Küche herum. »Wie gefall' ich dir mit dem Ding?« Die Plischken, kaum dass sie ihn flüchtig

betrachtet hat, fängt zu lachen an. »Aber nein doch!«, prustet sie. »Lass den Unsinn, Alter, und wasch dir den Ruß vom Gesicht, du siehst ja zum Fürchten aus!«

»Welchen Ruß denn?«, fragt Birnbaum-Plischke und schaut in den Spiegel neben dem Küchenschrank; und da sieht er, dass seine Stirn und die Wangen schwarz sind, die Nase, das Kinn und die Ohren ebenso schwarz, wie mit Schuhwichse vollgeschmiert. »Sonderbar«, meint er, »das muss von der Lampe kommen oder vom Ofenschüren ... Schaff Wasser her, Alte, und Seife, damit ich das wieder runterbringe!«

Dann setzt er die Krone ab, zieht das Hemd aus und wäscht sich; er schrubbt das Gesicht mit der Wurzelbürste und heißem Wasser, mit Soda und Seifenlauge. Es ist wie verhext mit der schwarzen Farbe, sie lässt sich nicht wegrumpeln, auch mit Waschsand nicht, eher scheuert er sich die Haut durch.

Da dämmert es Plischken, dass er zu einem Mohren geworden ist; und die Rosina merkt auch, dass die Farbe echt ist und nie mehr abgehen wird.

»Ogottogott!«, schluchzt sie. »Was werden die Leute bloß sagen, wenn du mit deiner schwarzen Visage ins Dorf kommst! Die werden sich schief und krumm lachen, wenn sie dich sehen! Und glaub mir, die Kinder werden dir nachlaufen, wo du auftauchst, und schreien: ›Der Mohr kommt, der Mohrenplischke!‹ Und alles nur, weil du die Krone gestohlen hast!«

»Was denn?«, meint Plischke betroffen. »Was soll denn die Krone damit zu tun haben, dass ich schwarz bin?«

»Da fragst du noch?«, fährt die Alte ihn an. »Ich sage dir: Weil du die Krone gestohlen hast, bist du zur Strafe ein Mohr geworden – das ist doch so klar wie nur irgendwas auf der Welt! Und ein Mohr wirst du bleiben in alle Ewigkeit, wenn du sie nicht zurückgibst!«

»Die Krone?«, ruft Plischke. »Die Krone soll ich zurückgeben? Überleg dir mal, was du da redest, Alte!«

»Da gibt's nichts zu überlegen«, sagt die Rosina, »begreif das doch! Zieh dir die Stiefel an, Plischke, und lauf was du kannst, damit du die Herren einholst und die Geschichte ins Reine bringst!«

Plischke, nach einigem Wenn und Aber, sieht ein, dass ihm keine Wahl bleibt: die Alte hat recht. Also her mit den Stiefeln, den Mantel an und die Mütze auf! Und die Krone!

»Wir schlagen sie in ein Tuch ein«, sagt die Rosina. Das tut sie auch, und dann schiebt sie den Birnbaum-Plischke zur Tür hinaus in die Kälte. »Lauf zu!«, ruft sie hinter ihm drein. »Lauf zu und verlier die Spur nicht!«

Der Mond scheint, es ist eine helle Nacht, und die Spur, die die Könige hinterlassen haben, ist leicht zu finden; sie führt über Berg und Tal, durch die Wälder und über Blößen, immer geradeaus, wie mit dem Lineal gezogen. Plischke, was-hast-du-was-kannst-du, folgt ihr, so schnell ihn die Füße tragen, und endlich, schon tief im Böhmischen ist es, die Sterne am Himmel verblassen bereits, und hinter den Bergen zeigt sich der Morgen an: endlich erblickt er die drei vor sich, einen Hügel emporsteigend. »Heda!«, schreit er und »Hallo!« und »Wartet doch, wartet doch! Ich bin's, ich hab was für euch!«

Da bleiben die Könige stehen und wenden sich nach ihm um, und der Birnbaum-Plischke nimmt seine letzte Kraft zusammen und rennt auf sie zu mit den Worten: »Ihr habt was vergessen bei uns in der Schlafkammer – das da ... Ich hab es gefunden und bin euch nachgerannt: hier!« Damit schlägt er das Tuch auseinander und hält ihnen die gestohlene Krone hin. »Die gehört euch doch – oder?«

Der Mohrenkönig erkennt sie sogleich, und er freut sich darüber, dass Plischke sie ihm gebracht hat. »Hab Dank, guter Mann«, sagt er. »Weit hast du laufen müssen, um sie mir nachzutragen; Gott

lohn es dir!« Birnbaum-Plischke blickt überrascht in das freundliche schwarze Gesicht des Fremden; und plötzlich, er kennt sich kaum wieder, kommt er sich fürchterlich schäbig vor. Etwas würgt ihn im Halse, das muss er loswerden, sonst erstickt er dran.
»Herr«, bringt er mühsam hervor, »sag nie wieder ›guter Mann‹ zu mir! Du musst wissen, dass ich ein Dieb bin – und dass ich die Krone gestohlen habe.«
»Gestohlen?«, staunte der Mohrenkönig. »Und wiedergebracht?«
»Weil mir's leid tut«, stammelte Plischke, »und weil es nicht recht war. Verzeiht mir, ihr werten Herren, ich bitte euch sehr darum!«
Die Dreikönige aus dem Morgenland blickten sich an, und es schien, dass sie einer Meinung waren.
»Wenn es dir leid tut«, sagte der Mohrenkönig, »dann sei dir verziehen, Alter, und alles hat seine Ordnung. Aber was hast du denn?«
»Ach«, druckste Plischke herum, denn mit einemmal war es ihm wieder eingefallen, »es ist bloß ... Ich möchte sagen ... Mir ist da ein dummes Ding passiert. Werd ich auch wieder ein weißes Gesicht haben, wenn ich zurückkomme in mein Dorf?«
»Dein Gesicht wird so weiß sein wie eh und je«, versprach ihm der Mohrenkönig. »Doch scheint es mir auf die Farbe, die eines Menschen Gesicht hat, nicht anzukommen. Lass sie von mir aus schwarz oder gelb oder rot sein wie Kupfer – Hauptsache, dass du kein schwarzes Herz hast! Die Leute freilich, die sehen das nicht. Aber einer sieht es, der alles sieht: das bedenke!«

Dann wandten die Könige sich zum Gehen, und Plischke allein zurücklassend (mochte er zusehen, wie er mit sich ins Reine kam), zogen sie ihres Weges.

Agatha Christie

Der kleine Weihnachtsesel

Es war einmal ein sehr unartiger kleiner Esel. Es gefiel ihm, unartig zu sein. Wenn ihm etwas auf den Rücken gepackt wurde, warf er es ab, und er lief den Leuten nach, weil er sie beißen wollte. Sein Herr konnte nichts mit ihm anfangen, so verkaufte er ihn einem andern, der auch nicht mit dem Esel fertig wurde und ihn weiterverkaufte, und schließlich wurde er für ein paar Groschen an einen bösen alten Mann verkauft, der alte, abgearbeitete Esel erstand und sie durch Überanstrengung und schlechte Behandlung umbrachte. Aber der unartige Esel jagte den Alten und biss ihn, und dann rannte er weg.
Er wollte sich nicht wieder einfangen lassen, deshalb gesellte er sich zu einer Karawane, die des Weges zog. Niemand wird wissen, wem ich in diesem Haufen gehöre, dachte der Esel.
Alle diese Leute waren zur Stadt Bethlehem unterwegs, und als sie dort anlangten, begaben sie sich zu einer großen Herberge voller Menschen und Tiere. Das Eselchen schlüpfte in einen kühlen Stall, wo ein Ochse und ein Kamel waren. Das Kamel war sehr hochmütig wie alle Kamele, denn Kamele glauben, sie allein kennen die vielen geheimen Namen Gottes. Da es zu stolz war, um mit dem Esel zu sprechen, begann der Esel zu prahlen. Er prahlte gern.
»Ich bin ein sehr ungewöhnlicher Esel«, sagte er. »Ich kann voraussehen und hinterhersehen.«
»Was heißt das?«, fragte der Ochse.
»Wie meine Vorderbeine – vorn – und meine Hinterbeine – hinten –. O ja, meine Urur-siebenunddreißigmal-Ururgroßmutter gehörte dem Propheten Bileam, und er sah mit eigenen Augen den Engel des Herrn!«
Aber der Ochse kaute weiter, und das Kamel blieb stolz.
Dann kamen ein Mann und eine Frau herein, und es gab viel Aufregung. Doch der Esel fand bald heraus, dass sich das ganze Aufhebens nicht lohnte, die Frau gebar bloß ein Kind, und das geschieht

jeden Tag. Nach der Geburt des Kindes erschienen einige Hirten und taten sich viel zugute auf das Kind – aber Hirten sind ja sehr einfache Menschen.

Dann aber kamen Männer in langen, reich geschmückten Gewändern.

»Sehr bedeutende Persönlichkeiten«, zischte das Kamel.

»Wieso?«, fragte der Esel.

»Sie bringen Geschenke«, sagte das Kamel.

Da der Esel annahm, Geschenke wären etwas Gutes zu essen, schnüffelte er, als es dunkel war, eifrig herum. Aber das erste Geschenk war gelb und hart, das zweite brachte den Esel zum Niesen, und als er am dritten leckte, schmeckte es abscheulich und bitter.

Was für dumme Geschenke, dachte der Esel enttäuscht.

Als er aber so bei der Krippe stand, streckte das Kind sein Händchen aus, griff nach dem Ohr des Esels und hielt es fest.

Und da geschah etwas sehr Seltsames. Der Esel wollte nicht mehr unartig sein. Zum ersten Mal in seinem Leben wollte er gut sein. Und er wollte dem Kind etwas schenken – doch er hatte nichts zu geben. Das Kind schien an seinem Ohr Freude zu haben, aber das Ohr war ja ein Teil von ihm ... und dann kam ihm noch ein merkwürdiger Gedanke. Vielleicht konnte er sich selbst dem Kind schenken ...

Kurz darauf kam Joseph mit einem groß gewachsenen Fremden in den Stall. Der Fremde sprach eindringlich auf Joseph ein, und als der Esel die beiden betrachtete, traute er kaum seinen Augen. Der Fremde schien sich aufzulösen, und an seiner Stelle stand ein Engel des Herrn, eine goldene Gestalt mit Flügeln. Doch gleich darauf verwandelte sich der Engel wieder in einen gewöhnlichen Menschen.

Du meine Güte, ich habe Gesichte, sagte sich der Esel, das Futter muss schuld daran sein.

Joseph sprach mit Maria.

»Wir müssen mit dem Kind fliehen. Wir dürfen keine Zeit verlieren.« Sein Blick fiel auf den Esel.

»Wir wollen den Esel hier mitnehmen und für seinen unbekannten Besitzer Geld zurücklassen. Auf diese Weise verlieren wir keine Zeit.«

So begaben sie sich hinaus auf den Weg, der aus Bethlehem fortführte. Doch als sie an einen engen Ort gelangten, erschien der Engel des Herrn mit flammendem Schwert, und der Esel bog vom Wege ab und erkletterte einen Berghang.

Joseph wollte ihn zum Weg zurücklenken, aber Maria sagte: »Lass ihn. Denk an den Propheten Bileam.«

Gerade als sie den Schutz einiger Ölbäume erreichten, stampften und klirrten die Kriegsknechte des Königs Herodes mit gezogenen Schwertern den Weg entlang.

Genau wie bei meiner Urahne, dachte der Esel sehr zufrieden mit sich selbst. Es nimmt mich wunder, ob ich auch voraussehen kann. Er zwinkerte mit den Augen, und da sah er ein undeutliches Bild – einen Esel, der in einen Brunnen gefallen war, und einen Mann, der ihn herauszog ...

Das ist ja mein Herr, zum Mann herangewachsen, dachte der Esel. Dann gewahrte er ein anderes Bild – derselbe Mann ritt auf einem Esel in eine Stadt ...

Natürlich, sagte sich der Esel, der soll zum König gekrönt werden! Aber die Krone schien nicht aus Gold zu sein, sondern aus Dornen. Der Esel liebte Dornen und Disteln, doch für eine Krone mochten sie nicht das Richtige sein. Und er nahm einen Geruch wahr, den er kannte und fürchtete – Blutgeruch, und da war etwas an einem Schwamm, bitter wie die Myrrhe, die er im Stall gekostet hatte.

Da erkannte der Esel plötzlich, dass er nicht mehr voraussehen mochte. Er wollte nur dem Tag leben, wollte seinen kleinen Herrn lieben und von ihm geliebt werden, wollte ihn und seine Mutter sicher nach Ägypten tragen.

Jules Supervielle

Ochs und Esel bei der Krippe

Manche Tiere baten, Ochs und Esel als Mittler, das Jesuskind sehen zu dürfen. Und eines schönen Tages wurde, nachdem Joseph zugestimmt hatte, ein Pferd, als gelenkig und schnell bekannt, vom Ochsen bestimmt, das vom folgenden Tage ab alle, die kommen mochten, zusammenrufen sollte.

Ochs und Esel fragten sich, ob man wilde Tiere zulassen dürfte, und auch Dromedare, Kamele, Elefanten: alles Tiere, die ein bisschen verdächtig sind vor lauter Buckel, Rüssel, Bein und Fleisch. Dasselbe galt für hässliche Tiere, Insekten wie die Skorpione, Taranteln, die Riesenspinne, die Schlangen, alle, die Gift in sich entstehen lassen, tags und nachts und selbst morgens, wenn alles so klar ist.

Die Jungfrau zögerte nicht.

»Ihr könnt alle kommen lassen, mein Kind ist so sicher in seiner Krippe, als wäre es oben im Himmel.«

»Und eins nach dem andern«, meinte Joseph in fast militärischem Ton, »es dürfen nicht zwei Tiere auf einmal durch die Türe, sonst findet man sich ja gar nicht zurecht.«

Mit den giftigen Tieren fing es an; jeder hatte das Gefühl, dass man ihnen so genugtun müsste. Bemerkenswert war der Takt der Schlangen, die es vermieden, die Jungfrau anzusehen, und sie gingen ihr weit aus dem Wege. Dann schieden sie mit so viel verhaltener Würde, als seien sie Tauben oder Wachhunde ...

Die Hunde konnten sich nicht enthalten, ihr Wundern zu zeigen, denn sie durften noch nicht im Stall wohnen wie Ochs und Esel. Jeder aber – anstatt ihnen Bescheid zu geben – umschmeichelte sie, und so gingen sie, voll sichtlichen Danks.

Und besonders, als man an seinem Geruch den Löwen kommen spürte, wurden Ochs und Esel unruhig. Um so mehr, als dieser Geruch unbekümmert Weihrauch, Myrrhen und die anderen Düfte durchdrang, die die Könige reichlich verteilt hatten. Der Ochs würdigte sehr die edlen Gründe, aus denen das Vertrauen der Jungfrau und Josephs kam. Aber ein solches Kind, solch ein zartes Fünkchen an ein Tier zu bringen, bei dem ein Atemzug es auszulöschen vermochte ...

Der Löwe kam mit seiner Mähne, die nie einer gekämmt hatte außer dem Wüstenwind; die melancholischen Augen sagten: ›Ich bin der Löwe, was kann ich denn dazu; ich bin nur der König der Tiere.‹ Dann sah man, dass seine größte Sorge war, möglichst wenig Platz im Stall einzunehmen, was nicht leicht war, und zu atmen, ohne etwas in Unordnung zu bringen, und seine Krallen zu vergessen und die mit fürchterlichen Muskeln versehenen Kinnbacken.

Er kam mit gesenkten Lidern und verbarg sein wunderschönes Gebiss wie eine hässliche Krankheit; kam mit so viel Bescheidenheit, dass er augenscheinlich den Löwen zuzurechnen war, die eines Tages sich weigern würden, die heilige Blandine zu fressen. Die Jungfrau hatte Mitleid und wollte ihn sicherer machen mit einem Lächeln, wie sie es sonst nur für das Kind übrig hatte. Der Löwe blickte geradeaus in einer noch verzweifelteren Weise als vorher: »Was habe ich denn getan, weshalb ich so groß und stark bin? Ihr wisst doch alle, dass ich immer von Hunger und der frischen Luft getrieben war, wenn ich fraß; und ihr kennt ja auch das Problem der Löwenjungen. Wir haben alle mehr oder weniger versucht, Pflanzenfresser zu werden, aber Pflanzen sind nichts für uns, so ging es nicht.«
Dann senkte er seinen riesigen Kopf, auf dem die Haare wie explodiert standen, und legte sich traurig auf den harten Boden; die Quaste seines Schweifs schien ebenso geduckt wie sein Kopf, – umgeben von großer Stille, der keiner entgehen konnte.
Der Tiger, als er an die Reihe kam, warf sich auf die Erde und lag, dank seiner strengen Zucht, wie ein Bettvorleger vor der Krippe. Und nach Augenblicken war er wieder ganz da mit einer unglaublich bewegten Kraft und verschwand ohne weiteres.
Die Giraffe zeigte kurze Zeit lang ihre Füße in der Tür, und jeder war der Meinung, dass das ›zählte‹, als ob sie den Besuch an der Krippe gemacht hätte.

Dasselbe war beim Elefanten; er begnügte sich damit, auf der Schwelle niederzuknien und seinen Rüssel wie ein Weihrauchfass zu schwenken, was von allen gut aufgenommen wurde.
Ein Hammel mit riesiger Menge Wolle wünschte, sogleich geschoren zu sein, aber sein Vlies wurde mit verbindlichem Dank ihm belassen.
Mutter Känguru wollte mit aller Gewalt Jesus eins ihrer Kinder schenken, machte geltend, dass das Geschenk von Herzen käme und dass es sie nicht beraubte, denn sie hätte noch andere kleine Kängurus zu Hause. Aber Joseph wollte es nicht, und sie musste ihr Kind wieder mitnehmen.
Der Strauß hatte mehr Glück; er legte in einer unbeobachteten Sekunde ein Ei in den Winkel und kam ohne Lärm fort. Das Andenken wurde erst am nächsten Tag entdeckt, und zwar bemerkte es der Esel. Er hatte noch niemals etwas so Großes und Hartes als Ei gesehen und wollte an ein Wunder glauben. Da belehrte Joseph ihn eines Besseren: es wurde daraus ein Eierkuchen gemacht. Die Fische, die sich infolge ihrer bedauernswerten Atemweise nicht außerhalb des Wassers zeigen konnten, hatten eine Möwe beauftragt, sie zu vertreten.
Die Vögel ließen, wenn sie fortflogen, ihre Lieder, Tauben ihre Liebesgesänge. Affen lustige Sachen, Katzen ihre Blicke, Turteltäubchen die Süße ihrer Kehle.

Werner Bergengruen

Kaschubisches Weihnachtslied

Wärst du, Kindchen, im Kaschubenlande,
wärst du, Kindchen, doch bei uns geboren!
Sieh, du hättest nicht auf Heu gelegen,
wärst auf Daunen weich gebettet worden.

Nimmer wärst du in den Stall gekommen,
dicht am Ofen stünde warm dein Bettchen,
der Herr Pfarrer käme selbst gelaufen,
dich und deine Mutter zu verehren.

Kindchen, wie wir dich gekleidet hätten!
Müsstest eine Schaffellmütze tragen,
blauen Mantel von kaschubischem Tuche,
pelzgefüttert und mit Bänderschleifen.

Hätten dir den eignen Gurt gegeben,
rote Schuhchen für die kleinen Füße,
fest und blank mit Nägelchen beschlagen!
Kindchen, wie wir dich gekleidet hätten!

Kindchen, wie wir dich gefüttert hätten!
Früh am Morgen weißes Brot mit Honig,
frische Butter, wunderweiches Schmorfleisch,
mittags Gerstengrütze, gelbe Tunke.

Gänsefleisch und Kuttelfleck mit Ingwer,
fette Wurst und goldnen Eierkuchen,
Krug um Krug das starke Bier aus Putzig!
Kindchen, wie wir dich gefüttert hätten!

Und wie wir das Herz dir schenken wollten!
Sieh, wir wären alle fromm geworden,
alle Knie würden sich dir beugen,
alle Füße Himmelswege gehen.

Niemals würde eine Scheune brennen,
sonntags nie ein trunkner Schädel bluten,
wärst du, Kindchen, im Kaschubenlande,
wärst du, Kindchen, doch bei uns geboren!

Max Bolliger

Eine Wintergeschichte

Es war einmal ein Mann. Er besaß ein Haus, einen Ochsen, eine Kuh, einen Esel und eine Schafherde.
Der Junge, der die Schafe hütete, besaß einen kleinen Hund, einen Rock aus Wolle, einen Hirtenstab und eine Hirtenlampe. Auf der Erde lag Schnee. Es war kalt, und der Junge fror. Auch der Rock aus Wolle schützte ihn nicht.
»Kann ich mich in deinem Haus wärmen?«, bat der Junge den Mann.
»Ich kann die Wärme nicht teilen. Das Holz ist teuer«, sagte der Mann und ließ den Jungen in der Kälte stehen.
Da sah der Junge einen großen Stern am Himmel. ›Was ist das für ein Stern?‹, dachte er.
Er nahm seinen Hirtenstab, seine Hirtenlampe und machte sich auf den Weg.
»Ohne den Jungen bleibe ich nicht hier«, sagte der kleine Hund und folgte seinen Spuren.
»Ohne den Hund bleiben wir nicht hier«, sagten die Schafe und folgten seinen Spuren.
»Ohne die Schafe bleibe ich nicht hier«, sagte der Esel und folgte ihren Spuren.
»Ohne den Esel bleibe ich nicht hier«, sagte die Kuh und folgte seinen Spuren.

»Ohne die Kuh bleibe ich nicht hier«, sagte der Ochse und folgte ihren Spuren.

›Es ist auf einmal so still‹, dachte der Mann, der hinter seinem Ofen saß. Er rief nach dem Jungen, aber er bekam keine Antwort. Er ging in den Stall, aber der Stall war leer. Er schaute in den Hof hinaus, aber die Schafe waren nicht mehr da.

»Der Junge ist geflohen und hat alle meine Tiere gestohlen«, schrie der Mann, als er im Schnee die vielen Spuren entdeckte. Doch kaum hatte der Mann die Verfolgung aufgenommen, fing es an zu schneien. Es schneite dicke Flocken. Sie deckten die Spuren zu. Dann erhob sich ein Sturm, kroch dem Mann unter die Kleider und biss ihn in die Haut. Bald wusste er nicht mehr, wohin er sich wenden sollte. Der Mann versank immer tiefer im Schnee.

»Ich kann nicht mehr!«, stöhnte er und rief um Hilfe. Da legte sich der Sturm. Es hörte auf zu schneien, und der Mann sah einen großen Stern am Himmel. ›Was ist das für ein Stern?‹, dachte er.

Der Stern stand über einem Stall, mitten auf dem Feld. Durch ein kleines Fenster drang das Licht einer Hirtenlampe. Der Mann ging darauf zu. Als er die Tür öffnete, fand er alle, die er gesucht hatte, die Schafe, den Esel, die Kuh, den Ochsen, den kleinen Hund und den Jungen.

Sie waren um eine Krippe versammelt. In der Krippe lag ein Kind. Es lächelte ihm entgegen, als ob es ihn erwartet hätte. »Ich bin gerettet«, sagte der Mann und kniete neben dem Jungen vor der Krippe nieder.

Am anderen Morgen kehrten der Mann, der Junge, die Schafe, der Esel, die Kuh, der Ochse und auch der kleine Hund wieder nach Hause zurück. Auf der Erde lag Schnee. Es war kalt. »Komm ins Haus«, sagte der Mann zu dem Jungen, »ich habe Holz genug. Wir wollen die Wärme teilen.«

Wilhelm Busch

Der Stern

Hätt einer auch fast mehr Verstand
als wie die drei Weisen aus Morgenland
und ließe sich dünken, er wär wohl nie
dem Sternlein nachgereist wie sie;
dennoch, wenn nun das Weihnachtsfest
seine Lichtlein wonniglich scheinen lässt,
fällt auch auf sein verständig Gesicht,
er mag es merken oder nicht,
ein freundlicher Strahl
des Wundersternes von dazumal.

Georg Britting

Die Könige sind unterwegs

Der Schnee fiel schon seit Stunden, dick und fett und weiß, und so war nicht zu sehen, ob es Kartoffelfelder waren, die sich da hindehnten, ob Weizensaat hier keimte oder junger Roggen, vielleicht waren es Wiesen, weil ja alles weiß war, gleichmäßig weiß, wattebauschig weiß. Ein Dorf, nicht fern, das sah aus, als habe ein großmächtiger Maulwurf einen überschneiten Berg aufgewühlt, und vielleicht würde er, der unsichtbare schwarze Pfotenschaufler, den Berg noch höher wölben, immer höher, immer höher! Und es fiel Schnee, das würde nimmer aufhören heut, morgen auch nicht, vielleicht übermorgen, wenn überhaupt je. Wahrscheinlich lief neben der Straße ein Straßengraben. Aber zu sehen war er nicht, so war er angefüllt mit Schnee.

Drei Männer kamen die Straße daher, und es war wunderbar genug, dass sie immer noch die Straße unter den Füßen hatten, sie wussten auch nicht genau, ob es immer noch die Straße war, vielleicht gingen sie schon längst querfeldein. Bis an die Knie reichte ihnen der Schnee, und besonders Balthasar, der Schwarze, litt unter der Kälte, und sein roter Mantel hätte besser zum gelben Wüstensand seiner Heimat gepasst (wie war sie fern!), als zu dieser weißen Winterlandschaft, aber er ging unverdrossen hinter Kaspar und Melchior drein. Kaspar hatte einen langen, spitzen Bart, weiß wie der Schnee, und trug einen schwarzen Mantel, der geräumig um ihn wogte, und Melchior war bartlos und faltenfrei im Gesicht, und sein Mantel war gelb, und um die Hüften herausfordernd eng geschnitten. Sie gingen im Gänsemarsch, einer trat in die Fußstapfen des anderen, und da zeigte es sich, dass der Schwarze die kleinsten Füße hatte von den dreien, denn seine silbergeflochtenen Schuhe hätten gut zweimal Platz gehabt in den tiefen Gruben, die seine Vorgänger traten. Und einmal machte es ihm Spaß, das zu versuchen, in einer Grube Fuß vor Fuß zu setzen, Silberschuh vor Silberschuh, und so stehen zu bleiben. Wie komisch der schwarze Mantel Kaspars sich blähte!

So gingen sie und sahen manchmal zum Himmel auf. Der war nicht zu sehen, nur Schnee sah man herunterfallen, aber der Himmel war schon noch da, o ja, unerschütterlich, der Himmel, denn sie sahen den Stern: zwar nur laternenklein, zartrosafarbig war er, ein Sternlein nur, winzig im schwarzgrauen Flockenfall, aber er war da, war noch da und führte sie. Das Dorf, das Maulwurfsdorf, blieb auch schon zurück, und sie gingen immer weiter, und Balthasar schüttelte den Rotmantel, ihn von der Schneelast zu befreien, und der spitzbärtige Kaspar blies in die erstarrten Hände, sie aufzutauen, und der dicke Melchior stampfte mit den Füßen, weil sich an seinen Absätzen Schneeballen bildeten und zu Eis wurden, was das Gehen erschwerte.

Zur linken Hand an der Straße, wenn es noch die Straße war, auf der sie gingen, stand ein starker Baum mit vielen Ästen, knorrigen und lustig verdrehten, und als sie bei ihm waren und wieder einmal zum Himmel aufschauten, war der Stern schon noch da, der Rosastern, aber er glühte plötzlich stark auf, wie ein riesiges Katzenauge, funkelte, es war zum Fürchten, einen Augenblick lang waren Baum und Himmel und der unendliche Schnee rosarot, weithin alles rosarot, dann erlosch er, war weg, wirklich, er war weg, fort, und der Schnee wieder weiß. Der Mohr im roten Mantel schrie: »Habt ihrs gesehen?« Sie hatten es natürlich alle drei gesehen, blieben alle drei unterm Baum stehen. »Dann muss es hier sein, irgendwo in der Nähe«, sagte Kaspar, »aber wo?«

»Wir warten hier«, entschied Melchior.

Sie ließen sich unter dem Baum nieder, breiteten eine Decke aus auf dem Schnee und setzten sich und hüllten sich fest in ihre Mäntel, dass sie waren wie drei merkwürdige Vögel, ein blutroter, ein rabenschwarzer und ein gelber. Sie sprachen nichts, der Schnee fiel lautlos, und der junge Balthasar wiegte den Krauskopf hin und her, immer hin und her, dass die goldenen Ringe an seinen Ohren klirrten. Dann hielt er den Kopf ruhig, die Ohrringe schwiegen, da war nur mehr der lautlose Schnee.

Wahrscheinlich waren sie eingeschlafen und erwachten von einer Stimme, die sie anrief, und sie wachten alle drei gleichzeitig auf, und da stand vor ihnen ein Mann, der hatte einen grauen Bart, grau wie das Fell des Esels, den er am Zügel führte, und auf dem Esel saß eine Frau. Das Tier schnappte mit weichem Maul nach dem roten Mantel des Mohren, und der Mann fragte: »Ist hier kein Dorf in der Nähe! Es wird Abend, und wir sind müd und suchen ein Unterkommen.« So fragte der Mann, und Balthasar, der ihn scharf beobachtete, bemerkte doch nicht, dass sich irgendetwas bewegt hätte in dem Gesicht des Fragers. Denn, wenn auch seine Lippen vom Bart bedeckt waren, hätte man doch diesen, den Bart, sich rühren sehen müssen, oder die Wangen sich heben, oder die Nasenflügel, aber das alles geschah nicht. Das Gesicht des Mannes blieb still und unbewegt, auch während er sprach: Balthasar verwunderte sich und stand auf, und da standen die beiden anderen auch auf, und Kaspar sagte: »Da hinten ist ein Dorf, eine halbe Stunde zurück, und ihr werdet dort schon finden, was ihr sucht!« Der Mann nickte dankend, und die Frau nickte, und der Mann trieb den Esel an, der den roten Mantel ungern aus dem Maul ließ, und dann verschwanden Mann, Frau und Tier im Schneetreiben. Balthasar dachte darüber nach, ob wohl seine beiden Gefährten es auch beobachtet hätten, dass der Graubart mit stummen Lippen hatte reden können, und wollte sie fragen, da sagte Kaspar: »Sie sind!« – »Wer?«, fragte Melchior. »Wer?«, fragte Balthasar und rieb an seinem Mantelärmel, der feuchtwarm war von der Eselmaulnässe.

»Sie sinds!«, wiederholte Kaspar und bekam ein ganz frommes Gesicht. Balthasar schrie wütend: »Sie sinds! Sie sinds! Ein Mann war es und eine Frau und ein Esel! Aber wir suchen doch ein Kind!« Der zornige Mohr drehte die Augen, dass man das Weiße sah. Und plötzlich wie flehend sagte er mit leiser Stimme: »Ein Kind doch suchen wir!«

»Ihr habt nicht gesehen«, fragte Kaspar, fragte es sanft und lächelte dem Schwarzen ins Gesicht: »Ihr habt nicht gesehen, dass die Frau gesegneten Leibes ist?«

Der Mohr wurde selig bleich, Melchior fing mit der Hand eine Schneeflocke und hielt sie wie eine Hoffnungstaube, und der weiße, scharfäugige Kaspar fragte: »Habt ihr eure Geschenke bereit?«

Und sie holten aus den Manteltaschen Gold in blanken, runden Stücken, würzige Hölzer und Öle in kostbaren Flaschen.

Sie setzten sich wieder, im Schneewirbel, und vor ihnen lagen die Geschenke im Schnee, und die Flocken tanzten darüber, aber keine einzige ließ sich darauf nieder, nicht eine, und sie glänzten unberührt, bis sie zuletzt in einer Mulde lagen, wie in einer Schneeschüssel mit weißen Schneewulsträndern.

Die drei Könige saßen die ganze Nacht, sie froren nicht, sangen leise Lieder vor sich hin, Balthasar ein seltsam verschnörkeltes, afrikanisches, Kaspar ein brummendes, dumpfes, und Melchior sang auch, aber nicht schön, und lachte dazwischen, und sie sangen und erwarteten den Morgen.

Der kam, die Sonne kam, es schneite nicht mehr, der Baum glänzte im Licht, und aus der Tiefe der Schneeschüssel leuchteten die Geschenke. Sie nahmen sie an sich, und Kaspar rief: »Jetzt zu dem Dorf!«

Sie drehten um, Kaspar voran, dann Melchior, dann der schwarze Balthasar im roten Mantel, und nahmen die Richtung auf das Maulwurfsdorf, das sie gestern gesehen hatten.

Und der plattnasige Mohr, der jüngste der drei, fast ein Knabe noch, blieb plötzlich in einer Fußstapfe stehen, Silberschuh vor Silberschuh, weil ihm wieder eingefallen war, wie der Graubart gestern hatte reden können, ohne dass sein Gesicht sich rührte. Wenn sie jetzt auf ihn trafen, wollte er sich das genau betrachten.

Wolfgang Borchert

Die drei dunklen Könige

Er tappte durch die dunkle Vorstadt. Die Häuser standen abgebrochen gegen den Himmel. Der Mond fehlte, und das Pflaster war erschrocken über den späten Schritt. Dann fand er eine alte Planke. Da trat er mit dem Fuß gegen, bis eine Latte morsch aufseufzte und losbrach. Das Holz roch mürbe und süß. Durch die dunkle Vorstadt tappte er zurück. Sterne waren nicht da.
Als er die Tür aufmachte (sie weinte dabei, die Tür), sahen ihm die blassblauen Augen seiner Frau entgegen. Sie kamen aus einem müden Gesicht. Ihr Atem hing weiß im Zimmer, so kalt war es. Er beugte sein knochiges Knie und brach das Holz. Das Holz seufzte. Dann roch es mürbe und süß ringsum. Er hielt sich ein Stück davon unter die Nase. Riecht beinahe wie Kuchen, lachte er leise. Nicht, sagten die Augen der Frau, nicht lachen. Er schläft.
Der Mann legte das süße mürbe Holz in den kleinen Blechofen. Da glomm es auf und warf eine Handvoll warmes Licht durch das Zimmer. Die fiel hell auf ein winziges rundes Gesicht und blieb einen Augenblick. Das Gesicht war erst eine Stunde alt, aber es hatte schon alles, was dazugehört: Ohren, Nase, Mund und Augen. Die Augen mussten groß sein, das konnte man sehen, obgleich sie zu waren. Aber der Mund war offen und es pustete leise daraus. Nase und Ohren waren rot. Er lebt, dachte die Mutter. Und das kleine Gesicht schlief.
Da sind noch Haferflocken, sagte der Mann. Ja, antwortete die Frau, das ist gut. Es ist kalt. Der Mann nahm noch von dem süßen weichen Holz. Nun hat sie ihr Kind gekriegt und muss frieren, dachte er. Aber er hatte keinen, dem er dafür die Fäuste ins Gesicht schlagen konnte. Als er die Ofentür aufmachte, fiel wieder eine Handvoll Licht über das schlafende Gesicht. Die Frau sagte leise: Kuck, wie ein Heiligenschein, siehst du? Heiligenschein! dachte er, und er hatte keinen, dem er die Fäuste ins Gesicht schlagen konnte.

Dann waren welche an der Tür. Wir sahen das Licht, sagten sie, vom Fenster. Wir wollen uns zehn Minuten hinsetzen. Aber wir haben ein Kind, sagte der Mann zu ihnen. Da sagten sie nichts weiter, aber sie kamen doch ins Zimmer, stießen Nebel aus den Nasen und hoben die Füße hoch. Wir sind ganz leise, flüsterten sie und hoben die Füße hoch. Dann fiel das Licht auf sie.

Drei waren es. In drei alten Uniformen. Einer hatte einen Pappkarton, einer einen Sack. Und der Dritte hatte keine Hände. Erfroren, sagte er und hielt die Stümpfe hoch. Dann drehte er dem Mann die Manteltasche hin. Tabak war darin und dünnes Papier. Sie drehten Zigaretten. Aber die Frau sagte: Nicht, das Kind.

Da gingen die vier vor die Tür, und ihre Zigaretten waren vier Punkte in der Nacht. Der eine hatte dicke umwickelte Füße. Er nahm ein Stück Holz aus seinem Sack. Ein Esel, sagte er, ich habe sieben Monate daran geschnitzt. Für das Kind. Das sagte er und gab es dem Mann. Was ist mit den Füßen? fragte der Mann. Wasser, sagte der Eselschnitzer, vom Hunger. Und der andere, der Dritte? fragte der Mann und befühlte im Dunkeln den Esel. Der Dritte zitterte in seiner Uniform: Oh, nichts, wisperte er, das sind nur die Nerven. Man hat eben zu viel Angst gehabt. Dann traten sie die Zigaretten aus und gingen wieder hinein.

Sie hoben die Füße hoch und sahen auf das kleine schlafende Gesicht. Der Zitternde nahm aus seinem Pappkarton zwei gelbe Bonbons und sagte dazu: Für die Frau sind die.

Die Frau machte die blassen blauen Augen weit auf, als sie die drei Dunklen über das Kind gebeugt sah. Sie fürchtete sich. Aber da stemmte das Kind seine Beine gegen ihre Brust und schrie so kräftig, dass die drei Dunklen die Füße aufhoben und zur Tür schlichen. Hier nickten sie noch mal, dann stiegen sie in die Nacht hinein.

Der Mann sah ihnen nach. Sonderbare Heilige, sagte er zu seiner Frau. Dann machte er die Tür zu. Schöne Heilige sind das, brummte er und sah nach den Haferflocken. Aber er hatte kein Gesicht für seine Fäuste.

Aber das Kind hat geschrien, flüsterte die Frau, ganz stark hat es geschrien. Da sind sie gegangen. Kuck mal, wie lebendig es ist, sagte sie stolz. Das Gesicht machte den Mund auf und schrie.

Weint er? fragte der Mann.

Nein, ich glaube, er lacht, antwortete die Frau.

Beinahe wie Kuchen, sagte der Mann und roch an dem Holz, wie Kuchen. Ganz süß.

Heute ist ja auch Weihnachten, sagte die Frau.

Ja, Weihnachten, brummte er, und vom Ofen her fiel eine Handvoll Licht hell auf das kleine schlafende Gesicht.

Kapitel 5

ALLERLEI WEIHNACHTEN

Max Bolliger

Freuen Sie sich auf Weihnachten?

Es war eine Stunde vor Geschäftsschluss. Das große Einkaufszentrum glich einer Bahnhofshalle. In den Läden standen die Kunden Schlange. Mit Taschen und Paketen beladene Männer und Frauen liefen dem Parkplatz zu. Er war bis auf den letzten Platz besetzt. Neben der riesigen, mit goldenen Sternen geschmückten und mit Scheinwerfern angestrahlten Tanne hatten sich einige Heilsarmisten mit ihrem Sammelbecken aufgestellt. Unentwegt klangen ihre Stimmen durch das Menschengewühl. In fünf Tagen war Weihnachten.
Peter stand vor dem Sportgeschäft. Die Eishockeyausrüstung, die er sich gewünscht hatte, war aus dem Fenster verschwunden. Er wusste, dass seine Mutter sie für ihn gekauft hatte.
Peter schaltete das Tonbandgerät ein, das er um den Hals trug. Mit dem Mikrofon in der Hand wandte er sich an einen in eine lange weiße Schaffelljacke gekleideten Burschen: »Entschuldigen Sie bitte! Darf ich Sie etwas fragen?«
»Natürlich, wenn es dir Spaß macht.«
»Freuen Sie sich auf Weihnachten?«
Der Mann schwieg überrascht. Die Frage hatte er nicht erwartet. Peter hielt ihm das Mikrofon an den Mund.
»Weihnachten? Höhepunkt unserer Wohlstandsgesellschaft. Ich mache da nicht mit. Also freue ich mich auch nicht darauf.«
»Danke!«, sagte Peter. Jetzt trat ihm eine jüngere Frau in den Weg.
»Freuen Sie sich auf Weihnachten?«
Die Frau lachte verlegen.
»Ja, schon ... Es bedeutet zwar eine Menge Mehrarbeit ... Aber für die Kinder, ich freue mich für die Kinder.«
»Schöne Festtage«, wünschte Peter und ging weiter.
Seine Wahl fiel nun auf einen elegant gekleideten Herrn.
»Freuen Sie sich auf Weihnachten?«
»Nein! Jedes Jahr dasselbe Gehetze, ein Austausch von Geschenken. Ich verreise in den Süden.«

Was dachte wohl der alte Mann darüber?

Er schaute Peter misstrauisch an, als er das Mikrofon sah. »Ist das etwa für den Rundfunk?«

Peter beruhigte ihn. »Für die Schule«, sagte er, »wir wollen morgen in der Klasse über Weihnachten diskutieren.«

»Ich wohne im Altersheim«, erzählte der Alte. »Das ist nicht mehr wie früher. Ich erinnere mich an meine Kindheit auf dem Lande. Wir waren zufrieden mit ein Paar neuen Strümpfen und einer Tafel Schokolade. Dafür hatten wir einen herrlichen Weihnachtsbaum, mit weißen Kerzen und kleinen roten Äpfeln geschmückt.«

Peter hatte sich seine Aufgabe einfacher vorgestellt. Er fand nicht bei allen Verständnis für seine Frage.

»Lass mich in Ruhe!«, schimpfte eine Frau.

»Keine Zeit!«, bekam er mehrmals zu hören.

Peter stellte sich neben den Eingang des Warenhauses.

Der als Nikolaus verkleidete Portier verteilte Lebkuchen und Prospekte für Silvesterartikel.

»Frohe Festtage! Frohe Festtage! Frohe Festtage!«

Seine Stimme tönte wie aus einem Roboter. Als er einen Augenblick innehielt, zupfte Peter ihn am Arm.

»Entschuldigen Sie, Herr Nikolaus! Freuen Sie sich auf Weihnachten?«

Der Mann lachte heiser. »Du siehst ja, wie ich mich freue! Für mich bedeutet Weihnachten Überstunden und ein dreizehntes Monatsgehalt.«

Eine Krankenschwester, die zufällig daneben stand, empörte sich. Sie sollten sich schämen, dem Jungen eine solche Antwort zu geben.« Entschlossen stellte sie sich vor Peter hin. »Ich freue mich. Für mich bedeutet Weihnachten noch immer das Fest der Liebe. Der Geburtstag unseres Herrn.«

»Beruhigen Sie sich«, sagte der Nikolaus und schob sie sachte zur Seite. Vor seinem Lebkuchenkorb standen zwei kleine Kinder und schauten ihn ehrfürchtig und gläubig an.

Peter entfernte sich.

Das Gedränge hatte nachgelassen. Der Platz leerte sich. Vor dem

Lebensmittelgeschäft räumte eine Verkäuferin einige am Boden liegende Adventskränze zusammen.

»Darf ich stören?«, fragte Peter.

»Möchtest du einen? Verbilligt?«

Peter schüttelte den Kopf. »Freuen Sie sich auf Weihnachten?«

»Darüber hab ich noch nicht nachgedacht. An Weihnachten bin ich jedes Mal so erschöpft, dass ich nur den Wunsch habe, zu schlafen und allein zu sein.«

Peter sah, dass sie den Tränen nahe war. Er schaltete das Tonbandgerät aus. Er dachte an die Antworten, die er bekommen hatte. Für die meisten bedeutete also Weihnachten nichts anderes als Geschenke, Essen, Trinken, Überstunden, Geld ... Und was bedeutete es für ihn? Es war nicht einfach, darauf eine ehrliche Antwort zu geben. Immerhin, Peter freute sich auf das Fest. Zum ersten Mal seit vielen Jahren. »Wir machen es uns gemütlich, wir zwei!«, hatte die Mutter zu ihm gesagt. Seine Eltern waren seit einem halben Jahr geschieden. Weihnachten ohne Vater, ohne Vorwürfe, ohne Streit. Peter hatte ihn seither nicht mehr gesehen. Zum Glück bestand er nicht auf dem ihm vom Gericht zugebilligten monatlichen Besuchssonntag. Die Läden schlossen. Es war kalt geworden. Auch die Heilsarmisten hatten ihren Platz neben der Tanne verlassen. Einsam erhob sie sich in den dunklen Himmel hinauf.

Vor dem Spielwarengeschäft standen ein paar Männer. Sie schienen an der elektrischen Eisenbahn mehr Freude zu haben als die Kinder. Peter schaltete das Tonbandgerät nochmals ein: »Entschuldigen Sie bitte!«

Einer der Männer drehte sich um. »Peter! Du!«

Peter fuhr zusammen. »Was willst du?«

»Nichts!«, stotterte Peter. Sein erhobener Arm sank herunter.

»Du bist gewachsen!«

Peter starrte seinen Vater an und brachte kein Wort heraus.

»Möchtest du eine heiße Schokolade trinken?«

»Nein, danke! Ich muss nach Hause. Mama erwartet mich.«

Der Vater zuckte die Achseln. »Wie du willst«, sagte er.

»Ich muss nach Hause«, sagte Peter noch einmal.

»Ich hindere dich doch nicht daran.«
Peter reichte ihm die Hand. »Frohe Festtage!«, stammelte er.
»Gleichfalls!«
Peter rannte. Die unerwartete Begegnung hatte ihn erschreckt. Erst in der stillen Straße, in der er wohnte, beruhigte er sich wieder. Das rote Lichtchen an seinem Gerät erinnerte ihn daran, dass er vergessen hatte, es auszuschalten.
Er ließ das Band zurücklaufen und hörte:
»Peter! Du!«
»Was willst du?«
»Nichts!«
»Du bist gewachsen!«
»Möchtest du eine heiße Schokolade trinken?«
»Nein, danke! Ich muss nach Hause. Mama erwartet mich.«
»Wie du willst!«
»Ich muss nach Hause.«
»Ich hindere dich doch nicht daran.«
»Frohe Festtage!«
»Gleichfalls!«
Wie fremd ihm die beiden Stimmen vorkamen! Die Pausen zwischen den einzelnen Fragen und Antworten schienen ihm unerträglich lange.
»Freust du dich auf Weihnachten?«
Was wohl der Vater darauf geantwortet hätte?
Vom Kirchturm schlug es sieben Uhr. Peter zählte die langsam aufeinanderfolgenden Schläge. Er musste nach Hause. Sorgfältig löschte er das Gespräch mit seinem Vater aus. Es sollte niemand davon erfahren, auch die Mutter nicht.

Klaus Kordon

Zwei Tage vor Heiligabend

Nachdem Vroni das Geschirr abgewaschen und Benny abgetrocknet hat, ist es Zeit, mit Zar Peter Gassi zu gehen. Wie meistens, macht Benny sich fertig. Zar Peter gehört ihm, er hat ihn geschenkt bekommen, als er noch klein war. Damals war Zar Peter auch noch ganz klein, aber der Vater wusste, dass er eines Tages ein großer Hund sein würde. Deshalb nannte er ihn Zar Peter. Es gab einmal einen russischen Zaren – eine Art Kaiser –, der hieß Peter und war sehr groß.

Geht Benny mit Zar Peter Gassi, gehen sie immer den gleichen Weg. Hunde lieben es, gleiche Wege zu gehen. Gehen sie neue Wege, schnüffeln sie endlos lange herum. Bei Zar Peter ist das besonders schlimm; er sieht ja kaum etwas, weil er ein ungarischer Hirtenhund ist und ihm die Zotteln bis über die Augen hängen. Ginge es nach Zar Peter, dürfte das Gassigehen zwei Stunden dauern.

Der Weg, den Benny und Zar Peter gehen, führt über die »Wüste« – dort erledigt Zar Peter seine Geschäfte – und um das Haus herum, geradewegs zu Herrn Babuschkes Zeitungskiosk.

Benny freut sich schon auf die Unterhaltung mit dem alten Zeitungsverkäufer. Er wird Herrn Babuschke von der Schule erzählen und Herr Babuschke wird über das berichten, was in den Zeitungen steht. Otto Babuschke verkauft ja nicht nur Zeitungen, er liest sie auch.

Unterhalten sich Benny und der Herr Babuschke, kratzt Zar Peter an der kleinen Holztür des Kiosks, bis Herr Babuschke öffnet. Unter Herrn Babuschkes Stuhl liegt eine Decke und auf der Decke liegt der Schorschel, Herrn Babuschkes Dackel. Zar Peter steckt seinen Kopf in die Tür und schnüffelt so lange an dem schon sehr alten Schorschel herum, bis der ihm ungnädig die Zähne zeigt. Aber in Wahrheit verstehen sich die beiden Hunde sehr gut. Deshalb zieht Zar Peter jetzt auch an der Leine. Er will so schnell wie möglich zum Schorschel kommen.

Doch an diesem Tag hat der Kiosk geschlossen. Einen Augenblick lang stehen Benny und Zar Peter ratlos herum, dann gehen sie weiter. Sie bummeln durch die festlich geschmückten Straßen, gucken in die mit bunten Kugeln und Lichtern versehenen Auslagen der Geschäfte und bleiben schließlich vor dem Spielwarengeschäft stehen.

Da fährt sie wieder, die kleine Lokomotive mit den drei Waggons. Sie fährt durch eine Bergwelt und bleibt auf dem Bahnhof Neustadt stehen. Dann dreht sie weiter ihre Runden.

Benny denkt an seine drei Weihnachtswünsche. Eine Lokomotive ist nicht darunter. Für so große Wünsche haben die Eltern kein Geld, nachdem sie erst den teuren Umzug bezahlen mussten. Aber auf das, was er sich gewünscht hat, freut er sich auch: einen großen Kasten mit Spielen wie »Mensch ärgere dich nicht«, »Halma« und »Domino«, einen Kasten mit zusammensetzbaren Bausteinen und dazu ein Buch oder zwei. Und natürlich einen riesigen bunten Teller; aber den musste er sich nicht extra wünschen, den bekommt er sowieso.

Am Tag danach stehen Benny und Zar Peter erneut vor dem verschlossenen Kiosk. Diesmal klebt ein Zettel an dem Schiebefenster: Wegen Trauerfall geschlossen.

Trauerfall? Soviel Benny weiß, hat Herr Babuschke keine Verwandten, keine Frau, keine Kinder, keinen Bruder, keine Schwester. Wer soll da gestorben sein? Etwa der Herr Babuschke selber?

Benny bekommt eine so große Angst, dass er genau wissen will, wer da gestorben ist. Und so macht er sich gleich auf den Weg zu Herrn Babuschkes kleinem Holzhaus.

Früher standen mehrere kleine Häuschen rechts und links des Weges, den Benny geht. Er weiß das von Herrn Babuschke. Jetzt stehen überall Häuser, die genauso aussehen wie das, in dem Benny wohnt – alles viereckige hohe Kästen.

Dann aber hat Benny die schmale Straße mit den vielen kleinen Häusern erreicht. Im Sommer, als alles grün und voller Blumen war, sah es sehr schön aus in dieser Straße. Jetzt ist alles grau und schwarz, und die Zäune glänzen vor Nässe.

Im Sommer und im Herbst, als die Erdbeeren und Kirschen, die Apfel und Birnen geerntet wurden, war Benny oft bei Herrn Babuschke. Da konnte er gar nicht schnell genug die Gartentür mit dem halb verrosteten Schild »Otto Babuschke« finden. Jetzt geht er langsam und ist froh, dass Zar Peter bei ihm ist und er diesen Weg nicht allein gehen muss. Fast vorsichtig nähert er sich dem kleinen Garten mit dem Holzhaus und dem Schuppen, an dessen Wänden Holzscheite hochgestapelt sind.
Die Gartentür quietscht in den Angeln, aber sie lässt sich öffnen. Ein wenig atmet Benny auf: Wenn die Tür nicht abgeschlossen ist, ist Herr Babuschke im Haus. Dann ist also nicht er der Trauerfall. Vor der Tür des kleinen Holzhauses bleibt Benny stehen und klopft. Er klopft noch einmal, lauter, und dann noch einmal, aber nichts rührt sich. Kein Herr Babuschke schlurft durch den altmodisch eingerichteten Raum hinter der Tür, kein Schorschel schlägt an.
»Herr Babuschke!«, ruft Benny noch mal laut, dann gibt er es auf. Es könnte sein, dass Herr Babuschke ihn nicht hört, weil er vielleicht gerade schläft, der Schorschel aber würde ihn bestimmt hören.
Gerade wollen Benny und Zar Peter den kleinen Garten wieder verlassen, da kommt Herr Babuschke durch das Gartentor. Er trägt eine kleine Holzkiste unter dem Arm und ist so in Gedanken versunken, dass er Benny und sogar den nicht zu übersehenden Zar Peter übersieht.
»Herr Babuschke!«, ruft Benny, erschrocken über die tiefe Traurigkeit im Gesicht des alten Mannes.
»Ach, ihr seid es!« Herr Babuschke erwacht aus seinen Gedanken. Dann geht er mit der Kiste in sein Häuschen und bittet Benny, mit Zar Peter draußen zu warten. Als Benny den Mund aufmacht, schüttelt er den Kopf: »Nicht fragen.«
Benny setzt sich auf die Bank unter dem kahlen Apfelbaum, Zar Peter setzt sich vor ihm auf die Hinterpfoten.
In dem Häuschen rumort es und dann ertönt Gehämmer: Die Kiste wird zugenagelt.

»Was meinst du?«, fragt Herr Babuschke Benny, als er mit der kleinen Kiste unter dem Arm wieder auftaucht. »Wo ist der schönste Platz?« Und er sieht Benny dabei so traurig an, dass der sofort weiß: In der Kiste ist der Schorschel!
So erschrocken Benny auch ist, sofort deutet er auf das Stück Rasen, auf dem der Schorschel im Sommer immer lag und sich die Sonne auf den Pelz scheinen ließ.
Herr Babuschke stellt die Kiste ab und holt einen Spaten. Zar Peter schnüffelt an der Kiste herum, dann kommt er zu Benny zurück, lässt sich neben ihm nieder und fiept leise.
»Er war alt«, erklärt Herr Babuschke beim Graben. »Umgerechnet auf Menschenjahre wäre er sogar noch älter als ich gewesen.«
Benny nickt. Eines Tages wird auch Zar Peter sterben, weil er zu alt geworden ist. Er selbst wird dann noch nicht einmal erwachsen sein. Er ist auch gar nicht traurig, weil der Schorschel, der sich kaum noch rühren konnte, gestorben ist. Er ist traurig, weil der Herr Babuschke nun ganz allein ist. Und das zwei Tage vor Heiligabend.
»Kaufen Sie sich einen neuen Hund?«, fragt Benny den alten Mann.
Herr Babuschke stellt die Kiste in das Loch, das er gegraben hat, schiebt Erde darüber und tritt sie fest. Dann überlegt er ein Weilchen und schüttelt schließlich den Kopf: »Das geht nicht. Ich bin nicht mehr der Jüngste, eines Tages würde ich ihn allein lassen müssen, wie der Schorschel mich allein gelassen hat.«
»Und was machen Sie zu Weihnachten?«, fragt Benny weiter.
»Was soll ich tun?«, fragt Herr Babuschke zurück. »Ich gehe früh schlafen, wie an allen Abenden.«
Benny nickt. Aber dann fällt ihm ein, dass das nicht stimmen kann. Die Mutter hat mal gesagt, alte Menschen würden nicht mehr so viel Schlaf brauchen.
»Kommen Sie doch zu uns«, schlägt er vor. »Feiern Sie mit uns Weihnachten.«
Herr Babuschke stützt die Hände auf dem Spatengriff und sieht Benny verwundert an: »Zu euch? Aber das geht doch nicht.«
»Warum denn nicht?«

»Weil ...« Herr Babuschke bricht ab: »Nein, nein! Das geht nicht.« Dann schiebt er noch ein bisschen Erde über die Kiste, tritt auch die fest, nimmt den herausgehobenen Rasen und passt ihn wieder ein.

»Aber warum geht das denn nicht?« Benny kann sehr dickköpfig sein, wenn er will. Er sieht nicht ein, dass Herr Babuschke ganz allein in seinem Häuschen sitzen muss, während die Eltern, Vroni und er Weihnachten feiern. Und als der Herr Babuschke nicht antwortet, sagt Benny: »Ich gehe nicht fort, wenn Sie mir nicht versprechen, Heiligabend zu uns zu kommen.«

Da lacht der Herr Babuschke: »Na gut! Ich komme.«

»Ehrlich?«

»Ehrlich.«

Benny zweifelt noch ein bisschen, aber da es nun höchste Zeit ist, nach Hause zurückzukehren, fragt er nicht weiter. Er sagt nur noch. »Bescherung ist um fünf Uhr«, dann geht er.

Auf dem Rückweg denkt Benny nach. Was werden die Eltern sagen, wenn sie erfahren, dass er Herrn Babuschke eingeladen hat?

Dem Vater ist das sicher nicht recht. Wenn der Vater nicht arbeitet, will er seine Ruhe haben. Arbeit macht müde, sagt er oft, und die Feiertage sind dazu da, dass man sich erholt. Als Busfahrer sehe er sowieso täglich viel zu viele Leute ...

Und Zar Peter trottet auch nur ziemlich trübsinnig einher. Schaut er zu Benny hoch, blinzelt er durch seine Zotteln, als wollte er sagen: »Heute ist kein schöner Tag, was?« Aber Hunde können nicht denken, also können sie auch nicht fragen – nicht einmal nur mit den Augen und obwohl es manchmal so aussieht.

Der Vater hat schlechte Laune. Ein Kollege ist erkrankt, nun muss er doch am 1. Weihnachtsfeiertag zum Dienst. »Erst wollten sie mir den Heiligabend anhängen«, schimpft er, »aber dann haben sie es geändert. Weil ich Kinder habe!«

»Na, siehst du!« Vroni lacht. »Und da sagst du immer, wir sind zu nichts nutze.«

Benny sitzt nur stumm herum. Er hat von der Einladung noch nichts erzählt. Dass der Vater ausgerechnet heute so schlechte

Laune haben muss! Er seufzt leise. Manchmal läuft einfach alles falsch.

Beim Abendbrot bessert sich Vaters Laune. Es gibt Hackepeter-Brote, sein Lieblingsgericht. Er haut rein, trinkt ein Bier und einen Schnaps dazu und isst und spült so seinen Ärger fort.

Endlich wagt Benny mit der Sprache herauszurücken. Er beginnt vorsichtig, erzählt erst einmal nur vom Schorschel und von der Einsamkeit des alten Zeitungsverkäufers.

»Ja, es ist schlimm, wenn man alt wird und ganz allein ist«, sagt die Mutter und reibt sich die Stirn. In ihrem Kopf summt es mal wieder, wie immer, wenn sie sehr müde ist.

Der Vater gießt sich noch einen Schnaps ein, wird immer lustiger und erklärt: »Wer nicht alt werden will, muss jung sterben.«

Da sagt Benny das von der Einladung, sagt es und zieht den Kopf ein.

Es ist auf einmal ganz still in der Küche. Der Vater nimmt das Schnapsglas, kippt den Schnaps in seinen Mund, schluckt ihn herunter und fragt: »Du hast diesen Alten ... Du hast den alten Herrn Babuschke für den Heiligabend zu uns eingeladen?«

Benny blickt auf seinen Teller, als sei der ein Fernsehschirm, und nickt stumm. Die Tränen steigen ihm in die Augen, und er weiß nicht einmal, warum.

»Na, das ist doch wohl ...!« Der Vater sieht die Mutter an. Er weiß nicht, was er sagen soll. Dann fragt er: »Denkst du, mir tut der alte Herr nicht leid?« Und als keine Antwort kommt, fährt er fort: »Aber Weihnachten ist ja schließlich ein Familienfest, da kann man doch nicht alle und jeden einladen.«

»Herr Babuschke ist nicht alle und jeden«, sagt Vroni. Und dann: »Mich stört er nicht. Wenn er doch so allein ist.«

Nun ist Vaters gute Laune endgültig wie weggeblasen. Er lässt seinem Ärger freien Lauf: »Schöne Weihnachten! Am 1. Feiertag Dienst und am Heiligabend fremde Leute im Haus.«

Benny hebt den Kopf. Die Tränen laufen ihm übers Gesicht. »Herr Babuschke ist doch kein Fremder«, sagt er. »Es ist nicht schön, wie du von ihm sprichst.«

Zar Peter, der unter der Küchenbank liegt, spitzt die Ohren. Irgendetwas an Bennys Stimme lässt ihn aufhorchen. Sofort kommt er unter der Bank hervor und legt den Kopf auf Bennys Knie.
Aus Versehen und weil er so in Gedanken ist, streichelt Benny Zar Peters Kopf. Das ärgert den Vater noch mehr. »Lass den Hund in Ruhe«, sagt er. »Noch sitzt du beim Abendbrot!«
Dann steckt er sich eine Zigarette an und guckt wieder etwas milder. »Natürlich ist Herr Babuschke kein Fremder, aber er ist auch kein Verwandter.«
Die Mutter hat bisher noch nichts zu der Einladung gesagt, doch die Kinder sehen ihr an, dass sie mit Vaters Worten nicht einverstanden ist. Das macht Vroni Mut. »Wir stammen alle von Adam und Eva ab«, sagt sie. »Also sind wir auch alle irgendwie miteinander verwandt.«
Einen Augenblick lang weiß der Vater nicht, was er darauf erwidern soll. Benny, der Schwester dankbar für die Hilfe, nutzt das gleich aus. »Dann kaufen wir eben dieses Jahr keinen Tannenbaum«, schlägt er vor, »und besorgen für das Geld Herrn Babuschke ein Geschenk und was zu essen.« Wenn er auch gern einen Tannenbaum hätte, Herr Babuschke ist ihm wichtiger.
Der Vater guckt, als hätte Benny gesagt, sie sollten Weihnachten auf dem Mond feiern. Dann schüttelt er heftig den Kopf: »Mir geht's doch nicht ums Geld!« Er gibt sich immer noch zornig, seine Augen jedoch verraten: Er ist unsicher geworden.
»Und um was geht's dann?«, fragt Vroni scheinheilig. Ihr machen solche Gespräche Spaß.

»Um die Gemütlichkeit«, antwortet der Vater da. »Ihr wisst doch: Mutter hat zu tun, muss braten und backen und die bunten Teller zurechtmachen. Da stört ein Frem... ein Gast nur.«

Endlich macht auch die Mutter den Mund auf. Sie spricht sehr leise und sehr deutlich. »Mich stört der Herr Babuschke nicht«, sagt sie. »Außerdem könntest du mir ja helfen, wenn es nur darum geht, dass ich nicht so viel zu tun habe.«

Da starrt der Vater die Mutter an, als habe sie etwas ganz Schlimmes gesagt, drückt seine Zigarette aus, steht auf und schlägt die Tür hinter sich zu.

Eine Zeitlang ist es wieder sehr still in der Küche, dann muss die Mutter auf einmal lachen. »Wenn euer lieber Vater die Tür hinter sich zuschlägt, ist er immer kurz vor dem Aufgeben. Also darf Herr Babuschke ruhig kommen.« Und sie fährt Benny zärtlich übers Haar und sagt: »Das hast du toll gemacht. Hätte ich den Herrn Babuschke getroffen, hätte ich ihn bestimmt auch eingeladen.«

Die Mutter behält recht. Als Benny an diesem Abend im Bett liegt, kommt der Vater, setzt sich zu ihm, guckt erst eine Weile verlegen im Zimmer herum und fragt schließlich: »Wie alt ist er denn eigentlich gewesen, der Schorschel?«

Das weiß Benny nicht ganz genau. Er weiß nur, dass der Schorschel schon sehr alt war.

»Und der Herr Babuschke ist auch schon ziemlich alt, oder?«

Ja, der Herr Babuschke ist auch schon sehr alt. Deshalb will er sich ja auch keinen neuen Hund mehr kaufen. Benny sagt das und schweigt dann wieder.

Da nickt der Vater schließlich und krault Zar Peter, der wie immer vor Bennys Bett liegt, hinter den Ohren, als wollte er sich auch bei ihm entschuldigen. »Es ist schön, dass der Herr Babuschke übermorgen nicht ganz allein ist.« Und dann überlegt er noch einen Moment und sagt: »Kannst ihn ja mal fragen, ob er Schach spielt.«

Benny will das gleich am nächsten Morgen tun. Eines aber weiß er nun sicher: Ganz egal, ob der Herr Babuschke Schach spielt oder nicht, der Heiligabend wird auch ohne den Schorschel für ihn sehr schön.

Ludwig Thoma

Weihnachtsfreuden

Erleben eigentlich Stadtkinder Weihnachtsfreuden? Erlebt man sie heute noch?
Ich will es allen wünschen, aber ich kann es nicht glauben, dass das Fest in der Stadt mit ihren Straßen und engen Gassen das sein kann, was es uns Kindern im Walde gewesen ist.
Der erste Schnee erregte schon liebliche Ahnungen, die bald verstärkt wurden, wenn es im Hause nach Pfeffernüssen, Makronen und Kaffeekuchen zu riechen begann, wenn am langen Tische der Herr Oberförster und seine Jäger mit den Marzipanmodeln ganz zahme häusliche Dinge verrichteten, wenn an den langen Abenden sich das wohlige Gefühl der Zusammengehörigkeit auf dieser Insel, die Tag um Tag stiller wurde, verbreitete. In der Stadt kam das Christkind nur einmal, aber in der Riss wurde es schon Wochen vorher im Walde gesehen: Bald kam der, bald jener Jagdgehilfe mit der Meldung herein, dass er es auf der Jachenauer Seite oder hinterm Ochsensitzer habe fliegen sehen.
In klaren Nächten musste man bloß vor die Türe gehen, dann hörte man vom Walde herüber ein feines Klingeln und sah in den Büschen ein Licht aufblitzen. Da röteten sich die Backen vor Aufregung, und die Augen blitzten vor freudiger Erwartung. Je näher aber der Heilige Abend kam, desto näher kam auch das Christkind ans Haus, ein Licht huschte an den Fenstern des Schlafzimmers vorüber, und es klang wie von leise gerüttelten Schlittenschellen.
Da setzten wir uns in den Betten auf und schauten sehnsüchtig ins Dunkel hinaus ...

Gina Ruck-Pauquèt

Traumbescherung

Ich hab mir was ausgedacht,
Dass mir aber keiner lacht!
Dieses Jahr zur Weihnachtszeit,
Da beschenk ich weit und breit,
Alle Leut – ihr glaubt es kaum?
Jeder kriegt von mir 'nen Traum:
Raben, die Trompete blasen,
Bring ich mit, karierte Hasen,
Eine Fuhre Gummibärchen,
Dreizehn Flaschen voller Märchen,
Bäume, die spazieren gehen,
Stunden, die ganz stille stehen,
Hunde, die sich reiten lassen,
Frisch gebratnes Eis in Massen,
Schnelle Autos für die Kinder,
Einen Zauber-Wunsch-Zylinder,
Extra-Väter, nur zum Spielen,
Bälle, die von selber zielen,
Eine Müllkippe zu Hause,
Und 'ne Limonadenbrause,
Betten, die im Dunkeln fliegen,
Masern, die wir niemals kriegen,
Sommerschnee auf Rodelwiesen,
Aufblasbare bunte Riesen,
Feuerchen, die knisternd brennen,
Mütter, die nicht schimpfen können.
Badeseen an den Ecken,
Lutschbonbons, so lang wie Stecken,
Schulen, nur zum Lachenlernen,
Flugzeugtaxis zu den Sternen,
Sofas, um drauf rumzuspringen,

Lieder, die sich selber singen,
Pulver zum Unsichtbarmachen,
Ein paar kleine, zahme Drachen,
Katzen, die auf Rollschuhn rennen,
Morgenstunden zum Verpennen,
Wände, um sie anzumalen,
Nüsse ohne harte Schalen,
Einen Löwen zum Liebkosen
Und statt Ärger rote Rosen.
Hier ist die Bescherung aus.
Sucht für euch das Beste raus!

Selma Lagerlöf

Die Heilige Nacht

Als ich fünf Jahre alt war, hatte ich einen großen Kummer. Ich weiß kaum, ob ich seitdem einen größeren gehabt habe. Das war, als meine Großmutter starb. Bis dahin hatte sie jeden Tag auf dem Ecksofa in ihrer Stube gesessen und Märchen erzählt. Ich weiß es nicht anders, als dass Großmutter dasaß und erzählte, vom Morgen bis zum Abend, und wir Kinder saßen still neben ihr und hörten zu. Das war ein herrliches Leben. Es gab keine Kinder, denen es so gut ging wie uns.
Ich erinnere mich nicht an sehr viel von meiner Großmutter. Ich erinnere mich, dass sie schönes, kreideweißes Haar hatte und dass sie sehr gebückt ging und dass sie immer dasaß und an einem Strumpf strickte.
Dann erinnere ich mich auch, dass sie, wenn sie ein Märchen erzählt hatte, ihre Hand auf meinen Kopf zu legen pflegte, und dann sagte sie: »Und das alles ist so wahr, wie dass ich dich sehe und du mich siehst.«
Ich entsinne mich auch, dass sie schöne Lieder singen konnte, aber das tat sie nicht alle Tage. Eines dieser Lieder handelte von einem Ritter und einer Meerjungfrau, und es hatte den Kehrreim: »Es weht so kalt, es weht so kalt, wohl über die weite See.«
Dann entsinne ich mich eines kleinen Gebets, das sie mich lehrte, und eines Psalmverses.
Von allen den Geschichten, die sie mir erzählte, habe ich nur eine schwache, unklare Erinnerung. Nur an eine einzige von ihnen erinnere ich mich so gut, dass ich sie erzählen könnte. Es ist eine kleine Geschichte von Jesu Geburt. Seht, das ist beinahe alles, was ich noch von meiner Großmutter weiß, außer dem, woran ich mich am besten erinnere, nämlich dem großen Schmerz, als sie dahinging.
Ich erinnere mich an den Morgen, an dem das Ecksofa leer stand und es unmöglich war, zu begreifen, wie die Stunden des Tages zu Ende gehen sollten. Daran erinnere ich mich. Das vergesse ich nie.

Und ich erinnere mich, dass wir Kinder hingeführt wurden, um die Hand der Toten zu küssen. Und wir hatten Angst, es zu tun, aber da sagte uns jemand, dass wir nun zum letzten Mal Großmutter für alle die Freude danken könnten, die sie uns gebracht hatte. Und ich erinnere mich, wie Märchen und Lieder vom Hause wegfuhren, in einen langen schwarzen Sarg gepackt, und niemals wiederkamen. Ich erinnere mich, dass etwas aus dem Leben verschwunden war. Es war, als hätte sich die Tür zu einer ganzen schönen, verzauberten Welt geschlossen, in der wir früher frei aus und ein gehen durften. Und nun gab es niemand mehr, der sich darauf verstand, diese Tür zu öffnen.

Und ich erinnere mich, dass wir Kinder so allmählich lernten, mit Spielzeug und Puppen zu spielen und zu leben wie andere Kinder auch, und da konnte es ja den Anschein haben, als vermissten wir Großmutter nicht mehr, als erinnerten wir uns nicht mehr an sie. Aber noch heute, nach vierzig Jahren, wie ich da sitze und die Legenden über Christus sammle, die ich drüben im Morgenland geholt habe, wacht die kleine Geschichte von Jesu Geburt, die meine Großmutter zu erzählen pflegte, in mir auf. Und ich bekomme Lust, sie noch einmal zu erzählen und sie auch in meine Sammlung mit aufzunehmen.

Es war an einem Weihnachtstag, alle waren zur Kirche gefahren, außer Großmutter und mir. Ich glaube, wir beide waren im ganzen Hause allein. Wir hatten nicht mitfahren können, weil die eine zu jung und die andere zu alt war. Und alle beide waren wir betrübt, dass wir nicht zum Mettegesang fahren und die Weihnachtslichter sehen konnten. Aber wie wir so in unserer Einsamkeit saßen, fing Großmutter zu erzählen an.

»Es war einmal ein Mann«, sagte sie, »der in die dunkle Nacht hinausging, um sich Feuer zu leihen. Er ging von Haus zu Haus und klopfte an. »Ihr lieben Leute, helft mir!«, sagte er. »Mein Weib hat eben ein Kindlein geboren, und ich muss Feuer anzünden, um es und den Kleinen zu erwärmen.«

Aber es war tiefe Nacht, sodass alle Menschen schliefen, und niemand antwortete ihm.

Der Mann ging und ging. Endlich erblickte er in weiter Ferne einen Feuerschein. Da wanderte er dieser Richtung zu und sah, dass das Feuer im Freien brannte. Eine Menge weißer Schafe lag rings um das Feuer und schlief, und ein alter Hirt wachte über der Herde. Als der Mann, der Feuer leihen wollte, zu den Schafen kam, sah er, dass drei große Hunde zu Füßen des Hirten ruhten und schliefen. Sie erwachten alle drei bei seinem Kommen und sperrten ihre weiten Rachen auf, als ob sie bellen wollten, aber man vernahm keinen Laut. Der Mann sah, dass sich die Haare auf ihrem Rücken sträubten, er sah, wie ihre scharfen Zähne funkelnd weiß im Feuerschein leuchteten, und wie sie auf ihn losstürzten. Er fühlte, dass einer nach seiner Hand schnappte und dass einer sich an seine Kehle hängte. Aber die Kinnladen und die Zähne, mit denen die Hunde beißen wollten, gehorchten ihnen nicht, und der Mann litt nicht den kleinsten Schaden. Nun wollte der Mann weitergehen, um das zu finden, was er brauchte. Aber die Schafe lagen so dicht nebeneinander, Rücken an Rücken, dass er nicht vorwärtskommen konnte. Da stieg der Mann auf die Rücken der Tiere und wanderte über sie hin dem Feuer zu. Und keins von den Tieren wachte auf oder regte sich.«

So weit hatte Großmutter ungestört erzählen können, aber nun konnte ich es nicht lassen, sie zu unterbrechen. »Warum regten sie sich nicht, Großmutter?«, fragte ich. »Das wirst du nach einem Weilchen schon erfahren«, sagte Großmutter und fuhr mit ihrer Geschichte fort. »Als der Mann fast beim Feuer angelangt war, sah der Hirt auf. Es war ein alter, mürrischer Mann, der unwirsch und hart gegen alle Menschen war. Und als er einen Fremden kommen sah, griff er nach seinem langen, spitzigen Stabe, den er in der Hand zu halten pflegte, wenn er seine Herde hütete, und warf ihn nach ihm. Und der Stab fuhr zischend gerade auf den Mann los, aber ehe er ihn traf, wich er zur Seite und sauste an ihm vorbei, weit über das Feld.«

Als Großmutter so weit gekommen war, unterbrach ich sie abermals. »Großmutter, warum wollte der Stock den Mann nicht schlagen?« Aber Großmutter ließ es sich nicht einfallen, mir zu antworten, sondern fuhr mit ihrer Erzählung fort.

»Nun kam der Mann zu dem Hirten und sagte zu ihm: ›Guter Freund, hilf mir und leih mir ein wenig Feuer. Mein Weib hat eben ein Kindlein geboren, und ich muss Feuer machen, um es und den Kleinen zu erwärmen.‹ Der Hirt hätte am liebsten nein gesagt, aber als er daran dachte, dass die Hunde dem Manne nicht hatten schaden können, dass die Schafe nicht vor ihm davongelaufen waren und dass sein Stab ihn nicht fällen wollte, da wurde ihm ein wenig bange, und er wagte es nicht, dem Fremden das abzuschlagen, was er begehrte. ›Nimm, so viel du brauchst«, sagte er zu dem Manne. Aber das Feuer war beinahe ausgebrannt. Es waren keine Scheite und Zweige mehr übrig, sondern nur ein großer Gluthaufen, und der Fremde hatte weder Schaufel noch Eimer, worin der die roten Kohlen hätte tragen können. Als der Hirt dies sah, sagte er abermals: ›Nimm, soviel du brauchst!‹ Und er freute sich, dass der Mann kein Feuer wegtragen könnte. Aber der Mann beugte sich hinunter, holte die Kohlen mit bloßen Händen aus der Asche und legte sie in seinen Mantel. Und weder versengten die Kohlen seine Hände, als er sie berührte, noch versengten sie seinen Mantel, sondern der Mann trug sie fort, als wenn es Nüsse oder Apfel gewesen wären.«

Aber hier wurde die Märchenerzählerin zum dritten Mal unterbrochen. »Großmutter, warum wollte die Kohle den Mann nicht brennen?«

»Das wirst du schon hören«, sagte Großmutter, und dann erzählte sie weiter.

»Als dieser Hirt, der ein so böser, mürrischer Mann war, dies alles sah, begann er sich bei sich selbst zu wundern: ›Was kann dies für eine Nacht sein, wo die Hunde die Schafe nicht beißen, die Schafe nicht erschrecken, die Lanze nicht tötet und das Feuer nicht brennt?‹ Er rief den Fremden zurück und sagte zu ihm: ›Was ist dies für eine Nacht? Und woher kommt es, dass alle Dinge dir Barmherzigkeit zeigen?‹ Da sagte der Mann: ›Ich kann es dir nicht sagen, wenn du selber es nicht siehst.‹ Und er wollte seiner Wege gehen, um bald ein Feuer anzünden und Weib und Kind wärmen zu können.

Aber da dachte der Hirt, er wolle den Mann nicht ganz aus dem Gesicht verlieren, bevor er erfahren hätte, was dies alles bedeute. Er stand auf und ging ihm nach, bis er dorthin kam, wo der Fremde daheim war. Da sah der Hirt, dass der Mann nicht einmal eine Hütte hatte, um darin zu wohnen, sondern er hatte sein Weib und sein Kind in einer Berggrotte liegen, wo es nichts gab als nackte, kalte Steinwände. Aber der Hirt dachte, dass das arme unschuldige Kindlein vielleicht dort in der Grotte erfrieren würde, und obgleich er ein harter Mann war, wurde er davon doch ergriffen und beschloss, dem Kinde zu helfen. Und er löste sein Ränzel von der Schulter und nahm daraus ein weiches, weißes Schaffell hervor. Das gab er dem fremden Manne und sagte, er möge das Kind darauf betten.

Aber in demselben Augenblick, in dem er zeigte, dass auch er barmherzig sein konnte, wurden ihm die Augen geöffnet, und er sah, was er vorher nicht hatte sehen, und hörte, was er vorher nicht hatte hören können.

Er sah, dass rund um ihn ein dichter Kreis von kleinen, silberbeflügelten Englein stand. Und jedes von ihnen hielt ein Saitenspiel in der Hand, und alle sangen sie mit lauter Stimme, dass in dieser Nacht der Heiland geboren wäre, der die Welt von ihren Sünden erlösen solle. Da begriff er, warum in dieser Nacht alle Dinge so froh waren, dass sie niemand etwas zuleide tun wollten. Und nicht nur rings um den Hirten waren Engel, sondern er sah sie überall. Sie saßen in der Grotte, und sie saßen auf dem Berge, und sie flogen unter dem Himmel. Sie kamen in großen Scharen über den Weg gegangen, und wie sie vorbeikamen, blieben sie stehen und warfen einen Blick auf das Kind.

Es herrschte eitel Jubel und Freude und Singen und Spiel, und das alles sah er in der dunklen Nacht, in der er früher nichts zu gewahren vermocht hatte. Und er wurde so froh, dass seine Augen geöffnet waren, dass er auf die Knie fiel und Gott dankte.«

Aber als Großmutter so weit gekommen war, seufzte sie und sagte: »Aber was der Hirte sah, das könnten wir auch sehen, denn die Engel fliegen in jeder Weihnachtsnacht unter dem Himmel, wenn wir sie nur zu gewahren vermögen.« Und dann legte Großmutter ihre Hand auf meinen Kopf und sagte: »Dies sollst du dir merken, denn es ist so wahr, wie dass ich dich sehe und du mich siehst. Nicht auf Lichter und Lampen kommt es an und es liegt nicht an Mond und Sonne, sondern was nottut, ist, dass wir Augen haben, die Gottes Herrlichkeit sehen können.«

Frank O'Connor

Der Weihnachtsmorgen

Wir wohnten damals am oberen Ende der Blarney-Gasse, in einem der weißgetünchten Häuschen, die ans freie Feld grenzen. Wir waren vier: mein Vater, meine Mutter, »Sonny« und ich. Ich glaube, zu der Zeit, von der ich spreche, war »Sonny« sieben und ich ein paar Jahre älter. Ich konnte den Burschen nie recht leiden. Er war Mutters Liebling, und immer rannte er gleich zu ihr und klatschte, was für Unheil ich wieder angerichtet hatte. Ich glaube wahrhaftig, er saß nur um mich zu ärgern so eifrig hinter seinen Schulbüchern. Er wusste anscheinend, dass das ihr ganzer Stolz war. Man konnte wohl sagen, er buchstabierte sich in ihr Herz. »Mammi«, rief er zum Beispiel, »soll ich Larry zum T-e-e rufen?« oder: »Mammi, das W-a-s-s-e-r kocht« – und natürlich verbesserte sie ihn, wenn er's falsch machte, und das nächste Mal wusste er's, und das war erst recht nicht zum Aushalten. »Mammi«, rief er dann, »kann ich nicht fein buchstabieren?« Herrje, wir würden alle fein buchstabieren, wenn wir's so anstellten!
Ich war aber nicht etwa dumm oder so – bewahre! Ich war bloß unruhig und konnte mich nicht lange auf eine Sache konzentrieren. Ich machte die Aufgaben aus dem Buch vom vorigen Jahr oder aus dem Buch vom nächsten Jahr – aber ich konnte es nicht ausstehen, das zu lernen, was wir gerade aufhatten. Abends ging ich nach draußen und spielte mit der Doherty-Bande – doch nicht, weil ich wild war, sondern ich wollte etwas erleben und konnte nicht um die Welt begreifen, was Mutter immer mit dem Lernen hatte.
»Kannst du nicht erst die Aufgaben machen und nachher spielen?«, sagte sie meistens und wurde vor Ärger ganz rot. »Du sollst dich schämen, dass dein kleiner Bruder besser lesen kann als du!«
»Ach«, rief ich, »ich mach sie, wenn ich wiederkomme!«
»Der Himmel mag wissen, was aus dir noch mal werden soll«, sagte sie. »Wenn du dich mehr um deine Bücher bekümmern würdest, könntest du etwas Feines werden – Buchhalter oder Ingenieur.«

»Ich will Buchhalter werden, Mammi«, rief »Sonny« dann.
»Kein Mensch will'n langweiliger Buchhalter werden«, sagte ich, bloß um ihn zu ärgern. »Ich, ich werd' Soldat!«
»Weiß der Himmel, zu etwas anderem wird's bei dir auch wohl nie reichen«, seufzte meine Mutter. Manchmal kam's mir fast vor, als ob die gute Frau ein bisschen einfältig sei: Was konnte es denn für einen Mann Besseres geben, als Soldat zu werden?
Weihnachten kam näher, die Tage wurden kürzer, und die Straßen waren voller Leute. Ich dachte an die Sachen, die ich vom Weihnachtsmann bekommen würde. Die Dohertys sagten, es gäbe keinen Weihnachtsmann, und nur Vater und Mutter schenkten einem was. Aber die Dohertys waren eine wilde Bande, zu denen würde der Weihnachtsmann sowieso nicht kommen. Ich horchte herum, wo ich nur etwas über ihn aufschnappen konnte, aber es war nicht viel. Mit der Schreibfeder war ich kein großer Held – doch wenn ein Brief nutzen würde, ich würde mich schon dahintersetzen.
»Ach«, sagte meine Mutter mit kummervoller Miene, »ich weiß nicht, ob er dies Jahr überhaupt kommen wird. Er hat genug Arbeit, für all die kleinen Jungen zu sorgen, die ihre Aufgaben gut lernen – er kann sich nicht auch noch um die andern kümmern.« – »Er kommt nur zu Kindern, die gut buchstabieren können, nicht wahr, Mammi?«, fragte »Sonny«.
»Er kommt zu allen Kindern, die sich Mühe geben«, antwortete meine Mutter, »auch wenn sie nicht so gut buchstabieren können.« Wahrhaftiger Gott – Mühe gab ich mir bestimmt! Und es war nicht meine Schuld, dass uns der »Prügler« vier Tage vor den Ferien Rechenaufgaben stellte, die wir nicht lösen konnten, und Peter Doherty und ich mussten uns drücken. Wir taten's nicht mit Begeisterung, das kann mir jeder glauben, denn Dezember ist nicht der geeignetste Monat zum Schuleschwänzen, und die meiste Zeit verbrachten wir in einem Schuppen am Quai, wo wir uns vor dem Regen verkrochen. Unser Fehler bestand einzig darin, dass wir uns einbildeten, wir könnten es bis zu den Ferien durchhalten, ohne entdeckt zu werden. Das war ein kläglicher Mangel an Voraussicht. Der »Prügler« merkte es natürlich und fragte zu Hause an, warum

wir nicht in die Schule kämen. Als ich am dritten Tag heimkam, warf mir meine Mutter einen Blick zu, den ich nie vergessen werde, und sagte bloß: »Da steht dein Essen!« Sie war zu aufgebracht, um zu sprechen. Als ich es ihr mit den Rechenaufgaben vom »Prügler« erklären wollte, ging sie darüber weg, wie man eine Fliege wegscheucht, und sagte: »Von dir will ich kein Wort hören!« Da merkte ich, dass sie nicht wegen des Schwänzens böse war, sondern wegen der Lügen. Mehrere Tage sprach sie überhaupt nicht mit mir. Und selbst da konnte ich immer noch nicht begreifen, warum sie so viel vom Lernen hielt und mich nicht so einfach und natürlich wie die andern aufwachsen ließ.

Doch was das Schlimmste war: »Sonny« schwoll der Kamm mehr denn je. Er stelzte mit einer Miene umher wie einer, der denkt: »Möcht' mal wissen, was sie ohne mich in dieser alten Bude machen würden!« Er ging an die Haustür, lehnte sich mit den Händen in den Hosentaschen gegen den Pfosten, versuchte wie mein Papa auszusehen und schrie den andern Kindern, dass man's in der ganzen Straße hören konnte, zu: »Larry darf nicht kommen. Er hat mit Peter Doherty die Schule geschwänzt, und meine Mutter spricht nicht mit ihm!« Und abends, wenn wir im Bett waren, machte er so weiter: »Der Weihnachtsmann bringt dir dies Jahr nichts – ha, nein!«

»Wohl!«, sagte ich.

»Woher weißt du's denn?«

»Warum denn nicht?«

»Weil du mit Doherty geschwänzt hast. – Ich möchte nicht mit den Doherty-Bengeln spielen. Was das für Leute sind! Hatten die Polizei im Haus!«

»Und woher soll der Weihnachtsmann wissen, dass ich die Schule geschwänzt habe?«, brummte ich böse, denn mir riss die Geduld mit dem kleinen Affen. »Natürlich weiß er's. Mammi sagt's ihm.«

»Wie kann's Mammi ihm sagen, wenn er am Nordpol ist? Da kann man's mal wieder sehen, was du für ein Baby bist!«

»Ich bin kein Baby – ich kann besser als du buchstabieren, und der Weihnachtsmann bringt dir dies Jahr nichts!«

»Werden wir ja bald sehen, ob er mir was bringt«, sagte ich und tat sehr weise. Aber ich tat nur so. Denn wer kann sagen, was für geheime Kräfte diesen himmlischen Burschen zur Verfügung stehen, sodass sie wissen, was man im Schilde führt, selbst wenn sie einem den Rücken kehren? Und ich hatte wegen des Schuleschwänzens ein schlechtes Gewissen, weil ich meine Mutter noch nie so aufgebracht gesehen hatte. In der Nacht überlegte ich mir, dass es für mich nur einen Ausweg gab: den Weihnachtsmann zu sprechen und ihm alles zu erklären. Von Mann zu Mann würde er mich wohl verstehen. Ich war damals ein hübscher Junge, und wenn ich wollte, konnte ich sehr nett sein. Alte Herren brauchte ich nur freundlich anzulächeln, und schon gaben sie mir einen Zweier. Ich war überzeugt, dass ich's ebenso mit dem Weihnachtsmann machen könnte, wenn ich ihn nur allein erwischte. Vielleicht würde ich etwas Feines von ihm bekommen – eine Eisenbahn oder so –, denn Ludo und Schnippschnapp und ähnliche Spiele hingen mir zum Halse heraus.

Ich fing nun an, mich im Wachbleiben zu trainieren, zählte bis fünfhundert, dann bis tausend, und lauschte, ob ich's vom Shandon elf Uhr und Mitternacht schlagen hörte. Ich glaubte fest, dass der Weihnachtsmann um zwölf Uhr erscheinen würde, da er ja vom Norden her kam und bis zum Morgen die ganze südliche Hälfte erledigen musste. Über manche Dinge dachte ich wirklich sehr gründlich nach. Leider nur über manche. Ich war so in meine eigenen Pläne versunken, dass ich kaum merkte, was für Sorgen meine Mutter hatte. »Sonny« und ich gingen meistens mit ihr in die Stadt, und während sie einkaufte, standen wir solange vor einem Spielzeugladen in der Hauptstraße und besprachen, was wir gern zu Weihnachten haben wollten. Als mein Vater am Heiligabend von der Arbeit heimkam und meiner Mutter das Haushaltsgeld gab, blickte sie es ungewiss an und stand da und war ganz blass. »He?«, fuhr er sie ärgerlich an, »stimmt's nicht?«

»Ob's stimmt?«, flüsterte sie leise. »Am Heiligabend?«

»Ja, denkst du etwa, ich bekomme mehr, weil's Heiliger Abend ist?«, fragte er und steckte die Hände in die Hosentaschen, als wollte er beschützen, was er für sich zurückbehalten hatte.

»Gott im Himmel!«, stammelte sie bestürzt. »Und kein bisschen Kuchen im Haus, keine Kerze und gar nichts!«

»Meinetwegen!«, schrie er und stampfte auf. »Wie viel kostet die Kerze?«

»Ach, um Himmels willen«, rief sie, »gib mir doch das Geld und rede nicht so vor den Kindern. Glaubst du, ich will sie ohne alles lassen an diesem einen Tag im Jahr?«

»Zum Kuckuck mit dir und den Kindern!«, murrte er. »Soll ich mich das ganze Jahr abschuften, damit du Geld für Spielzeug aus dem Fenster wirfst? Da!«, sagte er und schleuderte zwei Geldstücke auf den Tisch. »Richte dich damit ein! Das ist alles, was ich dir geben kann!«

Verbittert entgegnete sie: »Der Rest wird wohl ins Wirtshaus wandern!«

Später ging sie in die Stadt, nahm uns aber nicht mit und kehrte mit einer Menge Pakete zurück; auch eine Weihnachtskerze hatte sie. Wir warteten mit dem Tee auf Vater, aber er kam nicht. So tranken wir Tee und aßen jeder eine Scheibe von dem Weihnachtskuchen. Dann stellte Mutter »Sonny« auf den Küchenstuhl, damit er Weihwasser auf die Kerze sprengte. Er musste sie anzünden und dabei sagen: »Himmlisch' Licht, erhelle unsre Herzen!« Ich merkte wohl, wie meine Mutter sich grämte, weil Vater nicht da war. Der Älteste und der Jüngste hätten es tun sollen. Als wir vor dem Zubettgehen unsere Strümpfe aufhingen, war er immer noch nicht da. Und dann begann für mich die schlimmste Nacht meines Lebens. Ich war hundemüde, aber ich hatte Angst, die Eisenbahn könnte mir entgehen, darum überlegte ich, was ich dem Weihnachtsmann sagen wollte. Ich musste mir verschiedenerlei ausdenken, je nachdem, was für einer er war. Manche alte Herren haben gern artige, bescheiden sprechende Jungen; andre sind mehr für ein fixes Mundwerk. Als ich mir alles vorgebetet hatte, wollte ich »Sonny« wecken, um Gesellschaft zu haben, aber der Bursche schlief wie ein Toter. Vom Shandon schlug's elf Uhr. Bald danach hörte ich die Tür gellen, aber es war nur mein Vater, der nach Hause kam.

»Hallo, mein Schätzchen!«, sagte er und tat überrascht, weil meine Mutter auf ihn gewartet hatte. Dann wurde er unsicher und fing an zu kichern: »Was is'n noch so spät?«

»Willst du dein Nachtessen?«, fragte sie kurz.

»Nein, nicht nötig«, sagte er. »Ich habe auf dem Heimweg bei Daneen ein bisschen Schweinebacke bekommen. (Daneen war mein Onkel.) Schweinebacke ess' ich schrecklich gern! – Meine Güte!«, rief er und tat noch überraschter, »ist's denn schon so spät? Wenn ich das gewusst hätte, wär' ich zur Mitternachtsmesse in die Kapelle gegangen. Das Adeste würde ich gern wieder hören. Das ist ein Choral, den ich sehr gern habe. Ein ergreifender Choral!« Und er begann, ihn mit Fistelstimme zu summen: »Adeste, fideles, Solus domus dagus.« Lateinische Hymnen liebte mein Vater sehr, besonders wenn er einen Schluck getrunken hatte, aber da er nie mit den Worten zurechtkam, erfand er sich welche, während er sang, und das machte meine Mutter immer wild.

»Ach, du bist ekelhaft!«, rief sie mit erstickter Stimme und zog die Tür hinter sich zu. Mein Vater musste darüber lachen, als wenn es ein großartiger Witz wäre. Dann zündete er ein Streichholz an, um sich seine Pfeife anzustecken, und eine Weile paffte er geräuschvoll vor sich hin. Das Licht unter der Tür wurde blasser und erlosch, aber noch immer sang er gefühlvoll weiter: »Dixie medearo, Tutum tonum tantum, Venite adoremus.« Er sang laut und ganz falsch, aber die Melodie kam mir wie ein Wiegenlied vor. Und hätt's mein Leben gekostet, ich konnte mich nicht länger wach halten. Gegen Morgen erwachte ich von dem Gefühl, dass etwas Schreckliches passiert sein musste. Alles im Haus war still, und im kleinen Schlafzimmer, das auf den dunklen Hof blickte, war es pechrabenschwarz. Erst als ich aufs Fenster schaute, konnte ich sehen, wie schon das ganze Silber erloschen war. Ich sprang aus dem Bette und fühlte nach meinem Strumpf, aber ich wusste von vornherein, dass das Schlimmste eingetroffen war. Der Weihnachtsmann war da gewesen, während ich schlief, und er war mit einem vollkommen falschen Eindruck von mir wieder weggegangen, denn alles, was er dagelassen hatte, war eine Art gefaltetes Buch, eine Feder, ein Bleistift und eine Zehnertüte mit Bonbons. – Nicht mal ein Schnipp-schnapp-Spiel! Eine Weile war ich so vor den Kopf geschlagen, dass ich nicht denken konnte. Ein Bursche, der über die Dächer reiten und die Kamine hinunterklettern konnte, ohne stecken zu bleiben – nein, wahrhaftig –, sollte man nicht annehmen, er wäre gescheiter? Dann dachte ich, was wohl der hinterlistige Kerl, der »Sonny«, bekommen hätte. Ich ging zu seiner Bettstelle hinüber und befühlte den Strumpf. Trotz aller Buchstabiererei und Kriecherei hatte er nicht so viel besser abgeschnitten, denn außer der Tüte Bonbons hatte der Weihnachtsmann ihm bloß eine Knallbüchse gegeben – eine, mit der man einen festgebundenen Korken abschießen kann und die in jedem Kramladen für ein paar Fünfer zu haben war. Immerhin, deshalb blieb es doch eine Pistole, und eine Pistole war mehr wert als ein Buch, das war so sicher wie etwas. Die Doherty-Bande kämpfte gegen die Jungen aus der Feldgasse, die immer in unserer Straße Fußball spielen wollten. Darum kam mir der Gedanke, dass ich die Pistole verteufelt gut gebrauchen könnte, während sie »Sonny« überhaupt nichts nützte, denn die Dohertys würden ihn nie mitspielen lassen, selbst wenn er's gewollt hätte. Dann hatte ich eine wie mir schien geradezu göttliche Eingebung: Wenn ich mir die Pistole nähme und »Sonny« das Buch gäbe? Für die Doherty-Bande war »Sonny« absolut unbrauchbar – aber er buchstabierte gern, und ein so fleißiges Kind konnte aus meinem dicken Buch da tüchtig buchstabieren lernen. Den Weihnachtsmann hatte er ebenso wenig wie ich gesehen, und was er nicht wusste, tat ihm nicht weh. Ich tat niemand etwas zuleide, im Gegenteil (schade, dass »Sonny« es nicht wusste), ich erwies ihm einen Gefallen. Das war von jeher meine starke Seite gewesen: andern Leuten einen Gefallen zu tun. Vielleicht war es überhaupt ursprünglich die Absicht des Weihnachtsmanns gewesen, und er hatte uns bloß beide verwechselt? Ich steckte also Buch, Bleistift und Feder in »Sonnys« Strumpf und die Knallbüchse in meinen und sprang wieder ins Bett und schlief weiter. Wie gesagt, damals war ich sehr unternehmend. »Sonny« weckte mich auf, schüttelte mich und sagte, dass der Weihnachtsmann da gewesen sei und mir eine Pistole gebracht habe. Ich tat überrascht und ein bisschen enttäuscht wegen der Pistole, und um ihn auf andere Gedanken zu bringen, ließ ich mir sein Bilderbuch zeigen und sagte ihm, dass es ein viel schöneres Geschenk sei als meines. Es war, wie ich's mir gedacht hatte: Der Junge glaubte einfach alles, und nichts konnte ihn nun abhalten, die Geschenke zu nehmen und Vater und Mutter zu zeigen. Das war ein schlimmer Augenblick für mich. Weil Mutter wegen des Schwänzens so böse mit mir gewesen war, getraute ich mich nicht, ihr noch einmal etwas vorzulügen. Immerhin hatte ich den einen Trost, dass der Einzige, der mich hätte Lügen strafen können, mittlerweile wieder irgendwo am Nordpol war. Das gab mir ein bisschen Selbstvertrauen, und »Sonny« und ich stürzten ins andere Schlafzimmer, schwenkten die Geschenke und schrien aus Leibeskräften: »Seht mal, was mir der Weihnachtsmann gebracht hat!« Meine Mutter wachte auf und lächelte. Dann erblickte sie mich und sah auf einmal ganz anders aus. Das Gesicht kannte ich. Nur zu gut kannte ich's. So hatte sie ausgesehen, als ich vom Schwänzen nach Hause kam und sie mir sagte, dass sie kein Wort von mir hören wollte. »Larry«, fragte sie leise, »wo hast du die Pistole her?«

»Der Weihnachtsmann hat sie in meinen Strumpf gesteckt, Mammi«, antwortete ich und versuchte, eine gekränkte Miene aufzusetzen. »Bestimmt, 's ist die reine Wahrheit!«

»Du hast sie deinem armen Bruder aus seinem Strumpf gestohlen, während er schlief«, sagte sie und ihre Stimme bebte vor Entrüstung. »Larry, Larry, wie kannst du nur so gemein sein?«

»Aber, aber!«, warf mein Vater ärgerlich ein, »am Weihnachtsmorgen!«

»Oh«, erwiderte sie nun ganz wütend, »dir macht's ja gar nichts aus. Aber glaubst du, ich will einen Lügner und Dieb als Sohn haben?«

»Ach, was heißt hier Dieb, Frau!«, schimpfte er. »Sei doch vernünftig!« Er wurde immer böse, wenn man ihm seine Stimmung verdarb, mochte sie nun gut oder das Gegenteil sein, und diesmal war er besonders erbittert, weil er wegen des Abends vorher ein schlechtes Gewissen hatte. »Hier, Larry«, rief er und nahm Geld vom Nachttisch, »hier habt ihr jeder einen halben Schilling, du und ›Sonny‹. Passt aber auf und verliert ihn nicht!«

Doch ich sah meine Mutter an und las die Verzweiflung in ihren Augen. Ich brach in Tränen aus, warf die Knallbüchse auf die Erde und stürzte aus der Haustür, ehe jemand auf der Straße zu sehen war. Ich rannte die Gasse hinterm Haus entlang und ins Feld. Als die Sonne aufging, warf ich mich ins nasse Gras. Jetzt verstand ich alles, und es war mehr, als ich ertragen konnte: dass die Dohertys recht hatten, dass es keinen Weihnachtsmann gab, sondern dass meine Mutter ein paar Rappen vom Haushaltsgeld zusammenkratzte – dass mein Vater gemein und schlecht und ein Trunkenbold war und dass meine Mutter darauf gerechnet hatte, ich solle meinen Weg machen und sie aus dem elenden Leben erlösen, das sie jetzt führte. Und ich begriff, dass die Verzweiflung in ihren Augen Angst war – Angst, dass ich wie mein Vater ein Lügner, Dieb und Trunkenbold würde.

Von dem Tage an war meine Kinderzeit zu Ende.

Kirsten Boie

Der Heilige Tag

Der längste Tag im ganzen Jahr ist immer der Heiligabend. Wenn man morgens aufwacht, ist es noch dunkel, und dann muss man warten, bis es hell und wieder dunkel wird. Dann ist Bescherung. Und Spielen macht am Heiligen Abend auch keinen Spaß, weil man so aufgeregt ist, und Fernsehen kann man nicht gucken, weil das Wohnzimmer abgeschlossen ist, und Schlitten fahren wie die Kinder auf den Weihnachtskarten kann man auch nicht, weil natürlich wieder kein Schnee liegt.
»Wenn ich groß bin, zieh ich nach Amerika«, sagt Jesper beim Frühstück düster. In den Ferien frühstückt er immer im Schlafanzug. »Da gibt es die Geschenke schon morgens.«
»Ehrlich wahr, Jesper, gibt's die schon morgens?«, fragt Janna. Sie hat noch kein bisschen von ihrem Brötchen gegessen, obwohl es heute ausnahmsweise Nussschoko-Creme gibt. Wenn man aufgeregt ist, kann man nicht essen.
»In Amerika schon«, sagt Jesper. »Im Strumpf. Und der hängt am Kamin.«
»Und wenn man keinen Kamin hat?«, fragt Janna erschrocken. »Wie wir?«
Jesper denkt einen Augenblick nach. »Dann hängt der vielleicht an der Heizung«, sagt er. »Schon morgens. In Amerika.«
Janna zieht nachdenklich mit ihrem kleinen Finger eine Furche durch die Schokoladencreme auf dem Brötchen. Dann leckt sie ihn ab.
»Da will ich trotzdem nicht sein«, sagt sie. »Wenn es da nur einen Strumpf voll gibt. Da passen ja nur ganz kleine Geschenke rein.«
Daran hat Jesper noch gar nicht gedacht. Aber vielleicht ist es dann doch besser, bis zum Nachmittag zu warten, und dafür gibt es was Ordentliches.
»Und nun zieht euch mal ganz schnell an!«, sagt Mama. Sie hat eine Schürze um und sieht noch kein bisschen weihnachtlich aus.

»Wir müssen noch so viel erledigen! Da brauch ich doch eure Hilfe.«

Sonst findet Jesper es eigentlich meistens gar nicht so gut, wenn Mama seine Hilfe braucht. Abtrocknen oder Selters aus dem Keller holen oder Tisch decken, zum Beispiel. Aber Heiligabend ist es besser als gar nichts. Da weiß man wenigstens, was man tun kann. Darum zieht Jesper sich auch ganz fix an, aber natürlich ist Janna trotzdem mal wieder schneller, und Jule ist sowieso schon längst angezogen. Jule ist auch kein bisschen aufgeregt. Sie sitzt mit Anna-Pouchette unter dem Küchentisch und wäscht sie mit dem Küchenschwamm.

»Also, als Erstes den Kartoffelsalat«, sagt Mama und stellt eine große Schüssel auf den Tisch. »Ich hab schon alles gepellt.«

Am Heiligabend gibt es mittags immer Kartoffelsalat, und immer schnippeln sie ihn erst am Morgen, obwohl Mama seufzt und sagt, dass er eigentlich besser durchzieht, wenn man ihn schon am Abend vorher macht.

Aber sie braucht ja Jesper und Janna zum Helfen, und das können sie wohl kaum in der Nacht tun.

»Und schön dünn schneiden!«, sagt Mama. »Und nicht in die Finger!« Dann gibt sie Jesper und Janna jedem ein Brett und ein Messer und geht, um die Betten zu machen.

Im Radio spielen sie jetzt lauter Weihnachtslieder, und Jesper und Janna schneiden Kartoffeln, und unter dem Tisch haut Jule Pouchette mit dem Schwamm auf den Kopf. Es ist richtig schön weihnachtlich.

»Denkt euch, ich habe das Christkind gesehn!«, sagt Janna und schiebt ihre Kartoffelscheiben mit dem Messer in die Schüssel. »Es kam aus dem Walde, das Mützchen voll Schnee ...«

»Du wolltest das nicht sagen!«, sagt Jesper böse. Nun hat er sich so viel Mühe mit dem Krippenspiel gegeben, und dann fängt Janna doch wieder an. »Wir machen das Krippenspiel!«

»Und das Gedicht!«, sagt Janna energisch. »Beides ... mit rot gefrorenem Näschen! Die kleinen Händchen taten ihm weh ...!«

»Sagst du nicht!«, schreit Jesper böse. »Sagst du nicht!«

»Denn es trug einen Sack!«, sagt Janna, und jetzt schneidet sie gar keine Kartoffeln mehr. Jetzt guckt sie nur immerzu Jesper an, und sie lächelt dabei. »Der war gar schwer! Rumpelte und pumpelte hinter ihm her ...«

»Sagst du nicht!«, schreit Jesper verzweifelt. »Sagst du nicht!«
Aber Janna lächelt nur weiter. »Was drinnen war, möchtet ihr wissen?«, sagt sie, und sie kann es sogar mit Betonung. »Ihr Naseweise! Ihr Schelmenpack! Denkt ihr ...«
Da gibt Jesper ihr einen Stoß, und Janna brüllt, und Mama kommt und fragt, ob sie verrückt geworden sind, sich zu streiten, am Heiligabend und noch dazu mit einem Messer in der Hand. Da kann doch wer weiß was passieren.
Dann entdeckt sie Jule unter dem Tisch, und sie nimmt ihr den Küchenschwamm weg, aber Pouchette hat trotzdem schon überall nasse Stellen auf dem Kleid und sogar im Gesicht. Aber bestimmt kann sie trotzdem noch Jesus sein.
»Na denn!«, sagt Mama grimmig. »Jetzt weiß ich mal wieder, dass Weihnachten ist.«
Aber dann holt sie tief Luft. »Mit den Kartoffeln seid ihr ja fleißig gewesen!«, sagt sie. »Vielen Dank! Die sind ja schon fast alle geschnitten. Janna, dann kannst du den Rest auch alleine schaffen, oder? Jesper muss mir nämlich jetzt schon was anderes helfen«, und jetzt klingt sie schon wieder ganz freundlich.
»Ja?«, sagt Jesper vorsichtig. »Was denn?«
»Einkaufen gehen«, sagt Mama. »Ich brauche noch dringend ...«
Von den Kindern ist Jesper der Einzige, der schon alleine einkaufen darf. Man muss über zwei große Straßen, und dazu ist Janna noch zu klein, aber Jesper geht ja schon in die erste Klasse, da kann man ihm das wohl zutrauen.
Jesper steht schnell auf. »Ätschi-bätschi«, sagt er zu Janna. »Ich geh jetzt einkaufen! Alleine! Mach du man die Kartoffeln!« Und er steigt schnell in seine Stiefel.
»Also, ich brauche noch dringend«, sagt Mama, und sie sieht aus, als ob sie nachdenkt, »Mehl brauch ich noch dringend, ja, Mehl. Kannst du mir das besorgen, Jesper?«
»Kann ich dir logisch besorgen«, sagt Jesper, und weil Heiligabend

ist, bindet er sich sogar einen Schal um, ohne zu schimpfen, und Mama gibt ihm das Geld, und dann zieht er los.

Auf den Straßen sind heute nur ganz wenige Kinder. Nur vor Nickis Haus spielt ein winziges Mädchen, aber Nicki sitzt bestimmt wieder im Wohnzimmer und guckt fern. In der Schule hat Nicki gesagt, dass er das darf. Sogar am Heiligabend.

Aber im Supermarkt, da ist es voll. Tausend Frauen mit bösen Gesichtern drängeln sich in den schmalen Gängen, und in ihren Einkaufswagen sitzen kleine Kinder und schreien. Aus dem Lautsprecher kommt leise Weihnachtsmusik ohne Worte, und dazwischen sagt eine freundliche Stimme: »Beachten Sie bitte auch unsere heutigen Sonderangebote! Wir wünschen Ihnen ein frohes Fest!«

Jesper seufzt. Es ist gar nicht so einfach, den großen Einkaufswagen an all den vielen Frauen vorbeizuschieben. Einmal stößt er einer gegen den Po, und da schreit sie: »Kannst du denn nicht aufpassen!«, und weil Jesper sich entschuldigen will, schiebt er nicht gleich weiter, und da schreit eine andere Frau:

»Kannst du denn nicht weitergehen! Du blockierst ja den ganzen Laden!«

Da nimmt Jesper seinen Wagen und geht ganz schnell zum Mehl, und »Entschuldigung« hat er nun auch nicht gesagt.

»Sti-hille Nacht«, spielen die Lautsprecher ohne Worte, und ganz leise und vorsichtig summt Jesper mit. »Heilige Nacht …«

Die sind hier ja alle gar nicht weihnachtlich, denkt Jesper böse. So ein Geschubse. Und das soll nun Heiligabend sein!

Die Schlange an der Kasse geht fast durch den ganzen Laden. Alle Frauen haben volle Einkaufswagen, aber keine sagt, dass sie Jesper mit seiner kleinen Mehltüte vorlässt.

Da stellt Jesper sich ganz hinten an, und das macht ihm auch gar nicht viel aus. Der Weihnachtstag ist sowieso so lang, da ist es ganz gut, wenn er mit dem Einkaufen nicht so schnell fertig ist.

Aber die Frauen vor ihm haben es alle ganz eilig. Sie gucken auf ihre Uhren und schimpfen mit ihren Kindern, und drei Wagen vor Jesper gibt eine Mutter einem brüllenden kleinen Jungen sogar einen Klaps.

»Bist du wohl still!«, schreit die Mutter. »Bist du wohl jetzt endlich still!«

Gar nicht weihnachtlich, denkt Jesper, absolut kein bisschen weihnachtlich. Aus den Lautsprechern kommt jetzt »Süßer die Glocken nie klingen«, und das singen sie auch in der Schule. Da kennt Jesper den ganzen Text. »Als in der Wei-heinachtszeit«, schließlich kann er sich auch Sachen merken. Nur lange Gedichte nicht so fürchterlich gut, das ist ja auch gar nicht wichtig. Ganz leise fängt Jesper an mitzusingen. »... 's ist, als ob Engelein singen, wieder von Frieden und Freud«, und er merkt, wie er innen drin wieder ganz vergnügt wird. Genau wie man sich am Heiligabend fühlen soll. Und da hört er es hinter sich. Hinter ihm in der Schlange steht ein Mädchen mit seiner Mutter, das kennt Jesper aus Jannas Kindergartengruppe, und jetzt singt das Mädchen auch mit.

»Wie sie gesungen in seliger Nacht!«, singt das Mädchen. Ganz laut. »Wie sie gesungen in seliger Nacht!«

Jesper zieht den Kopf zwischen die Schultern. Hoffentlich gucken jetzt nicht alle her! Einfach für sich selber wollte er singen, ganz leise, damit ihm wieder weihnachtlich wird, und jetzt hören es alle Leute. Das ist Jesper ganz furchtbar peinlich.

Und da fängt die Mutter von dem Mädchen auch noch an! »Glocken mit heiligem Kla-hang!«, singt sie, und sie lacht dabei, und von vorne drehen sich die Leute jetzt wirklich um, und manche fangen einfach auch mit an zu singen: »Glocken mit heiligem Kla-hang, klingt doch die Erde entlang!«

Jesper holt einmal tief Luft. Ganz viele haben da jetzt mitgesungen, mitten im Supermarkt. In der Schlange im Supermarkt haben sie gesungen, alle die Frauen mit den bösen Gesichtern, und die kleinen Kinder in den Einkaufswagen haben vor Schreck aufgehört zu schreien.

Jesper dreht sich um und lächelt das Mädchen aus Jannas Gruppe an, und das Mädchen lächelt zurück.

»Bitte beachten Sie auch unsere heutigen Sonderangebote!«, ruft der Lautsprecher wieder. »Wir wünschen Ihnen ein frohes Fest.«

Jesper seufzt. So muss es am Heiligabend doch sein, denkt er

zufrieden. Genauso muss es am Heiligabend sein. Dann ist ja alles in Ordnung.
Als das nächste Lied kommt, singt keiner mehr mit, aber man kann hören, dass ganz viele summen. Das tut Jesper jetzt auch. Die Worte kennt er sowieso nicht, es ist ein englisches Lied.
»Frohe Weihnachten«, sagt Jesper höflich zu der Frau an der Kasse, als er sein Mehl bezahlt, und die Frau lächelt und sagt auch »Frohe Weihnachten«.
Dann rennt Jesper ganz schnell nach Hause. Da ist jetzt auch Papa von der Arbeit zurück, und er deckt den Tisch und kocht die Würstchen für den Kartoffelsalat, weil er das jedes Jahr Weihnachten tut. Papa sagt, Würstchen kochen kann in dieser Familie keiner so gut wie er, und wirklich schmecken sie auch immer sehr gut. Dann essen sie alle zusammen und ziehen sich weihnachtlich an, und Papa liest noch eine Geschichte vor bis zur Bescherung. Nur Jule hört nicht zu und versucht wieder, Anna-Pouchette mit dem Küchenschwamm zu waschen, aber leider erwischt Mama sie dieses Mal sofort, und da muss Jule ganz fürchterlich brüllen.
Und dann wird es endlich ein ganz kleines bisschen dämmerig.
»Na, dann wollen wir mal«, sagt Papa und verschwindet im Weihnachtszimmer.
Jesper stöhnt. Die schöne Weihnachtsliederplatte fängt an zu spielen wie jedes Jahr, und durch die Riffelglasscheibe in der Tür kann man sehen, wie die Kerzen anfangen zu brennen, eine nach der anderen und ganz verschwommen.
Jespers Herz fängt an zu klopfen, und die Knie zittern ihm wie bisher erst zweimal in seinem Leben. Dann geht die Tür ganz langsam auf.
»Denkt euch, ich habe das Christkind gesehen«, sagt Janna laut mit ganz wunderbarer Betonung, und Jule schreit: »Bammbaum!«
Vor dem Fenster, gleich neben dem Fernseher, steht ganz riesengroß der Tannenbaum, und von jeder der drei Spitzen baumelt in Glitzerpapier ein Schokoladenstern.
Da weiß Jesper, dass es jetzt Weihnachten ist.

Marie-Luise Kaschnitz

Das Wunder

Die Schwierigkeit, die man im Verkehr mit Don Crescenzo hat, besteht darin, dass er stocktaub ist. Er hört nicht das Geringste und ist zu stolz, den Leuten von den Lippen zu lesen. Trotzdem kann man ein Gespräch mit ihm nicht einfach damit anfangen, dass man etwas auf einen Zettel schreibt. Man muss so tun, als gehöre er noch zu einem, als sei er noch ein Teil unserer lauten, geschwätzigen Welt.

Als ich Don Crescenzo fragte, wie das an Weihnachten gewesen sei, saß er auf einem der Korbstühlchen am Eingang seines Hotels. Es war sechs Uhr, und der Strom der Mittagskarawanen hatte sich verlaufen. Es war ganz still, und ich setzte mich auf das andere Korbstühlchen, gerade unter dem Barometer mit dem Werbebild der Schifffahrtslinie, einem weißen Schiff im blauen Meer. Ich wiederholte meine Frage, und Don Crescenzo hob die Hände gegen seine Ohren und schüttelte bedauernd den Kopf. Dann zog er ein Blöckchen und einen Bleistift aus der Tasche, und ich schrieb das Wort Natale und sah ihn erwartungsvoll an.

Ich werde jetzt gleich anfangen, meine Weihnachtsgeschichte zu erzählen, die eigentlich Don Crescenzos Geschichte ist. Aber vorher muss ich noch etwas über diesen Don Crescenzo sagen. Meine Leser müssen wissen, wie arm er einmal war und wie reich er jetzt ist, ein Herr über hundert Angestellte, ein Besitzer von großen Wein- und Zitronengärten und von sieben Häusern. Sie müssen sich sein Gesicht vorstellen, das mit jedem Jahr der Taubheit verwaschener wirkt, so als würden Gesichter nur von der beständigen Rede und Gegenrede geformt und bestimmt. Sie müssen ihn vor sich sehen, wie er unter den Gästen seines Hotels umhergeht, aufmerksam und traurig und schrecklich allein. Und dann müssen sie auch erfahren, dass er sehr gern aus seinem Leben erzählt und dass er dabei nicht schreit, sondern mit leiser, angenehmer Stimme spricht.

Oft habe ich ihm zugehört, und natürlich war mir auch die Weihnachtsgeschichte schon bekannt. Ich wusste, dass sie mit der Nacht anfing, in der der Berg kam, ja, so hatten sie geschrien: Der Berg kommt, und sie hatten das Kind Crescenzo aus dem Bett gerissen und den schmalen Felsenweg entlang. Er war damals sieben Jahre alt, und wenn Don Crescenzo davon berichtete, hob er die Hände an die Ohren, um zu verstehen zu geben, dass dieser Nacht gewiss die Schuld an seinem jetzigen Leiden zuzuschreiben sei.

»Ich war sieben Jahre alt und hatte das Fieber«, sagte Don Crescenzo und hob die Hände gegen die Ohren, auch dieses Mal.

»Wir waren alle im Nachthemd, und das war es auch, was uns geblieben war, nachdem der Berg unser Haus ins Meer gerissen hatte, das Hemd auf dem Leibe, sonst nichts. Wir wurden von Verwandten aufgenommen, und andere Verwandte haben uns später das Grundstück gegeben, dasselbe, auf dem jetzt das Albergo steht. Meine Eltern haben dort, noch bevor der Winter kam, ein Haus gebaut. Mein Vater hat die Maurerarbeiten gemacht, und meine Mutter hat ihm die Ziegel in Säcken den Abhang hinuntergeschleppt. Sie war klein und schwach, und wenn sie glaubte, dass niemand in der Nähe war, setzte sie sich einen Augenblick auf die Treppe und seufzte, und die Tränen liefen ihr über das Gesicht. Gegen Ende des Jahres war das Haus fertig, und wir schliefen auf dem Fußboden, in Decken gewickelt und froren sehr.«

»Und dann kam Weihnachten«, sagte ich und deutete auf das Wort Natale, das auf dem obersten Zettel stand.

»Ja«, sagte Don Crescenzo, »dann kam Weihnachten, und an diesem Tage war mir so traurig zumute, wie in meinem ganzen Leben nicht. Mein Vater war Arzt, aber einer von denen, die keine Rechnungen schreiben. Er ging hin und behandelte die Leute, und wenn sie fragten, was sie schuldig seien, sagte er, zuerst müssten sie die Arzneien kaufen und dann das Fleisch für die Suppe, und dann wolle er ihnen sagen, wie viel. Aber er sagte es nie. Er kannte die Leute hier sehr gut und wusste, dass sie kein Geld hatten. Er brachte es einfach nicht fertig, sie zu drängen, auch damals nicht, als wir alles verloren hatten und die letzten Ersparnisse durch

den Hausbau aufgezehrt waren. Er versuchte es einmal, kurz vor Weihnachten, an dem Tage, an dem wir unser letztes Holz im Herd verbrannten. An diesem Abend brachte meine Mutter einen Stoß weißer Zettel nach Hause und legte sie vor meinem Vater hin, und dann nannte sie ihm eine Reihe von Namen, und mein Vater schrieb die Namen auf die Zettel und jedes Mal ein paar Zahlen dazu. Aber als er damit fertig war, stand er auf und warf die Zettel in das Herdfeuer, das gerade am Ausgehen war. Das Feuer flackerte sehr schön, und ich freute mich darüber, aber meine Mutter fuhr zusammen und sah meinen Vater traurig und zornig an.
So kam es, dass wir am vierundzwanzigsten Dezember kein Holz mehr hatten, kein Essen und keine Kleider, die anständig genug gewesen wären, damit in die Kirche zu gehen. Ich glaube nicht, dass meine Eltern sich darüber viel Gedanken machten. Erwachsene, denen so etwas geschieht, sind gewiss der Überzeugung, dass es ihnen schon einmal wieder besser gehen wird, und dass sie dann essen und trinken und Gott loben können, wie sie es oft getan haben im Laufe der Zeit. Aber für ein Kind ist das etwas ganz anderes. Ein Kind sitzt da und wartet auf das Wunder, und wenn das Wunder nicht kommt, ist alles aus und vorbei ...«
Bei diesen Worten beugte sich Don Crescenzo vor und sah auf die Straße hinaus, so als ob dort etwas seine Aufmerksamkeit in Anspruch nähme. Aber in Wirklichkeit versuchte er nur, seine Tränen zu verbergen. Er versuchte, mich nicht merken zu lassen, wie das Gift der Enttäuschung noch heute alle Zellen seines Körpers durchdrang.
»Unser Weihnachtsfest«, fuhr er nach einer Weile fort, »ist gewiss ganz anders als die Weihnachten bei Ihnen zu Hause. Es ist ein sehr lautes, sehr fröhliches Fest. Das Jesuskind wird im Glasschrein in der Prozession getragen, und die Blechmusik spielt. Viele Stunden lang werden Böllerschüsse abgefeuert, und der Hall dieser Schüsse wird von den Felsen zurückgeworfen, sodass es sich anhört wie eine gewaltige Schlacht. Raketen steigen in die Luft, entfalten sich zu gigantischen Palmbäumen und sinken in einem Regen von Sternen zurück ins Tal. Die Kinder johlen und lärmen,

und das Meer mit seinen schwarzen Winterwellen rauscht so laut, als ob es vor Freude schluchze und singe. Das ist unser Christfest, und der ganze Tag vergeht mit Vorbereitungen dazu. Die Knaben richten ihre kleinen Feuerwerkskörper, und die Mädchen binden Kränze und putzen die versilberten Fische, die sie der Madonna umhängen werden. In allen Häusern wird gebraten und gebacken und süßer Sirup gerührt.

So war es auch bei uns gewesen, solange ich denken konnte. Aber in der Christnacht, die auf den Bergsturz folgte, war es in unserem Hause furchtbar still. Es brannte kein Feuer, und darum blieb ich so lange wie möglich draußen, weil es dort immer noch ein wenig wärmer war als drinnen. Ich saß auf den Stufen und sah zur Straße hinauf, wo die Leute vorübergingen, und wo die Wagen mit ihren schwachen Öllämpchen auftauchten und wieder verschwanden. Es waren eine Menge Leute unterwegs, Bauern, die mit ihren Familien in die Kirche fuhren, und andere, die noch etwas zu verkaufen hatten, Eier und lebendige Hühner und Wein. Wie ich da so saß, konnte ich das ängstliche Gegacker der Hühner hören und das lustige Schwatzen der Kinder, die einander erzählten, was sie alles erleben würden heute Nacht. Ich sah jedem Wagen nach, bis er in dem dunklen Loch des Tunnels verschwand; als es auf der Straße stiller wurde, dachte ich, das Fest müsse schon begonnen haben, und ich würde nun etwas vernehmen von dem Knattern der Raketen und den Schreien der Begeisterung und des Glücks. Aber ich hörte nichts als die Geräusche des Meeres, das gegen die Felsen klatschte, und die Stimme meiner Mutter, die betete und mich aufforderte, einzustimmen in die Litanei. Ich tat es schließlich, aber ganz mechanisch und mit verstocktem Gemüt. Ich war sehr hungrig und wollte mein Essen haben, Fleisch und Süßes und Wein. Aber vorher wollte ich mein Fest haben ...

Und dann auf einmal veränderte sich alles auf eine unfassbare Art. Die Schritte auf der Straße gingen nicht mehr vorüber, und die Fahrzeuge hielten an. Im Schein der Lampen sahen wir einen prallen Sack, der in unseren Garten geworfen, und hoch bepackte Körbe, die an den Rand der Straße gestellt wurden. Eine Ladung

Holz und Reisig rutschte die Stufen herunter, und als ich mich vorsichtig die Treppe hinauftastete, fand ich auf dem niederen Mäuerchen, auf Tellern und Schüsseln Eier, Hühner und Fisch. Es dauerte eine ganze Weile, bis die geheimnisvollen Geräusche zum Schweigen kamen und wir nachsehen konnten, wie reich wir mit einem Male waren. Da ging meine Mutter in die Küche und machte Feuer an, und ich stand draußen und sog inbrünstig den Duft in mich ein, der bei der Verbindung von heißem Öl, Zwiebeln, gehacktem Hühnerfleisch und Rosmarin entsteht.

Ich wusste im Augenblick nicht, was meine Eltern schon ahnen mochten, nämlich dass die Patienten meines Vaters, diese alten Schuldner, sich abgesprochen hatten, ihm Freude zu machen auf diese Art. Für mich fiel alles vom Himmel, die Eier und das Fleisch, das Licht der Kerzen, das Herdfeuer und der schöne Kittel, den ich mir aus einem Packen Kleider hervorwühlte und so schnell wie möglich überzog. ›Lauf‹, sagte meine Mutter, und ich lief die Straße hinunter und durch den langen finsteren Tunnel, an dessen

Ende es schon glühte und funkelte von buntem Licht. Als ich in die Stadt kam, sah ich schon von weitem den roten und goldenen Baldachin, unter dem der Bischof die steile Kirchentreppe hinaufgetragen wurde. Ich hörte die Trommeln und die Pauken und das Evivageschrei und brüllte aus Leibeskräften mit. Und dann fingen die großen Glocken in ihrem offenen Turm an zu schwingen und zu dröhnen.«

Don Crescenzo schwieg und lächelte freudig vor sich hin. Gewiss hörte er jetzt wieder, mit seinem inneren Gehör, alle diese heftigen und wilden Geräusche, die für ihn schon so lange zum Schweigen gekommen waren und die ihm in seiner Einsamkeit noch viel mehr als jedem anderen Menschen bedeuteten: Menschenliebe, Gottesliebe, Wiedergeburt des Lebens aus dem Dunkel der Nacht.

Ich sah ihn an, und dann nahm ich das Blöckchen zur Hand. »Sie sollten schreiben, Don Crescenzo. Ihre Erinnerungen.« – »Ja«, sagte Don Crescenzo, »das sollte ich.« Einen Augenblick lang richtete er sich hoch auf, und man konnte ihm ansehen, dass er die Geschichte seines Lebens nicht geringer einschätzte als das, was im Alten Testament stand oder in der Odyssee. Aber dann schüttelte er den Kopf. »Zu viel zu tun«, sagte er.

Und auf einmal wusste ich, was er mit all seinen Umbauten und Neubauten, mit der Bar und den Garagen und dem Aufzug hinunter zum Badeplatz im Sinne hatte. Er wollte seine Kinder schützen vor dem Hunger, den traurigen Weihnachtsabenden und den Erinnerungen an eine Mutter, die Säcke voll Steine schleppt und sich hinsetzt und weint.

Gina Ruck-Pauquèt

Das Weihnachtswunder

Seitdem Rainers Eltern geschieden waren, hatte die Mutter das rote Kleid nicht mehr getragen. Nun hielt sie es in der Hand. Rainer roch das süßliche Parfüm von damals. Der Vater hatte es nicht gemocht. Aber sie hatte es trotzdem benutzt.
»Wenn es so weiterschneit, können wir nicht mehr raus«, sagte Anja. »Nicht wahr?« Sie drückte die Nase ihrer Puppe gegen das Fenster. »Ja ja«, antwortete die Mutter. Sie hatte nicht hingehört. Sie hörte ihnen niemals zu.
Die Puppe hatte Anja nach dem großen Krach bekommen. Ihm hatten sie den Werkzeugkasten gekauft. Er hatte ihn unter sein Bett geschoben. Es war nicht einmal aufgefallen. Sie hatten damals schon keine Zeit mehr gehabt, sich um Anja und ihn zu kümmern.
»Euer Vater kommt Weihnachten«, sagte die Mutter jetzt. Anja machte große Augen. Euer Vater, dachte Rainer. Es lag so viel Entfernung drin. »Wir müssen mit dem Essen warten«, hatte sie damals gesagt: »euer Vater kommt wie immer zu spät.«
Rainer hatte herausbekommen, warum der Vater zu spät kam. Es stimmte nicht, dass er länger arbeitete. Er ging im Park spazieren. Einfach so um zu spät zu kommen. Aber der Vater wusste nicht, dass Rainer es wusste. Dann folgten Fragen, bohrend, unwillige Antworten und zuletzt Tränen. Die Mutter war eine Frau, der man Tränen übel nahm. Rainer hasste sie, wenn sie weinte. Der Vater schloss leise die Tür hinter sich. Wenn er zurückkam, kümmerte er sich um die Schularbeiten. Rainer hatte das Gefühl, dass ihn das alles nichts mehr anginge. Aber er kümmerte sich trotzdem. Eigentlich gingen sie einander überhaupt nichts mehr an. Das war früher gewesen. – Damals hatte ihn alles traurig gestimmt. Danach war der Zorn gekommen, Zorn, der kein Ventil fand. Er entzündete sich an der Art, wie der Vater schweigend eine Augenbraue hob, wie die Mutter das Geschirr abräumte, jede Bewegung eine Spur zu hart, und daran, wie sie Anja übers Haar strichen, einander belauernd.

Dann hatten die Eltern sich scheiden lassen. Eine Weile fragte Anja noch. Aber die Mutter schien nicht richtig zuzuhören.
Nachts brannte noch lange das Licht. Rainer zog sich die Decke über den Kopf. Der Zorn war geblieben.
Später holte der Vater Anja und ihn alle vierzehn Tage mit dem Auto ab. Er ging mit ihnen in den Zoo und auf Rummelplätze. Er macht es sich leicht, dachte Rainer.
Er beschloss, sich nicht wohlzufühlen, baute eine Mauer in sich auf. Wenn ihm trotzdem etwas Spaß machte, die Achterbahn vielleicht, fühlte er sich eingefangen. Er nahm es seinem Vater übel. Jetzt zog die Mutter das rote Kleid an. »Ich muss es enger machen«, sagte sie. Rainer ging hinaus.

Die Tage lösten einander ab. Weihnachten kam näher. Schon strahlten vor den Geschäften Lichterketten auf. Nikoläuse nickten mit bärtigen Häuptern, und die Musik von der Stillen Nacht dröhnte lautstark über die Straßen. Wieder und wieder schneite es frisch auf den schmuddeligen Großstadtschnee. Eine sanfte Gewalt, die stärker war als die Leute hier unten. Rainer hielt Anja an der Hand.
»Ja«, sagte Rainer.
Fast unmerklich hatte sich eine Veränderung in ihm vollzogen. Er begann sich zu freuen. Zwar ahnte er, dass seine Hoffnung eher ein Zurückfallen war. Sie zog ihn noch einmal in eine andere Phase seiner Kindheit, eine Phase, die er in Wirklichkeit längst durchschritten hatte. Es war nur seine Erinnerung, die den Weg dahin fand. Etwas warnte Rainer, dieser Freude nachzugeben, aber schließlich füllte sie ihn doch völlig aus.
»Ja«, sagte er, »der Papa kommt. Und ich bekomme vielleicht ein Fahrrad.«
Wenn es wieder so würde, wie vor langer Zeit? Verschlossene Türen, Rascheln und Flüstern, ein Klirren, der unterdrückte Aufschrei seines Vaters, darauf als Antwort das Lachen der Mutter. Die Erwartung und die Erfüllung – Weihnachten, prall und rund, duftend, strahlend, makellos.

Jetzt zündete Mutter abends Kerzen an. Rainer knipste die Lampe aus, so wurden die Dinge weicher. Sie saßen zu dritt um den Tisch, und manchmal lächelten sie einander zu. »Bleibt der Papa dann hier?«, fragte Anja.

»Du musst jetzt schlafen gehen«, sagte die Mutter leise.

»Und die Badewanne soll blau sein!«, verlangte Anja.

Rainer strich ihr übers Haar und blickte die Mutter verstohlen an. In den Nächten träumte er, dass das Wunder geschah. Wunder der Weihnacht, Neubeginn. Alle Tage waren voller Hoffnung. Dann endlich war Heiligabend.

»Um drei«, sagte die Mutter. »Er kommt um drei.«

Sie trug das rote Kleid. Rainer roch, dass sie ein anderes Parfüm benutzt hatte. Aber der alte, süßliche Geruch drang trotzdem durch. Die Mutter war nervös. Sie nahm Dinge auf und stellte sie wieder hin. Anja lauschte einem Märchen aus dem Radio, und Rainer starrte zum Fenster hinaus. Komm, dachte er, komm!

Die Mutter verschwand ins Bad. Das Märchen war zu Ende. Musik erklang, Weihnachtsmusik. Frühe, durchsichtige Dämmerung senkte sich herab. Rainer bemerkte plötzlich, dass all seine Muskeln angespannt waren. Er blieb trotzdem unbeweglich. Wenn er durchhielt, würde alles gut werden.

Um vier wandte er sich ab. Er ging in sein Zimmer und setzte sich auf einen Stuhl.

Kurz darauf klingelte es.

Vielleicht, wenn sie nichts sagt, dachte Rainer noch.

»So spät!«, hörte er kläglich ihre Stimme. Die Antwort verstand er nicht.

Er lief auf den Flur. Blitzschnell veränderte der Vater seinen Gesichtsausdruck. Er stemmte Rainer in die Luft und lachte. Und Rainer spielte mit. Er sah, dass seine Mutter Tränen in den Augen standen, aber er spielte mit.

Anja kam hinzu. Für einen Augenblick schien alles in Ordnung zu sein. Dann fiel Rainers Blick auf die Reisetasche. Sein Vater wohnte nicht hier. »Husch, in die Küche mit euch!«, rief die Mutter. Die Eltern verschwanden im Wohnzimmer. Rainer ging wieder ans

Fenster. Schnee fiel. Das Auto des Vaters hatte das Kennzeichen einer fremden Stadt.

Nebenan raschelte es, und es flüsterte. Aber dann klang das Flüstern ärgerlich. Das war der Augenblick, wo Rainer wusste, dass sein pralles, rundes Weihnachten einen Sprung für immer hatte.

Er dachte, dass er sie hasse – alle beide, weil sie ihm das Fest verdorben hatten. Er stellte das Radio an, damit Anja nichts merkte. Wenig später öffneten sie die Tür. Sie lächelten ihnen zu, und der Baum stand strahlend und wie damals. Aber das Wunder geschah nicht. Trotz der blauen Badewanne und des Fahrrades geschah es nicht. Anja schrie vor Freude, und Rainer sah, dass sich die Eltern flüchtig umarmten. Es wirkte verlegen und ängstlich, und nachher blickten sie aneinander vorbei.

Mit einemmal hörte Rainer auf, sie zu hassen. Er merkte ihre Unsicherheit, und dass sie schwach waren und guten Willens. Und er verstand, dass das Bemühen zählte – das Bemühen der Menschen umeinander.

Ihm war, als sei er plötzlich ein Stück gewachsen. Aber als er im Schlafzimmer in den Spiegel schaute, sah er aus wie immer. Trotzdem, dachte er.

Und er ging zurück ins Weihnachtszimmer, wo das Essen aufgetragen war. Er fühlte sich gut. Es war ganz leicht, nett zu den Eltern zu sein. Und während die Spannung in ihm selbst nachließ, schienen auch die anderen gelöster.

Der Vater würde wieder abreisen, morgen vielleicht. Und doch war etwas Wunderbares geschehen, wenn auch nicht das Kinderwunder, das Rainer erwartet hatte.

Er hatte begriffen, dass man die Dinge verändern kann. Man muss nur selbst damit beginnen.

Weihnachten ist ein Anfang, dachte Rainer.

Aber es hätte auch an jedem anderen Tag geschehen können.

E. T. A. Hoffmann

Nußknacker und Mauseköniq
Der Weihnachtsabend

Am vierundzwanzigsten Dezember durften die Kinder des Medizinalrats Stahlbaum den ganzen Tag über durchaus nicht in die Mittelstube hinein, viel weniger in das daranstoßende Prunkzimmer. In einem Winkel des Hinterstübchens zusammengekauert, saßen Fritz und Marie, die tiefe Abenddämmerung war eingebrochen und es wurde ihnen recht schaurig zumute, als man, wie es gewöhnlich an dem Tage geschah, kein Licht hereinbrachte. Fritz entdeckte ganz insgeheim wispernd der jüngern Schwester (sie war eben erst sieben Jahr alt worden), wie er schon seit frühmorgens es habe in den verschlossenen Stuben rauschen und rasseln und leise pochen hören. Auch sei nicht längst ein kleiner dunkler Mann mit einem großen Kasten unter dem Arm über den Flur geschlichen, er wisse aber wohl, dass es niemand anders gewesen als Pate Droßelmeier. Da schlug Marie die kleinen Händchen vor Freude zusammen und rief: »Ach, was wird nur Pate Droßelmeier für uns Schönes gemacht haben.« Der Obergerichtsrat Droßelmeier war gar kein hübscher Mann, nur klein und mager, hatte viele Runzeln im Gesicht, statt des rechten Auges ein großes schwarzes Pflaster und auch gar keine Haare, weshalb er eine sehr schöne weiße Perücke trug, die war aber von Glas und ein künstliches Stück Arbeit. Überhaupt war der Pate selbst auch ein sehr künstlicher Mann, der sich sogar auf Uhren verstand und selbst welche machen konnte. Wenn daher eine von den schönen Uhren in Stahlbaums Hause krank war und nicht singen konnte, dann kam Pate Droßelmeier, nahm die Glasperücke ab, zog sein gelbes Röckchen

aus, band eine blaue Schürze um und stach mit spitzigen Instrumenten in die Uhr hinein, sodass es der kleinen Marie ordentlich wehe tat, aber es verursachte der Uhr gar keinen Schaden, sondern sie wurde vielmehr wieder lebendig und fing gleich an recht lustig zu schnurren, zu schlagen und zu singen, worüber denn alles große Freude hatte. Immer trug er, wenn er kam, was Hübsches für die Kinder in der Tasche, bald ein Männlein, das die Augen verdrehte und Komplimente machte, welches komisch anzusehen war, bald eine Dose, aus der ein Vögelchen heraushüpfte, bald was anderes. Aber zu Weihnachten, da hatte er immer ein schönes künstliches Werk verfertigt, das ihm viel Mühe gekostet, weshalb es auch, nachdem es einbeschert worden, sehr sorglich von den Eltern aufbewahrt wurde. – »Ach, was wird nur Pate Droßelmeier für uns Schönes gemacht haben«, rief nun Marie; Fritz meinte aber, es könne wohl diesmal nichts anderes sein, als eine Festung, in der allerlei sehr hübsche Soldaten auf und ab marschierten und exerzierten und dann müssten andere Soldaten kommen, die in die Festung hineinwollten, aber nun schössen die Soldaten von innen tapfer heraus mit Kanonen, dass es tüchtig brauste und knallte. »Nein, nein«, unterbrach Marie den Fritz: »Pate Droßelmeier hat mir von einem schönen Garten erzählt, darin ist ein großer See, auf dem schwimmen sehr herrliche Schwäne mit goldnen Halsbändern herum und singen die hübschesten Lieder. Dann kommt ein kleines Mädchen aus dem Garten an den See und lockt die Schwäne heran und füttert sie mit süßem Marzipan.« »Schwäne fressen keinen Marzipan«, fiel Fritz etwas rau ein, »und einen ganzen Garten kann Pate Droßelmeier auch nicht machen. Eigentlich haben wir wenig von seinen Spielsachen; es wird uns ja alles gleich wieder weggenommen, da ist mir denn doch das viel lieber, was uns Papa und Mama einbescheren, wir behalten es fein und können damit machen, was wir wollen.« Nun rieten die Kinder hin und her, was es wohl diesmal wieder geben könne, Marie meinte, dass Mamsell Trutchen (ihre große Puppe) sich sehr verändere, denn ungeschickter als jemals fiele sie jeden Augenblick auf den Fußboden, welches ohne garstige Zeichen im Gesicht nicht abginge, und dann sei an

Reinlichkeit in der Kleidung gar nicht mehr zu denken. Alles tüchtige Ausschelten helfe nichts. Auch habe Mama gelächelt, als sie sich über Gretchens kleinen Sonnenschirm so gefreut. Fritz versicherte dagegen, ein tüchtiger Fuchs fehle seinem Marstall durchaus so wie seinen Truppen gänzlich an Kavallerie, das sei dem Papa recht gut bekannt. – So wussten die Kinder wohl, dass die Eltern ihnen allerlei schöne Gaben eingekauft hatten, die sie nun aufstellten, es war ihnen aber auch gewiss, dass dabei der liebe Heilige Christ mit gar freundlichen frommen Kindesaugen hineinleuchte und dass wie von segensreicher Hand berührt, jede Weihnachtsgabe herrliche Lust bereite wie keine andere. Daran erinnerte die Kinder, die immerfort von den zu erwartenden Geschenken wisperten, ihre ältere Schwester Luise, hinzufügend, dass es nun aber auch der Heilige Christ sei, der durch die Hand der lieben Eltern den Kindern immer das beschere, was ihnen wahre Freude und Lust bereiten könne, das wisse er viel besser als die Kinder selbst, die müssten daher nicht allerlei wünschen und hoffen, sondern still und fromm erwarten, was ihnen beschert worden. Die kleine Marie wurde ganz nachdenklich, aber Fritz murmelte vor sich hin: »Einen Fuchs und Husaren hätt ich nun einmal gern.«

Es war ganz finster geworden. Fritz und Marie fest aneinandergerückt, wagten kein Wort mehr zu reden, es war ihnen als rausche es mit linden Flügeln um sie her und als ließe sich eine ganz ferne, aber sehr herrliche Musik vernehmen. Ein heller Schein streifte an der Wand hin, da wussten die Kinder, dass nun das Christkind auf glänzenden Wolken fortgeflogen zu andern glücklichen Kindern. In dem Augenblick ging es mit silberhellem Ton: Klingeling, klingling, die Türen sprangen auf, und solch ein Glanz strahlte aus dem großen Zimmer hinein, dass die Kinder mit lautem Ausruf: »Ach! – Ach!« wie erstarrt auf der Schwelle stehen blieben. Aber Papa und Mama traten in die Türe, fassten die Kinder bei der Hand und sprachen: »Kommt doch nur, kommt doch nur, ihr lieben Kinder und seht, was euch der Heilige Christ beschert hat.«

Peter Härtling

Das missratene Fest

Die Türen zu Herren- und Speisezimmer sind verschlossen; dort werden Geschenke gestapelt. Aber andere Geschenke dürfen wir sehen und in Empfang nehmen. Wenn es schellt, rennen Lore und ich zur Tür. Manchmal werden wir enttäuscht, dann ist es der Briefträger oder irgendein Besucher, doch oft stehen eine Bäuerin oder ein Bauer vor der Schwelle, verlangen Vater und Mutter zu sprechen. Sie werden in die Küche geführt und dort ziehen sie aus Korb oder Tasche den Segen, der uns graust und anzieht: einen Hasen, eine Gans, eine Ente. Es seien »Naturalien«, erklären sie. Ein Wort, das sich mir einprägt, sich ständig weitet und am Ende zahllose nützliche Dinge einschließt. Mit diesen Naturalien danken sie Vater, der sie vor Gericht verteidigt hat. Oft sind es Tschechen, die aus kleinen Orten in der Hana, der großen Ebene an der March, angereist kommen.

So gut wird es uns nie wieder gehen, sagt Mutter ein ums andere Mal. Vater ist stolz. Er erzählt von den Spendern, diesen »armen Wursteln«, die sich mit dem neuen Recht nicht auskennen.

Eine Gans und zwei Hasen bleiben übrig; alles andere wird weiterverschenkt, an Bohumila, unser tschechisches Dienstmädchen, an den alten Anwalt, an dessen Freunde, an Klienten.

Mutter hält sich fast nur noch in der Küche auf, rupft, zieht ab, berauscht sich mit Bohumila über die Erweiterung des Küchenzettels: dass wir einmal richtig schlemmen können und nicht nur zwischen Erbseneintopf, Armem Ritter und Kartoffelgulasch zu wählen haben.

Es wäre schön, wir könnten so, geschäftig und redend, auf das Fest zutreiben, ich könnte ungefragt von der Schule erzählen, vor der ich mich geängstigt habe, in der ich aber unerwartet rasch Freunde gewann und die beherrscht wurde von dem Oberlehrer Kögler, der aus dem Riesengebirge stammte, wie Rübezahl aussah und ein noch gewaltigerer Heldenbeschwörer war als Kutzschebauch in Hartmannsdorf, Tschechen als Kreaturen bezeichnete und die Schlacht um Stalingrad als den Schlusspunkt des Kampfes gegen den Bolschewismus ansah. Nur ist es wichtig, Buben, fürs Winterhilfswerk zu sammeln, damit die Soldaten auch dicke Mäntel und festes Schuhwerk bekommen. Mutter schüttelt den Kopf, nennt den Oberlehrer einen dummen Schwärmer. Ich finde das ungerecht, denn schließlich hat er im Ersten Weltkrieg am Isonzo gestanden und war verwundet worden.

Wenn Vater mir zuhört, presst er die Lippen zusammen. Kögler zählt offenbar zu denen, die er meidet. Immerhin redet er sie mir nicht aus. Er will nichts von ihnen wissen, wie von Vielem nicht. Insgeheim und in Wachträumen rufe ich die Bewunderten gegen Vater zusammen, fühle mich stärker als er, fast schon wie ein Held. Weil Vater den Helden ausweicht und sich vor dem Kampf drückt, bin ich eigentlich ein Kind des Führers. Und natürlich liebe ich Mutter, die mir ab und zu mit ihrem Spott zwar unheimlich ist, aber niemals feige sein wird.

Die Vorbereitungen wurden turbulent, als der Weihnachtsbesuch, Großmutter und Tante Käthe, eintraf. Ein Plan Vaters verdarb mir schließlich alle Vorfreude. Er machte mich erst am Tag vor Weihnachten damit vertraut, weil er wohl ahnte, in welche Pein er mich bringen würde. Er saß an dem leeren Schreibtisch im Herrenzimmer, bat mich, ein wenig gereizt, Platz zu nehmen und, bitte, zuzuhören. Ich möchte, begann er, dass wir diese Weihnachten besonders feierlich begehen, und habe dir eine wichtige Aufgabe zugedacht. Hörst du? Eine besonders wichtige Aufgabe. Du hast eine hübsche Stimme und deklamierst ja gerne. Ich habe also einen Geiger engagiert, der dich beim Singen begleiten soll. Mehr als zwei Lieder wünsche ich gar nicht. Sagen wir, Stille Nacht und Oh du fröhliche. Im übrigen – Vater sah auf die Armbanduhr – wird der Musiker gleich hier sein. Ihr solltet wenigstens einmal zusammen proben.

Ich antworte nicht. Ich kann es nicht. Schreck und Verblüffung machen mich starr, ich hoffe, dass ich die Stimme verliere, niemals singen kann, niemals. Er merkt anscheinend nicht, dass ich die Sprache verloren habe und beugt sich fragend nach vorn: Was meinst du?

Endlich kann ich mich hören. Das Nein steht sichtbar vor meinem Mund, wie eine Sperre.

Bist du verrückt? Er steht auf. Seine Hand drückt meinen Hals. Willst du mir alles verderben?

Da er genau geplant hat, führt Bohumila den Geiger herein, einen kleinen verschwitzten Herrn, der eine Verbeugung nach der andern macht, mir flüchtig mit feuchter Hand die Wange tätschelt und dennoch entschieden den Herrn Doktor bittet, »uns zwei Musikanten« allein zu lassen. Dem Geiger scheint der Auftrag nicht weniger peinlich zu sein und er beginnt mich zu trösten: Also, Bub, ein solches Konzert geht schneller vorüber als man denkt. Besonders an Festen. Da ist jeder so aufgeregt, dass ein Patzer gar nichts bedeutet. Die Kunst muss das Gefühl verstärken, sonst nichts. Und was heißt schon Kunst. Ich rate dir, sing leis, dann werden sie besonders gerührt sein, auch wenn du stockst oder ein Wort vergisst. Es schadet nichts. Und überhaupt bin ich hier, um dir zu helfen. Denk daran, die Geige lässt dich nicht im Stich. Zwei Lieder, was sag ich, vergehen wie im Flug. Er zieht ein schmutziges, zerknülltes Tuch aus der Hosentasche, klemmt es zusammen mit der Geige unters Kinn, stimmt das Instrument, blinzelt mir zu, zieht mich in ein

Vertrauen, das ich zu ihm so wenig wie zu den anderen Erwachsenen habe, und befiehlt: Stell dich am gescheitesten direkt neben mich, schon von wegen der Intonation.
Die Geige klingt zu meiner Überraschung mächtig und klar. Zaghaft stimme ich ein. Ich flüstere mehr als dass ich singe. Er unterbricht das Spiel.
Ein bissel lauter müsste es schon sein. Piano meinetwegen, nicht pianissimo. Verstehst mich?
Ich versteh ihn gut.
Am liebsten würde ich ihm bloß zuhören. Wir proben jedes Lied zweimal. Dann packt er unverzüglich die Geige in den Kasten, tätschelt mir die Wange, riecht, als habe er sich in Eukalyptusessenz gebadet.
Wir werden's überstehen, Bub. Denk an die Rührung.
Ich höre, wie er im Vorsaal mit Vater redet. Vater muss gelauscht und ihn abgefangen haben, vielleicht, um ihn zu bezahlen, vielleicht auch, um sich nach meiner Gesangskunst zu erkundigen. Am Heiligen Abend weckte mich Geschrei. Die drei Frauen überboten sich in lärmender Hilfsbereitschaft. Nein, lass mich den Vorsaal bohnern, inzwischen kannst du in der Küche – Ich bitte dich, das macht doch keine Umstände, noch den Teppich – Ehe Rudi den Baum schmückt, sollte aber – Die Fülle für die Gans müsste jetzt, wenn nicht – Die Würstel müssten noch heute Vormittag – Wer geht mit den Kindern spazieren, ehe –
Ich hasse sie, ich hasse diese Stimmen, die mir die Freude nehmen, ich möchte das Fest verschlafen, das sie für sich und nicht für Lore und mich veranstalten, ich möchte ihnen nicht vorsingen müssen und ihnen helfen, in Tränen auszubrechen. Aber Mutter ist schon im Zimmer, zieht die Rollläden hoch und ihre Unrast elektrisiert uns. Raus! ihr Siebenschläfer! Ihr habt eine Menge zu tun. Ihr müsst einkaufen gehen und Bohumila das Weihnachtsgeschenk bringen. Wir werden von Befehlen, Anordnungen, Bitten, Zurufen in Bewegung gehalten, dürfen da nicht hinein, müssen dort die Augen schließen, gehen Großmutter auf die Nerven, sollen Tante Käthe in Frieden lassen.

Die Kartoffelsuppe, »jetzt-will-sie-keiner-mehr-gekocht-haben«, um die wir uns mittags versammeln, schmeckt angebrannt. Die Frauen streiten sich, bis die Schüssel leer ist, Vater wortlos den Stuhl hinter sich schiebt und uns Kinder mit einem Kopfnicken auffordert, ihm zu folgen.
Er sagt: Es wird ihnen gar nicht auffallen, wenn wir verschwinden. Er hilft uns in die Mäntel, wickelt die Schals um unsere Hälse und wendet sich mit dieser ungewohnten Aufmerksamkeit gegen die Zerstörung, den Zwist. Wir wandern an seinen Händen durch die Stadt. Erst an dem Marcharm entlang, der hinter unserem Haus vorbeiführt, dann hinauf zu den beiden großen Plätzen, umkreisen die Dreifaltigkeitssäule und mehrfach das Rathaus, ziehen Spuren durch den Schnee, sehen zur Kunstuhr hoch, deren Erbauer, so erfuhr ich in der Schule, geblendet wurde, weil man ihn für einen Hexenmeister hielt, und beenden unseren Rundgang, wie ich es erwartet habe, im Café Rupprecht, in dem Vater Stammgast ist, wo er abends oft Billard spielt.
Wir sitzen zwischen alten Männern, schlürfen Tee, ich spüre, dass ihnen meine Blicke lästig sind. Ich komme mir vor wie auf einem Schiff, auf dem man vergessen hat, dass Weihnachten ist.
Ein Herr tritt an unseren Tisch, fragt Vater, ob er auf eine Partie Billard Lust habe. Wir ziehen ihm nach, in den Raum, wo die drei Billardtische stehen, setzen uns. Ich höre, wie die Kugeln aufeinanderprallen, träume vor mich hin, wünsche mir, dass die Ruhe bis zur Bescherung nicht gestört werde.
Als wir das Café verlassen, ist es dunkel. Schön, sagt Vater und saugt die kalte Luft hörbar ein. Sie werden uns sicher schon erwarten.
Wir werden tatsächlich erwartet, doch anders, als wir es erhoffen, mit einer Art Kriegsbericht, und erst allmählich verstehen wir, was für ein Unglück geschehen ist: Mutter habe den Gasofen anzünden wollen und er sei explodiert, eine Flamme sei aus der Röhre geschossen. Schaut sie euch an, die Haare versengt, Lider und Augenbrauen verbrannt. Schaut sie euch doch an, die Ärmste! Mutter wird vorgeführt. Sie wehrt sich gegen den Jammer von

Großmutter und Tante Käthe. Es ist nicht so schlimm, sagt sie. Ich möchte lachen, traue mich aber nicht.

Es wird Zeit, dass ihr euch umzieht, sagt Vater sehr ruhig. Die Bescherung ist auf acht angesetzt, schon wegen des Geigers. Ich kann ihn nicht warten lassen. Wir sollten also um sieben abendessen.

Wo sollen wir bleiben? fragt Lore.

Geht ins Kinderzimmer und spielt, bis ihr gerufen werdet.

Wir setzen uns auf unsere Betten und warten im Dunkeln.

Mutter holt uns. Sie hat sich umgezogen und hat neue Augenbrauen. Die hab ich mir angemalt. Beim Abendessen führt Großmutter das Gespräch. Sie findet die Würstchen gut, lobt Mutter für den Kartoffelsalat, der durch eine winzige Prise Zucker erst delikat werde.

Plötzlich läuft sie blau an, greift sich mit der Hand an den Hals, ringt nach Luft.

Der Erstickungsanfall überrascht uns so, dass wir alle wie angenagelt sitzen.

Mutter ist die erste, die etwas sagt: Sie hat sich verschluckt. Mein Gott!

Tut doch was! schreit Tante Käthe. Sie erstickt uns doch. Mein Gott!

Lore beginnt zu weinen. Ich möchte schon wieder lachen. Vater schüttelt den Kopf. Großmutter droht zu sterben. Sie verdreht die Augen, sodass man nur noch das Weiße sieht.

Vater steht auf, schlägt ihr mit einer ungeheuren Wut ein-, zweimal auf den Rücken. Es dröhnt, und plötzlich schießt, wie aus einem Kanonenlauf, ein Stück Wurst aus Großmutters Mund. Ächzend zieht sie die Luft ein.

Nein, sagt Mutter.

Vater zündet sich eine Zigarette an.

Lore weint.

Ich wage leise zu lachen und Tante Käthe stimmt laut ein.

Großmutter sagt: So schlimm hättest du ja auch nicht losdreschen müssen.

Obwohl Großmutter sich noch nicht erholt hat, weiter nach Luft ringt, drängt Vater, den Tisch abzuräumen. Der Geiger müsse gleich erscheinen. Er werde nach nebenan gehen und inzwischen die Kerzen am Baum anzünden.
Ich sitze auf meinem Stuhl und rühre mich nicht.
Du kannst doch wenigstens die Teller zusammenstellen. Mutter sieht mich vorwurfsvoll an. Sie merkt nicht, dass ich eigentlich gar nicht mehr vorhanden bin. Ich werde stumm sein. Stumm und taub. Ich werde die Geige nicht hören und keinen Ton herausbringen.
Gleich ist Bescherung!
Lore rennt hinter Mutter her, in die Küche, ich bleibe allein mit Großmutter, die sich nicht beruhigen kann, vor sich hin murmelt, seufzt, sich das Taschentuch vor den Mund hält, mit ihrem Schreck beschäftigt ist, während ich auf meinen warte.
Es klingelt. Es kann nur der Geiger sein. Großmutter ist, ohne dass es mir auffiel, aus dem Zimmer verschwunden. Ich könnte mich verstecken, hinterm Vorhang, unter der Couch. Aber ich sitze, starre auf die Tür, die jetzt auch geöffnet wird, und Mutter sagt mit einer Stimme, die trösten will: Komm, wir warten schon alle auf dich.
Im dunklen Vorsaal steht der Musiker. Er hat die Geige aus dem Kasten genommen. Mutter schiebt mich auf ihn zu. Die Tür zum Speisezimmer wird aufgerissen. Ich sehe die Kerzen brennen, Vaters Schatten, und stehe mit einem Mal vor allen anderen, die auf Stühlen Platz nehmen, wie im Theater, mich anglotzen, auffordernd anlächeln.
Ich höre den Geiger sagen: In der Reihenfolge, wie wir es besprochen haben, nicht wahr? Der Geiger klemmt sich sein Instrument unters Kinn, schiebt sich noch näher an mich heran, zählt leise: Eins, zwei, drei, und die Geige singt, während meinem Mund ein krächzender Laut entfährt, nicht mehr. Der Geiger bricht ab, sagt sehr ruhig: Wir fangen noch einmal an. Du musst, wie ich dir erklärt hab, nicht laut singen, Bub. Nicht laut.
Ich halte mich an seinen Rat, bin erstaunt, dass ich ihm folgen kann, die Sätze nicht vergessen habe, flüstere einfach mit, schaue

auf den Boden, höre jemanden seufzen, singe schneller, als die
Geige es will und bekomme einen Stoß in die Seite: Nicht so rasch,
Bub!, singe mehr und mehr gegen die Musik, gegen die albernen
Zuhörer, gegen Vaters Erwartung, renne zu Mutter hin und werfe
mich auf sie, weine, schreie.
Es war doch zu viel für ihn. Mutter presst mich an sich.
Schade, sagt Vater, es hätte sehr feierlich sein können.
Der Geiger spielt nun allein weiter, ohne mich. Ich beginne, mein
Gesicht gegen Mutters Brust gepresst, zuzuhören und verberge
mich, auch nachdem er geendet hat, Vater ihn hinausbringt, Lore
schon Geschenke auspackt.
Willst du dir deine Geschenke nicht ansehen? fragt Großmutter.
Mutter lässt mich los. Es ist schon gut, sagt sie.
Ich kann mich nicht erinnern, was ich geschenkt bekommen habe,
bis auf die alte Ausgabe des »Sigismund Rüsting«, denn ich habe
den ganzen Abend gelesen, mich gegen alle wehrend, die sich nun
um mich bemühen, auch Vater, der sich für eine Weile neben mich
setzt, nichts spricht, nur manchmal den Kopf schüttelt. Ehe er auf-
steht und zu Großmutter geht, sagt er: Wir hätten uns vorher über
alles unterhalten sollen.

Herbert Rosendorfer

Der Weihnachtsdackel

Der 24. Dezember war in jenem Jahr, an das Besenrieders zeit ihres Lebens nur mit Schaudern zurückdenken, ein Freitag. Streng genommen hatte Günther Besenrieder – ein durch nichts sich von anderen Beamten unterscheidender Oberinspektor beim städtischen Eichamt – am Vormittag noch Dienst, aber das war kein echter Dienst, denn erstens: wer kommt am 24. Dezember ins Eichamt? Und zweitens: der Amtmann Grünauer hatte eine Bowle und Plätzchen von daheim mitgebracht und verfügte die Abhaltung einer Weihnachtsfeier. Jeder versuchte einen höflichen Schluck der von Frau Amtmann Grünauer liebevoll zubereiteten Bowle und besorgte sich dann heimlich ein Bier, Grünauer war beleidigt, als er die Bowle wieder mit heim nehmen musste, und wünschte nur: »Schönes Wochenende!« und nicht »Frohe Feiertage!«
Bei dem nachtragenden Amtmann verhieß das für das Betriebsklima der nächsten Woche nichts Gutes, aber das war das wenigste an den Turbulenzen dieser Tage, vor allem weil Besenrieder – was er naheliegenderweise noch nicht ahnte – nicht Gelegenheit hatte, an der grantigen Woche Grünauers zwischen den Weihnachtsfeiertagen und Silvester teilzunehmen. »Ich hätte Grünauers Grant gern in Kauf genommen, wenn ich das alles nicht hätte erleben müssen«, sagte Besenrieder später oft.
Gegen zwei Uhr kam Besenrieder heim. Frau Besenrieder hatte ihn um zwölf Uhr erwartet. »Und zwar nüchtern!«, sagte sie und fügte einen größeren Schwall Wörter hinzu: wie er sich das denke, ob sie alles allein machen solle, dass noch kein Baum geschmückt sei, dass man noch auf den Friedhof und zu den Eltern fahren müsse und dass die Kinder seit dem Aufwachen unausstehlich seien und das erste Mal kurz nach acht Uhr gefragt hätten, wenn endlich das Christkind käme.
Besenrieder stellte seine Aktentasche auf das Vertiko im Flur.
»Du sollst nicht immer die Aktentasche auf das Vertiko stellen«,

schrie Frau Besenrieder, »dass du dir das nicht merken kannst.«
Der kleinere Besenrieder-Knabe schaute aus dem Kinderzimmer und krächzte: »Kommt jetzt das Christkind?«
Besenrieder stellte die Aktentasche unter das Vertiko und sagte: »Es hilft nichts: ich muss noch einmal fort. Dein Weihnachtsgeschenk ...«
Frau Besenrieder stieß einen Schrei aus, heulte: »Ich werde wahnsinnig!« und rekapitulierte in rascher Folge, welche Katastrophen hauptsächlich durch Verschulden ihres Mannes in den vergangenen Jahren zu Weihnachten über die Familie hereingebrochen waren: damals, im ersten Ehejahr, wo Besenrieder nicht daran gedacht hatte, dass in dem jungen Hausstand noch kein Christbaumständer vorhanden war, und wo dann nichts anderes übriggeblieben war, als die obersten Zweige des Christbaums mit Reißnägeln an die Decke zu heften; und dann das Jahr, wo Besenrieder steif und fest behauptet hatte, der Christbaumverkauf ende am 24. um 12 Uhr, und man bekomme in den letzten Stunden die schönsten Bäume um eine Mark, und in Wirklichkeit endete der Christbaumverkauf am 23. abends, und Frau Besenrieder sei damals mit dem Auto 66 Kilometer kreuz und quer durch die Stadt gefahren, und um halb fünf Uhr am Heiligen Abend habe sie durch Zufall einen Großhändler in Waldperlach gefunden, der zufällig noch in seinem Geschäft war und grad mit seiner Sekretärin ein sehr zweideutiges Weihnachtsfest gefeiert habe; der Großhändler habe seine Hose unwillig zugeknöpft und ihr – Frau Besenrieder –, weil sie Tränen in den Augen gehabt habe, einen Krüppel von Fichte für vierzig Mark verkauft, und das auch noch unter der Bedingung, dass sie zwei Steigen schon sehr weicher Tomaten – die Steige zu elf Mark – mit dazunahm, aus denen sie dann einen Tomatenauflauf gemacht habe, von dem der Familie noch zu Dreikönig schlecht war. Günther Besenrieder setzte sich still in die Wohnküche und rülpste. Natürlich war es bei der Feier im Eichamt nicht bei der einen Flasche Bier geblieben. Aber eigentlich betrunken war Besenrieder nicht, nur flau war ihm im Magen. Das kam wahrscheinlich davon, dass er sich verpflichtet gefühlt hatte, wenn er schon nicht die

Bowle trank, wenigstens die Plätzchen der Frau Amtmann Grünauer zu essen.

Nach einiger Zeit beruhigte sich Frau Besenrieder. Während Günther Besenrieder mit dem älteren Sohn den Baum aufstellte und schmückte, erledigte Frau Besenrieder mit dem jüngeren den Besuch bei ihren Eltern und am Friedhof, und als sie gegen vier Uhr zurückkam, war es schon dunkel, auf den Straßen war es ruhig geworden, leiser Schnee rieselte, aus manchen Fenstern schimmerten schon Kerzen, und Friede und Ruhe und der Duft von gebratenen Äpfeln senkten sich auf die Welt.

»So«, sagte Günther Besenrieder, gab seiner Frau einen weihnachtlichen Kuss und ging. In längstens 20 Minuten, sagte er, sei er wieder da. Er müsse das Geschenk für seine Frau holen, ein sehr schönes, eigenartiges Geschenk, das seiner Art nach leider ungeeignet gewesen sei, in der Wohnung versteckt zu werden. Auch die Kinder, sagte Besenrieder, würden sich darüber freuen.

Im Stiegenhaus – das ist für die Geschichte nicht ohne Bedeutung – überholte Besenrieder das ältliche Ehepaar Astfeller aus dem Stock drüber. Astfellers schleppten Koffer und größere Pakete. Weihnachtlich weich half Besenrieder bis zur Haustür tragen, wo ein Taxi wartete. Besenrieder wünschte frohe Feiertage. Astfellers dankten und erwähnten, dass sie nach Bad Aibling zu ihrer dort verheirateten Tochter führen, um mit der und den Enkeln das Fest zu verbringen. Erst am Neujahrstag würden sie zurückkehren.

Als Besenrieder 20 Minuten später mit dem Dackel zurückkam, begegneten ihm die Eheleute Geist, die neben Besenrieders wohnten.

»Oh«, sagte Frau Bundesbahnexpedientin a. D. Geist, »haben Sie jetzt ein Hundchen? Oh, wie süß.«

»Das Weihnachtsgeschenk für meine Frau«, sagte Besenrieder.

»Lieb schaut er«, sagte Herr Bundesbahnexpedient a. D. Geist. Dann wünschte Besenrieder dem Ehepaar Geist frohe Feiertage und erfuhr mit den Gegenwünschen, dass Geists die Feiertage bis Silvester bei ihrem Sohn in Deisenhofen zubringen wollten und dass es jetzt langsam pressiere, weil man doch, noch dazu, wo es zu schneien angefangen habe und man nicht zu schnell fahren könne, eine gute halbe Stunde nach Deisenhofen hinaus brauche und weil man rechtzeitig zur Bescherung da sein wolle.

Günther Besenrieder hatte den Dackel – Adolar von Königsbrunn – nebst Stammbaum bereits in den ersten Dezembertagen in einer Tierhandlung erworben und bezahlt. »Aber es soll natürlich eine Überraschung für meine Frau werden«, hatte Besenrieder gesagt, worauf ihm der Tierhändler anbot, gegen einen bescheidenen Verköstigungssatz das Tier bis zum Heiligen Abend bei sich zu behalten. Besenrieder könne Adolar auch noch am Nachmittag dieses Tages abholen, er, der Tierhändler, habe keine Familie und hasse Weihnachten. Er sitze am 24. Dezember sicher bis sieben Uhr im Laden und mache den Jahresabschluss der Buchhaltung, das könne er, da in der Zeit von Weihnachten bis Silvester erfahrungsgemäß höchstens ein paar Mehlwürmer von Aquarienfreunden gekauft werden, und diese paar Mehlwürmer nehme er buchhalterisch und mehrwertsteuerlich ins neue Jahr hinüber. Übrigens sei der Käufer nicht verpflichtet, den Hund ›Adolar‹ zu rufen. Der Hund höre nicht auf diesen Namen, auch nicht auf ›von Königsbrunn‹.
In den seltensten Fällen würden die Hunde mit ihrem Namen aus dem Stammbaum gerufen. Für Dackel empfehle sich ›Waldi‹ oder ›Purzel‹.
Besenrieder beschloss, die Rufnamensfrage seiner Frau zu überlassen, setzte den Hund vor der Wohnungstür auf den Boden und band ihm eine große rote Schleife aus Stoff um, mit Goldrand, wie man sie sonst für Weihnachtspakete verwendet. Dem Dackel war die Schleife unangenehm, und er versuchte sie durch Winden des Halses und Pfotenkratzen von seinem Hals zu entfernen. Vielleicht, dachte Besenrieder, ist die Schleife zu eng. Er beugte sich nochmals zum Hund hinunter, fasste nach der Schleife, aber da knurrte der Dackel und bellte laut.

Das hörte Frau Besenrieder, machte die Tür auf, schlug die Hände über dem Kopf zusammen, rief:
»Nein, wie niedlich.«
Die Kinder kamen gerannt. Besenrieder sagte:
»Adolar heißt er, aber wir können ihn noch umtaufen.«
Der Dackel rannte in den Flur, rieb den Hals am Vertiko, warf es fast um und brachte es fertig, die Schleife vom Hals zu zerren. Alle anderen Geschenke traten in ihrer Bedeutung hinter Adolar zurück. Selbst die Kerzen am Christbaum – was später, wie sich zeigte, förmlich lebensrettend war – wurden nach wenigen Minuten wieder ausgeblasen. Die Weihnachtssendung im Fernsehen wurde ausgeschaltet. Alle vier Besenrieders setzten sich auf den Boden und betrachteten den Dackel.
Der Dackel knurrte.
»Es ist ihm noch ungewohnt«, sagte der älteste Bub.
»Ist er stubenrein?«, fragte Frau Besenrieder.
»Selbstverständlich«, sagte Günther Besenrieder. Aber wahrscheinlich war die Erziehung des Dackels nicht davon ausgegangen, dass in der Stube, die ein Hund rein zu halten hat, ein Baum steht, nämlich der Christbaum, und er hob das Bein. Aber das war noch das wenigste. Kurz darauf – Frau Besenrieder hatte einen Kübel und einen Putzlumpen geholt, um Adolars oder Waldis oder Purzels, je nachdem, Duftmarke aufzuwischen – schaute der Hund den kleineren der Besenrieder-Buben mit gesenktem Kopf von unten her an, knurrte nicht nur, sondern fletschte die Zähne.
Der Bub flüchtete zur Mutter. Die Mutter stellte den Kübel hin (ein Glück im Unglück, wie sich bald zeigte) und nahm den Buben hoch.
»Der Hund ist noch nicht an Kinder gewöhnt«, sagte Herr Besenrieder.
»Er spuckt Bier«, sagte der ältere Bub.
»Was?«
Adolar knurrte. Frau Besenrieder schrie auf:
»Er hat Schaum vor dem Mund.« Adolar kläffte kurz und heiser zum Buben auf

Frau Besenrieders Arm hinauf. Frau Besenrieder flüchtete hinter den Christbaum:

»Tu den Hund hinaus – Günther ... Günther ...!« Jetzt brüllte auch der größere Bub. Der Dackel drehte sich im Kreis und rollte die Augen. Frau Besenrieder stieg auf einen Sessel und sagte: »Er hat die Tollwut!«

»Unmöglich«, wollte Herr Besenrieder sagen und auf das Zertifikat verweisen, das er vom Tierhändler über die tadellose Gesundheit des Hundes bekommen hatte. Besenrieder kam aber nur bis »Unmö«, da fasste der Dackel ihn ins Auge und – es sei das Fürchterlichste in der ganzen Sache gewesen, erzählte Besenrieder später, als er nach der Scheidung wieder öfters im Gasthaus saß und die Geschichte des Abends zum Besten gab – und schielte. Der Dackel schielte wie ein Dämon, nahm einen Anlauf, raste auf Besenrieder zu. Besenrieder riss gegenwärtig die Wohnzimmertür auf, sprang in die Höhe, der Dackel schoss unter ihm durch hinaus auf den Flur, Besenrieder schlug die Tür zu.

»Dreh den Schlüssel um!«, kreischte Frau Besenrieder.

»Er kann doch die Tür nicht aufmachen«, sagte Besenrieder.

»Dreh den Schlüssel um«, schrie Frau Besenrieder einen halben Ton höher.

Da drehte Herr Besenrieder den Schlüssel um, und die Belagerung hatte begonnen. Von weihnachtlicher Stimmung war natürlich keine Rede mehr.

»Wir müssen die Polizei anrufen«, sagte Frau Besenrieder.

»Wie denn?«, sagte Besenrieder, »das Telefon ist im Flur.« Die Lebensmittel waren in der Küche. Zum Glück hatte Besenrieder den Christbaum üppig mit Fondants und Russisch Brot geschmückt. Das half über die ersten Tage.

Klopfen an den Wänden war sinnlos. Besenrieder hatte ja gesehen, dass sowohl Astfellers als auch Geists verreist waren.

Sie schrien aus dem Fenster. Entweder hatten alle anderen Leute ihre Fenster fest verrammelt oder der immer stärker fallende Schnee erstickte das Rufen, jedenfalls antwortete niemand.

Nur einmal zeigte sich im ersten Stock im Haus auf der gegen-

überliegenden Straßenseite eine alte Frau. Besenrieder brüllte und winkte. Die alte Frau winkte zurück, öffnete sogar das Fenster einen Moment und schrie: »Danke – ebenfalls frohe Feiertage.«
Als die Fondants und das Russisch Brot aufgegessen waren, aßen Besenrieders die Kerzen.
Der Hund – wie sich Besenrieder durch gelegentliche kühne Spähblicke durch den Türspalt überzeugte – ernährte sich vom Teppich des Flurs und, nachdem er ihn aufgefressen hatte, von zwei Paar Schuhen. Es schien ihm nicht nur zu schmecken, sondern sogar zu bekommen. Herr Besenrieder hatte nach drei Tagen den Eindruck, der Dackel sei merklich gewachsen.
Hunger ist bekanntlich eher zu ertragen als Durst. Im Wohnzimmer war kein Wasserhahn, aber zum Glück war ja der Eimer Aufwischwasser da, und außerdem stand der Christbaum – damit er nicht so schnell nadelte – in einer großen Schüssel mit Wasser.
Als das Wasser ausgetrunken war, musste man wohl oder übel an die Spirituosen gehen, die in der Herrenkommode verwahrt wurden. Die Familie trank im Lauf der Tage drei Flaschen Wermut, eine Flasche Bourbon, zwei Flaschen Scotch, eine Flasche Steinhäger und etliche Flaschen Wein aus. Das hatte den Vorteil, dass die Kinder fast ständig schliefen und dass über Herrn und Frau Besenrieder zeitweilig eine heitere Gelassenheit kam. (Wovon der Dackel seinen Durst stillte, war unklar. Wahrscheinlich, vermutete der ältere Besenrieder-Sohn, ist die Badezimmertür offen, und die Bestie trinkt aus dem Klo.)
Trotz heiterer Gelassenheit waren die gruppendynamischen Verhältnisse im Wohnzimmer verheerend. Herr Besenrieder erfuhr im Lauf dieser Tage vielfach und in immer rascher werdenden Wiederholungen alles, was er in der Ehe falsch gemacht hatte. Zorn- und Tränenausbrüche wechselten ab mit Selbstmorddrohungen:
»Ich geh' hinaus auf den Flur und lasse mich von der Bestie zerfleischen.«

Und Besenrieder wurde durch die Schraubstocksituation auch nicht gerade ein Engel.
Die Eheleute nagten sich seelisch ab bis auf

die Knochen. Zum Schluss vergaß sich Besenrieder bis zu einer Ohrfeige, die er seiner Frau gab. Besenrieder tat die Ohrfeige zwar sofort leid, er stand da wie erstarrt. Die Kinder weinten. Frau Besenrieder sagte nur: »So!«, ergriff die letzte Flasche Sliwowitz und stürzte mit dem Viertelliter, der darin war, alles in sich hinunter, was es an Flüssigkeit noch in dem Zimmer gab. »Paula!«, rief Günther.

Zu spät. In jeder Hinsicht zu spät. Als Adolar von Königsbrunn am Abend des Neujahrstages endlich doch verhungerte, verließ Frau Besenrieder das Wohnzimmer nur, um ungerührt über die Dackelleiche hinwegzusteigen, im Schlafzimmer ihren Koffer zu packen und zu ihren Eltern zurückzukehren. Die Kinder holte sie einige Tage später, am selben Tag, als gegen Besenrieder ein Disziplinarverfahren wegen unentschuldigten Fehlens eingeleitet wurde.
Als Besenrieder vor dem Disziplinarausschuss die Sache mit Adolar erzählte, lachte der Vorsitzende fürchterlich, sagte, das sei ohne Zweifel die originellste Ausrede, die er je gehört habe. Geglaubt wurde Besenrieder nicht.
Die Scheidungskosten und der Versorgungsausgleich fraßen Besenrieders Ersparnisse auf. Als er den Schadensersatzprozess gegen den Tierhändler verlor, musste er, um die Verfahrenskosten zahlen zu können, sein Auto verkaufen.
Er kam nach der Entlassung aus dem Dienst als Pfleger in einem Tierasyl unter. Immerhin verdiente er so viel, dass er abends in einer billigen Wirtschaft ein paar Bier trinken konnte. Auch den Heiligen Abend verbrachte er regelmäßig in dieser Wirtschaft. Sie hieß »Sporteck«. In vorgerückter Stunde pflegte er den anderen Elendsexistenzen die Geschichte vom Dackel Adolar und von der Tollwut zu erzählen. Sie war stets ein Lacherfolg.

Robert Gernhardt

Die Falle

Da Herr Lemm, der ein reicher Mann war, seinen beiden Kindern zum Christfest eine besondere Freude machen wollte, rief er Anfang Dezember beim Studentenwerk an und erkundigte sich, ob es stimme, dass die Organisation zum Weihnachtsfest Weihnachtsmänner vermittle. Ja, das habe seine Richtigkeit. Studenten stünden dafür bereit, 25 DM koste eine Bescherung, die Kostüme brächten die Studenten mit, die Geschenke müsste der Hausherr natürlich selbst stellen. »Versteht sich, versteht sich«, sagte Herr Lemm, gab die Adresse seiner Villa in Berlin-Dahlem an und bestellte einen Weihnachtsmann für den 24. Dezember um 18 Uhr. Seine Kinder seien noch klein, und da sei es nicht gut, sie allzulange auf die Bescherung warten zu lassen. Der bestellte Weihnachtsmann kam pünktlich. Er war ein Student mit schwarzem Vollbart, unter dem Arm trug er ein Paket.
»Wollen Sie so auftreten?«, fragte Herr Lemm.
»Nein«, antwortete der Student, »da kommt natürlich noch ein weißer Bart darüber. Kann ich mich hier irgendwo umziehen?«
Er wurde in die Küche geschickt. »Da stehen aber leckere Sachen«, sagte er und deutete auf die kalten Platten, die auf dem Küchentisch standen. »Nach der Bescherung, wenn die Kinder im Bett sind, wollen noch Geschäftsfreunde meines Mannes vorbeischauen«, erwiderte die Hausfrau. »Daher eilt es etwas. Könnten Sie bald anfangen?«
Der Student war schnell umgezogen. Er hatte jetzt einen roten Mantel mit roter Kapuze an und band sich einen weißen Bart um. »Und nun zu den Geschenken«, sagte Herr Lemm. »Diese Sachen sind für den Jungen, Thomas«, er zeigte auf ein kleines Fahrrad und andere Spielsachen –, »und das bekommt Petra, das Mädchen, ich meine die Puppe und die Sachen da drüben. Die Namen stehen jeweils drauf, da wird wohl nichts schief gehen. Und hier ist noch ein Zettel, auf dem ein paar Unarten der Kinder notiert sind,

reden Sie ihnen mal ins Gewissen, aber verängstigen Sie sie nicht, vielleicht genügt es, etwas mit der Rute zu drohen. Und versuchen Sie, die Sache möglichst rasch zu machen, weil wir noch Besuch erwarten.«

Der Weihnachtsmann nickte und packte die Geschenke in den Sack. »Rufen Sie die Kinder schon ins Weihnachtszimmer, ich komme gleich nach. Und noch eine Frage. Gibt es hier ein Telefon? Ich muss jemanden anrufen.«

»Auf der Diele rechts.«

»Danke.«

Nach einigen Minuten war dann alles soweit. Mit dem Sack über dem Rücken ging der Student auf die angelehnte Tür des Weihnachtszimmers zu. Einen Moment blieb er stehen. Er hörte die Stimme von Herrn Lemm, der gerade sagte: »Wisst ihr, wer jetzt gleich kommen wird? Ja, Petra, der Weihnachtsmann, von dem wir euch schon so viel erzählt haben. Benehmt euch schön brav ...«

Fröhlich öffnete er die Tür. Blinzelnd blieb er stehen. Er sah den brennenden Baum, die erwartungsvollen Kinder, die feierlichen Eltern. Es hatte geklappt, jetzt fiel die Falle zu. »Guten Tag, liebe Kinder«, sagte er mit tiefer Stimme. »Ihr seid also Thomas und Petra. Und ihr wisst sicher, wer ich bin, oder?«

»Der Weihnachtsmann«, sagte Thomas etwas ängstlich.

»Richtig. Und ich komme zu euch, weil heute Weihnachten ist. Doch bevor ich nachschaue, was ich alles in meinem Sack habe, wollen wir erst einmal ein Lied singen. Kennt ihr ›Stille Nacht, heilige Nacht‹? Ja? Also!«

Er begann mit lauter Stimme zu singen, doch mitten im Lied brach er ab. »Aber, aber, die Eltern singen ja nicht mit! Jetzt fangen wir alle noch mal von vorne an. Oder haben wir den Text etwa nicht gelernt? Wie geht denn das Lied, Herr Lemm?«

Herr Lemm blickte den Weihnachtsmann befremdet an. »Stille Nacht, heilige Nacht, alles schläft, einer wacht ...«

Der Weihnachtsmann klopfte mit der Rute auf den Tisch: »Einsam wacht! Weiter! Nur das traute ...«

»Nur das traute, hochheilige Paar«, sagte Frau Lemm betreten, und leise fügte sie hinzu: »Holder Knabe im lockigen Haar.«
»Vorsagen gilt nicht«, sagte der Weihnachtsmann barsch und hob die Rute. »Wie geht es weiter?«
»Holder Knabe im lockigen ...«
»Im lockigen Was?«
»Ich weiß es nicht«, sagte Herr Lemm. »Aber was soll denn diese Fragerei? Sie sind hier, um ...«
Seine Frau stieß ihn in die Seite, und als er die erstaunten Blicke seiner Kinder sah, verstummte Herr Lemm.
»Holder Knabe im lockigen Haar«, sagte der Weihnachtsmann, »Schlaf in himmlischer Ruh, schlaf in himmlischer Ruh. Das nächste Mal lernen wir das besser. Und jetzt singen wir noch einmal miteinander: ›Stille Nacht, heilige Nacht‹.«
»Gut, Kinder«, sagte er dann. »Eure Eltern können sich ein Beispiel an euch nehmen. So, jetzt geht es an die Bescherung. Wir wollen doch mal sehen, was wir hier im Sack haben. Aber Moment, hier liegt ja noch ein Zettel!« Er griff nach dem Zettel und las ihn durch. »Stimmt das, Thomas, dass du in der Schule oft ungehorsam bist und den Lehrern widersprichst?«
»Ja«, sagte Thomas kleinlaut.
»So ist es richtig«, sagte der Weihnachtsmann. »Nur dumme Kinder glauben alles, was ihnen die Lehrer erzählen. Brav, Thomas.«
Herr Lemm sah den Studenten beunruhigt an.
»Aber ...«, begann er. »Sei doch still«, sagte seine Frau.
»Wollten Sie etwas sagen?«, fragte der Weihnachtsmann Herrn Lemm mit tiefer Stimme und strich sich über den Bart.
»Nein.«

»Nein, lieber Weihnachtsmann, heißt das immer noch. Aber jetzt kommen wir zu dir, Petra. Du sollst manchmal bei Tisch reden, wenn du nicht gefragt wirst, ist das wahr?« Petra nickte. »Gut so«, sagte der Weihnachtsmann. »Wer immer nur redet, wenn er gefragt wird, bringt es in diesem Leben zu nichts. Und da ihr so brave Kinder seid, sollt ihr nun auch belohnt werden. Aber bevor ich in den Sack greife, hätte ich gerne etwas zu trinken.« Er blickte die Eltern an.

»Wasser?«, fragte Frau Lemm.

»Nein, Whisky. Ich habe in der Küche eine Flasche ›Chivas Regal‹ gesehen. Wenn Sie mir davon etwas einschenken würden? Ohne Wasser, bitte, aber mit etwas Eis.«

»Mein Herr!«, sagte Herr Lemm, aber seine Frau war schon aus dem Zimmer. Sie kam mit einem Glas zurück, das sie dem Weihnachtsmann anbot. Er leerte es und schwieg.

»Merkt euch eins, Kinder«, sagte er dann. »Nicht alles, was teuer ist, ist auch gut. Dieser Whisky kostet etwa 50 DM pro Flasche. Davon müssen manche Leute einige Tage leben, und eure Eltern trinken das einfach 'runter. Ein Trost bleibt: der Whisky schmeckt nicht besonders.«

Herr Lemm wollte etwas sagen, doch als der Weihnachtsmann die Rute hob, ließ er es.

»So, jetzt geht es an die Bescherung.«

Der Weihnachtsmann packte die Sachen aus und überreichte sie den Kindern. Er machte dabei kleine Scherze, doch es gab keine Zwischenfälle, Herr Lemm atmete leichter, die Kinder schauten respektvoll zum Weihnachtsmann auf, bedankten sich für jedes Geschenk und lachten, wenn er einen Scherz machte. Sie mochten ihn offensichtlich.

»Und hier habe ich noch etwas Schönes für dich, Thomas«, sagte der Weihnachtsmann. »Ein Fahrrad. Steig mal drauf.« Thomas strampelte, der Weihnachtsmann hielt ihn fest, gemeinsam drehten sie einige Runden im Zimmer.

»So, jetzt bedankt euch mal beim Weihnachtsmann!«, rief Herr Lemm den Kindern zu. »Er muss nämlich noch viele, viele Kinder

besuchen, deswegen will er jetzt leider gehen.« Thomas schaute den Weihnachtsmann enttäuscht an, da klingelte es. »Sind das schon die Gäste?«, fragte die Hausfrau. »Wahrscheinlich«, sagte Herr Lemm und sah den Weihnachtsmann eindringlich an. »Öffne doch.«

Die Frau tat das, und ein Mann mit roter Kapuze und rotem Mantel, über den ein langer weißer Bart wallte, trat ein. »Ich bin Knecht Ruprecht«, sagte er mit tiefer Stimme.

Währenddessen hatte Herr Lemm im Weihnachtszimmer noch einmal behauptet, dass der Weihnachtsmann jetzt leider gehen müsse. »Nun bedankt euch mal schön, Kinder«, rief er, als Knecht Ruprecht das Zimmer betrat. Hinter ihm kam Frau Lemm und schaute ihren Mann achselzuckend an.

»Da ist ja mein Freund Knecht Ruprecht«, sagte der Weihnachtsmann fröhlich.

»So ist es«, erwiderte dieser. »Da drauß' vom Walde komm ich her, ich muss euch sagen, es weihnachtet sehr. Und jetzt hätte ich gerne etwas zu essen.«

»Wundert euch nicht«, sagte der Weihnachtsmann zu den Kindern gewandt. »Ein Weihnachtsmann allein könnte nie all die Kinder bescheren, die es auf der Welt gibt. Deswegen habe ich Freunde, die mir dabei helfen: Knecht Ruprecht, den heiligen Nikolaus und noch viele andere ...«

Es klingelte wieder. Die Hausfrau blickte Herrn Lemm an, der so verwirrt war, dass er mit dem Kopf nickte; sie ging zur Tür und öffnete. Vor der Tür stand ein dritter Weihnachtsmann, der ohne Zögern eintrat. »Puh«, sagte er. »Diese Kälte! Hier ist es beinahe so kalt wie am Nordpol, wo ich zu Hause bin!«

Mit diesen Worten betrat er das Weihnachtszimmer. »Ich bin Sankt Nikolaus«, fügte er hinzu, »und ich freue mich immer, wenn ich brave Kinder sehe. Das sind sie doch – oder?«

»Sie sind sehr brav«, sagte der Weihnachtsmann. »Nur die Eltern gehorchen nicht immer, denn sonst hätten sie schon längst eine von den kalten Platten und etwas zu trinken gebracht.«

»Verschwinden Sie!«, flüsterte Herr Lemm in das Ohr des Studenten.

»Sagen Sie das doch so laut, dass Ihre Kinder es auch hören können«, antwortete der Weihnachtsmann.

»Ihr gehört jetzt ins Bett«, sagte Herr Lemm.

»Nein«, brüllten die Kinder und klammerten sich an den Mantel des Weihnachtsmannes.

»Hunger«, sagte Sankt Nikolaus.

Die Frau holte ein Tablett. Die Weihnachtsmänner begannen zu essen. »In der Küche steht Whisky«, sagte der erste, und als Frau Lemm sich nicht rührte, machte sich Knecht Ruprecht auf den Weg. Herr Lemm lief hinter ihm her. In der Diele stellte er den Knecht Ruprecht, der mit einer Flasche und einigen Gläsern das Weihnachtszimmer betreten wollte.

»Lassen Sie die Hände vom Whisky!«

»Thomas!«, rief Knecht Ruprecht laut, und schon kam der Junge auf seinem Fahrrad angestrampelt, Erwartungsvoll blickte er Vater und Weihnachtsmann an.

»Mein Gott, mein Gott«, sagte Herr Lemm, doch er ließ Knecht Ruprecht vorbei.

»Tu was dagegen«, sagte seine Frau. »Das ist ja furchtbar. Tu was!«

»Was soll ich tun?«, fragte er, da klingelte es.

»Das werden die Gäste sein!«

»Und wenn sie es nicht sind?«

»Dann hole ich die Polizei!«

Herr Lemm öffnete. Ein junger Mann trat ein. Auch er hatte einen Wattebart im Gesicht, trug jedoch keinen roten Mantel, sondern einen weißen Umhang, an dem er zwei Flügel aus Pappe befestigt hatte.

Der Weihnachtsmann, der auf die Diele getreten war, als er das Klingeln gehört hatte, schwieg wie die anderen. Hinter ihm schauten die Kinder, Knecht Ruprecht und Sankt Nikolaus auf den Gast.

»Grüß Gott, lieber ...«, sagte Knecht Ruprecht schließlich.

»Lieber Engel Gabriel«, ergänzte der Bärtige verlegen. »Ich komme, um hier nachzuschauen, ob auch alle Kinder artig sind. Ich bin nämlich einer von den Engeln auf dem Felde, die den Hirten damals die Geburt des Jesuskindes angekündigt haben. Ihr kennt doch die Geschichte, oder?«

Die Kinder nickten, und der Engel ging etwas befangen ins Weihnachtszimmer. Zwei Weihnachtsmänner folgten ihm, den dritten, es war jener, der als erster gekommen war, hielt Herr Lemm fest.

»Was soll denn der Unfug?«, fragte er mit einer Stimme, die etwas zitterte. Der Weihnachtsmann zuckte mit den Schultern. »Ich begreif es auch nicht, warum er so antanzt. Ich habe ihm ausdrücklich gesagt, er solle als Weihnachtsmann kommen, aber wahrscheinlich konnte er keinen roten Mantel auftreiben.«

»Sie werden jetzt alle schleunigst hier verschwinden«, sagte Herr Lemm.

»Schmeißen Sie uns doch raus«, erwiderte der Weihnachtsmann und zeigte ins Weihnachtszimmer. Dort saß der Engel, aß Schnittchen und erzählte Thomas davon, wie es im Himmel aussah. Die Weihnachtsmänner tranken und brachten Petra ein Lied bei, das mit den Worten begann: »Nun danket alle Gott, die Schule ist bankrott.«

»Wie viel verlangen sie?«, fragte Herr Lemm.

»Wofür?«

»Für Ihr Verschwinden. Ich erwarte bald Gäste, das wissen Sie doch.«

»Ja, das könnte peinlich werden, wenn Ihre Gäste hier hereinplatzen würden. Was ist Ihnen denn die Sache wert?«

»Hundert Mark«, sagte der Hausherr. Der Weihnachtsmann lachte und ging ins Zimmer. »Holt mal eure Eltern«, sagte er zu Petra und Thomas. »Engel Gabriel will uns noch die Weihnachtsgeschichte erzählen.«

Die Kinder liefen auf die Diele. »Kommt«, schrien sie, »Engel Gabriel will uns was erzählen.« Herr Lemm sah seine Frau an.

»Halt mir die Kinder etwas vom Leibe«, flüsterte er, »ich rufe jetzt die Polizei an!« »Tu es nicht«, bat sie, »denk doch daran, was in den Kindern vorgehen muss, wenn Polizisten ...« »Das ist mir jetzt völlig egal«, unterbrach Herr Lemm. »Ich tu's.«

»Kommt doch«, riefen die Kinder. Herr Lemm hob den Hörer ab und wählte. Die Kinder kamen neugierig näher. »Hier Lemm«, flüsterte er. »Lemm, Berlin-Dahlem. Bitte schicken Sie ein Überfallkommando.« – »Sprechen Sie bitte lauter«, sagte der Polizeibeamte. »Ich kann nicht lauter sprechen, wegen der Kinder. Hier, bei mir zu Haus, sind drei Weihnachtsmänner und ein Engel und die gehen nicht weg ...«

Frau Lemm hatte versucht, die Kinder wegzuscheuchen, es war ihr nicht gelungen. Petra und Thomas standen neben ihrem Vater und schauten ihn an. Herr Lemm verstummte. »Was ist mit den Weihnachtsmännern?«, fragte der Beamte, doch Herr Lemm schwieg weiter.

»Fröhliche Weihnachten«, sagte der Beamte und hängte auf.

Da erst wurde Herrn Lemm klar, wie verzweifelt seine Lage war.

»Komm, Pappi«, riefen die Kinder, »Engel Gabriel will anfangen.« Sie zogen ihn ins Weihnachtszimmer.

»Zweihundertfünfzig«, sagte er leise zum Weihnachtsmann, der auf der Couch saß.

»Pst«, antwortete der und zeigte auf den Engel, der »Es begab sich aber zu der Zeit« sagte und langsam fortfuhr. »Dreihundert.« Als der Engel begann, den Kindern zu erklären, was der Satz »Und die war schwanger« bedeute, sagte Herr Lemm »Vierhundert« und der Weihnachtsmann nickte.

»Jetzt müssen wir leider gehen, liebe Kinder«, sagte er. »Seid hübsch brav, widersprecht euren Lehrern, wo es geht, haltet die Augen offen und redet, ohne gefragt zu werden. Versprecht ihr mir das?«

Die Kinder versprachen es, und nacheinander verließen der Weihnachtsmann, Knecht Ruprecht, Sankt Nikolaus und der Engel Gabriel das Haus. »Ich fand es nicht richtig, dass du Geld genommen hast«, sagte Knecht Ruprecht auf der Straße.

»Das war nicht geplant.«

»Leute, die sich Weihnachtsmänner mieten, sollen auch dafür zahlen«, meinte Engel Gabriel.

»Aber nicht so viel.«

»Wieso nicht? Alles wird heutzutage teurer, auch das Bescheren.«

»Expropriation der Exproprieteure«, sagte der Weihnachtsmann.

»Richtig«, sagte Sankt Nikolaus. »Wo steht geschrieben, dass der Weihnachtsmann immer nur etwas bringt? Manchmal holt er auch was.«

»In einer Gesellschaft, deren Losung ›Hastuwasbistuwas‹ heißt, kann auch der Weihnachtsmann nicht sauber bleiben«, sagte Engel Gabriel. »Es ist kalt«, sagte der Weihnachtsmann.

»Vielleicht sollten wir das Geld einem wohltätigen Zweck zur Verfügung stellen«, schlug Knecht Ruprecht vor.

»Erst einmal sollten wir eine Kneipe finden, die noch auf hat«, sagte der Weihnachtsmann. Sie fanden eine, nahmen ihre Barte ab, setzten sich und spendierten eine Lokalrunde, bevor sie weiter beratschlagten.

Wolfdietrich Schnurre

Die Leihgabe

Am meisten hat Vater sich jedes Mal zu Weihnachten Mühe gegeben. Da fiel es uns allerdings auch besonders schwer, drüber wegzukommen, dass wir arbeitslos waren. Andere Feiertage, die beging man oder man beging sie nicht; aber auf Weihnachten lebte man zu, und war es erst da, dann hielt man es fest; und die Schaufenster, die brachten es ja oft noch nicht mal im Januar fertig, sich von ihren Schokoladenweihnachtsmännern zu trennen. Mir hatten es vor allem immer die Zweige und Kasperles angetan. War Vater dabei, sah ich weg; aber das fiel meist mehr auf, als wenn man hingesehen hätte; und so fing ich dann allmählich doch wieder an, in die Läden zu gucken. Vater war auch nicht gerade unempfindlich gegen die Schaufensterauslagen, er konnte sich nur besser beherrschen. Weihnachten, sagte er, wäre das Fest der Freude; das Entscheidende wäre jetzt nämlich: nicht traurig zu sein, auch dann nicht, wenn man kein Geld hätte.

»Die meisten Leute«, sagte Vater, »sind bloß am ersten und zweiten Feiertag fröhlich und vielleicht nachher zu Silvester noch mal. Das genügt aber nicht; man muss mindestens schon einen Monat vorher mit Fröhlichsein anfangen. Zu Silvester«, sagte Vater, »da kannst du dann getrost wieder traurig sein; denn es ist nie schön, wenn ein Jahr einfach so weggeht. Nur jetzt, so vor Weihnachten, da ist es unangebracht, traurig zu sein.« Vater selber gab sich auch immer große Mühe, nicht traurig zu sein um diese Zeit; doch er hatte es aus irgendeinem Grund da schwerer als ich; wahrscheinlich deshalb, weil er keinen Vater mehr hatte, der ihm dasselbe sagen konnte, was er mir immer sagte.

Es wäre bestimmt auch alles leichter gewesen, hätte Vater noch seine Stelle gehabt. Er hätte jetzt sogar wieder als Hilfspräparator gearbeitet; aber sie brauchten keine Hilfspräparatoren im Augenblick. Der Direktor hatte gesagt, aufhalten im Museum könnte Vater sich gern, aber mit Arbeit müsste er warten, bis bessere Zeiten kämen.

»Und wann, meinen Sie, ist das?«, hatte Vater gefragt.
»Ich möchte Ihnen nicht weh tun«, hatte der Direktor gesagt.
Frieda hatte mehr Glück gehabt; sie war in einer Großdestille am Alexanderplatz als Küchenhilfe eingestellt worden und war dort auch gleich in Logis. Uns war es ganz angenehm, nicht dauernd mit ihr zusammen zu sein; sie war jetzt, wo wir uns nur mittags und abends mal sahen, viel netter.
Aber im Grunde lebten auch wir nicht schlecht. Denn Frieda versorgte uns reichlich mit Essen, und war es zu Hause zu kalt, dann gingen wir ins Museum rüber; und wenn wir uns alles angesehen hatten, lehnten wir uns unter dem Dinosauriergerippe an die Heizung, sahen aus dem Fenster oder fingen mit dem Museumswärter ein Gespräch über Kaninchenzucht an.
An sich war das Jahr also durchaus dazu angetan, in Ruhe und Beschaulichkeit zu Ende gebracht zu werden. Wenn Vater sich nur nicht solche Sorge um einen Weihnachtsbaum gemacht hätte.
Es kam ganz plötzlich.
Wir hatten eben Frieda aus der Destille abgeholt und sie nach Hause gebracht und uns hingelegt, da klappte Vater den Band Brehms Tierleben zu, in dem er abends immer noch las, und fragte zu mir rüber: »Schläfst du schon?«
»Nein«, sagte ich, denn es war zu kalt zum Schlafen.
»Mir fällt eben ein«, sagte Vater, »wir brauchen ja einen Weihnachtsbaum.« Er machte eine Pause und wartete meine Antwort ab.
»Findest du?«, sagte ich.
»Ja«, sagte Vater, »und zwar so einen richtigen, schönen; nicht so einen murkeligen, der schon umkippt, wenn man bloß mal eine Walnuss dranhängt.«
Bei dem Wort Walnuss richtete ich mich auf. Ob man nicht vielleicht auch ein paar Lebkuchen kriegen könnte zum Dranhängen? Vater räusperte sich. »Gott –« sagte er, »warum nicht; mal mit Frieda reden.«
»Vielleicht«, sagte ich, »kennt Frieda auch gleich jemand, der uns einen Baum schenkt.«
Vater bezweifelte das. Außerdem: So einen Baum, wie er ihn sich

vorstellte, den verschenkt niemand, der wäre ein Reichtum, ein Schatz wäre der.

Ob er vielleicht eine Mark wert wäre, fragte ich.

»Eine Mark –?!« Vater blies verächtlich die Luft durch die Nase: »Mindestens zwei.«

»Und wo gibt's ihn?«

»Siehst du«, sagte Vater, »das überleg' ich auch gerade.«

»Aber wir können ihn doch gar nicht kaufen«, sagte ich; »zwei Mark: wo willst du die denn jetzt hernehmen?«

Vater hob die Petroleumlampe auf und sah sich im Zimmer um. Ich wusste, er überlegte, ob sich vielleicht noch was ins Leihhaus bringen ließe; es war aber schon alles drin, sogar das Grammophon, bei dem ich so geheult hatte, als der Kerl hinter dem Gitter mit ihm weggeschlurft war.

Vater stellte die Lampe wieder zurück und räusperte sich. »Schlaf erst mal; ich werde mir den Fall durch den Kopf gehen lassen.«

In der nächsten Zeit drückten wir uns bloß immer an den Weihnachtsbaumverkaufsständen herum. Baum auf Baum bekam Beine und lief weg; aber wir hatten noch immer keinen.

»Ob man nicht doch –?«, fragte ich am fünften Tag, als wir gerade wieder im Museum unter dem Dinosauriergerippe an der Heizung lehnten.

»Ob man was?«, fragte Vater scharf.

»Ich meine, ob man nicht doch versuchen sollte, einen gewöhnlichen Baum zu kriegen?«

»Bist du verrückt?!« Vater war empört. »Vielleicht so einen Kohlstrunk, bei dem man nachher nicht weiß, soll es ein Handfeger oder eine Zahnbürste sein? Kommt gar nicht in Frage.«

Doch was half es; Weihnachten kam näher und näher. Anfangs waren die Christbaumwälder in den Straßen noch aufgefüllt worden; aber allmählich lichteten sie sich, und eines Nachmittags waren wir Zeuge, wie der fetteste Christbaumverkäufer vom Alex, der Kraftriemen Jimmy, sein letztes Bäumchen, ein wahres Streichholz von einem Baum, für drei Mark fünfzig verkaufte, aufs Geld spuckte, sich aufs Rad schwang und wegfuhr.

Nun fingen wir doch an, traurig zu werden. Nicht schlimm; aber immerhin, es genügte, dass Frieda die Brauen noch mehr zusammenzog, als sie es sonst zu tun pflegte, und dass sie uns fragte, was wir denn hätten.

Wir hatten uns zwar daran gewöhnt, unseren Kummer für uns zu behalten, doch diesmal machten wir eine Ausnahme, und Vater erzählte es ihr.

Frieda hörte aufmerksam zu. »Das ist alles?« Wir nickten. »Ihr seid aber komisch«, sagte Frieda; »wieso geht ihr denn nicht einfach in den Grunewald einen klauen?«

Ich habe Vater schon häufig empört gesehen, aber so empört wie an diesem Abend noch nie.

Er war kreidebleich geworden. »Ist das dein Ernst?«, fragte er heiser.

Frieda war sehr erstaunt. »Logisch«, sagte sie; »das machen doch alle.«

»Alle –!«, echote Vater dumpf, »alle –!« Er erhob sich steif und nahm mich bei der Hand.

»Du gestattest wohl«, sagte er darauf zu Frieda, »dass ich erst den

240

Jungen nach Hause bringe, ehe ich dir hierauf die gebührende Antwort erteile.«

Er hat sie ihr niemals erteilt. Frieda war vernünftig; sie tat so, als ginge sie auf Vaters Zimperlichkeit ein, und am nächsten Tag entschuldigte sie sich. Doch was nützte das alles; einen Baum, gar einen Staatsbaum, wie Vater ihn sich vorstellte, hatten wir deshalb noch lange nicht.

Aber dann – es war der dreiundzwanzigste Dezember, und wir hatten eben wieder unseren Stammplatz unter dem Dinosauriergerippe bezogen – hatte Vater die große Erleuchtung.

»Haben Sie einen Spaten?«, fragte er den Museumswärter, der neben uns auf seinem Klappstuhl eingenickt war.

»Was?!«, rief der und fuhr auf, »was habe ich?!«

»Einen Spaten, Mann«, sagte Vater ungeduldig; »ob Sie einen Spaten haben.«

Ja, den hätte er schon.

Ich sah unsicher an Vater empor. Er sah jedoch leidlich normal aus; nur sein Blick schien mir eine Spur unsteter zu sein als sonst.

»Gut«, sagte er jetzt; »wir kommen heute mit Ihnen nach Hause und Sie borgen ihn uns.«

Was er vorhatte, erfuhr ich erst in der Nacht.

»Los«, sagte Vater und schüttelte mich, »steh auf!«

Ich kroch schlaftrunken über das Bettgitter. »Was ist denn bloß los!«

»Pass auf«, sagte Vater und blieb vor mir stehen: »Einen Baum stehlen, das ist gemein; aber sich einen borgen, das geht.«

»Borgen –?«, fragte ich blinzelnd.

»Ja«, sagte Vater. »Wir gehen jetzt in den Friedrichshain und graben eine Blautanne aus. Zu Hause stellen wir sie in die Wanne mit Wasser, feiern morgen dann Weihnachten mit ihr, und nachher pflanzen wir sie wieder am selben Platz ein. Na –?« Er sah mich durchdringend an.

»Eine wunderbare Idee«, sagte ich.

Summend und pfeifend gingen wir los; Vater den Spaten auf dem Rücken, ich einen Sack unter dem Arm. Hin und wieder hörte

Vater auf zu pfeifen, und wir sangen zweistimmig »Morgen, Kinder, wird's was geben« und »Vom Himmel hoch, da komm' ich her«. Wie immer bei solchen Liedern, hatte Vater Tränen in den Augen, und auch mir war schon ganz feierlich zumute.

Dann tauchte vor uns der Friedrichshain auf, und wir schwiegen. Die Blautanne, auf die Vater es abgesehen hatte, stand inmitten eines strohgedeckten Rosenrondells. Sie war gut anderthalb Meter hoch und ein Muster an ebenmäßigem Wuchs.

Da der Boden nur dicht unter der Oberfläche gefroren war, dauerte es auch gar nicht lange, und Vater hatte die Wurzeln freigelegt. Behutsam kippten wir den Baum darauf um, schoben ihn mit den Wurzeln in den Sack, Vater hängte seine Joppe über das Ende, das raus sah, wir schippten das Loch zu, Stroh wurde darübergestreut, Vater lud sich den Baum auf die Schulter, und wir gingen nach Hause.

Hier füllten wir die große Zinkwanne mit Wasser und stellten den Baum rein.

Als ich am nächsten Morgen aufwachte, waren Vater und Frieda schon dabei, ihn zu schmücken. Er war jetzt mit Hilfe einer Schnur an der Decke befestigt, und Frieda hatte aus Stanniolpapier allerlei Sterne geschnitten, die sie an seinen Zweigen aufhängte; sie sahen sehr hübsch aus. Auch einige Lebkuchenmänner sah ich hängen.

Ich wollte den beiden den Spaß nicht verderben; daher tat ich so, als schliefe ich noch. Dabei überlegte ich mir, wie ich mich für ihre Nettigkeit revanchieren könnte.

Schließlich fiel es mir ein: Vater hatte sich einen Weihnachtsbaum geborgt, warum sollte ich es nicht fertigbringen, mir über die Feiertage unser verpfändetes Grammophon auszuleihen? Ich tat so, als wachte ich eben erst auf, bejubelte vorschriftsmäßig den Baum, und dann zog ich mich an und ging los.

Der Pfandleiher war ein furchtbarer Mensch; schon als wir zum ersten Mal bei ihm gewesen waren und Vater ihm seinen Mantel gegeben hatte, hätte ich dem Kerl sonst was zufügen mögen; aber jetzt musste man freundlich zu ihm sein.

Ich gab mir auch große Mühe. Ich erzählte ihm was von zwei

Großmüttern und »gerade zu Weihnachten« und »letzter Freude auf alte Tage« und so, und plötzlich holte der Pfandleiher aus und haute mir eine herunter und sagte ganz ruhig:

»Wie oft du sonst schwindelst, ist mir egal; aber zu Weihnachten wird die Wahrheit gesagt, verstanden?«

Darauf schlurfte er in den Nebenraum und brachte das Grammophon an. »Aber wehe, ihr macht was an ihm kaputt! Und nur für drei Tage! Und auch bloß, weil du's bist!« Ich machte einen Diener, dass ich mir fast die Stirn an der Kniescheibe stieß; dann nahm ich den Kasten unter den einen, den Trichter unter den anderen Arm und rannte nach Hause.

Ich versteckte beides erst mal in der Waschküche. Frieda allerdings musste ich einweihen, denn die hatte die Platten; aber Frieda hielt dicht.

Mittags hatte uns Friedas Chef, der Destillenwirt, eingeladen. Es gab eine tadellose Nudelsuppe, anschließend Kartoffelbrei mit Gänseklein. Wir aßen, bis wir uns kaum noch erkannten; darauf gingen wir, um Kohlen zu sparen, noch ein bisschen ins Museum zum Dinosauriergerippe; und am Nachmittag kam Frieda und holte uns ab.

Zu Hause wurde geheizt. Dann packte Frieda eine Riesenschüssel voll übriggebliebenem Gänseklein, drei Flaschen Rotwein und einen Quadratmeter Bienenstich aus, Vater legte für mich seinen Band Brehms Tierleben auf den Tisch, und im nächsten unbewachten Augenblick lief ich in die Waschküche runter, holte das Grammophon rauf und sagte Vater, er sollte sich umdrehen.

Er gehorchte auch; Frieda legte die Platten raus und steckte die Lichter an, und ich machte den Trichter fest und zog das Grammophon auf.

»Kann ich mich umdrehen?«, fragte Vater, der es nicht mehr aushielt, als Frieda das Licht ausgeknipst hatte.

»Moment«, sagte ich; »dieser verdammte Trichter – denkst du, ich krieg' das Ding fest?«

Frieda hüstelte.

»Was denn für ein Trichter?«, fragte Vater.

Aber da ging es schon los. Es war »Ihr Kinderlein kommet«; es knarrte zwar etwas, und die Platte hatte wohl auch einen Sprung, aber das machte nichts. Frieda und ich sangen mit, und da drehte Vater sich um. Er schluckte erst und zupfte sich an der Nase, aber dann räusperte er sich und sang auch mit.

Als die Platte zu Ende war, schüttelten wir uns die Hände, und ich erzählte Vater, wie ich das mit dem Grammophon gemacht hätte. Er war begeistert. »Na –?«, sagte er nur immer wieder zu Frieda und nickte dabei zu mir rüber: »Na –?«

Es wurde ein schöner Weihnachtsabend. Erst sangen und spielten wir die Platten durch; dann spielten wir sie noch mal ohne Gesang; dann sang Frieda noch mal alle Platten allein; dann sang sie mit Vater noch mal, und dann aßen wir und tranken den Wein aus, und darauf machten wir noch ein bisschen Musik; und dann brachten wir Frieda nach Hause und legten uns auch hin.

Am nächsten Morgen blieb der Baum noch aufgeputzt stehen. Ich durfte liegen bleiben, und Vater machte den ganzen Tag Grammophonmusik und pfiff die zweite Stimme dazu.

Dann, in der folgenden Nacht, nahmen wir den Baum aus der Wanne, steckten ihn, noch mit den Stanniolpapiersternen geschmückt, in den Sack und brachten ihn zurück in den Friedrichshain.

Hier pflanzten wir ihn wieder in sein Rosenrondell. Darauf traten wir die Erde fest und gingen nach Hause. Am Morgen brachte ich dann auch das Grammophon weg. Den Baum haben wir noch häufig besucht; er ist wieder angewachsen. Die Stanniolpapiersterne hingen noch eine ganze Weile in seinen Zweigen, einige sogar bis in den Frühling.

Vor ein paar Monaten habe ich mir den Baum wieder mal angesehen. Er ist gute zwei Stock hoch und hat den Umfang eines mittleren Fabrikschornsteins. Es mutet merkwürdig an, sich vorzustellen, dass wir ihn mal zu Gast in unserer Wohnküche hatten.

Cornelia Funke

Das unsichtbare Rentier

Die Kobolde bekam Charlotte nicht zu sehen. Als sie von ihrer Mutter abgeholt wurde, lagen die kleinen Kerle immer noch schnarchend in der Schublade. Ben freute das.
»In einer Stunde vorne an der Ecke«, flüsterte Charlotte ihm zu, bevor sie mit ihrer Mutter verschwand. Ben nickte mürrisch und war endlich wieder allein mit Julebukk und den Engeln.
Er half Matilda und Emmanuel beim Teigkneten, sah zu, wie Julebukk mit viel Mühe die faulen Kobolde weckte, und nähte ihm den abgerissenen Bommel an seine Kapuze. Er konnte ganz gut nähen. Seine Mutter hatte es ihm beigebracht, weil sie keine Lust hatte, ewig seine Knöpfe anzunähen.
»Du magst sie nicht, was?«, fragte Julebukk, gerade als Ben den Faden einfädelte.
Vor Schreck stach er sich in den Finger.
»Warum nicht?«, fragte Julebukk. «Sie hat sehr schöne Träume, weißt du? Schöne und schlimme.»
Ben wusste beim besten Willen nicht, was das damit zu tun hatte.
»Sie ist ein Mädchen«, brummte er und machte einen Knoten in den Faden.
»Aha«, sagte Julebukk. »Und? Matilda ist auch ein Mädchen.«
»Das ist was anderes«, murmelte Ben.
»Aha«, sagte Julebukk wieder. Dann sah er nachdenklich aus dem Fenster.

Ben kam zehn Minuten zu spät zum Treffpunkt. Ausgerechnet Willi war ihm über den Weg gelaufen, als er aus Julebukks Wagen kam. Dem hatte er erst mal was vorlügen müssen. Schließlich konnte er ihm schlecht sagen, dass er mit dem Mausgesicht verabredet war, um ein unsichtbares Rentier zu fangen. Aber da Ben immer stotterte, wenn er log, war Willi nun beleidigt. Auch das noch.
Charlotte wartete schon. Frierend trat sie von einem Fuß auf den

anderen. Ihr Hund rannte um sie herum und wickelte ihr die Leine um die Beine.

»Hallo«, sagte Ben und kraulte den Hund hinter den Ohren. Er hätte selbst auch gern einen gehabt, aber seine Eltern wollten nicht. »Himmel, all die Haare«, sagte seine Mutter immer, »und dauernd lecken sie an was herum. Nein, Fische kannst du haben. Wie wär's damit?« Ben wollte keine Fische.

»Hast du die Zügel?«, fragte das Mausgesicht.

Ben nickte, zog sie aus der Tasche und hielt sie dem Hund unter die Nase. Der schnüffelte sehr interessiert daran herum. Aber dann steckte er die Nase in Bens andere Jackentasche. Da war das Marzipan drin.

Charlotte lachte. »He, weg da! Das ist nicht für dich!«

Sie zog den Hund zurück und hielt Ben die Leine hin. »Willst du sie mal halten?«

»Danke«, murmelte Ben und nahm die Leine. War ein gutes Gefühl.

Charlotte nahm ihm die Rentierzügel ab und hielt sie Wutz noch mal unter die Nase. »Los, such«, sagte sie.

Und das tat Wutz. Schnuppernd und schnüffelnd, die Nase immer auf dem Boden, zerrte sie Ben von Straße zu Straße. Charlotte kam kaum hinterher.

»Dieses Rentier muss ja köstlich stinken!«, rief sie.

Ben nickte nur. Er fühlte sich wunderbar. Stundenlang hätte er so mit Wutz durch die Straßen laufen können, Stunden, Tage, Wochen, immer. Selbst die Gesellschaft von Mausgesicht störte ihn nicht. Er hatte immer gedacht, dass Mädchen pausenlos reden, dass sie einem die Wörter kübelweise über den Kopf gießen. Aber Charlotte sagte kaum was. Seite an Seite liefen sie durch die winterlichen Straßen, bis Wutz plötzlich in eine der großen Einkaufsstraßen einbog. Zielstrebig steuerte sie auf das größte Kaufhaus der Stadt zu.

»O nein!« Charlotte blieb stehen. »Es wird doch wohl nicht da drin sein?«

Der Gedanke behagte Ben auch überhaupt nicht. Aber Wutz war schon vor der großen Eingangstür und versuchte ihn hineinzuzerren.

»Was machen wir nun?«, fragte Charlotte. »Sie darf da nicht mit rein. Und wie sollen wir das Vieh ohne sie finden?«

Ben zuckte die Achseln. »Vielleicht – vielleicht findet es uns? Ich mein – das Marzipan?«

»Ich weiß nicht«, Charlotte band Wutz neben dem Eingang an und tätschelte ihr den Kopf. »Da drin stapelt sich doch das Marzipan. Wie soll das Rentier da ausgerechnet unseres finden?«

Ratlos sahen sie sich an.

»Ich glaub, wir sollten einfach mal reingehen«, sagte Ben.

Charlotte nickte. »Okay.«

Sie streichelten Wutz zum Abschied den Kopf und stürzten sich ins Getümmel.

Das Gedränge war furchtbar. Mühsam zwängten sie sich zwischen Busen und Bäuchen durch, wichen vollgepackten Einkaufstaschen und Kinderwagen mit brüllenden Babys aus und standen schließlich erschöpft auf der Rolltreppe ins Untergeschoss – Süßigkeiten und Lebensmittel. Weihnachtsmusik hing klebrig in der dicken Luft, überall standen Nikoläuse und Engel mit Glitzerhaar. Ben stolperte von der Rolltreppe und stieß gegen einen riesigen Plastikweihnachtsbaum.

»Kannst du nicht aufpassen?«, fuhr ihn eine Verkäuferin an. Ben warf ihr einen finsteren Blick zu und sah sich nach Charlotte um. Aber er konnte sie nirgends entdecken. Kein Wunder, dachte Ben, bei der Größe. Plötzlich spürte er etwas Feuchtes an seiner Hand, feucht und kalt. Er fuhr herum. Aber da war nichts zu sehen. Nur Menschen, die sich mit zusammengekniffenen Lippen zur Rolltreppe durchkämpften oder in Sonderangeboten herumwühlten.

»Charlotte!« Ben stellte sich auf die Zehenspitzen und hielt weiter Ausschau nach dem Mausgesicht. Irgendwer schubste ihn heftig in den Rücken, sodass er fast auf die Nase fiel. Ärgerlich drehte er sich um, aber da war niemand. Wirklich niemand. Die Leute machten einen Bogen um Ben, als hätte er einen unsichtbaren Zaun hinter sich aufgebaut. Unsichtbar! Etwas knabberte an seinem Ärmel, zwängte sich schnaufend in seine Jackentasche.

»Charlotte!«, rief Ben. »Charlotte!« Er wich einen Schritt zurück – und sah den riesigen Plastikweihnachtsbaum wanken, obwohl der mindestens einen Meter von ihm entfernt war. »Komm her!«, flüsterte Ben und streckte suchend die Hände ins Leere. »Komm schon.« Seine Finger stießen gegen weiches Fell, ertasteten Leder. Blitzschnell griff Ben zu.

»Ben?«, rief Charlotte. Sie tauchte hinter einem Turm von Lebkuchendosen auf. »Hast du es?«

»Schnell!«, rief Ben zurück. »Ich – ich kann's nicht festhalten!« Julebukks unsichtbares Rentier sträubte sich, zerrte an seinem Zügel. Hilflos stolperte Ben hinterher, wieder auf diesen elenden Plastikweihnachtsbaum zu. Das Ding schwankte wie eine echte Tanne im Sturm, dann lehnte es sich auf die Seite. Weihnachtspäckchen und Lametta regneten von den Zweigen. Kreischend stoben die Leute auseinander. Die Verkäuferin kam wie eine Furie auf Ben zu.

Der hielt die Zügel immer noch fest, obwohl Sternschnuppe ihn fast umwarf.

»Steig auf!«, schrie Charlotte von irgendwo. »Schnell!« Und plötzlich sah Ben sie über sich in der Luft sitzen und ihm wild zuwinken. Sie beugte sich vor und zerrte an seinem Arm. Aber da zerrte noch jemand an ihm. Die Verkäuferin hatte seinen anderen Arm gepackt.

»Na warte, Bürschchen!«, schrie sie ihn an. »Sieh dir den Baum an. Das wird deine Eltern teuer zu stehen kommen.«

Seine Eltern! Mit dem Mut der Verzweiflung riss Ben sich los, griff nach Charlottes Hand und saß im nächsten Moment genau wie sie auf dem unsichtbaren Rentierrücken.

Mit offenem Mund starrte die Verkäuferin zu ihnen hoch.

»Ho!«, rief Charlotte. »Ho, ho!« und riss wild an Sternschnuppes Zügeln. Das Rentier machte einen Bocksprung, der die Kinder fast abwarf. Dann bäumte es sich auf und sprang mit einem Satz hoch über die Köpfe der Leute. Leicht wie eine Feder tänzelte es drei

Meter über Tischen und Ständern durch die Luft. Ben stieß sich fast den Kopf an einem riesigen Neonengel, der von der Decke hing.

Die aufgeregten Stimmen unter ihnen waren verstummt. Nur die Weihnachtsmusik plärrte aus den Lautsprechern. Kinder, Frauen, Männer legten die Köpfe in den Nacken und blickten stumm nach oben, wo Ben und Charlotte auf dem unsichtbaren Rentier durch die Weihnachtsdekoration schwebten.

Erst als Sternschnuppe die Rolltreppe hinaufflog, zerbrach der Zauber.

»Toller Trick!«, rief jemand. »Noch mal«, rief ein Kind.

Aber da waren Ben und Charlotte längst auf und davon. Ehe jemand im Erdgeschoss begriff, was da vorbeischwebte, war Sternschnuppe aus der Tür und landete auf dem Bürgersteig. Charlotte rutschte von Sternschnuppes Rücken. »Reite vor!«, rief sie. »Ich hol Wutz.«

Mit einem Satz sprang das Rentier weiter. Ben guckte sich nach Charlotte um und sah gerade noch, wie sie die wild bellende Hündin losband. Dann war Sternschnuppe auch schon in die nächste Straße getrabt.

»Halt!«, brüllte Ben und zog mit aller Kraft an den Zügeln. »Bleib stehen. Du sollst stehen bleiben!«

Zu seiner Verblüffung wurde Sternschnuppe wirklich langsamer. Schnaubend blieb er vor einer hohen Hecke stehen. Ben ließ sich zu Boden gleiten, ohne die Zügel loszulassen. »Guck mal!« Er zog den Rest Marzipan aus seiner Tasche und hielt ihn lockend in die Luft. So lotste er Sternschnuppe zum nächsten Laternenpfahl. Mit zitternden Fingern band er die Zügel daran fest. Geschafft. Nervös sah er sich um. Das Rentier war zum Glück in eine sehr kleine Straße gelaufen. Nicht ein Mensch war zu sehen.

»Mann, Mann, Mann!«, stöhnte Ben, schloss die Augen und lehnte sich erschöpft gegen den Laternenpfahl.

Nach ein paar Minuten kam Charlotte völlig außer Atem mit Wutz die Straße entlanggerannt.

»Hast du es?«, stieß sie hervor.

Ben nickte. »Am Laternenpfahl. Es knabbert an meiner Jacke herum.«

Erleichtert lächelte Charlotte ihn an. »Das haben wir gut gemacht, was?«

»Stimmt«, sagte Ben.

Dann machten sie sich mit Sternschnuppe auf den Heimweg. Zurück zu Julebukk.

Hans Fallada

Christkind verkehrt

Ich hatte mir zu Weihnachten ein Puppentheater gewünscht, ein Puppentheater aus Pappe, mit Proszenium, Soffitten und Hintergrund, mit den Figuren für Wilhelm Tell – alles aus Pappe. Auf meines Bruders Uli Wunschzettel aber hatte eine Robinsonade gestanden, aus Blei. Robinson und Freitag und Palmen und eine Hütte und das »Pappchen« in seinem Rutenkäfig, alles aus Blei. Einmal ist es soweit, und die kleine silberne Bimmel klingelt, und die Tür tut sich auf, und der Baum strahlt, und wir marschieren auf ihn zu, wie die Orgelpfeifen, nach dem Alter: erst Uli, dann ich, dann Margarete, dann Elisabeth. Und nun stehen wir vor dem Baum, rechts und links von ihm Mama und Papa, und wir sagen jeder etwas auf: ein Weihnachtslied oder ein paar hausgemachte Verse. Während das geschieht, ist es verboten, nach den Tischen zu schielen, aber ich wage doch einen Blick – und da, links von mir, steht das Puppentheater, strahlend, und der Vorhang ist aufgezogen, und Tell ist auf der Bühne und Geßler – welches Glück!
Aber wie nun Elisabeth als die Letzte ihr Sprüchlein gesagt hat und wir zu unsern Tischen dürfen, da führt mich Mama nicht nach links, nicht zu dem Puppentheater, sondern nach rechts, wo auf einem großen Brett mit gelbem Sand und grünem kurzem Moos und blau gestrichenem Meer die Robinsonade aus Blei aufgebaut ist –: »Dein Bruder Uli«, sagt Mama, »ist voriges Jahr viel besser weggekommen als du. Und deshalb bekommst du in diesem Jahr den Robinson, der ist viel schöner.«
Und nun standen wir beide da, wie die rechten Küster, und versuchten zu spielen, er mit »meinem« Puppentheater, ich mit »seinem« Robinson, und das Herz war uns schwer, und zu freuen hatten wir uns doch auch. Und ab und an wagten wir einen Blick zum andern und fanden, der konnte gar nichts mit »unserm« Spielzeug anfangen.
Aber das Seltsame an diesem sonst ganz unweihnachtlichen Weih-

nachtserlebnis war, dass wir – Uli und ich – nun nicht etwa, als die weihnachtlichen Freuden verrauscht und wir mit unserm Spielzeug aus dem Bescherungs- in »unser« Zimmer übergesiedelt waren, dass wir da nicht etwa unsere Weihnachtsgeschenke austauschten und das so falsch Begonnene richtig vollendeten ...
Nein, das Seltsame war, dass Uli leidenschaftlich an seinem Puppentheater hing und dass ich wie ein Hofhund über meinem Robinson wachte. Von all den vielen Weihnachtsfesten meiner Kindheit ist dieses eine nur mir ganz unvergesslich und deutlich geblieben: mit dem spähenden Entdeckerblick zum Tisch, mit dem »Besser-Wegkommen«, mit dem Sich-freuen-Müssen, mit dem verlegenen Schuldgefühl. Kein Spielzeug hat den Glanz dieses falschen Robinsons, es ist mitgegangen mit mir durch mein Leben, und heute noch, wenn ich nicht einschlafen kann, spiele ich Robinson.

James Krüss

Schildkrötengeschichte

Es war der 24. Dezember, und es schneite. Gleichmütig und gleichmäßig fiel der Schnee. Er fiel auf die Fabrik für künstliche Blumen, und sein frisches Weiß gab dem hässlichen Backsteinhaus etwas beinahe Heiteres. Er fiel auf die Villa des Fabrikanten, deren eckige Fassade er mit gefälligen Rundungen versah, und er fiel auf das Einfamilienhaus des Werkmeisters, aus dem er ein drolliges Zuckerhäuschen machte.

In den Hallen der Fabrik war um diese Zeit keine Menschenseele. Ein missglücktes Veilchen aus Draht und Wachs sinnierte im Kehrichteimer vor sich hin, eine eiserne Tür zum Hof bewegte sich quietschend in den ausgeleierten Scharnieren.

In der Villa nebenan telefonierte die Gnädige zum vierten Mal aufgeregt mit der Tierhandlung wegen der bestellten Schildkröte.

Im Einfamilienhaus schrieb das jüngste der elf Kinder, die kleine Sabine, zum vierten Mal ihren Wunschzettel: *»Lihber Weihnachtsman ich möchte, eine schildkröte hahben deine Sabine.«*

Die Gnädige erwartete die Schildkröte zur Suppe. Sabine erwartete sie als Spielgefährtin. Und der Zufall in Gestalt eines Botenjungen sprach die Schildkröte derjenigen zu, die sie verdiente.

Hier muss endlich bemerkt werden, dass die Villa und das Einfamilienhaus eine Kleinigkeit gemeinsam hatten: das Namensschild an der Tür. Auf beiden Schildern las man »Karl Moosmann«. Zwar las man bei dem Fabrikanten einen Buchstaben mehr, nämlich »Karl F. Moosmann«. Aber für derlei feine Unterschiede haben Zufälle und Botenjungen kein Auge.

So kam es, dass die Schildkröte nicht in die Villa, sondern in das Einfamilienhaus gebracht wurde, wo man sie freudig und arglos in Empfang nahm.

Vater Moosmann glaubte weder an Engel, die als Botenjungen verkleidet kommen, noch an die Gaben guter Feen. Aber er glaubte daran, dass die kleinen Wünsche kleiner Kinder manchmal erfüllt werden, ohne dass man erklären kann, wie. Deshalb freute er sich, als der Zufall seinen Glauben bestätigte.

Sabine erhielt das unerwartete Geschenk schon vor der Bescherung. Die erste Begegnung mit dem Tier verlief für beide Teile etwas unglücklich.

Die Schildkröte unterschied sich von der geliebten Bilderbuchschildkröte nämlich dadurch, dass sie zappelte, wenn man sie aufhob, und dass sie bei ungeschickter Berührung sogar fauchte. Das irritierte Sabine so heftig, dass sie das Tier fallen ließ. Zum Glück fiel es nicht tief. Sabine maß noch keinen Meter.

Das Mädchen konnte vor Schreck nur »plumps« sagen. Doch dann hob sie das Tier trotz der strampelnden Beine wieder auf, streichelte den hell- und dunkelbraun geschuppten Panzer und sagte: »Armer Plumps!«

Und damit war das Tier getauft. Aus einer beliebigen Schildkröte war sie zu einer bekannten geworden, zur Schildkröte Plumps Moosmann.

Indessen telefonierte die Gnädige, die Frau Moosmann aus der Villa, zum fünften Mal mit der Tierhandlung, und ihre Stimme kippte zuweilen ein bisschen über: »... ist doch großer Unfug. Wie kann sie hier sein, wenn niemand sie gebracht hat? ... Bitte? ... Nein, Schildkrötensuppe! ... Was sagten Sie? ... Die letzte? Das wird ja immer heiterer! Ich habe sie doch zeitig genug bestellt! ... Ist denn der Bote noch nicht zurück? ... Wie? ... Also dann rufe ich in einer halben Stunde noch einmal an. Adieu!«

Der Hörer fiel scheppernd in die Gabel und die Gnädige in einen Sessel. Erst jetzt bemerkte sie, dass ihr Sohn Alexander in der Tür stand.

»Bekomme ich auch eine Schildkröte zu Weihnachten, Mama?«

»Die Schildkröte ist für die Suppe, Alex! Vater wünscht sich eine echte Mockturtlesuppe zum Fest!«

Alexander zog eine Schnute, die ihm reizend stand, und wollte abziehen. Aber er besann sich anders, drehte sich noch einmal um und äußerte betont beiläufig: »Sabines Schildkröte heißt Plumps. Sie wird nicht zu Mockturtlesuppe verarbeitet.«

Dann wollte er endgültig gehen. Aber diesmal hielt die Mutter ihn zurück.

»Was ist das für eine Schildkröte, von der du sprichst, Alex?«

»Sabine hat heute Nachmittag eine Schildkröte zu Weihnachten bekommen. Sie weiß nicht, von wem. Sie heißt Plumps.«

»Heute Nachmittag, sagst du? Warte, bitte!«

Zum sechsten Mal an diesem Nachmittag telefonierte Frau Moosmann, die von der Frau Moosmann nebenan die Gnädige genannt wird, mit der Tierhandlung. Der Bote war gerade zurückgekommen und berichtete, dass er das Tier bei Karl Moosmann abgeliefert habe. Damit war die Sache klar: Sabine hatte versehentlich die Schildkröte bekommen, die in die Villa bestellt war. Also wurde Alexander ins Nachbarhaus geschickt, um den Irrtum aufzuklären und die Schildkröte herüberzuholen.

Die Moosmannkinder nebenan waren allesamt rothaarig. Das Rot ihrer Schöpfe reichte vom blassen Gold bis fast zum Zinnober. Sie waren gerade dabei, sich für die Bescherung umzuziehen, als Alexander herübergestürmt kam. So traf der Bub nur Mieze, die Älteste, die in der Küche stand und kochte. Die kleine Sabine bemerkte er nicht; denn sie hockte mit ihrer Schildkröte hinter der halboffenen Küchentür.

»Du, Mieze, es ist unsere Schildkröte!«, schrie er ohne jede Einleitung. »Wir brauchen sie für die Mockturtlesuppe. Der Bote hat sie aus Versehen zu euch gebracht!«

»Mockturtlesuppe kocht man aus Kalbsköpfen und nicht aus Schildkröten«, bemerkte Mieze, denn sie besuchte eine Kochschule.

»Trotzdem ist es unsere Schildkröte. Wo ist sie?«

Mieze zuckte mit den Schultern und schielte unauffällig zur Küchentür. Aber weder Sabinchen noch die Schildkröte waren zu sehen. Sie gab Alexander den Rat, im ersten Stock nachzuforschen.

Im Mädchenzimmer des ersten Stocks fingen vier Moosmannmädchen bei Alexanders Eintritt zu kreischen an. Sie probierten gerade drei gewaltige Petticoats. Das belustigte Alexander. Aber die Schildkröte fand er hier nicht.

Im Jungenschlafzimmer spielte er mit drei Moosmannbuben Domino. Das war aufregend. Aber die Schildkröte hatte er noch immer nicht.

Auf der Treppe lief er dem alten Moosmann in den Weg, der schon von der Verwechslung gehört hatte und die Stirn krauste. »Wenn die Schildkröte euch gehört, muss Sabine sie zurückgeben«, meinte er.

»Es gibt ja noch mehr Schildkröten auf der Welt. Sag deiner Mutter, wir brächten das Tier, sobald wir Sabine gefunden haben.«

Alexander raste mit dieser Nachricht in die Villa zurück, und zehn Moosmannkinder suchten Sabine mit ihrer Schildkröte.

Eine Stunde später suchte man das Schwesterchen immer noch. Schließlich wurde Mieze in die Fabrikantenvilla geschickt, um nachzuforschen, ob Sabine vielleicht schon dort sei. Aber auch dort war das Mädchen nicht.

Erst jetzt begriff Mieze, was geschehen war: Sabine hatte die Unterhaltung in der Küche belauscht und sich mit ihrer Schildkröte irgendwo versteckt, um das Tier behalten zu können. Aber wo steckte das Kind?

Mieze erzählte der Gnädigen von ihrer Vermutung und fügte hinzu: »Echte Mockturtlesuppe wird übrigens aus Kalbskopf hergestellt, obwohl man sie fälschlich auch Schildkrötensuppe nennt.«

»Sind Sie ganz sicher?«, fragte die Gnädige.

»Ganz sicher«, antwortete Mieze. »Ich besuche einen Kochkurs. Außerdem können Sie es in jedem Lexikon nachlesen.«

»Danke für die Belehrung, mein Kind«, erwiderte die Gnädige. »Unter diesen Umständen erlaube ich Sabine, die Schildkröte zu behalten.«

»Vorausgesetzt, wir finden Sabine«, sagte Mieze und verließ die Villa. Draußen schneite es noch immer. Es dunkelte schon, und die Stunde der Bescherung rückte näher. Aber im Haus der Moosmannkinder zeigte sich keine Sabine. Hin und wieder kam Alexander von der Villa herüber und fragte, ob das Mädchen gefunden sei. Aber er kehrte jedes Mal ergebnislos zu seiner Mama zurück.

Gegen halb fünf zog die Gnädige ihren Pelzmantel an und ging selbst ins Nachbarhaus. Obschon sie für die heillose Verwechslung nichts konnte, fühlte sie eine Art Mitschuld.

Mutter Moosmann saß als ein Häufchen Elend in der Küche. Vater Moosmann donnerte sinnlose Befehle ins Haus und scheuchte seine Kinder in die entferntesten Winkel.

In diesem Wirrwarr verwandelte sich die nervöse Aufregung der Gnädigen plötzlich in erstaunliche Tatkraft.

»Frau Moosmann, bereiten Sie die Bescherung vor!«, sagte sie in so entschiedenem Ton, dass Mutter Moosmann wirklich aufstand und sich am Küchentisch zu schaffen machte.

»Glauben Sie, wir finden Sabine?« Mutter Moosmann schluckte bei der Frage.

»Wir werden sie alle zusammen suchen«, antwortete die Gnädige. »Und ich bin sicher, wir finden sie.«

Unter Leitung der Gnädigen begann eine planmäßige Suche durch das ganze Haus, an der sich Vater Moosmann merkwürdig widerspruchslos beteiligte. Der Kloß in seiner Kehle wurde immer kleiner, als er eine Aufgabe hatte.

Aber der Kloß wuchs zur alten Größe an, als nach einer halben Stunde das Ergebnis der Suche feststand: Sabine war nicht im Haus.

Jetzt war die Gnädige nicht mehr so zuversichtlich wie zuvor. Aber sie zwang sich, es niemanden merken zu lassen.

»Sabine hat das Haus verlassen«, stellte sie mit betont sachlicher Stimme fest. »Wir müssen die ganze Nachbarschaft durchkämmen. Ich habe einen Mann, einen Sohn und zwei Dienstboten. Die werden mitsuchen. Jeder bekommt ein Revier. Ich übernehme die Fabrik.«

Zunächst wurde von der Villa aus mit der Polizei telefoniert. Aber die hatte kein Mädchen mit Schildkröte aufgegriffen. Immerhin wollte sie die Augen offenhalten.

Dann schwärmte man, einschließlich Fabrikant und Hausmädchen, nach einem genau durchdachten Plan unter dem wirbelnden Schnee in die Häuser und Gassen der Nachbarschaft aus.

Die Gnädige schritt entschlossen in den Hof der Fabrik und entdeckte hier eine weit offenstehende Eisentür.

Als sie durch die Tür in die Fabrik trat und das Licht einschaltete, hörte sie aus einer entfernten Ecke der riesigen Halle eine Art leises Quieken. Sie wandte den Kopf und entdeckte rechts hinten in der

Ecke ein ganz in sich zusammengekrümmtes Geschöpfchen: Sabine.

»Aber Kind, was machst du denn da?« Ihre Stimme hallte kalt und fremd durch den Raum.

»Du kriegst die Schildkröte nicht!«, schrie das Mädchen. »Plumps gehört mir!«

Erst jetzt bemerkte die Gnädige, dass Sabine auf dem Kehrichteimer hockte und die Schildkröte auf dem Schoß hatte.

Sie schritt quer durch die Halle auf das Mädchen zu, das jetzt noch mehr in sich zusammenkroch und ihr mit großen, ängstlichen Augen entgegensah.

»Du kannst die Schildkröte behalten, Sabine. Ich brauche sie nicht mehr.«

Das Kind umklammerte die Schildkröte. Ihre Augen verrieten Zweifel.

Die Gnädige war verwirrt und wiederholte: »Du kannst die Schildkröte behalten!«

Als sie fast vor Sabine stand, rief das Mädchen: »Du lügst! Du willst Suppe aus ihr kochen! Aber man kann die Suppe auch aus Kalbsköpfen kochen, sagt Mieze.«

Jetzt musste die Gnädige lachen. »Du hast recht«, gab sie zu. »Die Suppe, die ich kochen will, macht man aus Kalbskopf. Deshalb brauche ich überhaupt keine Schildkröte.«

»Schwöre, dass es meine Schildkröte ist!«

Halb befremdet, halb belustigt, legte die Gnädige eine Hand auf das Herz, hob die andere zum Schwur und versicherte feierlich: »Ich schwöre, dass die Schildkröte mit Namen Plumps der Sabine Moosmann gehört.«

»Jetzt glaube ich dir.« Das Mädchen stand auf, setzte die Schildkröte zu Boden und sagte: »Nun zeige ich dir, wie schnell Plumps laufen kann.«

»Zeig es mir später, Sabine. Wir müssen heim. Ich glaube, du hast dich erkältet. Und Plumps muss auch in die Wärme zurück. Die meisten Schildkröten halten nämlich um diese Zeit ihren Winterschlaf.«
»Weiß ich«, sagte Sabine mit Kennermiene. »Ich muss eine Kiste mit Torf für Plumps besorgen.«
Plötzlich begann die Schildkröte heftig mit den Beinen zu strampeln, und Sabine fing an zu niesen. Da ergriff die Gnädige entschlossen die freie Hand des Mädchens und ging mit ihr durch den fallenden Schnee hinüber zum Haus der Moosmannkinder.
Unterwegs meinte Sabine: »Wenn du keine Suppe aus Schildkröten kochst, könntest du dir eigentlich eine Schildkröte zum Spielen anschaffen.«
»Geht nicht, Sabine. Plumps war die letzte Schildkröte in der Tierhandlung. Die anderen liegen im Winterschlaf.«
Das kleine Mädchen blieb plötzlich stehen, zögerte einen kurzen Augenblick, blickte die Schildkröte an, die sich unter ihren Panzer verkrochen hatte, und legte sie sanft der Gnädigen in den Arm. »Ich schenk' sie dir zu Weihnachten. Es gibt ja noch andere Schildkröten. Ich bestell' mir eine im Frühjahr.«
Die Gnädige sah verwirrt auf die Schildkröte, die auf dem weichen Pelz des Mantels vorsichtig den Kopf vorstreckte.
»Es gefällt ihr bei dir«, sagte Sabine.
»Trotzdem glaube ich, dass du mehr Zeit für die Schildkröte hast als ich, Sabine. Ich gebe dir das Geschenk zurück.«
Wieder wechselte das verschüchterte Tier den Besitzer.
Sabine strahlte. »Du hast recht«, meinte sie. »Ich kann mich mehr um Plumps kümmern als du. Außerdem ist sie ja schon an mich gewöhnt. Du bist viel netter, als ich dachte. Vielen, vielen Dank und fröhliche Weihnachten.«
Die Gnädige schluckte ein bisschen und sagte: »Fröhliche Weihnachten, Sabine!«
Dann wanderten sie Hand in Hand weiter und wurden bald von den Flocken verdeckt, die gleichmäßig und gleichmütig auf Gerechte wie auf Ungerechte fielen.

Charles Dickens

Weihnachtsgans und Plumpudding

»Du möchtest doch diese Orte am siebenten Tag schließen«, sagte Scrooge. »Und das läuft auf dasselbe hinaus.«

»Möchte ich das?«, rief der Geist.

»Verzeih, wenn ich Unrecht habe. Es ist in deinem Namen oder zumindest in dem deiner Familie geschehen«, sagte Scrooge.

»Es gibt einige Menschen auf eurer Erde«, erwiderte der Geist, »die uns zu kennen vorgeben und die ihre Taten, die der Leidenschaft, dem Stolz, der Bosheit, dem Hass, dem Neid, der Frömmelei und der Selbstsucht entspringen, in unserem Namen begehen und die uns und allen Freunden und Verwandten so fremd sind, als ob sie nie gelebt hätten. Denke daran und laste ihr Tun ihnen selbst, nicht uns an.«

Scrooge versprach es, und sie gingen, unsichtbar wie zuvor, in die Vororte der Stadt. Es war eine bemerkenswerte Eigenschaft des Geistes (die Scrooge beim Bäcker erkannt hatte), dass er sich trotz seines Riesenwuchses mit Leichtigkeit jedem Ort anpassen konnte und dass er unter einem niedrigen Dach ebenso anmutig und als übernatürliches Wesen dastand, wie er es in einer hohen Halle auch gekonnt hätte.

Vielleicht war es das Vergnügen, das der gute Geist daran hatte, seine Macht zu beweisen, oder aber sein freundliches, großzügiges und herzliches Wesen sowie sein Mitgefühl mit allen Armen, das ihn direkt zu Scrooges Angestellten führte, denn dorthin ging er und nahm Scrooge mit, der sich an seinem Umhang festhielt. Auf der Türschwelle blieb der Geist lächelnd stehen, um Bob Cratchits Wohnung mit den Tropfen seiner Fackel zu segnen. Man bedenke! Bob bekam nur fünfzehn »Bob« (Schilling) die Woche; an jedem Sonnabend steckte er nur fünfzehn Kopien seines Vornamens ein. Und trotzdem segnete der Geist der diesjährigen Weihnacht sein Vierzimmerhaus!

Dann erschien Mrs. Cratchit, Cratchits Frau, herausgeputzt in einem schon zweimal gewendeten Kleid, das aber reich mit Borten verziert war, die billig sind und für sechs Pence viel hermachen. Sie deckte den Tisch, unterstützt von Belinda Cratchit, der zweitältesten Tochter, die ebenfalls reich mit Borten geschmückt war. Inzwischen stach Master Peter Cratchit mit einer Gabel in den Kartoffeltopf, und als er die Ecken seines riesigen Kragens (Bobs persönliches Eigentum, das er zu Ehren dieses Tages seinem Sohn und Erben überlassen hatte) in den Mund bekam, freute er sich darüber, so prächtig herausgeputzt zu sein, und sehnte sich danach, sein Hemd in den vornehmen Parks zu zeigen. Und nun kamen zwei jüngere Cratchits, ein Junge und ein Mädchen, hereingestürmt und schrien, sie hätten vor dem Bäckerladen die Gans gerochen und als ihre erkannt. Sie schwelgten in dem Gedanken an Salbeiblätter mit Zwiebeln, tanzten um den Tisch herum und himmelten Master Peter Cratchit an, während dieser (gar nicht stolz, obwohl ihn der Kragen fast erwürgte) das Feuer anfachte, bis die trägen Kartoffeln brodelten und laut an den Topfdeckel klopften, um herausgenommen und gepellt zu werden.

»Wo bleibt nur euer lieber Vater?«, sagte Mrs. Cratchit. »Und euer Bruder, Klein Tim! Und kam Martha letztes Jahr zu Weihnachten nicht auch eine halbe Stunde zu spät?«

»Hier ist Martha, Mutter!«, sagte ein Mädchen, das bei diesen Worten eintrat.

»Hier ist Martha, Mutter«, riefen die beiden jüngeren Cratchits.

»Hurra, wir haben so eine Gans, Martha!«

»Warum in Gottes Namen kommst du nur so spät, mein liebes Kind?«, sagte Mrs. Cratchit, küsste sie ein Dutzend Mal und nahm ihr mit geschäftigem Eifer Schal und Häubchen ab.

»Wir hatten gestern Abend noch so viel fertig zu machen«, erwiderte das Mädchen, »und mussten heute früh aufräumen, Mutter!«

»Na, das macht nichts, nun bist du ja da«, sagte Mrs. Cratchit. »Setz dich ans Feuer, mein Liebes, und wärm dich auf. Gott sei mit dir!«

»Nein, nein. Vater kommt«, riefen die beiden jüngeren Cratchits, die immer überall waren. »Versteck dich, Martha, versteck dich!«

Martha versteckte sich auch, und herein kam der kleine Bob, der Vater, dem mindestens drei Fuß seines Wollschals, die Fransen nicht gerechnet, vom Hals herabhingen. Seine fadenscheinige Kleidung war gestopft und gebürstet worden, damit sie feiertäglich aussähe. Auf seinen Schultern saß der kleine Tim. Armer kleiner Tim! Er trug eine winzige Krücke, und seine Gliedmaßen wurden von Eisenschienen gestützt.

»Nun, wo ist denn unsere Martha?«, rief Bob Cratchit und schaute sich um.

»Kommt nicht!«, sagte Mrs. Cratchit.

»Kommt nicht?«, sagte Bob, und seine gehobene Stimmung sank plötzlich, denn er war den ganzen Weg von der Kirche her Tims Vollblutpferd gewesen und nach Hause getrabt. »Kommt nicht zu Weihnachten?«

Martha mochte ihn nicht so enttäuscht sehen, auch wenn es nur ein Scherz war. Darum kam sie vorzeitig hinter der Kammertür hervor und rannte in seine Arme, während die beiden jüngeren Cratchits den kleinen Tim drängten und ihn ins Waschhaus trugen, damit er den Pudding im Kessel singen hörte.

»Und wie hat sich Tim benommen?«, fragte Mrs. Cratchit, nachdem sie Bob wegen seiner Leichtgläubigkeit aufgezogen und Bob seine Tochter nach Herzenslust liebkost hatte.

»Sehr brav und besser«, sagte Bob. »Irgendwie wird er nachdenklich, weil er so viel allein sitzt, und denkt sich die seltsamsten Sachen aus, die man je gehört hat. Auf dem Heimweg sagte er zu mir, er hoffe, dass ihn die Leute in der Kirche gesehen haben, weil er ein Krüppel ist und es für sie gut sei, sich am Weihnachtstag an den zu erinnern, der Lahme gehen und Blinde sehen gemacht hat.« Bobs Stimme zitterte, als er ihnen das erzählte, und zitterte noch mehr, als er sagte, dass der kleine Tim allmählich stark und kräftig werde.

Seine kleine Krücke war auf dem Flur zu hören, und noch ehe ein weiteres Wort gesprochen wurde, kam Tim zurück und wurde von den Geschwistern zu seinem Schemel vor dem Fenster geleitet, und während Bob sich die Ärmel hochkrempelte – als ob sie, armer

Kerl!, noch schäbiger werden könnten – und in einem Krug ein heißes Getränk aus Gin und Zitronen zusammenbraute, es eifrig umrührte und zum Aufkochen auf den Kaminsatz stellte, gingen Master Peter und die beiden überall zu findenden Cratchits die Gans holen, mit der sie bald in feierlichem Zug zurückkehrten. Es entstand ein solcher Tumult, dass man hätte meinen können, eine Gans sei der seltenste aller Vögel, ein gefiedertes Wunder, gegen das ein schwarzer Schwan eine Selbstverständlichkeit sei – und in Wirklichkeit war sie auch so etwas in diesem Haus. Mrs. Cratchit machte die Bratensoße (die in einem Töpfchen vorher zubereitet worden war) kochend heiß; Master Peter stampfte die Kartoffeln mit unglaublicher Kraft; Miss Belinda süßte die Apfelsoße; Martha wischte die angewärmten Teller ab; Bob setzte den kleinen Tim neben sich an ein Eckchen des Tisches; die beiden jüngeren Cratchits stellten für jeden einen Stuhl hin, wobei sie sich selbst nicht vergaßen und auf ihren Posten Wache bezogen; sie stopften sich Löffel in den Mund, damit sie nicht nach der Gans schreien konnten, bevor sie beim Austeilen an die Reihe kamen. Endlich wurde aufgetragen und das Tischgebet gesprochen. Ihm folgte eine atemlose Pause, als Mrs. Cratchit bedächtig am Tranchiermesser entlangsah und sich anschickte, es in die Gänsebrust zu stoßen. Aber als sie es tat und die lang erwartete Füllung hervorquoll, entstand rings um die Tafel ein Gemurmel des Entzückens, und selbst der kleine Tim hieb, von den beiden jüngeren Cratchits angesteckt, mit dem Griff seines Messers auf den Tisch und rief ein schwaches Hurra.

Noch nie hatte es solch eine Gans gegeben! Bob sagte, er glaube nicht, dass jemals so eine Gans gebraten worden sei. Ihre Zartheit und Schmackhaftigkeit, ihre Größe und Preiswertigkeit waren der Gegenstand allgemeiner Bewunderung. Durch Apfelsoße und Stampfkartoffeln ergänzt, ergab sie eine ausreichende Mahlzeit für die ganze Familie; sie hatten sie, wie Mrs. Cratchit entzückt feststellte (als sie die Andeutung! eines Knochens auf der Platte liegen sah), noch nicht einmal vollständig aufgegessen! Doch jeder hatte genug bekommen, und besonders die beiden jüngeren Cratchits

steckten bis über die Ohren in Salbeiblättern und Zwiebeln. Doch nun, während Miss Belinda die Teller auswechselte, verließ Mrs. Cratchit allein das Zimmer – zu aufgeregt, Zeugen zu ertragen –, um den Pudding hereinzuholen.

Angenommen, er wäre noch nicht gar! Angenommen, er zerbräche beim Herausnehmen. Angenommen, jemand wäre über die Mauer des hinteren Gartens geklettert und hätte ihn gestohlen, während sie fröhlich beim Gänsebraten saßen – eine Vorstellung, bei der die beiden jüngeren Cratchits aschfahl wurden! Alles mögliche Schreckliche wurde angenommen.

Hallo! Eine Menge Dampf! Der Pudding war aus dem Kessel heraus. Es roch wie an einem Waschtag! Das war das Tuch. Ein Geruch wie in einem Speisehaus mit danebenliegender Pastetenbäckerei und Wäscherei. Das war der Pudding! Eine halbe Minute später kam Mrs. Cratchit – vor Erregung rot, doch stolz lächelnd – mit dem Pudding herein, der gesprenkelt wie eine Kanonenkugel aussah, hart und fest war, von den Flammen eines zweiunddreißigstel Liters Brandy umzüngelt und oben mit einem weihnachtlichen Stechpalmenzweig geschmückt.

Oh, ein herrlicher Pudding! Bob sagte gelassen, dass er ihn als Mrs. Cratchits größten Erfolg seit ihrer Heirat ansähe. Mrs. Cratchit sagte, dass ihr ein Stein vom Herzen fiele, denn sie müsse zugeben, dass sie ihre Zweifel wegen der Menge des Mehls gehabt habe. Jeder hatte etwas dazu zu sagen, niemand aber sagte oder dachte, dass der Pudding für eine große Familie zu klein war. Das wäre glatte Ketzerei gewesen. Jeder Cratchit wäre vor Scham rot geworden, wenn er so etwas auch nur angedeutet hätte.

Endlich war die Mahlzeit beendet, der Tisch abgeräumt, der Herd gefegt und das Feuer geschürt. Als man das Gebräu im Krug gekostet und für vollendet befunden hatte, wurden Äpfel und Apfelsinen auf den Tisch gestellt und eine Schaufel voll Kastanien ins Feuer geschüttet. Dann setzte sich die ganze Familie Cratchit um den Herd – im Kreis, wie es Bob Cratchit nannte und womit er einen Halbkreis meinte –, und an Bob Cratchits Seite stand der Gläserreichtum der Familie: zwei Wassergläser und ein Soßenkännchen ohne Henkel.

Diese jedoch fassten den Trunk aus dem Krug ebensogut, wie es goldene Becher getan hätten, und Bob schenkte ihn mit strahlenden Augen ein, während die Kastanien im Feuer sprühten und laut krachten. Dann brachte Bob den Trinkspruch aus:

»Frohe Weihnachten uns allen, meine Lieben. Gott segne uns!«

Erich Kästner

Felix holt Senf

Es war am Weihnachtsabend im Jahre 1927 gegen sechs Uhr, und Preissers hatten eben beschert. Der Vater balancierte auf einem Stuhl dicht vorm Weihnachtsbaum und zerdrückte die Stearinflämmchen zwischen den angefeuchteten Fingern. Die Mutter hantierte draußen in der Küche, brachte das Essgeschirr und den Kartoffelsalat in die Stube und meinte: »Die Würstchen sind gleich heiß!« Ihr Mann kletterte vom Stuhl, klatschte fidel in die Hände und rief ihr nach: »Vergiss den Senf nicht!«
Sie kam, statt zu antworten, mit dem leeren Senfglas zurück und sagte: »Felix, hol Senf! Die Würstchen sind sofort fertig.« Felix saß unter der Lampe und drehte an einem kleinen billigen Fotoapparat herum. Der Vater versetzte dem Fünfzehnjährigen einen Klaps und polterte: »Nachher ist auch noch Zeit. Hier hast du Geld. Los, hol Senf! Nimm den Schlüssel mit, damit du nicht zu klingeln brauchst. Soll ich dir Beine machen?«
Felix hielt das Senfglas, als wollte er damit fotografieren, nahm Geld und Schlüssel und lief auf die Straße. Hinter den Ladentüren standen die Geschäftsleute ungeduldig und fanden sich vom Schicksal ungerecht behandelt. Aus den Fenstern aller Stockwerke schimmerten die Christbäume. Felix spazierte an hundert Läden vorbei und starrte hinein, ohne etwas zu sehen. Er war in einem Schwebezustand, der mit Senf und Würstchen nichts zu tun hatte. Er war glücklich, bis ihm vor lauter Glück das Senfglas aus der Hand aufs Pflaster fiel. Die Rollläden prasselten an den Schaufenstern herunter, und Felix merkte, dass er sich seit einer Stunde in der Stadt herumtrieb. Die Würstchen waren inzwischen längst geplatzt! Er brachte es nicht über sich, nach Hause zu gehen.
So ganz ohne Senf! Gerade heute hätte er Ohrfeigen nicht gut vertragen.
Herr und Frau Preisser aßen die Würstchen mit Ärger und ohne Senf. Um acht wurden sie ängstlich. Um neun liefen sie aus dem

Haus und klingelten bei Felix' Freunden. Am ersten Weihnachtsfeiertag verständigten sie die Polizei. Sie warteten drei Tage vergebens. Sie warteten drei Jahre vergebens. Langsam ging ihre Hoffnung zugrunde, schließlich warteten sie nicht mehr und versanken in hoffnungslose Traurigkeit.

Die Weihnachtsabende wurden von nun an das Schlimmste im Leben der Eltern. Da saßen sie schweigend vorm Christbaum, betrachteten den kleinen billigen Fotoapparat und ein Bild ihres Sohnes, das ihn als Konfirmanden zeigte, im blauen Anzug, den schwarzen Filzhut keck auf dem Ohr. Sie hatten den Jungen so lieb gehabt, und dass der Vater manchmal eine lockere Hand bewiesen hatte, war doch nicht böse gemeint gewesen, nicht wahr? Jedes Jahr lagen die zehn alten Zigarren unterm Baum, die Felix dem Vater damals geschenkt hatte, und die warmen Handschuhe für die Mutter. Jedes Jahr aßen sie Kartoffelsalat mit Würstchen, aber aus Pietät ohne Senf. Das war ja auch gleichgültig, es konnte ihnen doch niemals wieder schmecken.

Sie saßen nebeneinander, und vor ihren weinenden Augen verschwammen die brennenden Kerzen zu großen glitzernden Lichtkugeln. Sie saßen nebeneinander, und er sagte jedes Jahr: »Diesmal sind die Würstchen aber ganz besonders gut.«
Und sie antwortete jedes Mal: »Ich hol dir die von Felix noch aus der Küche. Wir können jetzt nicht mehr warten.«

Doch um es rasch zu sagen: Felix kam wieder. Das war am Weihnachtsabend im Jahre 1932 kurz nach sechs Uhr ... Die Mutter hatte die heißen Würstchen hereingebracht, da meinte der Vater: »Hörst du nichts? Ging nicht eben die Tür?« Sie lauschten und aßen dann weiter. Als jemand ins Zimmer trat, wagten sie nicht, sich umzudrehen. Eine zitternde Stimme sagte: »So, da ist der Senf, Vater.« Und eine Hand schob sich zwischen den beiden alten Leuten hindurch und stellte wahrhaftig ein gefülltes Senfglas auf den Tisch.

Die Mutter senkte den Kopf ganz tief und faltete die Hände. Der

Vater zog sich am Tisch hoch, drehte sich trotz der Tränen lächelnd um, hob den Arm, gab dem jungen Mann eine schallende Ohrfeige und sagte: »Das hat aber ziemlich lange gedauert, du Bengel. Setz dich hin!«

Was nützt der beste Senf der Welt, wenn die Würstchen kalt werden? Dass sie kalt wurden, ist erwiesen. Felix saß zwischen den Eltern und erzählte von seinen Erlebnissen in der Fremde, von fünf langen Jahren und vielen wunderbaren Sachen. Die Eltern hielten ihn bei den Händen und hörten vor Freude nicht zu …

Unterm Christbaum lagen Vaters Zigarren, Mutters Handschuhe und der billige Fotoapparat. Und es schien, als hätten die fünf Jahre nur zehn Minuten gedauert. Schließlich stand die Mutter auf und sagte: »So, Felix, jetzt hol ich dir deine Würstchen.«

Hanns Dieter Hüsch

Die Bescherung

Dass mir keiner ins Schlafzimmer kommt! Alle Jahre wieder ertönt dieser obligatorische Imperativ aus dem Munde meiner Frieda, wenn es darum geht, am Heiligen Abend Pakete und Päckchen in geschmackvolles Weihnachtspapier zu schlagen, wenn es darum geht, den Rest der Familie in Schach zu halten, damit auch ja keiner einen voreiligen Blick auf die Geschenke werfen kann.
Ich dagegen habe es etwas einfacher: Ich schmücke den Baum! Punkt 17.00 Uhr begebe ich mich auf die Veranda und hole den schönen Baum herein.
Es ist wirklich ein schöner Baum, sagt die Frieda. Doch, sage ich, der Baum ist schön.
Dann kommt die kleinere Frieda auch noch und sagt, dass der Baum schön ist. – Und nachdem wir alle noch ein paarmal um den schönen Baum herumgegangen sind, sagt die Frieda: Mein Gott! Es ist ja schon halb sechs!
Und damit beginnt offiziell in allen Familien, die sich bei diesem Fest noch bürgerlicher Geheimnistuerei bedienen, der nervöse Teil der Bescherung.
Deshalb stecke ich mir vorbeugend – einmal im Jahr – zunächst mal eine Zigarre an und überlege in aller Ruhe, welche formalen Prinzipien ich dieses Mal zur Ausschmückung des schönen Baumes anwende.
Habe ich dann den Baum nach einigen Schnitzereien mit einem Sägemesser glücklich in den Christbaumständer gezwängt, weiß ich auch schon, wie ich's mache:
Dieses Mal werde ich endlich dem Prinzip huldigen: Je schlichter, desto vornehmer! Zwei, drei Kugeln, vier bis fünf Kerzen, hie und da einen Silberfaden, aus! Schließlich ist das ja ein Baum und keine Hollywoodschaukel.
Das soll natürlich nicht heißen, dass wir nicht genug Kugeln und Kerzen, Lametta und Engelshaar, Glöckchen und Trompetchen

hätten. Im Gegenteil. Ich könnte damit drei Bäume, Pardon, drei schöne Bäume schmücken.
Und schon erhebt sich die Frage: nur bunte Kugeln oder nur silberne? Nur weiße Kerzen oder nur rote? Engelshaar oder kein Engelshaar? Ja, was sollen meine intellektuellen Freunde denken, wenn die am 2. Feiertag zu Besuch kommen und sehen dann meinen Mischmasch aus Sentimentalität und Kunstgewerbe. In diese meine präzisen ästhetischen Überlegungen hinein platzt die Frieda mit dem Ruf: Wie weit bist du? Um sechs Uhr ist Bescherung!
Das schaffe ich nicht, rufe ich zurück, ich kann ja den Baum nicht übers Knie brechen.
Wir haben zu Hause, sagt die Frieda, immer um sechs Uhr die Bescherung gehabt.
Wir haben die Bescherung, sage ich, immer um halb acht gehabt.
Wir haben sie um sechs gehabt, sagt die Frieda.
Um sechs Uhr schon Bescherung, sage ich, warum dann nicht schon gleich um vier oder im Oktober. Wir haben die Bescherung immer um halb acht gehabt, manche Leute haben ja die Bescherung erst am anderen Morgen.
Und wann sollen wir essen, fragt die Frieda. Nach der Bescherung, sage ich.
Also um 9.00 Uhr, sagt die Frieda, bis dahin sind wir ja verhungert. Wer hat übrigens das Marzipan gegessen, das hier auf der Truhe lag?
Ich nicht, ruft die kleinere Frieda aus der Küche. Also, sagt die Frieda, also, wenn du jetzt nicht den Baum in einer Viertelstunde fertig hast, dann könnt ihr euch eure Bescherung sonst wo hinstecken!
Vielleicht fängt schon mal einer an zu singen, sage ich, desto leichter geht mir der Baum von der Hand. Und alle ästhetischen Überlegungen nun über den Haufen werfend, überschütte ich den schönen Baum mit allem, was wir haben, sodass man schließlich vor lauter Glanz und Gloria keinen Baum mehr sieht, und die Frieda kommt herein und sagt: Nun hast du's ja doch wieder so gemacht wie im vorigen Jahr, das nächste Mal schmücke ich den Baum!

Ja, sage ich, wenn ihr mir keine Zeit lasst, dann kann natürlich kein Kunstwerk entstehen.
Nun steh hier mal nicht im Weg, sagt die Frieda, geh jetzt mal raus, ich muss nämlich jetzt hier die Geschenke packen und aufbauen!
Ja, wo soll ich denn hingehen, frage ich, darf ich vielleicht ins Wohnzimmer?
Nein, ruft da meine Schwägerin, die inzwischen eingetrudelt ist, dass mir keiner ins Wohnzimmer kommt, ich bin noch nicht fertig.
Und in die Küche darf ich auch nicht, da bastelt nämlich die kleinere Frieda noch an diesen entzückenden Kringelschleifchen für jedes Päckchen herum.
Die Frieda kommt aus dem Christbaumzimmer und sagt: Augen zu! Ich halte mir die Augen zu und sage: Ins Bad nur über meine Leiche, da hab ich nämlich meine Geschenke versteckt!
Und so geht das die ganze nächste halbe Stunde:
Dreh dich mal um, guck nur nicht unter den Teppich, wer hat den Schlüssel vom Kleiderschrank, ich brauche noch geschmackvolles Weihnachtspapier, der Klebestreifen ist alle, willst du wohl von der Tür da weggehen, such lieber mal die Streichhölzer, meine Mutter hat das alles alleine gemacht, das ist gemein, du hast geguckt, die paar Minuten wirste wohl noch warten können.

Bis es dann endlich so weit ist, aber selbst dann kommt bei uns keine Ordnung zustande, dann heißt es nämlich: Wer packt zuerst aus? Du! Nein, ich nicht, zuerst das Kind, dann du. Nein, du dann. Wieso ich? Also, dann du und dann ich. Ich zuletzt, bitte.
Nun werden Sie vielleicht fragen, mit Recht fragen:
Wird denn bei Ihnen gar nicht gesungen, wird denn bei Ihnen nur eingepackt und ausgepackt?
Doch, doch, natürlich, eine Strophe wird schon gesungen, aber dann fällt das Singen meist auseinander. Aber, wissen Sie, beim Einpacken und Auspacken, da sind wir alle so nervös und verlegen, dabei merkt man die Liebe und den Frieden und den Menschen ein Wohlgefallen viel stärker als beim Singen. Und auch der Baum, der kann dann sein, wie er will, groß oder klein, dürr oder dicht, bunt oder schlicht, die Frieda sagt dann jedesmal – auch dieses Mal wieder –: Also, der Baum ... also, der Baum ... der Baum ist wunderschön!!!

Pearl S. Buck

Der Weihnachtsgeist

»Wohin kommt der große Stern?«, fragte Zappelchen. Zappelchen war sechs Jahre alt. Er hieß eigentlich Jakob, aber er wurde Zappelchen genannt, weil seine Mutter einmal, als sie ihm den Mantel zuknöpfen wollte, ungeduldig gerufen hatte: »Ach, bitte steh still, Jakob ... Was bist du für ein Zappelchen!« Seitdem war ihm dieser Name geblieben.

Der Stern war beinahe ebenso groß wie er. »Lasst uns einen ganz großen Stern haben«, hatte die Mutter vorige Woche gesagt, »einen großen, großen Stern zur Feier des ersten Weihnachtsfestes im eigenen Heim.« Das eigene Heim, ein Bauernhaus im Wiesengelände, hatten sie gemeinsam ausgesucht. Vorher hatten sie in der Stadt gewohnt, aber Zappelchens Vater fand, ein Junge müsse auf dem Land aufwachsen, wo es Platz zum Tollen gab, und deshalb waren sie nun hier.

Jetzt war Weihnachtsabend, und Zappelchens Vater hatte gerade den Stern verfertigt. Er bestand aus fünf gekreuzten Holzlatten, und an jeder Latte waren elektrische Birnen befestigt. Alle umringten ihn, um ihn zu bewundern – Zappelchen, seine Eltern und Higgins, der Gehilfe. Higgins war alt und krumm, hatte sich aber als Zappelchens bester Freund erwiesen, seit sie in das Haus auf dem Lande gezogen waren.

»Ja, wohin mit dem riesengroßen Stern?«, fragte die Mutter. »Lasst mich überlegen«, antwortete der Vater. »Stecken Sie ihn an die Spitze der großen Tanne vor dem Hause«, schlug Higgins vor. »Dann leuchten die Lichter bis zur Brücke hinunter.« – »Ein guter Gedanke«, stimmte der Vater zu. »Das wollen wir tun.« Das Haus stand auf einem Hügel, am Fuße des Hügels floss ein Bach, und über den Bach führte eine Brücke. Zappelchen konnte den Bach sehen, als er nun um die Tanne herumsprang. Die Brücke war aus Stein erbaut und hatte drei Bögen. »Eine schöne Brücke«, sagte die Mutter immer, und auch das war einer der Gründe, warum sie gerade dieses Haus gekauft hatten. Während Zappelchen umherhüpfte, wurde der Stern oben am Tannenwipfel angebracht. Zuerst umwickelte Higgins ihn mit einem Seil. Hierauf holte er eine Leiter, die er an den Baum lehnte. Dann kletterte er hinauf, der Vater hob den Stern in die Höhe, und Higgins zog am anderen Ende des Strickes, bis der Stern hoch oben war und auf die Brücke hinabblickte. »Wunderschön«, sagte die Mutter.

Higgins befestigte den Stern am Wipfel. Danach kletterte er hinunter, sehr vorsichtig, weil er so alt war. Der Vater ging ins Haus, um die Leitungsschnur einzustecken. Im nächsten Augenblick erstrahlte der Stern. Alle klatschten in die Hände, und Mutter sang »O Tannenbaum ...« – »Und jetzt habe ich noch etwas anderes für Weihnachten zu tun«, sagte der Vater, »etwas, wobei ich niemand brauchen kann.« »Ich auch«, erklärte die Mutter.

Die beiden ließen Zappelchen und Higgins einfach stehen, und wie üblich begannen sie zu reden. Das heißt, Higgins begann zu reden, und Zappelchen hörte zu. Higgins redete gern, und Zappelchen hörte gern zu, und so war alles in Ordnung. Higgins hob mit der Frage an: »Siehst du die große Scheune dort, Zappelchen?«

»Ich sehe sie«, antwortete Zappelchen.

Man konnte sie gut sehen, denn sie stand nicht weit vom Hause entfernt – eine große rote Scheune mit schrägem Dach. Die Scheune war aus Stein und Holz, und hinter dem breiten Tor häuften sich Heu und Stroh.

»Siehst du die Brücke?«, fragte Higgins.

»Ich sehe die Brücke«, antwortete Zappelchen. Er konnte sie nicht sehr gut sehen, weil die Sonne soeben unterging und ein feiner Nebel vom Bach aufstieg. Immerhin nahm er die drei Steinbögen und die geschwungene Linie über dem Wasser wahr.

»Wusstest du, dass in jeder Christnacht um Mitternacht ein Geist zwischen der Scheune und der Brücke hin- und herwandert?«, fuhr Higgins fort.

»Ein Geist?«, wiederholte Zappelchen kleinlaut.

»Ein Geist«, bestätigte Higgins fest. »Es ist der Geist meines alten Freundes Timothy Stillwagon, der vor mehreren Jahren am Tage nach Weihnachten starb.« »Warum ist sein Geist in unserer Scheune geblieben?«, wollte Zappelchen wissen. Er war nicht ganz sicher, ob ihm der Gedanke gefiel, dass es hier spukte, noch dazu am Weihnachtsabend und in seiner Scheune.

»Damals gehörte die Scheune nicht euch«, erklärte Higgins, »sondern es war Timothys eigene Scheune. Er war hier der Bauer, er bewohnte das Haus, und in der Scheune hielt er seine Kühe. An jedem Weihnachtsabend gingen wir beide zusammen von der Scheune zur Brücke hinunter – wohlgemerkt, um Mitternacht –, nachdem er den Baum für seine Rinder geschmückt hatte. Auch ich hatte den Baum für meine Kinder geschmückt – meine Frau und ich –, und dann stieg ich den Hügel hinauf, um mir seinen Baum anzusehen, und er kehrte mit mir zurück, um sich meinen Baum anzusehen, denn mein Haus steht ja dort unten bei der Brücke.« Es stimmte, dass Higgins' Haus bei der Brücke stand. Es war ein kleines Haus mit einem hübschen Gärtchen.

»Warum habt ihr eure Bäume gegenseitig angesehen?«, fragte Zappelchen. Higgins antwortete: »Weil derjenige, der den schönsten Baum hatte, den andern beim Festessen im Dorf zu einer Tasse Kaffee einladen musste.« – »Hatten Sie manchmal den schöneren Baum?«, forschte Zappelchen. Higgins lachte verschmitzt. »Keiner von uns beiden gewann jemals die Tasse Kaffee, weil jeder den eigenen Baum immer am schönsten fand. Es endete damit, dass wir immerzu zwischen der Scheune und der Brücke hin- und herliefen und uns kabbelten, bis wir es wegen der Kälte aufgeben mussten. Und du wirst auch erfrieren, Zappelchen, wenn du da stehst und dir meine Geschichte anhörst. Geh also ins Haus, bevor dich deine Mutter ruft.«

»Gute Nacht, Herr Higgins«, sagte Zappelchen, »und ich wünsche Ihnen frohe Weihnachten.«

»Ich dir auch, Zappelchen«, gab Higgins zurück. »Für mich wird es eine fröhliche Weihnacht sein, weil du hier bist. Meine Kinder sind erwachsen und fortgezogen, meine Frau ist gestorben, und ich bin seit vielen Jahren allein in meinem Häuschen bei der Brücke. Diesmal aber werde ich, wenn ich zum Hügel hinaufschaue, kein dunkles Haus mehr sehen. Ich werde ein durchwärmtes Haus sehen, das eine Familie bewohnt, und über dem Haus einen großen leuchtenden Stern. Oh, endlich haben Timothy und ich über etwas zu reden!«

Zappelchen wunderte sich. »Soll das heißen, dass Sie sich immer noch mit ihm unterhalten?«

»Natürlich«, antwortete Higgins heiter. »Er und ich, wir wandern zusammen, wie immer an Weihnachten – ich in Fleisch und Blut, er im Geist.« Zappelchen vernahm dies, und nach wie vor wusste er nicht, ob ihm die Vorstellung zusagte, dass gerade in dieser Weihnachtsnacht ein Geist umgehen sollte. Er lief ins Haus, machte die Tür fest hinter sich zu und begab sich auf die Suche nach seiner Mutter. Er fand sie im Wohnzimmer, wo sie Silberkugeln an den Christbaum hängte.

»Mutter«, sagte er mit dünner Stimme, »da bin ich.«

Erstaunt drehte sie sich um. »Aber, Zappelchen«, rief sie, »du bist ja ganz blass. Frierst du?«

»Nein«, erwiderte er. »Es ist nur ... Herr Higgins sagt, wir hätten einen Geist, der hier spukt.«

»Wirklich?«, gab sie zurück. »Nun, wer ist es denn?«

»Ein Mann, der früher hier gewohnt hat, sagt Herr Higgins, aber jetzt ist er ein Geist.«

Die Mutter lachte. »Ach, dieser Higgins, was er nicht alles redet!« Damit hängte sie wieder eine Silberkugel auf. In diesem Augenblick hörte Zappelchen den Vater oben ein Weihnachtslied singen, und er rannte zu ihm hinauf. »Pappi, wusstest du, dass wir einen Geist haben, der hier spukt?«

Der Vater verschnürte gerade ein in Silberpapier gewickeltes Päckchen mit einem roten Band. »Erzähl mir alles genau«, bat er. Zappelchen begann abermals von vorn: »Es ist der Geist von Timothy Stillwagon, der früher hier wohnte, er und seine Kinder.«

»Er und seine Kinder«, antwortete der Vater. »Sicher hatten sie ein glückliches Familienleben. Verrate bloß nicht deiner Mutter, dass du mich hier beim Verpacken ertappt hast. Das ist nämlich ein Geschenk für sie.«

»Ich werde es nicht verraten«, beteuerte Zappelchen. Er schaute zu, wie sein Vater eine schöne große Schleife band. »Hast du Angst vor Geistern, Pappi?«, fragte er nach einer Weile.
»Je nun, ich habe noch nie einen Geist gesehen«, erwiderte der Vater. »Es ist dumm, sich vor etwas zu fürchten, das man nie gesehen hat. Weißt du, Zappelchen, ich glaube gar nicht an Geister.«
»Herr Higgins glaubt daran«, betonte Zappelchen.
»Er ist ein einsamer alter Mann, und vielleicht träumt er von Geistern, um etwas Gesellschaft zu haben. Und da wir gerade von Gesellschaft sprechen, lass uns hinuntergehen und sehen, ob Mutter beim Baumschmücken unsere Hilfe braucht.«
Sie gingen zusammen hinunter, und wie es sich dann ergab – sie aßen am Kamin, danach kam das Bad an die Reihe, und schließlich hängte Zappelchen seinen Strumpf am Kaminsims auf –, dachte er beim Zubettgehen nicht mehr an Timothy Stillwagon, sondern an den Weihnachtsmann. Wie lange Zappelchen geschlafen hatte, wusste er nicht. Als er aufwachte, war das Haus still – so still, dass er beschloss, aufzustehen und nachzusehen, warum es so still war. Er schlüpfte in seine Pantoffeln, zog seinen warmen roten Bademantel an und ging zum Fenster. Der große Stern strahlte immer noch, sodass der Weihnachtsmann seinen Weg finden konnte, ja, er leuchtete so hell, dass Zappelchen beinahe die Brücke erkennen konnte.
Dann gewahrte er plötzlich den Geist. Langsam, ganz langsam kam eine kleine Gestalt aus der Scheune und ging zur Brücke hinunter. Zappelchen guckte so angestrengt, wie er es nur vermochte. War es wirklich ... ja, es war wirklich ein Geist, ein schattenhaft grauer Geist im Licht des Sternes. Sekundenlang wollte Zappelchen zum Bett zurücklaufen und sich die Decke über den Kopf ziehen.

Dann fiel ihm ein, was sein Vater gesagt hatte, und anstatt sich im Bett zu verstecken, fasste er den Entschluss, hinauszugehen und sich den Geist näher anzusehen, um festzustellen, ob er sich vor ihm fürchtete. Er brauchte mehrere Minuten, um sich anzuziehen, auch den warmen Mantel und die Stiefel, doch es gelang ihm. Er stahl sich zur Vordertür hinaus, und er war froh, dass der große Stern die Wiese und den Weg erhellte, sodass er sich keine Laterne aus der Scheune holen musste. So schnell wie möglich lief er den Weg hinunter, wobei er nach dem Geist ausschaute. Er konnte ihn nicht sehen. Er sah niemand und nichts außer dem verschneiten weißen Weg, den der Stern beleuchtete. Jetzt empfand er beinahe Enttäuschung. Einem Geist so nahe zu sein und ihn dann zu verlieren! Mitten im Lauf hielt er inne und überlegte, ob er nicht lieber umkehren und wieder zu Bett gehen sollte. Angst hatte er nicht – o nein! Aber alles war so still, und hinter dem Licht, das der Stern verbreitete, lag Dunkelheit. Doch Zappelchen hatte ein tapferes Herz, und bald setzte er seinen Weg zur Brücke fort.

Das war gut, denn nun sah er den Geist wieder. Er saß auf der Brückenmauer, er wirkte sehr klein, müde und einsam. Auf einmal fürchtete sich Zappelchen nicht mehr. Er schritt rascher aus, bis er zur Brücke gelangte. Dann blieb er stehen und betrachtete den Geist.

Hier war das Licht des Sternes matt, und er konnte den Geist nicht sehr gut sehen. Er trat näher und immer näher heran, bis er ganz nahe war. Ja, da saß der Geist auf der steinernen Brückenmauer! Und was musste gerade in diesem Augenblick geschehen? Zappelchen nieste. Er hatte vergessen, seine Mütze aufzusetzen, und der kalte Wind blies ihm um die Ohren und zauste sein Haar. Bei dem Niesgeräusch zuckte der Geist erschrocken zusammen.

»Nanu, Zappelchen!«, sagte er. »Was tust denn du hier mitten in der Nacht?« Es war keine Geisterstimme, ganz und gar nicht. Es war Higgins' Stimme. Der Wind blies die Hutkrempe des Geistes in die Höhe, und unter dem Hut war Higgins' Gesicht, das durchfroren und verrunzelt aussah. »Ich wollte den Geist sehen«, erklärte Zappelchen, »und Sie sind es bloß, Herr Higgins. Ist überhaupt kein Geist da? Sie hätten nicht sagen sollen, hier wäre ein Geist, wenn Sie es bloß sind, Herr Higgins.«

»Na ja, ich schäme mich, dass ich sagte, es wäre ein Geist«, antwortete Higgins. »wenn es nur die Erinnerung an Timothy Stillwagon ist, mit der ich in der Weihnachtsnacht wandere. Natürlich kann er nicht in Fleisch und Blut wie einst diesen Weg gehen, und so machte ich aus ihm einen Geist, denn selbst ein Geist ist mehr als gar nichts, musst du wissen. Ja, es ist wohl nur ein Gedenken, mit dem ich durch die Nacht gehe.«

»Was ist ein Gedenken?«, fragte Zappelchen. Higgins drückte sich den Hut tiefer ins Gesicht. »Das ist die Erinnerung an einen Menschen, den man nie vergessen kann, auch die Erinnerung an ein Erlebnis.«

»Wie der graue Pudel, den wir hatten«, bekräftigte Zappelchen. »Er wurde krank und starb, als wir noch in der Stadt wohnten. Aber ich vergesse ihn nie. Er hieß Toby. Ist er mein Gedenken, Herr Higgins?«

»Natürlich«, sagte Higgins, »genau wie Timothy für mich. Wir waren lebenslängliche Freunde, er und ich. Wir gingen zusammen fischen, als wir so alt waren wie du. Unter dieser Brücke hier saßen wir und angelten, und die Fische nahmen wir zum Abendessen nach Hause. Wir wurden erwachsen und heirateten, und wir hatten kleine Buben, die dir ähnelten, und dann war eines Tages alles vorbei, und nur ich blieb zurück – ich und das Gedenken. Für mich ist Timothy nicht tot, Zappelchen. Nenne ihn einen Geist oder auch nicht – ich sehe ihn in diesem Augenblick lebendig vor mir, weil wir Freunde waren. Solange du dich an einen Menschen erinnerst, ist er noch am Leben – in dir, wenn auch sonst nirgends –, nicht wahr, Timothy, alter Freund?« Higgins wandte den Kopf und lächelte genauso, als ob Timothy neben ihm auf dem Mäuerchen säße.

»Sehen Sie ihn?«, fragte Zappelchen.

»Ich sehe ihn«, antwortete Higgins, »aber nur, weil ich weiß, wie er aussah. Du kannst ihn nicht sehen, weil du nicht weißt, wie er aussah.«

»Angst haben Sie nicht?«
»Natürlich nicht«, sagte Higgins. »Glaubst du etwa, ich könnte mich vor Timothy fürchten? Er machte mir nie Angst, also auch jetzt nicht. Solange ich lebe, sind wir dieselben Freunde wie stets.«
»Aber wenn Sie gestorben sind, Herr Higgins?«
»Dann wirst du meiner gedenken – am Weihnachtsabend. Wir sind ja jetzt schon so gute Freunde. Der Weihnachtsabend ist die richtige Zeit, der Freunde zu gedenken. Weihnachten ist nicht nur für Geschenke da, musst du wissen, sondern für Gedanken – für liebevolle Gedanken.«
»Ich werde immer an Sie denken, Herr Higgins«, sagte Zappelchen.
»Gut«, antwortete Higgins. »Das hätte ich zu Weihnachten lieber als einen Sackvoll Geschenke.« Er stand auf. »Die Mauer ist ein bisschen kalt unter mir. Und du gehörst ins Bett. Ich bringe dich nach Hause.« Er nahm Zappelchen an der Hand, und sie erstiegen den Hügel, kamen wieder ins helle Licht des Sternes, und als sie beim Hause anlangten, wünschte Higgins abermals fröhliche Weihnachten, und Zappelchen sagte ihm das Gleiche.
Dann ging Zappelchen die Treppe hinauf und zog wieder seinen Schlafanzug an. Bevor er ins Bett kletterte, blickte er zum Fenster hinaus, und er sah Higgins, sehr klein und gebeugt, den Weg zur Brücke hinuntergehen. ›Wenn ich so groß bin wie Pappi‹, sagte Zappelchen zu sich selbst, ›werde ich am Weihnachtsabend vielleicht aus diesem Fenster schauen und Herrn Higgins' Geist dort gehen sehen. Nur wird es kein Geist sein. Es wird mein Gedenken sein.‹
Er legte sich zu Bett und zog die Decke herauf. Morgen wollte er den Eltern alles erklären, wie es sich mit dem Weihnachtsgeist verhielt. Morgen ... morgen ... auf einmal schlief er tief.

Christine Nöstlinger

Der Weihnachtskarpfen

Der Franzi wohnte bei uns im Haus, und er liebte alle Tiere. Nicht nur Hunde, Katzen und Meerschweinchen, wie wir anderen Kinder. Auch Fliegen, Spinnen und Baumwanzen liebte er. Fuchsteufelswild wurde er, wenn ein Kind mit der Fliegenklatsche auf die Jagd ging. Saß wo eine fette Spinne an einer Wand, nahm er sie vorsichtig zwischen Daumen und Zeigefinger, trug sie in den Hof und setzte sie auf einen Zweig vom Rosenstrauch. Verirrten sich ein paar Baumwanzen vom Hof in den Hausflur rein, sammelte er sie in einer Zündholzschachtel und ließ sie beim Stamm vom Zwetschkenbaum frei.
Fische mochte er natürlich auch. Und darum war er vor Weihnachten immer schrecklich wütend auf die Frau Sipek.
Die Sipek wohnte in der Nachbarwohnung vom Franzi, im zweiten Stock oben. Witwe war sie, Kinder hatte sie keine. Ein Cousin war ihr einziger Verwandter. Der wohnte im Burgenland und hatte einen Fischteich. Und am 22. Dezember kam er jedes Jahr nach Wien und brachte der Sipek einen Weihnachtskarpfen. Einen lebenden Karpfen! Weil Fische angeblich besonders gut schmecken, wenn sie gleich nach dem Totmachen gekocht werden, und weil ja damals auch niemand einen Eisschrank hatte, in dem sich ein toter Fisch ein paar Tage frisch hält.
Der Karpfen schwamm dann zwei Tage lang im Kabinett der Sipek in einer zinkenen Sitzbadewanne herum. Am Heiligen Abend holte ihn die Sipek raus und wummerte ihm mit dem Fleischklopfer so lange auf den Kopf, bis er tot war. Der Franzi war an diesen zwei Tagen völlig verzweifelt, käseweiß im Gesicht und zittrig in den Fingern. Er hielt es nicht gut aus, dass in der Nachbarwohnung ein armer Karpfen auf die Hinrichtung wartete! Seine Mutter und meine Mutter, meinen Großvater und alle Leute, zu denen er ein bisschen Vertrauen hatte, flehte er an, das nicht zuzulassen!
Aber alle sagten ihm, dass die Sipek kein »Verbrechen« begehe,

Karpfen seien zum Essen da, und was man essen will, muss man vorher eben totmachen, basta! Eine Gemeinheit sei es bloß, dass die alte Sipek einen Weihnachtskarpfen habe, aber wir alle keinen! Damals, nach dem Krieg, hatten die meisten Leute schrecklich wenig zu essen. Wer nicht so reich war, dass er im Schleichhandel kaufen konnte, oder wie die Sipek Verwandte mit Bauernhof hatte, bekam nicht viel mehr als krümeliges Graubrot, tranige Margarine, verschrumpelte Hülsenfrüchte, grausig grätige Heringskonserven und hin und wieder ein bisschen flechsiges Fleisch und graue, mehlige Wurst aus uraltem Gefrierfleisch. So einen Leckerbissen wie einen ganzen, frischen Karpfen gab es jedenfalls auf Lebensmittelkarten-Abschnitte nicht zu kaufen.

Ich glaube, es war Weihnachten 1947, da kam der Franzi am 22. Dezember ganz aufgeregt zu uns runter. Meine Mutter, meine Schwester und ich versuchten gerade, Kekserln für den Christbaum zu backen.

Meine Mutter fluchte grantig vor sich hin, weil sich der Kekserl-Teig nicht ausrollen ließ, sondern zerbröselte. Kekserl-Teig ohne Dotter und Butter, aus Mehl, Wasser und ganz wenig Margarine, klumpt eben.

Der Franzi flüsterte mir zu: »Gerade ist der blöde Kerl mit dem Karpfen gekommen, aber ich habe einen Plan, wie wir ihn retten können!«

Ich rubbelte mir die Teig-Bröckerln von den Fingern und ging mit dem Franzi aufs Klo raus. Unser Klo war nicht in der Wohnung. Draußen auf dem Gang waren bei uns im Haus die Klos. Zwei in jedem Stock. Je drei Familien mussten sich eines teilen.

Immer, wenn der Franzi und ich etwas »ganz Geheimes« ausmachen wollten, taten wir das auf dem Klo. Unsere Wohnungen waren klein, Zimmer-Küche-Kabinett, da bestand ständig die Gefahr, dass einen jemand belauschte. Ich setzte mich auf die Klomuschel, der Franzi lehnte sich an die Klotür.

»Wie geht denn der Plan?«, fragte ich. Aber nur, um dem Franzi eine Freude zu machen. Daran, dass er einen brauchbaren Plan haben könnte, glaubte ich nicht. Und so tierliebend wie der Franzi, dass mir das Karpfen-Schicksal echten Kummer gemacht hätte, war ich auch nicht. Aber als mir der Franzi den Plan erklärt hatte, war ich beeindruckt. Ja, sagte ich mir, so könnte das funktionieren! Und Spaß, sagte ich mir, könnte das auch machen! Der Plan war folgender: Jeden Morgen, Punkt sieben Uhr, ging die Sipek aufs Klo. Dort blieb sie erstens immer mindestens fünf Minuten, zweitens lehnte sie ihre Wohnungstür nur an, sperrte sie also nicht ab, wenn sie rausging, und drittens hörte sie ziemlich schlecht. Da war es ein Kinderspiel, mit einem Kübel in ihre Wohnung reinzuschleichen, in das Kabinett zu huschen, den Karpfen aus der zinkernen Sitzbadewanne raus- und in den Kübel reinzutun und dann mit dem Kübel ungesehen die Sipek-Wohnung zu verlassen. »Und wohin«, fragte ich den Franzi, »bringen wir dann den Karpfen?« Dort, wo wir wohnten, gab es keinen Fluss, keinen Bach, keinen Teich. Im Becken vom Kinderfreibad im Park war im Winter kein Wasser. Nicht einmal im Brunnen auf dem Yppenmarkt war welches. Und der Hansl-Teich, draußen, bei der Endstation der Straßenbahn, war komplett zugefroren. Das sei, sagte der Franzi, der einzige Haken an der Sache! Wir müssten den Karpfen zum Donaukanal bringen. Der sei im Winter nicht zugefroren. Aber das sei ein weiter Weg. Und mit dem Karpfen könnten wir nicht in die Straßenbahn einsteigen. Eineinhalb Stunden zu Fuß hin und mit der Straßenbahn eine halbe Stunde zurück werde das schon dauern. Also müssten wir morgen die Schule schwänzen.

Dagegen war ich! Morgen war der letzte Schultag vor Weihnachten. Ich hatte für meine drei Schulfreundinnen Geschenke gebastelt. Einen Spitzenmuster-Papierstern für den Christbaum, einen Weihnachtsmann aus einem Tannenzapfen, ein bisschen rotem Kreppapier und einem Fuzerl Watte und eine gehäkelte Puppenmütze. Ich wollte meine Geschenke den Freundinnen geben. Und ich hoffte auf Geschenke von ihnen. Den Schultag wollte ich nicht versäumen.

»Musst eh nicht mitkommen«, sagte der Franzi. »Und rein zur Sipek geh ich auch allein, du musst nur auf dem Gang Schmiere stehen und aufpassen, dass ich nicht grad bei der Wohnungstür rauskomme, wenn jemand vorbeigeht.«

Damit war ich einverstanden. Auf dem Gang stehen und laut husten, falls wo eine Wohnungstür aufging oder im Stiegenhaus Schritte zu hören waren, den kleinen Freundschaftsdienst konnte ich dem Franzi nicht verweigern. Am nächsten Morgen, fünf Minuten vor sieben Uhr, schlich ich auf Wollsocken aus der Wohnung und in den zweiten Stock hinauf. Zuerst dachte ich, dass der Franzi noch gar nicht da sei. Doch dann entdeckte ich ihn auf der Stiege, die zum Dachboden führte. Ich lief zu ihm rauf. »Von den Wohnungstüren aus sieht man uns da nicht«, flüsterte er mir zu.

»Aber wir sehen die Wohnungstüren ja auch nicht«, flüsterte ich zurück. »Und wenn wir jemanden aufs Klo gehen hören, könnte das auch deine Mutter sein oder wer von den Bergers!«

»Ich kenne der Sipek ihren Gang«, zischte mir der Franzi ins Ohr, »sie schlurft beim Gehen! Außerdem waren bis auf meine Mama heute schon alle auf dem Häusel, und meine Mama hat Verstopfung, die geht nur jeden zweiten Tag, und sie war gestern!«

Ob es wirklich Punkt sieben Uhr war, als wir die Schlurfschritte hörten, weiß ich nicht. Eine Armbanduhr hatten weder der Franzi noch ich. Sehr lange waren wir aber noch nicht auf der Dachbodenstiege, als es im zweiten Stock unten schlurfte.

Der Franzi packte den Kübel und lief die paar Stufen runter, ich ging langsam hinterher. Als ich am Ende der Dachbodenstiege war, war vom Franzi nichts mehr zu sehen. Er war schon in der Sipek-Wohnung.

Ich stellte mich zum Gangfenster, tat, als schaue ich in den Hof hinunter, und überlegte mir, was ich antworten sollte, falls wer aus einer Wohnung rauskam und mich fragte, warum ich da stehe. Ich wohnte schließlich im Parterre und hatte im zweiten Stock oben nichts zu suchen. Bevor mir noch eine halbwegs vernünftige Erklärung eingefallen war, kam der Franzi aber schon wieder aus der Sipek-Wohnung. Schief gezogen vom randvoll mit Wasser gefüllten Blechkübel. Ziemlich nass war er auch. Bis zu den Ellbogen rauf waren seine hellblauen Hemdärmel dunkelblau. Auf der Brust hatte er auch einen riesigen dunklen Wasserfleck. »Ist gar nicht so leicht zu packen, so ein Fisch«, keuchte der Franzi. »Und der Kübel ist viel zu klein für ihn.« Er rannte zur Stiege, und ich hinter ihm her. Im Kübel brodelte es, der Karpfen wand sich wie verrückt darin, war einmal zur Hälfte aus dem Wasser draußen, dann wieder unter der Oberfläche. Viel Wasser spritzte aus dem Kübel auf den Franzi, und ich bekam auch noch ein paar Wasserspritzer ab.

Der Franzi war mitten zwischen dem zweiten und dem ersten Stock, ich zwei Stufen hinter ihm, da schnellte der Karpfen aus dem Kübel raus und in hohem Bogen stiegenabwärts, über alle Stufen drüber, landete im ersten Stock und flutschte über die gelben Bodenfliesen, der Stiege zum Erdgeschoss zu. Der Franzi ließ vor Schreck den Kübel fallen. Der Kübel rollte mit irrsinnig lautem Geschepper hinter dem Karpfen her; das bisschen Wasser, das noch in ihm gewesen war, tropfte die Stufen runter.

Wir galoppierten die Stiege wieder hoch, bis zum Dachboden, lehnten uns an die eiserne Tür, verschnauften und lauschten, ob das irrsinnig laute Geschepper jemanden auf den Gang rausgelockt hatte. Stimmen hörten wir keine. Ich meinte zwar zu hören, dass unten im Parterre eine Tür quietschte und dass sich das wie das Quietschen unserer Wohnungstür anhörte, aber ganz sicher war ich mir nicht. »Komm, die Luft ist rein«, flüsterte mir der Franzi zu. Ich hielt ihn am nassen Hemdärmel fest und ließ ihn nicht weg. »Wart noch!«, sagte ich leise. »Ich glaube, im Parterre, da geht wer!«

»Der Karpfen erstickt ohne Wasser!«, flüsterte der Franzi. Er beutelte meine Hand von seinem Ärmel. Doch da rauschte unter uns eine Wasserspülung, und er sah ein, dass er noch ein bisschen warten musste. Er blieb neben mir stehen, bis wir die Schlurfschritte der Sipek hörten und danach die Sipek-Tür ins Schloss fiel. Dann lief er die Stiege runter, ich wieder hinter ihm her, vom Dachboden in den zweiten Stock, vom zweiten Stock über die waschelnassen Stufen in den ersten Stock, vom ersten Stock ins Erdgeschoss. Dort lag, gleich neben der Hoftür, der Blechkübel, aber den Karpfen sahen wir nicht! Total ratlos und verzweifelt suchte der Franzi jeden Winkel ab. Sogar die Kellertür machte er auf, obwohl doch ein Karpfen garantiert keine Kellertür öffnen und sich hinter sie hätte flüchten können. Und die ganze Zeit murmelte er vor sich hin: »Das gibt's doch gar nicht, das gibt's doch gar nicht, er kann doch nicht einfach weg sein, er kann sich ja nicht in Luft aufgelöst haben!«

Das beschwörende Gemurmel half nichts! Der Karpfen war nicht zu finden, der war einfach futsch! Bis halb acht Uhr suchten der Franzi und ich nach ihm, dann brüllte meine Mutter zur Wohnungstür raus: »Christl, Christl, wo bist denn, es ist Zeit zum Schulegehen!« Als ich ein paar Minuten später, mit der Schultasche auf dem Rücken, dem Haustor zuging, war auch vom Franzi nichts mehr zu sehen, aber im zweiten Stock oben keifte seine Mutter so laut, dass man bis zum Haustor runter jedes Wort gut hören konnte. Dass kein Kind so vertrottelt wie das ihre sei, kreischte sie. Sich waschelnass zu machen und dann nicht einmal zu wissen, wie das passiert sei, so saublöd könne nur ihr Franzi sein!

Zu Mittag kam ich grantig von der Schule heim, weil mir meine

drei Schulfreundinnen gar nichts geschenkt hatten. Mein Großvater stand im Hausflur, hinter dem Haustor, und putzte seine Schuhe. Das tat er immer auf dem Gang draußen. Er erzählte mir, dass es am Vormittag eine riesige Aufregung gegeben habe. So gegen zehn Uhr sei die alte Sipek plötzlich im Haus herumgelaufen und habe laut geschrien, dass man ihr ihren Karpfen gestohlen habe. Wie eine Furie sei sie von Tür zu Tür, habe mit der Faust an die Türfüllungen geschlagen und gedroht, zur Polizei zu gehen, wenn der hundsgemeine Dieb nicht sofort ihren Karpfen rausrücke.
»Und?«, fragte ich. »Hat ihn wer rausgerückt?«
»Nein«, sagte mein Großvater.
»Ist sie zur Polizei gegangen?«, fragte ich.
»Ist sie«, sagte mein Großvater. »Aber die Polizei tut nichts. War ja nicht mal ihre Tür aufgebrochen, und sie sagt selber, dass seit gestern niemand bei ihr in der Wohnung drin gewesen ist.« Mein Großvater tippte sich mit einem schuhpastaschwarzen Zeigefinger an die Stirn. »Soll die Polizei vielleicht gegen einen Geist ermitteln?«
»Und was ist jetzt?«, fragte ich.
Mein Großvater kicherte. »Die Sipek«, sagte er, »will jetzt den Dieb selbst finden. Weil Fisch nach Fisch riecht, wenn man ihn kocht, und weil das bis auf den Gang raus zu riechen ist.« Den Franzi sah ich an diesem Tag nicht mehr. Den sah ich erst wieder am nächsten Vormittag, am 24. Dezember. Er war unheimlich gut aufgelegt. Er habe in der Nacht nicht schlafen können, erzählte er mir. Wegen dem Karpfen. Hin und her habe er überlegt, wohin der Fisch gekommen sein könnte. Und da sei er draufgekommen, dass der liebe Gott den armen Fisch zu sich in den Himmel raufgeholt habe, anders könne er sich das alles nicht erklären!
»Glaubst du auch daran?«, fragte er mich.
»Nur wenn's heut am Abend aus keiner Tür nach Fisch riecht«, antwortete ich.
Es roch am Heiligen Abend aus keiner Wohnungstür nach Fisch. Die alte Sipek schlich jede halbe Stunde aus ihrer Wohnung raus und machte einen Rundgang durch alle Stockwerke. Zu jedem

Schlüsselloch beugte sie sich runter und schnupperte. Erst gegen Mitternacht gab sie auf. Aus unserem Schlüsselloch duftete es an diesem Heiligen Abend nach Schweinsbraten. Ich fragte meine Mutter, woher sie auf einmal den großen Brocken Schweinefleisch habe. Vor ein paar Tagen hatte sie doch noch drüber gejammert, dass sie uns nicht mal zu Weihnachten ein Stückerl Fleisch auf den Tisch stellen könne.

Meine Mutter gab mir keine Antwort. Aber meine große Schwester sagte: »Den hat der Papa geschenkt bekommen.« Ich fragte meinen Vater, wer ihm denn den Schweinsbraten geschenkt habe.

»Ist doch Weihnachten«, sagte mein Vater, »da lässt der liebe Gott eben manchmal etwas direkt vom Himmel fallen!« So viel ich auch weiter fragte, er blieb dabei. Vom Himmel sei der Schweinsbraten gefallen!

Im Nachbarhaus allerdings hat es an diesem Heiligen Abend gewaltig nach Fisch gerochen. Das hat mir am Stefanitag die Susi erzählt. Aus der Wohnungstür vom Bogner ist der Fischgeruch gekommen. Der Bogner war ein Freund meines Vaters und hatte auch einen Cousin im Burgenland, und der brachte ihm jedes Jahr zu Weihnachten einen großen Brocken Schweinefleisch. Obwohl der Bogner Schweinefleisch gar nicht so besonders gern aß, Fisch mochte er viel lieber.

Den Franzi habe ich nicht darüber aufgeklärt, dass der liebe Gott den Karpfen wahrscheinlich nicht zu sich in den Himmel raufgeholt hat. Und gar so sicher war ich mir ja auch nicht. Hätte doch auch sein können, dass er den Karpfen zuerst zu sich in den Himmel raufgeholt und ihn dann meinem Vater vor die Füße fallen hat lassen!

Gerhard Polt

Schöne Bescherung

Wie man weiß, ist der Höhepunkt des Heiligen Abends die Bescherung. Der Zeitpunkt, wann sie stattfindet, kann variieren. Sie kann stattfinden vor der Weihnachtsansprache des bayerischen Ministerpräsidenten oder auch nachher, das wäre dann vor der Rede des Bundeskanzlers und der des Bundespräsidenten. Manche Menschen bescheren erst, nachdem sie alle Reden zu sich genommen haben und der wahre Weihnachtsfrieden dann echt eingekehrt ist. Für ein Kind ist besagter Zeitpunkt weichenstellend, und gar schicksalhaft kann sich die Dramaturgie eines Heiligen Abends auf das individuelle Glück eines solchen auswirken.

Ich wohnte im dritten Stock, und unter mir im zweiten – genau unter mir – wohnte mein Kindkollege Herbert K.

Unwiderruflich war es Heiliger Abend geworden. Durch die Zimmerdecke des Altbaus drangen die Entzückensschreie meines Spezis. Es wurde beschert.

»Ja hört das denn gar nicht mehr auf!«, dachte ich gequält und vergaß fast, dass ich selber ja die Bescherung noch vor mir hatte. Mich überfiel eine abgesicherte Ahnung, dass dieses Fest so ablaufen würde wie jedes Jahr, und ich fing an zu schwitzen. Kaum waren die Freudenschreie unten versickert, ging's bei mir oben los. Nur, fürchte ich, nicht so lang.

Der Baum brennt. Ich selbst, im Taumel der Beschorenheit, zähle noch mal die Leistungen des Christkinds nach – da klingelt's auch schon an der Türe. Ich zucke zusammen, atme durch und öffne. Unvermeidlich wie eine Naturkatastrophe steht er vor mir, der Herbert K., mit strengem, prüfendem Blick, einen Notizblock und einen Bleistift in der Hand.

»Und?«, fragt er. »Wie schaut's aus heuer?«

»Äh ... sehr gut!«, antworte ich windelweich. »Doch ... ziemlich gut!«

»Naja, dann schaun mer amal«, sagt er und betritt wie ein Gerichtsvollzieher unser Weihnachtszimmer. Ich reihe alle Präsente auf, lüfte

auf Wunsch manche Verpackung, um eine realistische Preisvorstellung zu ermöglichen.
Herbert K. notiert.
»Da hab ich noch eine Weiche für die Eisenbahn!«, sage ich mit enger Stimme.
»Die hab ich schon!«, kommt die trockene Antwort. »Ist das alles?«
»Naja, ist doch nicht schlecht, oder?«, höre ich mich, verzweifelt Zustimmung heischend, sagen. Doch Herbert K. rechnet bereits, flink wie in der Schule.
»Einundsechzigmarkfünfzig! Viel mehr wie voriges Jahr ist es auch nicht!«, konstatiert er.
Ich weiß, dass er recht hat. Besondere ökonomische Kausalitäten meiner Familie haben sich heuer folgenschwer fürs Christkind ausgewirkt.
»So, jetzt gehma nunta!«, fordert Herbert. Stumm folge ich in den zweiten Stock. Schweren Herzens betrete ich den festlichen Raum. Die Präsente sind pyramidenartig aufgetürmt. Wortlos drückt mir mein Freund das bereits vorbereitete Notizblatt in die Hand.
»Du kannst alles nachkontrollieren! Zweihundertzehnmark gradaus!«
»Nein, nein, ich glaub's schon!«, winke ich ab. Da erhellt ein Hoffnungsstrahl meine Gedanken.
»Du, ich hab's fast vergessen! Ich krieg noch fünfzig Mark von einem Onkel, wenn er kommt!«

Unerbittlich werde ich abgeschmettert. »Was nicht unterm Baum liegt, wird nicht berechnet!«
Da hatte ich die Bescherung. Im Radio beendete der Ministerpräsident gerade seine Ansprache und wünschte allen – auch den Kindern – fröhliche Weihnachten. Bis zum nächsten Jahr.

Anton Tschechow

Jungen

»Wolodja ist da!«, rief jemand draußen auf der Straße.

»Wolodetschka ist da!«, heulte Natalja los und kam ins Esszimmer gelaufen. »Ach du lieber Gott!«

Die ganze Koroljowsche Familie, die schon ungeduldig auf ihren Wolodja gewartet hatte, stürzte ans Fenster. Am Eingang hielt ein niedriger, breiter Schlitten, und von den drei Schimmeln stieg eine dichte Dampfwolke auf. Der Schlitten war leer, denn Wolodja stand schon im Flur und knüpfte mit roten, verfrorenen Fingern den Baschlyk auf. Sein Gymnasiastenmantel, seine Mütze, die Galoschen und die Schläfen waren mit Reif bedeckt, und überhaupt strömte seine ganze Gestalt einen so anregenden Frostgeruch aus, dass man bei seinem Anblick am liebsten mitgefroren und ausgerufen hätte: »Brr!« Die Mutter und die Tante beeilten sich, ihn zu umarmen und abzuküssen, Natalja kniete nieder und zog ihm die Filzstiefel aus, die Schwestern erhoben ein großes Geschrei; man hörte das Klappern und Quietschen von Türen, und schließlich stürzte, in Hemdsärmeln und eine Schere in der Hand, Wolodjas Vater herbei und rief aufgeregt aus: »Und wir haben dich schon gestern erwartet! Wie war die Reise? Alles in Ordnung? Mein Gott, so lasst ihn doch auch den Vater begrüßen! Bin ich vielleicht nicht der Vater?«

»Wau! Wau!«, bellte in tiefem Bass der riesige schwarze Mylord und schlug mit dem Schwanz gegen Möbel und Wände.

Alles vermischte sich zu einem einzigen freudigen Lärm, der gute zwei Minuten anhielt. Als der erste Freudentaumel vorüber war, bemerkten die Koroljows, dass sich in ihrem Flur außer Wolodja noch ein anderer kleiner Mann befand; er stand, in Tücher, Schals und Baschlyks gemummt und völlig von Reif bedeckt, im Schatten eines dicken, mit Fuchspelz gefütterten Mantels in der Ecke und rührte sich nicht.

»Wolodetschka, wer ist denn das?«, fragte leise die Mutter.

»Ach!«, besann sich Wolodja. »Habe die Ehre – mein Schulkamerad Tschetschewizyn, aus der Klasse zwei ... Ich habe ihn mitgebracht, er soll ein paar Tage unser Gast sein.«

»Sehr angenehm, herzlich willkommen!«, sagte der Vater erfreut. »Entschuldigen Sie, wenn ich in Hemdsärmeln bin ... Kommen Sie herein! Natalja, hilf doch Herrn Tscherepizyn ablegen! Herrgott im Himmel, so jagt doch den Hund fort. Das ist ja die reinste Strafe!«

Ein wenig später saßen Wolodja und sein Freund Tschetschewizyn, benommen vom geräuschvollen Empfang und immer noch rosig vom Frost, am Tisch und tranken Tee. Die Wintersonne drang durch den Schnee und die Eisblumen an den Fenstern, zitterte auf dem Samowar und badete ihre Strahlen in einem Spülnapf. Im Zimmer war es warm, und die Jungen fühlten, wie sich in ihren durchgefrorenen Körpern Wärme und Kälte stritten, ohne einander den Sieg zu gönnen.

»So ist also bald wieder Weihnachten!«, sagte in singendem Tonfall der Vater und drehte sich eine Zigarette aus rotbraunem Tabak. »Und wie lange ist es schon her, dass es Sommer war und die Mutter weinte, als du uns verließest? Ja, mein Freund, die Zeit vergeht rasch! Ehe man sich's versieht, ist man alt. Herr Tschibissow, bitte essen Sie, genieren Sie sich nicht! Bei uns geht's einfach zu.«

Wolodjas drei Schwestern Katja, Sonja und Mascha – die Älteste war gerade elf Jahre – saßen am Tisch und ließen kein Auge von dem neuen Bekannten. Tschetschewizyn hatte das gleiche Alter und die gleiche Größe wie Wolodja, war aber nicht so rundlich und weiß, sondern mager, dunkel und sommersprossig. Er hatte borstiges Haar, schmale Augen und dicke Lippen und war überhaupt sehr hässlich – wäre nicht die Gymnasiastenjacke gewesen, man hätte ihn für den Sohn einer Köchin gehalten. Er wirkte finster, schwieg in einem fort und lächelte kein einziges Mal. Die Mädchen sahen ihn an und fanden gleich, er müsse sehr klug und gelehrt sein. Ständig dachte er über etwas nach und war so mit seinen Gedanken beschäftigt, dass er zusammenzuckte, wenn man ihn etwas fragte, den Kopf zurückwarf und die Frage zu wiederholen bat.

Den Mädchen fiel auf, dass auch Wolodja, der sonst immer fröhlich und aufgeräumt war, dieses Mal wenig sprach, überhaupt nicht lächelte und sich anscheinend gar nicht freute, wieder zu Hause zu sein. Während man am Teetisch saß, wandte er sich nur einmal an die Schwestern, und auch das mit recht seltsamen Worten.

Er zeigte mit dem Finger auf den Samowar und sagte: »In Kalifornien trinkt man statt Tee Gin.«

Auch er war mit irgendwelchen Gedanken beschäftigt, und nach den Blicken zu urteilen, die er und sein Freund Tschetschewizyn gelegentlich wechselten, dachten beide an dasselbe.

Nach dem Tee gingen alle ins Kinderzimmer. Der Vater und die Mädchen setzten sich an den Tisch und machten sich an die Arbeit, die durch die Ankunft der Jungen unterbrochen worden war. Sie fertigten Blumen und Girlanden aus buntem Papier für den Weihnachtsbaum an. Bei jeder neu entstandenen Blume schrien die Mädchen begeistert, sogar erschrocken auf, als sei die Blume vom Himmel gefallen; auch der Papa ließ sich mitreißen, und gelegentlich warf er die Schere zu Boden – aus Ärger darüber, dass sie so stumpf war.

Die Mama kam mit besorgtem Gesicht ins Kinderzimmer geeilt und fragte: »Wer hat meine Schere genommen? Du schon wieder, Iwan Nikolaitsch?«

»Herrgott im Himmel, nicht mal die Schere darf ich mir nehmen!«, entgegnete mit weinerlicher Stimme Iwan Nikolaitsch, warf sich gegen die Stuhllehne zurück und spielte den Gekränkten, ließ sich jedoch einen Augenblick später gleich wieder mitreißen.

Früher hatte auch Wolodja, wenn er nach Hause kam, an den Weihnachtsvorbereitungen teilgenommen, oder er war auf den Hof gelaufen, um zuzusehen, wie der Kutscher und der Hirt einen Rodelberg bauten; diesmal schenkten weder er noch Tschetschewizyn dem Buntpapier irgendwelche Beachtung; sie zeigten sich auch kein einziges Mal im Stall, sondern saßen am Fenster und tuschelten; später schlugen sie den Atlas auf und vertieften sich in irgendeine Karte.

»Zuerst nach Perm«, sagte Tschetschewizyn leise, »von dort nach

Tjumen ... dann nach Tomsk ... und dann ... zur Halbinsel Kamtschatka ... Hier setzen uns die Samojeden in Booten über die Beringstraße ... Und plötzlich ist man in Amerika ... da gibt es viele Pelztiere.«

»Und Kalifornien?«, fragte Wolodja. »Kalifornien liegt weiter unten ... Hauptsache – wir kommen nach Amerika, von da ist es ein Katzensprung bis Kalifornien. Den Lebensunterhalt können wir durch Jagd oder Raub erwerben.«

Tschetschewizyn ging den Mädchen den ganzen Tag aus dem Weg und blickte sie mürrisch an. Der Zufall fügte es, dass man ihn nach dem Abendtee fünf Minuten mit ihnen allein ließ. Es wäre peinlich gewesen zu schweigen. Er hüstelte rau, rieb mit der rechten Hand die linke, sah Katja finster an und fragte: »Haben Sie Mayne Reid gelesen?«

»Nein ... Aber hören Sie, können Sie Schlittschuh laufen?«

Tschetschewizyn, der in Gedanken versunken war, gab keine Antwort, sondern blies nur die Backen auf und atmete laut aus, als wäre ihm zu heiß. Er sah Katja aufs Neue an und sagte: »Wenn eine Büffelherde über die Pampa jagt, dann bebt die Erde, und die Mustangs schlagen erschrocken aus und wiehern.« Tschetschewizyn lächelte traurig und fügte hinzu: »Außerdem überfallen die Indianer die Züge. Das Schlimmste aber sind die Moskitos und die Termiten.«

»Was ist denn das?«

»Das ist eine Art Ameisen, aber mit Flügeln. Wenn sie beißen, tut es sehr weh. Wissen Sie, wer ich bin?«

»Ja, Herr Tschetschewizyn.«

»Nein. Ich bin Montigomo, die Habichtklaue, der Häuptling der Unbesiegbaren.«

Mascha, das kleinste der Mädchen, blickte erst ihn, dann das Fenster an, hinter dem es dämmerte, und sagte nachdenklich: »Und bei uns haben sie gestern Tschetschewiza[*] gekocht.«

Tschetschewizyns unverständliche Reden und die Tatsache, dass

---

[*] Linsensuppe

er und Wolodja ständig zu tuscheln hatten und Wolodja nicht mitspielte, sondern immerfort über etwas nachdachte – alles das erschien seltsam und rätselhaft. Die beiden älteren Mädchen, Katja und Sonja, begannen sie sorgfältig zu beobachten. Am Abend, als sich die Jungen schlafen legten, schlichen sie sich an ihre Tür und belauschten ihre Gespräche. Nein, was sie da zu hören bekamen! Die Jungen wollten nach Amerika entfliehen, um dort nach Gold zu graben; sie hatten schon alles, was man dazu braucht: eine Pistole, zwei Messer, Zwieback, ein Vergrößerungsglas zum Feueranmachen, einen Kompass und vier Rubel in bar. Die Mädchen erfuhren, was den beiden bevorstand – sie würden mehrere tausend Werst zu Fuß zurücklegen und sich auf ihrem Weg mit Tigern und Wilden herumschlagen müssen, dann nach Gold graben und Elfenbein gewinnen. Sie würden Feinde töten, unter die Seeräuber gehen, Gin trinken und schließlich zwei schöne Mädchen heiraten und Plantagen bearbeiten. Wolodja und Tschetschewizyn fielen sich in ihrem Eifer ständig ins Wort. Sich selber nannte Tschetschewizyn »Montigomo, die Habichtklaue«, und Wolodja nannte er »seinen weißen Bruder«.

»Pass aber auf, erzähl es nicht der Mama«, sagte Katja zu Sonja, als sie zu Bett gingen. »Wolodja wird uns Gold und Elfenbein aus Amerika mitbringen, wenn du es aber der Mama erzählst, dann lassen sie ihn nicht fort.«

Einen Tag vor Heiligabend studierte Tschetschewizyn in einem fort die Karte Asiens und machte sich Notizen. Wolodja schlich matt und verschwollen, als hätte ihn eine Biene gestochen, durch die Zimmer und wollte nichts essen. Einmal blieb er sogar im Kinderzimmer vor dem Heiligenbild stehen, bekreuzigte sich und sagte: »Herrgott, vergib mir Sünder! Herrgott, beschütze meine arme, unglückliche Mama!«

Gegen Abend brach er in Tränen aus. Als er schlafen ging, umarmte er lange den Vater, die Mutter und seine Schwestern. Katja und Sonja verstanden ja, was das bedeutete, während Mascha, die Jüngste, nichts, aber auch gar nichts begriff; sie wurde nur nachdenklich, als sie Tschetschewizyn ansah, seufzte und meinte: »Die

Kinderfrau sagt, wenn Fasten ist, muss man Erbsen und Tschetschewiza essen.«

Am frühen Morgen des Heiligen Abends erhoben sich Katja und Sonja leise von ihren Betten; sie wollten sich ansehen, wie die Jungen nach Amerika fliehen würden. Sie schlichen sich an ihre Tür.

»Du kommst also nicht mit?«, fragte Tschetschewizyn böse. »Antworte: Du kommst nicht mit?«

»Mein Gott!«, klagte Wolodja leise. »Wie kann ich denn mitkommen! Mir tut Mama leid.«

»Mein weißer Bruder, ich bitte dich, komm mit! Du hast mir doch versichert, du kommst mit, du selber hast mich überredet, und jetzt, wo es so weit ist, kriegst du Angst.«

»Ich ... habe keine Angst, sondern mir tut ... Mama leid.«

»Also sag: Kommst du nun mit oder nicht?«

»Ich komme mit, nur ... musst du etwas warten. Ich möchte zuerst ein bisschen zu Hause sein.«

»Nun, dann fahr ich eben allein!«, entschied Tschetschewizyn.

»Ich komme auch ohne dich aus. Und du wolltest Tiger jagen und kämpfen! Wenn sich das so verhält, dann gib mir meine Zündhütchen zurück!«

Wolodja weinte so bitterlich, dass auch die Schwestern es nicht aushielten und ebenfalls in Tränen ausbrachen. Stille trat ein.

»Du kommst also nicht mit?«

»Do...och, ich komme mit.«

»Dann zieh dich an! Und Tschetschewizyn redete auf Wolodja ein, schilderte Amerika in den schönsten Farben, brüllte wie ein Tiger, stellte einen Dampfer dar, schimpfte und versprach, Wolodja das ganze Elfenbein und alle Löwen- und Tigerfelle abzutreten.

Dieser schmächtige dunkle Junge mit dem borstigen Haar und den Sommersprossen erschien den Mädchen bewundernswert und außerordentlich. Er war ein Held, war entschlossen und unerschrocken und brüllte so schrecklich, dass man hier, hinter der Tür, tatsächlich glauben konnte, es handle sich um einen Tiger oder Löwen.

Als die Mädchen in ihr Zimmer zurückgekehrt waren und sich

anzogen, sagte Katja, die Augen voller Tränen: »Ach, ich fürchte mich so!«

Bis zwei Uhr, also der Zeit, da man sich an den Mittagstisch setzte, blieb alles ruhig, aber dann stellte sich plötzlich heraus: Die Jungen waren nicht zu Hause. Man schickte in die Gesindestube, zum Pferdestall, in den Verwalterflügel – sie waren nicht da. Man schickte ins Dorf – auch dort fand man sie nicht. Die Jungen erschienen auch nicht zum Tee, und als man sich zum Abendessen niedersetzte, war die Mama sehr aufgeregt und weinte sogar. In der Nacht suchte man wieder im Dorf und zog mit Laternen zum Fluss. Mein Gott, was das für eine Aufregung war!

Am folgenden Tag kam der Landpolizist und schrieb im Speisezimmer an einem Papier. Die Mama weinte.

Doch schließlich fuhr vor dem Eingang der niedrige, breite Schlitten vor, und von den drei Schimmeln stieg eine Dampfwolke auf.

»Wolodja ist gekommen!«, rief jemand draußen auf der Straße.

»Wolodetschka ist gekommen!«, heulte Natalja los und kam ins Speisezimmer gelaufen.

Und Mylord bellte im Bass: »Wau! Wau!« Die Jungen waren, wie sich herausstellte, in der Stadt, und zwar in der Kaufhalle, aufgegriffen worden (sie gingen dort umher und fragten immerfort, wo man Schießpulver kaufen könne). Wolodja war kaum im Vorzimmer, als er auch schon in Tränen ausbrach und sich der Mutter an den Hals warf. Die Mädchen zitterten und dachten mit Schrecken an das, was jetzt kommen würde; sie hörten, wie der Papa Wolodja und Tschetschewizyn in sein Arbeitszimmer führte und lange mit ihnen sprach; auch die Mama sprach mit ihnen und weinte.

»Wie kann man so etwas machen?«, ereiferte sich der Papa. »Wenn man, behüte Gott, im Gymnasium davon erfährt, schließt man euch aus. Und Sie, Herr Tschetschewizyn, sollten sich schämen! Das ist nicht schön von Ihnen! Sie sind der Anstifter, ich hoffe, dass Ihre Eltern Sie bestrafen werden. Wie kann man nur so etwas machen? Wo habt ihr denn übernachtet?«

»Auf dem Bahnhof!«, entgegnete Tschetschewizyn stolz.

Später lag Wolodja auf dem Sofa und hatte ein mit Essig getränktes Handtuch auf dem Kopf. Man gab ein Telegramm auf, und tags darauf kam Tschetschewizyns Mutter und holte ihren Sohn ab. Tschetschewizyn machte, als er abfuhr, ein strenges und hochmütiges Gesicht und sagte beim Abschied von den Mädchen kein Wort; er nahm nur das Heft, das Katja ihm hinhielt, und schrieb zum Andenken hinein: »Montigomo, die Habichtklaue«.

Anne Frank

Briefe an Kitty

Dienstag, 22. Dezember 1942

Liebe Kitty!
Das »Hinterhaus« hat mit Freuden gehört, dass zu Weihnachten jeder ein viertel Pfund Butter extra bekommt. Offiziell ist es ein halbes Pfund, aber das gilt für die glücklichen Sterblichen, die draußen in Freiheit leben. Untergetauchte, wie wir, die zu acht nur vier Lebensmittelkarten kaufen können, freuen sich auch schon über ein viertel Pfund. Von dieser Butter wollen wir alle etwas backen. Ich mache für uns Plätzchen und zwei Torten. Mutter sagt, ehe die Haushaltspflichten nicht erfüllt sind, dürfte ich nicht lesen oder lernen.
Frau v. Daan liegt mit einer gequetschten Rippe zu Bett, klagt von früh bis spät, lässt sich bedienen und dauernd Umschläge machen, ist aber nie zufrieden. Ich werde froh sein, wenn sie erst wieder auf ist und ihre Sachen selbst machen kann. Eins muss ich sagen: Sie ist sehr fleißig und, wenn sie sich seelisch und körperlich gut fühlt, auch vergnügt. Da ich wahrscheinlich tagsüber noch nicht oft genug mit »pst, pst« ermahnt werde, weil ich angeblich zu laut bin, hat sich mein Herr Zimmergenosse nun auch noch angewöhnt, nachts sein »pst, pst« hören zu lassen. Wenn es nach ihm ginge, dürfte ich mich nicht einmal in meinem Bett umdrehen. Ich tue, als ob ich nichts merke, aber nächstens werde ich einfach mal »pst« zurückrufen. Des Sonntags habe ich sowieso eine Wut auf ihn, wenn er in aller Frühe das Licht andreht, um seine Freiübungen zu machen. Das scheint mir dann immer stundenlang zu dauern, und da er in seiner Unachtsamkeit auch dauernd an die Stühle stößt, die meinem Bett zur Verlängerung dienen, werde ich dann richtig wach. Dabei bin ich noch gar nicht ausgeschlafen und würde so gerne noch Ruhe haben. Wenn die »Wege zu Kraft und Schönheit« beendet sind, beginnt die Toilette. Die Unterhose hängt an einem Haken, also erst dorthin, dann wieder zurück. Aber natürlich hat

er die Krawatte vergessen, die auf dem Tisch liegt. Nun muss er wieder hin und her laufen und stößt von neuem an die Stühle. Mit meiner Sonntagsruhe ist es endgültig vorbei!.
Aber was nützt es, über komische alte Herren zu klagen? Manchmal juckt es mich in den Fingern, ihm einen Streich zu spielen: Die Tür abschließen, Lampe ausschrauben, Kleider verstecken?! Aber um des lieben Friedens willen tue ich es dann doch nicht.
Ach, ich werde sooo vernünftig! Zu allem gehört hier Vernunft: Den Mund halten, gehorchen, freundlich sein, hilfsbereit, nachgeben, und ich weiß nicht, was noch alles! Ich werde meinen Verstand, der ohnedies schon nicht so weit reicht, zu schnell verbrauchen und bin in Sorge, dass dann für die Nachkriegszeit nichts mehr übrigbleibt. Anne

Montag, 27. Dezember 1943

Liebe Kitty!
Ich habe zum ersten Mal in meinem Leben etwas zu Weihnachten bekommen. Die Mädels, Koophuis und Kraler hatten wieder eine reizende Überraschung. Miep hat einen Kuchen gebacken mit der Aufschrift: *Friede 1944*. Elli hat ein Pfund Vorkriegs-Plätzchen ergattert. Außerdem bekamen Peter, Margot und ich jeder eine Flasche Yoghurt, die Erwachsenen je eine Flasche Bier. Alles war hübsch verpackt, immer mit passendem Verschen auf jedem Paket. Die Weihnachtstage sind schnell vorübergegangen.

Anne

Kapitel 6

NACHKLANG

Janosch

Der Bär und der Vogel

Es war einmal ein Bär, der lebte ungefähr eine Meile weit weg von den Leuten am Fuße eines Berges in seiner Höhle.
Im Sommer ging es ihm gut, denn er hatte eine Bienenzucht und deswegen beinah immer soviel Honig, wie er nur wollte. Denn Honig war seine Leibspeise. Auch sammelte er Beeren im Wald, fing am Fluss Forellen, kurzum: Im Sommer lebte er dort wie im Paradies.
Dazu kam, dass die anderen Waldtiere und nicht zuletzt die Leute vom Dorf ihn gut leiden konnten, denn er war friedlich, leutselig, immer zu einem kleinen Spaß aufgelegt. Bosheit und Hinterlist kannte er nicht, und wenn ihn selbst einer einmal hänselte, foppte, ihm gar einen Streich spielte, verzieh er's ihm schnell, denn wenn's dem Bären gut geht, braucht er niemanden zu beißen.
Er war, und das darf hier auch gesagt werden, für die anderen Tiere im Wald wie ein lieber Großvater. Wenn er abends vor seiner Höhle saß und der Sonne zuschaute, wie sie unterging, kam der eine oder andere und flüsterte ihm seine Sorgen ins Ohr. Und schon war alles besser.
Und dann kam der Winter.
Auch da ging es ihm nicht schlecht. Denn er hatte einen warmen Pelzmantel aus Bärenfell, und weil er nicht dumm war, hatte er im Sommer kleine Vorräte angelegt. Hatte Beeren getrocknet und daraus, vermischt mit Honig, eine fabelhafte Winterspeise bereitet. Hatte Laub in die Höhle getragen, damit es ihm nicht von unten her kalt werden konnte. Hatte auch saubere und glattgestrichene Blätter von Buchen gesammelt, auf denen er im Winter die Geschichten des letzten Sommers lesen konnte, die Käfer und Würmer dort hineingeschrieben hatten.
Auch der Winter war also keine schlechte Zeit für den Bären. Und dann kam so ein Winter, der war kälter als jeder Winter zuvor. Der Wind hatte ihm den Schnee bis direkt vor sein Bett geweht. Die Luft

war wie kaltes Glas, und im Wald war es still, still. Als ob es auf der Welt keine Töne mehr gäbe. Weil sie in der Luft erfroren. Weil sie tot in den Schnee fielen. Und wenn der Bär hinauswollte vor seine Höhle, musste er sich durch den Schnee graben.
Und dann kam die große Heilige Nacht.
Der Mond stand oben allein, und weit, weit weg flimmerten die Sterne, heller als sonst und ganz klar.
Dem Bären war es so kalt wie nie zuvor, und er redete mit sich selbst. Das macht manchmal etwas warm.
»Ich werde in das Dorf gehen. Vielleicht treffe ich einen, den ich kenne, und er nimmt mich mit nach Haus an den warmen Ofen. Oder wir wärmen uns gegenseitig Fell an Fell. Vielleicht schenkt mir einer eine Brotsuppe. Das wärmt auch. Also los, alter Bär, mach dich auf die Pfoten!« Er rieb sich die Nase warm und grub sich aus der Höhle. Kalt war es. Viel kälter, als er innen in der Höhle gedacht hatte.
»Will jemand mit mir ins Dorf gehen ... hen ...«, rief er in den Wald hinaus, aber das Echo kam sofort zurück, war gar nicht weit gekommen, war an der Kälte zurückgeprallt.
»Dort ist heut Weihnachten«, rief der Bär. Etwas leiser jetzt. »Ist da niemand ...«
»Niemand ...«, rief das Echo zurück, und das Wort fiel erfroren in den Schnee, keiner hat es gehört.
Da stapfte der Bär allein los, ging den Fluss entlang über die schmale Brücke, noch eine Meile weit, im Sommer ein Weg nicht einmal zu lang für eine Maus. Aber jetzt so weit wie von hier bis zum Himalaja. Und für einen allein zu gehen doppelt so lang.
Manchmal blieb er stehen, legte die Pfoten an die Schnauze und rief: »Ist da niemand, der mitgeht in das Dorf? Keiner? Heut ist Weihnachten bei den Menschen. Ein schönes Fest ...«
Niemand, keiner kam, und als es immer kälter wurde, der Weg ohne Ende war, fiel der Bär nach vorn und konnte nicht mehr weitergehen. Da kam ein kleiner Vogel gehüpft. Setzte sich auf sein Ohr, war ein Hänfling. Er kannte den Bären vom Sommer her. Sie hatten sich manchmal die Beeren geteilt, die der Bär gesammelt hatte:

»Eine ich und zwei du. Eine ich und zwei du ...«

»Kalt ist«, sagte der Vogel. »Trag mich ein Stück, Bär! Kann nicht mehr fliegen wegen der Kälte. Und ich sing dir was vor, ja!« Da stand der Bär wieder auf, nahm den federleichten Vogel auf die Pfote, hauchte ihn warm, und der Vogel sang ihm ein Lied ins Ohr. Wie früher, wie im Sommer. Das wärmt. Der Bär ging weich und vorsichtig, um das Lied nicht zu stören Es war mitten in der Nacht, als sie ins Dorf kamen. Die Leute waren in der Kirche und sangen. Aber der Küster ließ die beiden nicht hinein. »Bären und Vögel haben hier keinen Zutritt«, sagte er. »Das ist eine Vorschrift, und ich kann keine Ausnahme machen. Geht einfach nicht. Alte Frauen könnten sich ängstigen. Morgen vielleicht, wenn die Kirche leer ist oder wenn mehr Kinder da sind, die würden sich vielleicht freuen. Aber heut nicht, heut nicht.«

Schlug die Tür zu und war weg.

Dem Bären und dem Vogel war's inzwischen egal. Sie spürten die Kälte nicht mehr, denn wenn du einen Freund gefunden hast, ist alles nicht mehr schlimm. Sie setzten sich neben die Kirche, und im Auge des Bären war so ein schönes Licht, an dem der Vogel sich die Flügel wärmen konnte. Jetzt hätte er wieder fliegen können unter ein warmes Dach, aber er blieb. Der Himmel war das Dach über ihrem Haus, und die Welt hatte keinen Anfang und kein Ende.

Dann kamen die Mütter und Väter mit ihren Kindern aus der Kirche. »Was ist denn dort mit dem Bären?«, fragten die Kinder. »Ist der echt, er bewegt sich ja gar nicht.«

Die Mütter und Väter zogen die Kinder an den Händen weg, es war schon spät, und es war kalt:

»Na los, kommt schon.«

Als das Lied des Vogels immer leiser wurde und der Bär sah, dass der Vogel die Augen schon zu hatte, verbarg er ihn vorsichtig und warm zwischen seinen Pfoten. Rührte sich nicht, um ihn nicht zu wecken. Aber auch dem Bären fielen bald die Augen zu, und sie träumten von einem Engel, der sie wegtrug. Am nächsten Tag waren sie nicht mehr da.

James Krüss

Die Weihnachtsmaus

Die Weihnachtsmaus ist sonderbar
(Sogar für die Gelehrten),
Denn einmal nur im ganzen Jahr
Entdeckt man ihre Fährten.

Mit Fallen oder Rattengift
Kann man die Maus nicht fangen.
Sie ist, was diesen Punkt betrifft,
Noch nie ins Garn gegangen.

Das ganze Jahr macht diese Maus
Den Menschen keine Plage.
Doch plötzlich aus dem Loch heraus
Kriecht sie am Weihnachtstage.

Zum Beispiel war vom Festgebäck,
Das Mutter gut verborgen,
Mit einemmal das Beste weg
Am ersten Weihnachtsmorgen.

Da sagte jeder rundheraus:
Ich hab es nicht genommen!
Es war bestimmt die Weihnachtsmaus,
Die über Nacht gekommen.

Ein andres Mal verschwand sogar
Das Marzipan vom Peter,
Was seltsam und erstaunlich war,
Denn niemand fand es später.

Der Christian rief rundheraus:
Ich hab' es nicht genommen!
Es war bestimmt die Weihnachtsmaus,
Die über Nacht gekommen!

Ein drittes Mal verschwand vom Baum,
An dem die Kugeln hingen,
Ein Weihnachtsmann aus Eierschaum
Nebst andren leckren Dingen.

Die Nelly sagte rundheraus:
Ich habe nichts genommen!
Es war bestimmt die Weihnachtsmaus,
Die über Nacht gekommen!

Und Ernst und Hans und der Papa,
Die riefen: Welche Plage!
Die böse Maus ist wieder da,
Und just am Feiertage!

Nur Mutter sprach kein Klagewort.
Sie sagte unumwunden:
Sind erst die Süßigkeiten fort,
Ist auch die Maus verschwunden!

Und wirklich wahr: Die Maus blieb weg,
Sobald der Baum geleert war,
Sobald das letzte Festgebäck
Gegessen und verzehrt war.

Michael Ende

Momo und die Versuchung durch das Puppengeschenk

Kurze Zeit später – es war an einem besonders heißen Mittag – fand Momo auf den Steinstufen der Ruine eine Puppe.
Nun war es schon öfter vorgekommen, dass Kinder eines der teuren Spielzeuge, mit denen man nicht wirklich spielen konnte, einfach vergessen und liegengelassen hatten. Aber Momo konnte sich nicht erinnern, diese Puppe bei einem der Kinder gesehen zu haben. Und sie wäre ihr bestimmt aufgefallen, denn es war eine ganz besondere Puppe.
Sie war fast so groß wie Momo selbst und so naturgetreu gemacht, dass man sie beinahe für einen kleinen Menschen halten konnte. Aber sie sah nicht aus wie ein Kind oder ein Baby, sondern wie eine schicke junge Dame oder eine Schaufensterfigur. Sie trug ein rotes Kleid mit kurzem Rock und Riemchenschuhe mit hohen Absätzen.
Momo starrte sie fasziniert an. Als sie sie nach einer Weile mit der Hand berührte, klapperte die Puppe einige Male mit den Augendeckeln, bewegte den Mund und sagte mit einer Stimme, die etwas quäkend klang, als käme sie aus einem Telefon: »Guten Tag. Ich bin Bibigirl, die vollkommene Puppe.«
Momo fuhr erschrocken zurück, aber dann antwortete sie unwillkürlich: »Guten Tag, ich heiße Momo.«
Wieder bewegte die Puppe ihre Lippen und sagte: »Ich gehöre dir. Alle beneiden dich um mich.«
»Ich glaub' nicht, dass du mir gehörst«, meinte Momo. »Ich glaub' eher, dass dich jemand hier vergessen hat.«
Sie nahm die Puppe und hob sie hoch. Da bewegten sich deren Lippen wieder und sie sagte: »Ich möchte noch mehr Sachen haben.«
»So?«, antwortete Momo und überlegte. »Ich weiß nicht, ob ich was hab', das zu dir passt. Aber warte mal, ich zeig' dir meine Sachen, dann kannst du ja sagen, was dir gefällt.«
Sie nahm die Puppe und kletterte mit ihr durch das Loch in der

Mauer in ihr Zimmer hinunter. Sie holte eine Schachtel mit allerlei Schätzen unter dem Bett hervor und stellte sie vor Bibigirl hin.

»Hier«, sagte sie, »das ist alles, was ich hab'. Wenn dir was gefällt, dann sag's nur.«

Und sie zeigte ihr eine hübsche bunte Vogelfeder, einen schön gemaserten Stein, einen goldenen Knopf, ein Stückchen buntes Glas. Die Puppe sagte nichts und Momo stieß sie an.

»Guten Tag«, quäkte die Puppe, »ich bin Bibigirl, die vollkommene Puppe.«

»Ja«, sagte Momo, »ich weiß schon. Aber du wolltest dir doch was aussuchen, Bibigirl. Hier hab' ich zum Beispiel eine schöne rosa Muschel. Gefällt sie dir?«

»Ich gehöre dir«, antwortete die Puppe, »alle beneiden dich um mich.«

»Ja, das hast du schon gesagt«, meinte Momo. »Aber wenn du nichts von meinen Sachen magst, dann könnten wir vielleicht spielen, ja?«

»Ich möchte noch mehr Sachen haben«, wiederholte die Puppe.

»Mehr hab' ich nicht«, sagte Momo. Sie nahm die Puppe und kletterte wieder ins Freie hinaus. Dort setzte sie die vollkommene Bibigirl auf den Boden und nahm ihr gegenüber Platz.

»Wir spielen jetzt, dass du zu mir zu Besuch kommst«, schlug Momo vor.

»Guten Tag«, sagte die Puppe, »ich bin Bibigirl, die vollkommene Puppe.«

»Wie nett, dass Sie mich besuchen!«, erwiderte Momo. »Woher kommen Sie denn, verehrte Dame?«

»Ich gehöre dir«, fuhr Bibigirl fort, »alle beneiden dich um mich.«

»Also hör mal«, meinte Momo, »so können wir doch nicht spielen, wenn du immer das gleiche sagst.«

»Ich möchte noch mehr Sachen haben«, antwortete die Puppe und klimperte mit den Wimpern.

Momo versuchte es mit einem anderen Spiel, und als auch das misslang, mit noch einem anderen und noch einem und noch einem. Aber es wurde einfach nichts daraus. Ja, wenn die Puppe gar nichts

gesagt hätte, dann hätte Momo an ihrer Stelle antworten können, und es hätte sich die schönste Unterhaltung ergeben. Aber so verhinderte Bibigirl gerade dadurch, dass sie redete, jedes Gespräch.
Nach einer Weile überkam Momo ein Gefühl, das sie noch nie zuvor empfunden hatte. Und weil es ihr ganz neu war, dauerte es eine Weile, bis sie begriff, dass es die Langeweile war.
Momo fühlte sich hilflos. Am liebsten hätte sie die vollkommene Puppe einfach liegen lassen und etwas anderes gespielt, aber sie konnte sich aus irgendeinem Grund nicht von ihr losreißen.
So saß Momo schließlich nur noch da und starrte die Puppe an, die ihrerseits wieder mit blauen, gläsernen Augen Momo anstarrte, als hätten sie sich gegenseitig hypnotisiert.
Schließlich wandte Momo ihren Blick mit Willen von der Puppe weg – und erschrak ein wenig. Ganz nah stand nämlich ein elegantes aschengraues Auto, dessen Kommen sie nicht bemerkt hatte. In dem Auto saß ein Herr, der einen spinnwebfarbenen Anzug anhatte, einen grauen steifen Hut auf dem Kopf trug und eine kleine graue Zigarre rauchte. Auch sein Gesicht sah aus wie graue Asche. Der Herr musste sie wohl schon eine ganze Weile beobachtet haben, denn er nickte Momo lächelnd zu. Und obwohl es so heiß an diesem Mittag war, dass die Luft in der Sonnenglut flimmerte, begann Momo plötzlich zu frösteln.
Jetzt öffnete der Mann die Wagentür, stieg aus und kam auf Momo zu. In der Hand trug er eine bleigraue Aktentasche.
»Was für eine schöne Puppe du hast!«, sagte er mit eigentümlich tonloser Stimme. »Darum können dich alle deine Spielkameraden beneiden.«
Momo zuckte nur die Schultern und schwieg.
»Die war bestimmt sehr teuer?«, fuhr der graue Herr fort.
»Ich weiß gar nicht«, murmelte Momo verlegen, »ich hab sie gefunden.«
»Was du nicht sagst!«, erwiderte der graue Herr. »Du bist ja ein richtiger Glückspilz, scheint mir.«
Momo schwieg wieder und zog sich ihre viel zu große Männerjacke enger um den Leib. Die Kälte nahm zu.

»Ich habe allerdings nicht den Eindruck«, meinte der graue Herr mit dünnem Lächeln, »als ob du dich so besonders freust, meine Kleine.«
Momo schüttelte ein wenig den Kopf. Es war ihr plötzlich, als sei alle Freude für immer aus der Welt verschwunden – nein, als habe es überhaupt niemals so etwas gegeben. Und alles, was sie dafür gehalten hatte, war nichts als Einbildung gewesen. Aber gleichzeitig fühlte sie etwas, das sie warnte.
»Ich habe dich schon seit einer ganzen Weile beobachtet«, fuhr der graue Herr fort, »und mir scheint, du weißt überhaupt nicht, wie man mit einer so fabelhaften Puppe spielen muss. Soll ich es dir zeigen?«
Momo blickte den Mann überrascht an und nickte.
»Ich will noch mehr Sachen haben«, quäkte die Puppe plötzlich.
»Na, siehst du, Kleine«, meinte der graue Herr, »sie sagt es dir sogar selbst. Mit einer so fabelhaften Puppe kann man nicht spielen wie mit irgendeiner anderen, das ist doch klar. Dazu ist sie auch nicht da. Man muss ihr schon etwas bieten, wenn man sich nicht mit ihr langweilen will. Pass mal auf, Kleine!«
Er ging zu seinem Auto und öffnete den Kofferraum.
»Zuerst einmal«, sagte er, »braucht sie viele Kleider. Hier ist zum Beispiel ein entzückendes Abendkleid.«
Er zog es hervor und warf es Momo zu.
»Und hier ist ein Pelzmantel aus echtem Nerz. Und hier ist ein seidener Schlafrock. Und hier ein Tennisdress. Und ein Skianzug. Und ein Badekostüm. Und ein Reitanzug. Ein Pyjama. Ein Nachthemd. Ein anderes Kleid. Und noch eins. Und noch eins. Und noch eins ...«
Er warf alle die Sachen zwischen Momo und die Puppe, wo sie sich langsam zum Haufen türmten.
»So«, sagte er und lächelte wieder dünn, »damit kannst du erst einmal eine Weile spielen, nicht wahr, Kleine? Aber das wird nach ein paar Tagen auch langweilig, meinst du? Nun gut, dann musst du eben mehr Sachen für deine Puppe haben.«
Wieder beugte er sich über den Kofferraum und warf Sachen zu Momo herüber.

»Hier ist zum Beispiel eine richtige kleine Handtasche aus Schlangenleder, mit einem echten kleinen Lippenstift und einem Puderdöschen drin. Hier ist ein kleiner Fotoapparat. Hier ist ein Tennisschläger. Hier ein Puppenfernseher, der echt funktioniert. Hier ein Armband, eine Halskette, Ohrringe, ein Puppenrevolver, Seidenstrümpfchen, ein Federhut, ein Strohhut, ein Frühjahrshütchen, Golfschlägerchen, ein kleines Scheckbuch, Parfümfläschchen, Badesalz, Körperspray ...« Er machte eine Pause und blickte Momo prüfend an, die wie gelähmt zwischen all den Sachen am Boden saß.

»Du siehst«, fuhr der graue Herr fort, »es ist ganz einfach. Man muss nur immer mehr und mehr haben, dann langweilt man sich niemals. Aber vielleicht denkst du, dass die vollkommene Bibigirl eines Tages *alles* haben wird und dass es dann eben doch wieder langweilig werden könnte. Nein, meine Kleine, keine Sorge! Da haben wir nämlich einen passenden Gefährten für Bibigirl.«

Und nun zog er aus dem Kofferraum eine andere Puppe hervor. Sie war ebenso groß wie Bibigirl, ebenso vollkommen, nur dass es ein junger Mann war. Der graue Herr setzte ihn neben Bibigirl, die vollkommene, und erklärte: »Das ist Bubiboy! Für ihn gibt es auch wieder eine unendliche Menge Zubehör. Und wenn das alles, alles langweilig geworden ist, dann gibt es noch eine Freundin von Bibigirl, und sie hat eine ganz eigene Ausstattung, die nur ihr passt. Und zu Bubiboy gibt es noch einen dazu passenden Freund, und der hat wieder Freunde und Freundinnen. Du siehst also, es braucht nie wieder Langeweile zu geben, denn die Sache ist endlos fortzusetzen, und es bleibt immer noch etwas, das du dir wünschen kannst.«

Während er redete, holte er eine Puppe nach der anderen aus dem Kofferraum seines Wagens, dessen Inhalt unerschöpflich schien, und stellte sie um Momo herum, die noch immer reglos dasaß und dem Mann eher erschrocken zuguckte.

»Nun?«, sagte der Mann schließlich und paffte dicke Rauchwolken, »hast du jetzt begriffen, wie man mit einer solchen Puppe spielen muss?«

»Schon«, antwortete Momo. Sie begann jetzt vor Kälte zu zittern. Der graue Herr nickte zufrieden und sog an seiner Zigarre.

»Nun möchtest du alle diese schönen Sachen natürlich gern behalten, nicht wahr? Also gut, meine Kleine, ich schenke sie dir! Du bekommst das alles – nicht sofort, sondern eines nach dem anderen, versteht sich! – und noch viel, viel mehr. Du brauchst auch nichts dafür zu tun. Du solltest nur damit spielen, so wie ich es dir erklärt habe. Nun, was sagst du dazu?«

Der graue Herr lächelte Momo erwartungsvoll an, aber da sie nichts sagte, sondern nur ernst seinen Blick erwiderte, setzte er hastig hinzu: »Du brauchst dann deine Freunde gar nicht mehr, verstehst du? Du hast ja nun genug Zerstreuung, wenn all diese schönen Sachen dir gehören und du immer noch mehr bekommst, nicht wahr? Und das willst du doch? Du willst doch diese fabelhafte Puppe? Du willst sie doch unbedingt, wie?«

Momo fühlte dunkel, dass ihr ein Kampf bevorstand, ja, dass sie schon mittendrin war. Aber sie wusste nicht, worum dieser Kampf ging, und nicht, gegen wen. Denn je länger sie diesem Besucher zuhörte, desto mehr ging es ihr mit ihm, wie es ihr vorher mit der Puppe gegangen war: Sie hörte eine Stimme, die redete, sie hörte Worte, aber sie hörte nicht den, der sprach. Sie schüttelte den Kopf.

»Was denn, was denn?«, sagte der graue Herr und zog die Augenbrauen hoch. »Du bist immer noch nicht zufrieden? Ihr heutigen Kinder seid aber wirklich anspruchsvoll! Möchtest du mir wohl sagen, was dieser vollkommenen Puppe denn nun noch fehlt?«

Momo blickte zu Boden und dachte nach.

»Ich glaub'«, sagte sie leise, »man kann sie nicht lieb haben.«

Heinrich Böll

Monolog eines Kellners

I

Ich weiß nicht, wie es hat geschehen können; schließlich bin ich kein Kind mehr, bin fast fünfzig Jahre und hätte wissen müssen, was ich tat – und hab's doch getan, noch dazu, als ich schon Feierabend hatte und mir eigentlich nichts mehr hätte passieren können. Aber es ist passiert, und so hat mir der Heilige Abend die Kündigung beschert. Alles war reibungslos verlaufen: Ich hatte beim Dinner serviert, kein Glas umgeworfen, keine Soßenschüssel umgestoßen, keinen Rotwein verschüttet, mein Trinkgeld kassiert und mich auf mein Zimmer zurückgezogen, Rock und Krawatte aufs Bett geworfen, die Hosenträger von den Schultern gestreift, meine Flasche Bier geöffnet, hob gerade den Deckel von der Terrine und roch: Erbsensuppe. Die hatte ich mir beim Koch bestellt, mit Speck, ohne Zwiebeln, aber sämig, sämig. Sie wissen sicher nicht, was sämig ist; es würde zu lange dauern, wenn ich es Ihnen erklären wollte: Meine Mutter brauchte drei Stunden, um zu erklären, was sie unter sämig verstand. Na, die Suppe roch herrlich, und ich tauchte die Schöpfkelle ein, füllte meinen Teller, spürte und sah, dass die Suppe richtig sämig war – da ging meine Zimmertür auf, und herein kam der Bengel, der mir beim Dinner aufgefallen war: klein, blass, bestimmt nicht älter als acht, hatte sich den Teller hoch füllen und alles, ohne es anzurühren, wieder abservieren lassen: Truthahn und Kastanien, Trüffeln und Kalbfleisch, nicht mal vom Nachtisch, den doch kein Kind vorübergehen lässt, hatte er auch nur einen Löffel gekostet, ließ sich fünf halbe Birnen und 'nen halben Eimer Schokoladensoße auf den Teller kippen und rührte nichts, aber auch nichts an, und sah doch dabei nicht mäklig aus, sondern wie jemand, der nach einem bestimmten Plan handelt. Leise schloss er die Tür hinter sich und blickte auf meinen Teller, dann mich an: »Was ist denn das?«, fragte er. »Das ist Erbsensuppe«, sagte ich. »Die gibt es doch nicht«, sagte er freundlich, »die gibt es doch nur in dem Märchen von dem König, der sich im Wald verirrt hat.« Ich hab's gern, wenn Kinder mich duzen; die Sie zu einem sagen, sind meistens affiger als die Erwachsenen. »Nun«, sage ich, »eins ist sicher: Das ist Erbsensuppe.« – »Darf ich mal kosten?« – »Sicher, bitte«, sagte ich, »setz dich hin.« Nun, er aß drei Teller Erbsensuppe, ich saß neben ihm auf meinem Bett, trank Bier und rauchte und konnte richtig sehen, wie sein kleiner Bauch rund wurde, und während ich auf dem Bett saß, dachte ich über vieles nach, was mir inzwischen wieder entfallen ist; zehn Minuten, fünfzehn, eine lange Zeit, da kann einem schon viel einfallen, auch über Märchen, über Erwachsene, über Eltern und so. Schließlich konnte der Bengel nicht mehr, ich löste ihn ab, aß den Rest der Suppe, noch eineinhalb Teller, während er auf dem Bett neben mir saß. Vielleicht hätte ich nicht in die leere Terrine blicken sollen, denn er sagte: »Mein Gott, jetzt habe ich dir alles aufgegessen.« – »Macht nichts«, sagte ich, »ich bin noch satt geworden. Bist du zu mir gekommen, um Erbsensuppe zu essen?« – »Nein, ich suchte nur jemand, der mir helfen kann, eine Kuhle zu finden; ich dachte, du wüsstest eine.« Kuhle, Kuhle, dann fiel mir's ein, zum Murmelspielen braucht man eine, und ich sagte: »Ja, weißt du, das wird schwer sein, hier im Haus irgendwo eine Kuhle zu finden.« – »Können wir nicht eine machen«, sagte er, »einfach eine in den Boden des Zimmers hauen?« Ich weiß nicht, wie es hat geschehen können, aber ich hab's getan, und als der Chef mich fragte: Wie konnten Sie das tun?, wusste ich keine Antwort. Vielleicht hätte

ich sagen sollen: Haben wir uns nicht verpflichtet, unseren Gästen jeden Wunsch zu erfüllen, ihnen ein harmonisches Weihnachtsfest zu garantieren? Aber ich hab's nicht gesagt, ich hab geschwiegen. Schließlich konnte ich nicht ahnen, dass seine Mutter über das Loch im Parkettboden stolpern und sich den Fuß brechen würde, nachts, als sie betrunken aus der Bar zurückkam. Wie konnte ich das wissen? Und dass die Versicherung eine Erklärung verlangen würde, und so weiter, und so weiter. Haftpflicht, Arbeitsgericht, und immer wieder: unglaublich, unglaublich. Sollte ich ihnen erklären, dass ich drei Stunden, drei geschlagene Stunden lang mit dem Jungen Kuhle gespielt habe, dass er immer gewann, dass er sogar von meinem Bier getrunken hat – bis er schließlich todmüde ins Bett fiel? Ich hab nichts gesagt, aber als sie mich fragten, ob ich es gewesen bin, der das Loch in den Parkettboden geschlagen hat, da konnte ich nicht leugnen; nur von der Erbsensuppe haben sie nichts erfahren, das bleibt unser Geheimnis. Fünfunddreißig Jahre im Beruf, immer tadellos geführt. Ich weiß nicht, wie es hat geschehen können; ich hätte wissen müssen, was ich tat, und hab's doch getan: Ich bin mit dem Aufzug zum Hausmeister hinuntergefahren, hab' Hammer und Meißel geholt, bin mit dem Aufzug wieder raufgefahren, hab' ein Loch in den Parkettboden gestemmt. Schließlich konnte ich nicht ahnen, dass seine Mutter darüber stolpern würde, als sie nachts um vier betrunken aus der Bar zurückkam. Offen gestanden, ganz so schlimm finde ich es nicht, auch nicht, dass sie mich rausgeschmissen haben. Gute Kellner werden überall gesucht.

Maxim Gorki

Von einem Knaben und einem Mädchen, die nicht erfroren sind

In den Weihnachtserzählungen ist es von alther üblich, jährlich mehrere arme Knaben und Mädchen erfrieren zu lassen. Der Knabe oder das Mädchen einer angemessenen Weihnachtserzählung steht gewöhnlich vor dem Fenster eines großen Hauses, ergötzt sich am Anblick des brennenden Weihnachtsbaumes in einem luxuriösen Zimmer und erfriert dann, nachdem es viel Unangenehmes und Bitteres empfunden hat.

Ich verstehe die guten Absichten der Autoren solcher Weihnachtserzählungen, ungeachtet der Grausamkeit, welche die handelnden Personen betrifft; ich weiß, dass sie, diese Autoren, die armen Kinder erfrieren lassen, um die reichen Kinder an ihre Existenz zu erinnern; aber ich persönlich kann mich nicht dazu entschließen, auch nur einen einzigen Knaben oder ein armes Mädchen erfrieren zu lassen, auch zu solch einem sehr achtbaren Zweck nicht.

Ich selbst bin nicht erfroren und bin auch nicht beim Erfrieren eines armen Knaben oder armen Mädchens dabei gewesen und fürchte, allerhand lächerliche Dinge zu sagen, wenn ich die Empfindungen beim Erfrieren beschreibe, und außerdem ist es peinlich, ein lebendes Wesen erfrieren zu lassen, nur um ein anderes lebendes Wesen an seine Existenz zu erinnern.

Das ist es, weshalb ich es vorziehe, von einem Knaben und einem Mädchen zu erzählen, die nicht erfroren sind.

Es war am Heiligabend, ungefähr um sechs Uhr. Der Wind wehte und wirbelte hier und da durchsichtige Schneewölkchen auf. Diese kalten Wölkchen von nicht greifbarer Gestalt, schön und leicht wie zusammengeknüllter Müll, flogen überall umher, gerieten den Fußgängern ins Gesicht und stachen ihnen mit Eisnadeln in die Wangen, bestäubten den Pferden die Köpfe, die sie – warme Dampfwolken ausstoßend – laut wiehernd schüttelten. Die Telegrafendrähte waren mit Reif behängt, sie sahen wie Schnüre aus weißem Plüsch aus. Der Himmel war wolkenlos und funkelte von vielen Sternen. Sie glänzten so hell, als ob jemand sie zu diesem Abend mit Bürste und Kreide sorgfältig geputzt hätte, was natürlich unmöglich war. Auf der Straße ging es laut und lebhaft her. Traber sausten dahin, Fußgänger kamen, von denen einige eilten, andere ruhig dahinschritten.

Dieser Unterschied lag sichtlich darin begründet, dass die Ersteren etwas vorhatten und sich Sorgen machten oder keine warmen Mäntel besaßen, die Letzteren aber weder Geschäfte noch Sorgen hatten und nicht nur warme Mäntel, sondern sogar Pelze trugen.

Dem einen dieser Leute, die keine Sorgen hatten und dafür Pelze mit üppigen Kragen, einem von diesen Herrschaften, die langsam und wichtig dahinschritten, rollten zwei kleine Lumpenbündel direkt vor die Füße und begannen, sich vor ihm herumdrehend, zweistimmig zu jammern.

»Lieber, guter Herr«, klagte die hohe Stimme eines kleinen Mädchens.

»Euer Wohlgeboren«, unterstützte es die heisere Stimme eines Knaben.

»Geben Sie uns armseligen Kindern etwas!«

»Ein Kopekchen für Brot! Zum Feiertage!«, schlossen sie beide vereint.

Das waren meine kleinen Helden – arme Kinder: der Knabe Mischka Pryschtsch und das Mädchen Katjka Rjabaja.

Der Herr ging weiter; sie aber liefen behende vor seinen Füßen hin und her, wobei sie ihm beständig im Wege waren, und Katjka flüsterte, vor Aufregung keuchend, immer wieder: »Geben Sie uns doch etwas!«, während Mischka sich bemühte, den Herrn so viel wie möglich am Gehen zu hindern.

Und da, als er ihrer endlich überdrüssig geworden war, schlug er seinen Pelz auseinander, nahm sein Portemonnaie heraus, führte es an seine Nase und schnaufte. Darauf entnahm er ihm eine Münze und steckte sie in eine der sehr schmutzigen kleinen Hände, die sich ihm entgegenstreckten.

Die beiden Lumpenbündel gaben augenblicklich dem Herrn im

Pelz den Weg frei und fanden sich plötzlich in einem Torweg, wo sie eng aneinandergedrückt eine Zeitlang schweigend die Straße auf und ab blickten.

»Er hat uns nicht gesehen, der Teufel!«, flüsterte der arme Knabe Mischka, boshaft triumphierend.

»Er ist um die Ecke herum zu den Droschkenkutschern gegangen«, antwortete seine kleine Freundin. »Wie viel hat er denn gegeben, der Herr?«

»Einen Zehner!«, sagte Mischka gleichmütig.

»Und wie viel sind es jetzt im Ganzen?«

»Sieben Zehner und sieben Kopeken!«

»Oh, schon so viel! ... Gehen wir bald nach Hause? Es ist so kalt.«

»Dazu ist noch Zeit!«, sagte Mischka skeptisch. »Sieh zu, drängele dich nicht gleich vor; wenn dich die Polente sieht, packt sie dich und zaust dich ... Dort schwimmt eine Barke! Los!«

Die Barke war eine Dame in einer Rotonde, woraus zu ersehen ist, dass Mischka ein sehr boshafter, unerzogener und älteren Leuten gegenüber unehrerbietiger Knabe war.

»Liebe gnädige Frau«, begann er zu jammern.

»Geben Sie etwas, um Christi willen!«, rief Katjka.

»Drei Kopeken hat sie spendiert! Sieh mal an! Die Teufelsfratze!«, schimpfte Mischka und schlüpfte wieder in den Torweg.

Und die Straße entlang stoben nach wie vor leichte Schneewölkchen, und der kalte Wind wurde immer rauer. Die Telegrafenstangen summten dumpf, der Schnee knirschte unter den Schlittenkufen, und in der Ferne hörte man ein frisches, helles weibliches Lachen.

»Wird Tante Anfissa heute auch betrunken sein?«, fragte Katjka, sich fester an ihren Kameraden schmiegend.

»Warum denn nicht? Warum sollte sie nicht trinken? Genug davon!«, antwortete Mischka wichtig.

Der Wind wehte den Schnee von den Dächern und begann leise ein Weihnachtsliedchen zu pfeifen; irgendwo winselte eine Türangel. Darauf erklang das Klirren einer Glastür, und eine helle Stimme rief: »Droschke!«

»Lass uns nach Hause gehen!«, schlug Katjka vor.
»Nun, jetzt fängst du noch an zu jammern!«, fuhr der ernste Mischka sie an. »Was gibt es denn schon zu Hause?«
»Dort ist's warm«, erklärte sie kurz.
»Warm!«, äffte er sie nach. »Und wenn sich wieder alle versammeln, und du musst tanzen – ist es dann schön? Oder wenn sie dich mit Schnaps vollpumpen und dir wieder schlecht wird ... und da willst du nach Hause!«
Er reckte sich mit dem Ausdruck eines Menschen, der seinen Wert kennt und von seiner richtigen Ansicht fest überzeugt ist. Katjka gähnte fröstelnd und hockte in einem Winkel des Torweges nieder.
»Schweig lieber ... und wenn es kalt ist – halt aus ... das schadet nichts. Wir werden schon wieder warm werden. Ich kenne das schon! Ich will ...«
Er hielt inne, er wollte seine Kameradin zwingen, sich dafür zu interessieren, was er wolle. Sie aber zeigte nicht das geringste Interesse und zog sich immer mehr zusammen. Da warnte Mischka sie besorgt: »Pass auf, dass du nicht einschläfst, sonst erfrierst du! Katjuschka?!«
»Nein, mir fehlt nichts«, antwortete sie zähneklappernd.
Wenn Mischka nicht da gewesen wäre, wäre sie vielleicht auch erfroren; aber dieser erfahrene Bursche hatte sich fest vorgenommen, sie an der Ausführung dieser in der Weihnachtszeit üblichen Tat zu hindern.
»Steh lieber auf, das ist besser. Wenn du stehst, bist du größer, und der Frost kann dich nicht so leicht bezwingen. Mit Großen kann er nicht fertig werden. Zum Beispiel die Pferde – die frieren niemals. Aber der Mensch ist kleiner als das Pferd ... er friert ... Steh doch auf! Wir wollen es bis zu einem Rubel bringen – und dann marsch nach Hause!«
Am ganzen Körper zitternd, stand Katjka auf.
»Es ist schrecklich kalt«, flüsterte sie.
Es wurde in der Tat immer kälter, und die Schneewölkchen verwandelten sich nach und nach in herumwirbelnde dichte Knäuel. Sie drehten sich auf der Straße, hier als weiße Säulen, dort als

lange Streifen lockeren Gewebes, mit Brillanten besät. Es war hübsch anzusehen, wenn solche Streifen sich über den Laternen schlängelten oder an den hellerleuchteten Fenstern der Geschäfte vorüberflogen. Dann sprühten sie als vielfarbige Funken auf, die kalt waren und die Augen mit ihrem Glanz blendeten. Obgleich das alles schön war, interessierte es meine beiden kleinen Helden absolut nicht.

»Hu – hu!«, sagte Mischka, indem er die Nase aus seiner Höhle hinaussteckte. »Da kommen sie geschwommen! Ein ganzer Haufen! ... Katjka, schlaf nicht!«

»Gnädige Herrschaften!«, begann das kleine Mädchen mit zitternder und unsicherer Stimme zu jammern, während es auf die Straße kullerte.

»Geben Sie uns armen ... Katjuschka, lauf!«, kreischte Mischka auf.

»Ach, ihr, ich werde euch«, zischte ein langer Polizist, der plötzlich auf dem Bürgersteig erschienen war.

Aber sie waren bereits verschwunden. Sie waren wie zwei große zottige Knäuel fortgekullert und verschwunden.

»Sie sind fortgelaufen, die kleinen Teufel!«, sagte der Polizist vor sich hin, lächelte gutmütig und blickte die Straße entlang.

Und die kleinen Teufel rannten und lachten aus vollem Halse. Katjka fiel immer wieder hin, weil sie sich in ihren Lumpen verwickelte, und rief dann: »Lieber Gott! Schon wieder ...«, und sah sich beim Aufstehen ängstlich lächelnd um.

»Kommt er hinterher?«

Mischka lachte, sich die Seiten haltend, aus vollem Halse und bekam einen Nasenstüber nach dem anderen, weil er fortwährend mit Vorübergehenden zusammenstieß.

»Nun aber genug! Hol dich der Teufel! Wie sie herumkullert! Ach du dumme Trine! Plumps! Mein Gott, schon wieder plumpst sie hin, das ist ja zu komisch!«

Katjkas Hinfallen stimmte ihn heiter.

»Jetzt wird er uns nicht mehr einholen, sei nur ruhig! Er ist nicht schlecht, das ist einer von den Guten ... Der andere, der von damals, hat gleich gepfiffen ... Ich renne los und dem Polizisten

direkt gegen den Bauch! Und mit der Stirn an seinen Knüppel ...«
»Ich weiß noch, du bekamst eine Beule ...«, und Katjka lachte wieder hellauf.
»Nun, schon gut!«, sagte Mischka ernst. »Du hast genug gelacht! Hör jetzt, was ich dir sage.«
Sie gingen nun im bedächtigen Schritt ernster und besorgter Leute nebeneinanderher.
»Ich hab' dich belogen, der Herr hat mir zwei Zehner gegeben, und vorher habe ich dich auch belogen, damit du nicht sagen solltest, es sei Zeit, nach Hause zu gehen. Heute haben wir einen guten Tag! Weißt du, wie viel wir gesammelt haben? Einen Rubel und fünf Kopeken! Das ist viel!«
»Ja-a-a!«, flüsterte Katjka. »Für so viel Geld kann man sogar Schuhe kaufen ... auf dem Trödelmarkt.«
»Nun, Schuhe! Schuhe stehle ich für dich ... warte nur ... ich habe es schon lange auf ein Paar abgesehen ... ich werde sie schon stibitzen. Aber weißt du was, wir wollen gleich in eine Schenke gehen ... ja?«
»Tantchen wird wieder davon erfahren, und dann setzt es was, wie das vorige Mal«, sagte Katjka nachdenklich; aber in ihrem Ton klang schon Vorfreude auf die Wärme.
»Dann setzt es was? Nein, das wird nicht geschehen! Wir wollen uns eine Schenke suchen, wo uns niemand kennt.«
»Ach so«, flüsterte Katjka hoffnungsvoll.
»Also vor allem wollen wir ein halbes Pfund Wurst kaufen, das macht acht Kopeken; ein Pfund Weißbrot für fünf Kopeken. Das sind dreizehn Kopeken! Dann zwei Stück Kuchen zu drei Kopeken, das sind sechs Kopeken und im ganzen schon neunzehn Kopeken! Dann zahlen wir für zweimal Tee sechs Kopeken ... das macht einen Fünfundzwanziger! Siehst du! Dann bleiben uns ...«
Mischka schwieg und blieb stehen. Katjka schaute ihm ernst und fragend ins Gesicht.
»Das ist aber schon sehr viel«, wiederholte sie schüchtern.
»Sei still ... warte ... Das macht nichts, es ist nicht viel, es ist sogar noch wenig. Dann essen wir noch was für acht Kopeken ... dann

sind es im Ganzen dreiunddreißig! Essen wir drauflos! Ist ja Weihnachten. Dann bleiben ... bei fünfundzwanzig Kopeken acht Zehner und bei dreiunddreißig etwas über sieben Zehner übrig! Siehst du, wie viel! Hat sie noch mehr nötig, die Hexe? ... Hei! ... Geh mal schneller!«

Sie fassten sich an den Händen und hopsten auf dem Bürgersteig weiter. Der Schnee flog ihnen ins Gesicht und in die Augen. Mitunter wurden sie von einer Schneewolke vollständig bedeckt; sie hüllte die beiden kleinen Gestalten in einen durchsichtigen Schleier, den sie in ihrem Streben nach Wärme und Nahrung rasch zerrissen.

»Weißt du«, begann Katjka, vom schnellen Gehen keuchend, »ob du willst oder nicht, aber wenn sie es erfährt, werde ich sagen, dass du das alles ... ausgedacht hast ... Tu, was du willst! Du wirst schließlich fortlaufen ... aber ich habe es schlechter ... mich kriegt sie immer ... und schlägt mich mehr als dich ... sie mag mich nicht. Pass auf, ich werde alles sagen!«

»Nur zu, sag es nur!«, nickte ihr Mischka zu. »Wenn sie uns auch durchprügelt – es wird schon wieder heilen. Das macht nichts ... Sag es nur ...« Er war von Mut erfüllt und ging einher, pfeifend den Kopf zurückgeworfen. Sein Gesicht war schmal, und seine Augen hatten einen unkindlich schlauen Ausdruck, seine Nase war spitz und ein wenig gebogen.

»Da ist sie, die Schenke! Es sind sogar zwei! In welche wollen wir gehen?«

»Los, in die niedrige. Und zuerst in den Laden ... Komm!«

Und nachdem sie im Laden alles, was sie sich vorgenommen, gekauft hatten, traten sie in die niedrige Schenke.

Sie war voller Dampf und Rauch und einem sauren, betäubenden Geruch. Im dichten rauchigen Nebel saßen an den Tischen Droschkenkutscher, Landstreicher und Soldaten, zwischen den Tischen liefen unglaublich schmutzige Bediente umher, und alles schrie, sang und schimpfte.

Mischka fand mit scharfem Blick in einer Ecke ein leeres Tischchen und ging geschickt lavierend darauf zu, nahm schnell seinen Mantel ab und begab sich zum Büfett. Schüchtern um sich blickend, begann auch Katjka ihren Mantel auszuziehen.

»Onkelchen«, sagte Mischka, »kann ich zwei Glas Tee bekommen?« Und schlug gleich mit der Faust auf das Büfett.

»Tee möchtest du haben! Bitte sehr! Gieß dir selbst ein und hol dir auch selbst kochendes Wasser ... sieh aber zu, dass du nichts zerbrichst! Sonst werde ich dich ...«

Aber Mischka war schon nach dem heißen Wasser fortgerannt. Nach zwei Minuten saß er mit seiner Kameradin ehrbar am Tisch, im Stuhl zurückgelehnt, mit der wichtigen Miene eines Droschkenkutschers nach tüchtiger Arbeit – und drehte sich bedächtig eine Zigarette aus Machorka. Katjka schaute ihn voller Bewunderung für seine Haltung in einem öffentlichen Lokal an. Sie konnte sich noch gar nicht an den lauten, betäubenden Lärm der Schenke gewöhnen und erwartete im Stillen, dass man sie beide »am Kragen nehmen« oder dass noch etwas Schlimmeres geschehen würde. Aber sie wollte ihre geheimen Befürchtungen nicht vor Mischka aussprechen und versuchte, indem sie ihr blondes Haar mit den Händen glättete, sich unbefangen und ruhig umzuschauen. Diese Bemühungen ließen ihre schmutzigen Backen immer wieder erröten, und sie kniff ihre blauen Augen verlegen zusammen. Aber Mischka belehrte sie bedächtig, bemüht, in Ton und Rede den Hausmann Signej nachzuahmen, der ein sehr ernster Mensch, wenn auch ein Trinker war und vor kurzer Zeit wegen Diebstahls drei Monate im Gefängnis gesessen hatte.

»Da bettelst du zum Beispiel ... Aber wie du bettelst, das taugt nichts, offen gesagt, ›Ge-e-eben Sie, ge-e-eben Sie uns etwas!‹ Ist denn das die Hauptsache? Du musst den Menschen vor den Füßen sein, mach es so, dass er Angst hat, über dich zu fallen ...«

»Ich werde das tun ...«, stimmte Katjka demütig zu.

»Nun, siehst du ...«, nickte ihr Kamerad gewichtig. »So muss es auch sein. Und dann noch eins: Wenn zum Beispiel Tante Anfissa ... was ist denn diese Anfissa? Erstens eine Trinkerin! Und außerdem ...«

Und Mischka verkündete aufrichtig, was Tante Anfissa außerdem

noch war. Im völligen Einverständnis mit Mischkas Bezeichnung nickte Katjka mit dem Kopf.
»Du folgst ihr nicht ... das muss man anders machen. Sage zu ihr: ›Liebes Tantchen, ich werde brav sein ... ich werde Ihnen gehorchen ...‹ Schmier ihr also Honig ums Maul. Und dann tu, was du willst ... So musst du es machen ...«
Mischka schwieg und kratzte sich gewichtig den Bauch, wie es Signej immer tat, wenn er zu reden aufhörte. Damit war sein Thema erschöpft.
Er schüttelte den Kopf und sagte: »Nun wollen wir essen ...«
»Ja, los!«, stimmte Katjka bei, die schon längst gierige Blicke auf Brot und Wurst geworfen hatte.
Dann begannen sie ihr Abendessen zu verspeisen inmitten des feuchten, übelriechenden Dunkels der mit berußten Lampen schlecht beleuchteten Schenke, im Lärm zynischer Schimpfreden und Lieder. Sie aßen beide mit Gefühl, Verstand und Bedacht, wie echte Feinschmecker. Und wenn Katjka, aus dem Takt kommend, heißhungrig ein großes Stück abbiss, wodurch sich ihre Backen blähten und ihre Augen komisch hervortraten, brummte der bedächtige Mischka spöttisch: »Schau mal einer an, Mütterchen, wie du über das Essen herfällst!«
Das machte sie verlegen, und sie bemühte sich, beinahe erstickend, die wohlschmeckende Kost rasch zu zerkauen.
Nun, das ist auch alles. Jetzt kann ich sie ruhig ihren Weihnachtsabend zu Ende feiern lassen. Glauben Sie mir, sie werden nun nicht mehr erfrieren! Sie sind am richtigen Platz ... Wozu sollte ich sie erfrieren lassen ...? Meiner Meinung nach ist es äußerst töricht, Kinder erfrieren zu lassen, welche die Möglichkeit haben, auf gewöhnliche und natürliche Weise zugrunde zu gehen.

Inhalt

Vorwort 4

Kapitel 1
DIE ALLERERSTE GESCHICHTE

Die Weihnachtsgeschichte, erzählt vom Evangelisten Lukas . 8

Kapitel 2
VOR DEM FEST

Hans Christian Andersen (1805 – 1875)
  Der Tannenbaum 12
Ludvik Askenazy (1921 – 1986)
  Der Schlittschuhkarpfen 22
*Peter Bichsel (*1935)*
  Im Winter muss mit Bananenbäumen etwas geschehen 25
Peter Hacks (1928 – 2003)
  Der Winter 29
Walter Kempowski (1929 – 2007)
  Schlittschuhlaufen 30
Friedrich Güll (1812 – 1879)
  Vom Büblein auf dem Eis 31
*Christoph Meckel (*1935)*
  Schneetiere 32
Gianni Rodari (1920 – 1980)
  Das Schloss aus Eis 35
Brüder Grimm (Jacob 1785 – 1863 u. Wilhelm 1786 – 1859)
  Der goldene Schlüssel 36
Hans Christian Andersen (1805 – 1875)
  Das kleine Mädchen mit den Schwefelhölzern 37
Anton Tschechow (1860 – 1904)
  Wanka 41
*Franz Hohler (*1943)*
  Der Schrank 46

Hans Fallada (1893 – 1947)
    Der gestohlene Weihnachtsbaum 47
James Krüss (1926 – 1997)
    Tannengeflüster 54
Hans Fallada (1893 – 1947)
    Lüttenweihnachten 55
Erwin Moser (*1954)
    Die Weihnachtsmäuse 62
Joachim Ringelnatz (1883 – 1934)
    Kindergebetchen 66
Friedrich Wolf (1888 – 1953)
    Die Weihnachtsgans Auguste 67
Leo Tolstoi (1828 – 1910)
    Allen das Gleiche – *Eine Erzählung für Kinder* 77
Janosch (*1931)
    Geschenk für den Vogel 82

Kapitel 3
WEIHNACHTSMÄNNER UND WEIHNACHTSENGEL

Theodor Storm (1817 – 1888)
    Knecht Ruprecht 86
J.R.R. Tolkien (1892 – 1973)
    Ein Brief vom Weihnachtsmann 88
Kurt Tucholsky (1890 – 1935)
    Himmlische Nothilfe 93
Paul Maar (*1937)
    Der doppelte Weihnachtsmann 96
Hermann Löns (1866 – 1914)
    Der allererste Weihnachtsbaum 100
Siegfried Lenz (*1926)
    Risiko für Weihnachtsmänner 105
Erwin Strittmatter (1912 – 1994)
    Der Weihnachtsmann in der Lumpenkiste 111
Walter Benjamin (1892 – 1940)
    Ein Weihnachtsengel 115

Gerhard Polt (*1942) u. Hanns Christian Müller (*1949)
    Nikolausi 117
Martin Baltscheit (*1965)
    Der Weihnachtsmann 118
Rotraut Susanne Berner (*1948)
    Weihnachten von A bis Z 122

Kapitel 4
AUF DEM WEG NACH BETHLEHEM

Siegfried von Vegesack (1888 – 1974)
    Maria auf der Flucht 126
Franz Hohler (*1943)
    Weihnachten wie es wirklich war 127
    Was nicht in der Bibel steht 129
Heinrich Heine (1797 – 1856)
    Die Heiligen Drei Könige 132
Otfried Preußler (*1923)
    Die Krone des Mohrenkönigs 133
Agatha Christie (1890 – 1976)
    Der kleine Weihnachtsesel 142
Jules Supervielle (1884 – 1960)
    Ochs und Esel bei der Krippe 145
Werner Bergengruen (1892 – 1964)
    Kaschubisches Weihnachtslied 149
Max Bolliger (*1929)
    Eine Wintergeschichte 151
Wilhelm Busch (1832 – 1908)
    Der Stern 153
Georg Britting (1891 – 1964)
    Die Könige sind unterwegs 154
Wolfgang Borchert (1921 – 1947)
    Die drei dunklen Könige 158

Kapitel 5
ALLERLEI WEIHNACHTEN

Max Bolliger (*1929)
    Freuen Sie sich auf Weihnachten? 162

Klaus Kordon (*1943)
    Zwei Tage vor Heiligabend 166

Ludwig Thoma (1867 – 1921)
    Weihnachtsfreuden 174

Gina Ruck-Pauquèt (*1931)
    Traumbescherung 175

Selma Lagerlöf (1858 – 1940)
    Die Heilige Nacht 177

Frank O'Connor (1903 – 1966)
    Der Weihnachtsmorgen 184

Kirsten Boie (*1950)
    Der Heilige Tag 193

Marie Luise Kaschnitz (1901 – 1974)
    Das Wunder 199

Gina Ruck-Pauquèt (*1931)
    Das Weihnachtswunder 205

E. T. A. Hoffmann (1776 – 1822)
    Nussknacker und Mäusekönig
    Der Weihnachtsabend 209

Peter Härtling (*1933)
    Das missratene Fest 212

Herbert Rosendorfer (*1934)
    Der Weihnachtsdackel 220

Robert Gernhardt (1937 – 2006)
    Die Falle 228

Wolfdietrich Schnurre (1920 – 1989)
    Die Leihgabe 237

Cornelia Funke (*1958)
    Das unsichtbare Rentier 245

Hans Fallada (1893 – 1947)
    Christkind verkehrt 251

James Krüss (1926 – 1997)
Schildkrötengeschichte 253
Charles Dickens (1812 – 1870)
Weihnachtsgans und Plumpudding 260
Erich Kästner (1899 – 1974)
Felix holt Senf 266
Hanns Dieter Hüsch (1925 – 2005)
Die Bescherung 269
Pearl S. Buck (1892 – 1973)
Der Weihnachtsgeist 273
*Christine Nöstlinger (*1936)*
Der Weihnachtskarpfen 281
*Gerhart Polt (*1942)*
Schöne Bescherung 289
Anton Tschechow (1860 – 1904)
Jungen 291
Anne Frank (1929 – 1945)
Briefe an Kitty 299

Kapitel 6
NACHKLANG

*Janosch (*1931)*
Der Bär und der Vogel 302
James Krüss (1926 – 1997)
Die Weihnachtsmaus 306
Michael Ende (1929 – 1995)
Momo und Die Versuchung durch das Puppengeschenk 308
Heinrich Böll (1917 – 1985)
Monolog eines Kellners 314
Maxim Gorki (1868 – 1936)
Von einem Knaben und einem Mädchen, die nicht erfroren sind 317

Quellennachweis:

HANS CHRISTIAN ANDERSEN: Der Tannenbaum / Das kleine Mädchen mit den Schwefelhölzern
Aus: ders., Sämtliche Märchen und Geschichten. Herausgegeben von Leopold Magon. Aus dem Dänischen von Eva-Maria Blühm. Band 1. © Aufbau Verlagsgruppe GmbH, Berlin 1953
(das Werk erschien erstmals 1953 als Band 132 der Sammlung Dieterich; Sammlung Dieterich ist eine Marke der Aufbau Verlagsgruppe GmbH)

LUDVIK ASKENAZY: Der Schlittschuhkarpfen
Aus: ders., Du bist einmalig. Zehn zärtliche Geschichten. © Jindrich Mann

MARTIN BALTSCHEIT: Der Weihnachtsmann
Aus: ders., Der Winterzirkus. © Fischer Taschenbuch Verlag in der S. Fischer Verlag GmbH, Frankfurt am Main 2005

WALTER BENJAMIN: Ein Weihnachtsengel
Aus: ders., Berliner Kindheit um neunzehnhundert. © Suhrkamp Verlag, Frankfurt am Main, 1950

WERNER BERGENGRUEN: Kaschubisches Weihnachtslied Aus: ders., Meines Vaters Haus. Gesammelte Gedichte. Hg. v. N. Luise Hackelsberger. © 1992, 2005 by Arche Literatur Verlag AG, Zürich – Hamburg

ROTRAUT SUSANNE BERNER: Weihnachten von A bis Z Aus: Apfel, Nuss und Schneeballschlacht. © 2001 Gerstenberg Verlag, Hildesheim

PETER BICHSEL: Im Winter muss mit Bananenbäumen etwas geschehen Aus: ders., Geschichten zur falschen Zeit. Kolumnen 1975 – 1978. © 1979 Luchterhand Verlag, Darmstadt und Neuwied. Alle Rechte vorbehalten durch Suhrkamp Verlag, Frankfurt am Main

HEINRICH BÖLL: Monolog eines Kellners
Aus: ders., Werke, Band 2. Romane und Erzählungen 1953 – 1959. Hrsg. von Bernd Balzer. © 1989 by Verlag Kiepenheuer & Witsch, Köln

KIRSTEN BOIE: Der Heilige Tag Aus: dies., Alles ganz wunderbar weihnachtlich. © 1992 Verlag Friedrich Oetinger, Hamburg

MAX BOLLIGER: Eine Wintergeschichte / Freuen Sie sich auf Weihnachten? © Max Bolliger

WOLFGANG BORCHERT: Die drei dunklen Könige
Aus: ders., Das Gesamtwerk. Herausgegeben von Michael Töteberg unter Mitarbeit von Irmgard Schindler. © 2007 by Rowohlt Verlag GmbH, Reinbek bei Hamburg

GEORG BRITTING: Die Könige sind unterwegs
Aus: ders., Sämtliche Werke, Band 13 »Anfang und Ende«, S. 84. © Georg-Britting-Stiftung 2008

PEARL S. BUCK: Der Weihnachtsgeist Aus: dies., Weihnachtssterne. Erzählungen. Aus dem Amerikanischen von Ursula von Wiese. Copyright d. dt. Übers. © 1960, 2005 by Arche Literatur Verlag AG. Zürich – Hamburg

AGATHA CHRISTIE: Der kleine Weihnachtsesel
Aus: Agatha Christie Mallowan, Der kleine Weihnachtsesel. Vier Legenden. Aus dem Englischen von Ursula von Wiese. Copyright d. dt. Übers. © 1969, 2005 by Arche Literatur Verlag AG, Zürich – Hamburg

FRANK O'CONNOR: Der Weihnachtsmorgen Aus: Eva Altemöller, Die Gabe der Weisen. Die schönste Weihnachtsgeschichte der Welt. © 2004 Pattloch Verlag GmbH & Co. KG, München

CHARLES DICKENS: Weihnachtsgans und Plumpudding (kein Originaltitel) Textauszug aus: ders., Alle Weihnachtserzählungen. Aus dem Englischen von Margit Meyer. © Aufbau Verlagsgruppe GmbH, Berlin 1979
(die Übersetzung erschien erstmals 1979 bei Rütten & Loening Berlin; Rütten & Loening ist eine Marke der Aufbau Verlagsgruppe GmbH)

MICHAEL ENDE: Momo und die Versuchung durch das Puppengeschenk Aus: ders., Momo. © 1973 by Thienemann Verlag (Thienemann Verlag GmbH), Stuttgart – Wien

HANS FALLADA: Der gestohlene Weihnachtsbaum / Lüttenweihnachten / Christkind verkehrt
Aus: ders., Ausgewählte Werke in Einzelausgaben. Märchen und Geschichten. © Aufbau Verlagsgruppe GmbH, Berlin 1994

(das Werk erschien erstmals 1985 im Aufbau-Verlag; Aufbau ist eine Marke der Aufbau Verlagsgruppe GmbH)

ANNE FRANK: Briefe an Kitty. Eintragungen vom 22.12.1942 und 27.12.1942   Aus: Anne Frank Tagebuch. Einzig autorisierte und ergänzte Fassung Otto H. Frank und Mirjam Pressler. © 1991 by ANNE FRANK-Fonds, Basel. Alle Rechte vorbehalten S. Fischer Verlag GmbH, Frankfurt am Main

CORNELIA FUNKE: Das unsichtbare Rentier   Aus: dies., Als der Weihnachtsmann vom Himmel fiel. © Cecilie Dressler Verlag, Hamburg

ROBERT GERNHARDT: Die Falle. Eine Weihnachtsgeschichte   © Robert Gernhardt 1993. Alle Rechte vorbehalten S. Fischer

MAXIM GORKI: Von einem Knaben und einem Mädchen, die nicht erfroren sind. Eine Weihnachtserzählung   Aus: ders., Erzählungen. Erster Band. Aus dem Russischen von Amalie Schwarz. © Aufbau Verlagsgruppe GmbH, Berlin 1953
(das Werk erschien erstmals 1953 im Aufbau-Verlag; Aufbau ist eine Marke der Aufbau Verlagsgruppe GmbH)

PETER HACKS: Der Winter   Aus: ders., Der Flohmarkt. © Eulenspiegel Verlag, Berlin 2001

PETER HÄRTLING: Das missratene Fest   Aus: ders., Gesammelte Werke. Bd. 7. Autobiographische Romane. Hrsg. von Klaus Siblewski. © 1997 by Verlag Kiepenheuer & Witsch, Köln

FRANZ HOHLER: Was nicht in der Bibel steht   Aus: ders., Die Karawane am Boden des Milchkrugs. Luchterhand, München, 2003. © Franz Hohler
Weihnachten – wie es wirklich war   Aus: ders., Der Riese und die Erdbeerkonfitüre. dtv München, 2000. © Franz Hohler
Der Schrank   Aus: ders., Zur Mündung. Luchterhand, München, 2000. © Franz Hohler

HANNS DIETER HÜSCH: Die Bescherung   Aus: ders., Du kommst auch drin vor. © Mit freundlicher Genehmigung von Christiane Rasche-Hüsch

JANOSCH: Der Bär und der Vogel   Aus: Warten auf Weihnachten. Herausgegeben von Barbara Homberg, Hamburg 1978. © 2008 Janosch film & medien AG, Berlin
Ein Geschenk für den Vogel   Aus: ders., Lari Fari Mogelzahn © Beltz & Gelberg in der Verlagsgruppe Beltz, Weinheim & Basel

ERICH KÄSTNER: Felix holt Senf   Aus: ders., Das Schwein beim Friseur. © Atrium Verlag, Zürich

MARIE LUISE KASCHNITZ: Das Wunder   Aus: dies., Lange Schatten. © 1960 Claassen Verlag in der Ullstein Buchverlage GmbH, Berlin

WALTER KEMPOWSKI: Schlittschuhlaufen   Aus: ders., Weltschmerz. Kinderszenen fast zu ernst. © Albrecht Knaus Verlag, München, in der Verlagsgruppe Random House GmbH

KLAUS KORDON: Zwei Tage vor Heiligabend   Aus: Draußen gibt's ein Schneegestöber. 24 Adventskalender-Geschichten. Hrsg. Von Hannelore Westhoff. Deutscher Taschenbuch Verlag GmbH & Co. KG, München 2006. © beim Autor

JAMES KRÜSS: Schildkrötengeschichte   Aus: ders., Weihnachten im Leuchtturm auf den Hummerklippen © Boje Verlag, Köln 2008

Tannengeflüster / Die Weihnachtsmaus
Aus: ders., Der wohltemperierte Leierkasten. © cbj Verlag, München in der Verlagsgruppe Random House GmbH

SELMA LAGERLÖF: Die Heilige Nacht   Aus: Selma Lagerlöf: Christuslegenden. Deutsch von Marie Franzos. © Nymphenburger in der F. A. Herbig Verlagsbuchhandlung GmbH. München 1948

SIEGFRIED LENZ: Risiko für Weihnachtsmänner   Aus: ders., Das Feuerschiff. Erzählungen, Hamburg 1960. © 1958 by Siegfried Lenz

PAUL MAAR: Der doppelte Weihnachtsmann   Aus: Bruno Horst Bull (Hrsg.), Wir freuen uns auf Weihnachten. Don Bosco Verlag, München. © Paul Maar, Bamberg

CHRISTOPH MECKEL: Schneetiere   Aus: ders., Ein roter Faden. Gesammelte Erzählungen. © 1983 Carl Hanser Verlag, München

Erwin Moser: Die Weihnachtsmäuse Aus: Marion Pogracz (Hrsg.), Das große Weihnachtsbuch für Kinder. 1986 Annette Betz Verlag, Wien – München © Erwin Moser

Christine Nöstlinger: Der Weihnachtskarpfen Aus: Fröhliche Weihnachten, liebes Christkind!. © Patmos Verlag GmbH & Co. KG/Sauerländer, Düsseldorf

Gerhard Polt: Nikolausi/Schöne Bescherung Aus: ders., Circus Maximus. © 2002 KEIN & ABER AG, Zürich

Otfried Preussler: Die Krone des Mohrenkönigs Aus: ders., Der Engel mit der Pudelmütze. © 1985 Thienemann Verlag (Thienemann Verlag GmbH), Stuttgart – Wien

Gianni Rodari: Das Schloss aus Eis Aus: ders., Gutenachtgeschichten am Telefon. © 1964 by Thienemann Verlag (Thienemann Verlag GmbH), Stuttgart – Wien

Herbert Rosendorfer: Der Weihnachtsdackel Aus: ders., Die Frau meines Lebens und andere Geschichten. © 1985 Nymphenburger Verlag in der F. A. Herbig Verlagsbuchhandlung GmbH, München

Gina Ruck-Pauquèt: Das Weihnachtswunder Aus: In jedem Wald ist eine Maus, die Geige spielt, Georg Bitter Verlag, Recklinghausen 1970. © Gina Ruck-Pauquèt

Traumbescherung Aus: Jedes Jahr ist Weihnachten, Ravensburger Buchverlag. © Gina Ruck-Pauquèt

Wolfdietrich Schnurre: Die Leihgabe Aus: Als Vaters Bart noch rot war. © 1996 Berlin Verlag

Jules Supervielle: Auszug aus: Ochs und Esel bei der Krippe. Aus dem Französischen von Gustav Rademacher. Für die Übersetzung © 1937, 1951 by F. A. Herbig Verlagsbuchhandlung GmbH, München

Erwin Strittmatter: Der Weihnachtsmann in der Lumpenkiste Aus: ders., ¾ hundert Kleingeschichten. © Aufbau Verlagsgruppe GmbH, Berlin 2001
(das Werk erschien erstmals 1971 im Aufbau-Verlag; Aufbau ist eine Marke der Aufbau Verlagsgruppe GmbH)

J. R. R. Tolkien: Ein Brief vom Weihnachtsmann Aus: ders.; Die Briefe vom Weihnachtsmann. Hrsg. v. Baillie Tolkien. Aus d. Engl. v. Anja Hegemann. © 1976 by George Allen & Unwin Ltd. London. Published by arrrangement with HarperCollins Publishers Ltd., London. Klett-Cotta, Stuttgart 1977/2002

Leo Tolstoi: Allen das Gleiche. Eine Erzählung für Kinder Aus: ders.; Gesammelte Werke in 20 Bänden. Band 13. Hadschi Murat. Herausgegeben von Gerhard Dieckmann. Aus dem Russischen von Hermann Asemissen. © Aufbau Verlagsgruppe GmbH, Berlin 1973
(das Werk erschien erstmals 1973 bei Rütten & Loening Berlin; Rütten & Loening ist eine Marke der Aufbau Verlagsgruppe GmbH)

Anton Tschechow: Wanka (aus dem Russischen von Gerhard Dick) und Jungen (aus dem Russischen von Georg Schwarz) Aus: ders., Gesammelte Werke in Einzelbänden. Das schwedische Zündholz. Kurzgeschichten und frühe Erzählungen. © Aufbau Verlagsgruppe GmbH, Berlin 1965
(die Übersetzung erschien erstmals 1965 bei Rütten & Loening Berlin; Rütten & Loening ist eine Marke der Aufbau Verlagsgruppe GmbH)

Siegfried von Vegesack: Maria auf der Flucht Aus: Waldlerische Weihnacht, Verlag Morsak Grafenau. © Mit freundlicher Genehmigung von Christoph von Vegesack

Friedrich Wolf: Die Weihnachtsgans Auguste Aus: ders., Gesammelte Werke in 16 Bänden. Band 14. Märchen, Tiergeschichten und Fabeln. © Aufbau Verlagsgruppe GmbH, Berlin 1961
(das Werk erschien erstmals 1961 im Aufbau-Verlag; Aufbau ist eine Marke der Aufbau Verlagsgruppe GmbH)

Trotz sorgfältiger Nachforschungen waren nicht alle Rechtsinhaber zu ermitteln.
Etwaige Forderungen bitten wir an den Verlag zu richten.

Vorlese- und Geschenkbücher für Klein und Groß

Über 100 Geschichten von Astrid Lindgren, Heinrich Heine, Janosch, Christine Nöstlinger, Wilhelm Busch, Erich Kästner, Mirjam Pressler, Michael Ende, Otfried Preußler, Robert Gernhardt, Rudyard Kipling, Erwin Strittmatter, Max Kruse, Mark Twain u. v. a.

Östlich der Sonne und westlich vom Mond
Die schönsten Kindergeschichten
Herausgegeben und mit einem Nachwort von Paul Maar
Illustrationen von Philip Waechter
Gebunden, 416 Seiten
ISBN 978-3-351-04070-3. € 22,00

Mit Gedichten von Johann W. Goethe, Friedrich Schiller, Clemens Brentano, Joseph von Eichendorff, Theodor Storm, Wilhelm Busch, Christian Morgenstern, Bertolt Brecht, Erich Kästner, Wolfdietrich Schnurre, Ernst Jandl, James Krüss, Michael Ende, Paul Maar u. v. a.

Die schönsten Kindergedichte
Ausgewählt von Max Kruse
Illustrationen von Katja Wehner
Gebunden, 304 Seiten
ISBN 978-3-351-04050-5. € 18,90

Aufbau BilderBücher

Vorzugsausgabe mit handsignierter Originalgrafik

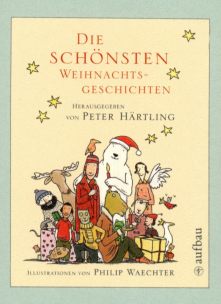

Vorzugsausgabe
Die schönsten Weihnachtsgeschichten
Herausgegeben von Peter Härtling
Mit Illustrationen von Philip Waechter
Gebunden. 416 Seiten
ISBN 978-3-351-04093-2. € 68,00

▶ Limitierte Vorzugsausgabe im Schuber (280 Expl.) mit handsignierter Originalgrafik im Siebdruck

Der Aufbau Adventskalender

Hinter den 24 Türchen verstecken sich lustige, phantasievolle Bilder. Es gibt viel zu entdecken!

Aufbau Adventskalender
Mit Illustrationen von Philip Waechter
Format A3
€ [D] 7,95 (unverbindl. Preisempf.)
ISBN 978-3-351-04089-5

ISBN 978-3-351-04090-1

Aufbau ist eine Marke der Aufbau Verlagsgruppe GmbH

1. Auflage 2008
© Aufbau Verlagsgruppe GmbH, Berlin 2008
Hinweise zu den Inhabern der Original- und Übersetzungsrechte
auf den Seiten 331 bis 333
Einbandgestaltung Henkel/Lemme
Innengestaltung Torsten Lemme
Schrift Berkeley Oldstyle Book 11 pt
Repro »Die Litho«, Hamburg
Gesamtherstellung Offizin Andersen Nexö Leipzig
Printed in Germany

www.aufbau-verlagsgruppe.de